新潮文庫465

約翰・克利斯多夫

羅曼・羅蘭／著

F・馬塞瑞爾／挿圖

梁祥美／譯

▲法國文學家羅曼・羅蘭（Romain Rolland, 1866～1944）和他的簽名

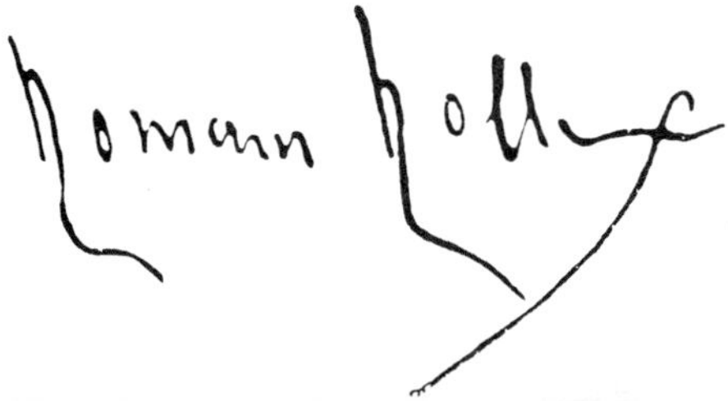

▲母親

▲父親

▼羅曼・羅蘭出生的家（現貌）

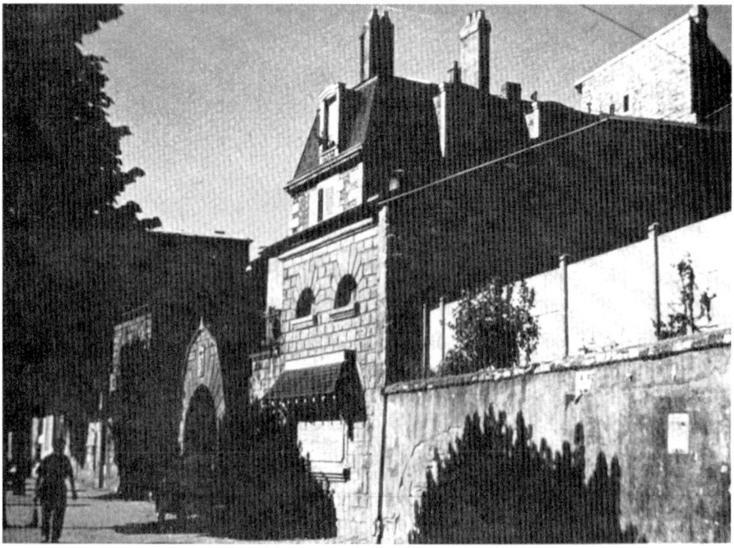

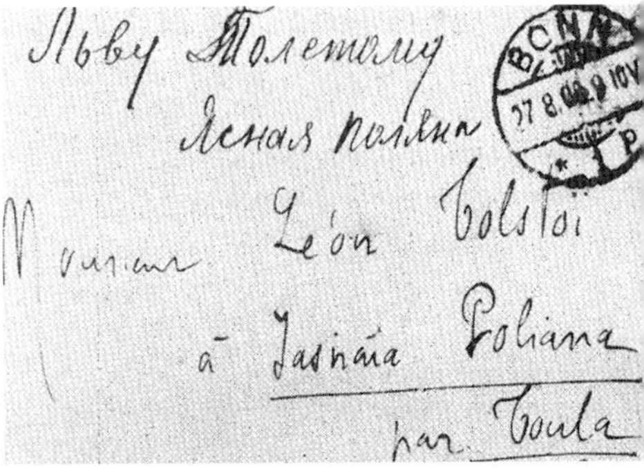

◀▲羅曼·羅蘭年輕時代曾寫信給他崇拜的托爾斯泰(左)，右側郵簡爲羅曼．羅蘭的筆跡

▼羅曼．羅蘭夫妻合影

▶東西文學大師交會互放的光芒（左爲作者，右爲泰戈爾）

▶一九三一年十二月作者在自宅書房和印度聖雄甘地（右）會晤

▶一九三五年作者夫婦訪問蘇聯返法國時高爾基（左）親往車站送行

目次

羅曼·羅蘭的生平及和《約翰·克利斯多夫》

眞正的光明，決不是永沒有黑暗的時間，只是永不被黑暗所掩蔽罷了。眞正的英雄，決不是永沒有卑下的情操，只是永不被卑下的情操所屈服罷了。

——傅雷

二十世紀過去了，現在回顧曾在國際文壇叱咤風雲的文學家，包括曾經拿過諾貝爾獎桂冠或以作品本身的重量影響文學界的作家，有的很快就被遺忘，有的在眾多的作品留下一、兩本膾炙人口的作品讓後人一再捧讀的，如此看來時間眞是無情而公平的。

即以二十世紀的文學家而言，歐美作家仍爲讀者奉爲偶像的作家，如卡謬、沙特、卡夫卡、赫塞、托瑪斯曼、D·H·勞倫斯、阿道斯·赫胥黎、歐威爾、海明威、馬奎斯、喬依思、亨利·詹姆斯、褚威格、維琴妮亞·吳爾夫……羅曼·羅蘭無疑的也是其中之一。

如果是一個潔癖而又嚴格的讀者，那麼他喜歡的作家，那名單可能更是寥寥幾位而已。

如果想到一生寫下許多著作的羅曼·羅蘭，結果世人只知道他有一本字數一百多萬字以上共計十卷的《約翰·克利斯朵夫》是寫來「獻給各國的受苦、奮鬥，而終必戰勝的自由靈魂」。可是現代人有幾個人有耐心把這本大河小說好好讀完。

這是本社幾年前開始編譯一系列「現代人的精緻濃縮本」的緣起，目前已經出版的計有《唐‧吉訶德》兩種（其一爲名畫繪本）、《湯姆叔叔的小屋》《紅與黑》《悲慘世界》《戰爭與和平》《基度山恩仇記》《卡拉馬助夫兄弟們》《安娜‧卡列妮娜》《拉封登寓言故事》（名畫繪本）《約翰‧克利斯朵夫》，這種保留原著精華，情節扣人心弦的濃縮本自推出後，得到各界熱烈的迴響，彌補了愛好文學的讀者一生與這些卷帙浩繁的作品錯身而過、失之交臂的遺憾。

一八六六年一月二十九日，羅曼‧羅蘭（Romain Rolland, 1866～1944）出生於法國中部尼埃維爾縣的小鎮克拉姆西。以小山、平原、運河爲背景的小鎮，處處散布著十五、六世紀的房屋，整個地區籠罩在一片和平靜穆的氣氛中。在運河沿岸的一棟古老房子便是羅曼‧羅蘭誕生的地方。

羅蘭家祖先好幾代皆爲律師。父親也是位名律師，由於精力充沛，個性開朗，很受鎮上人們的愛戴與信賴。羅曼‧羅蘭的外公同樣從事律師的行業。母親是位虔誠的天主教徒，鋼琴彈得非常好。羅曼‧羅蘭從父親方面繼承了自由與革命的精神，從母親那兒則繼承了宗教情懷、音樂天賦以及理想主義的思想。

羅曼‧羅蘭還不到一歲的時候，因年輕女傭的疏忽，把他遺忘在寒冷的戶外，差點凍死，結果他終生受呼吸器官疾病的困擾。五歲的時候，小他兩歲的妹妹瑪德琳因白喉突然去世。這位妹妹的死亡，讓他早早嘗受人生的悲痛，也使得病弱的他在心靈上更增加一層死亡的陰影，這對他日後的思想產生極大的影響。第二年二妹出生，也取名瑪德琳。後來二妹出色的英文能力，對他的印度研究給與難得的協助。

從小音樂便是羅曼・羅蘭生活中最大的力量與安慰。母親教他彈鋼琴，並引導他認識貝多芬、莫札特等德國音樂家及其作品。這些音樂家掃除了民族或國家間的障礙，培養了他「天下一家」的精神。

童年，影響他至深的另一位外國天才是莎士比亞。他在祖父的圖書室首次發現這位英國偉大劇作家的作品時，就被它的魅力所吸引了。

他七歲進克拉姆西小學（現在稱爲羅曼・羅蘭學校）。當時雖然用功，成績相當優異，但對於憂鬱而孤獨却又渴望自由與解放的他，那牢獄般的環境要他融入學校生活是不容易的。他經常攜帶幾本課外書逃到野外去。除了莎士比亞，柯奈也是他特別喜歡的劇作家。這段時期的閱讀影響了他日後對戲劇的熱愛。

一八八〇年秋天，羅曼・羅蘭十四歲的時候，全家爲了他的教育而遷移巴黎（家人的犧牲讓他終生心懷感激）。他先上聖路易中學，再上路易大帝高中，爲考進巴黎高等師範學校做準備。

故鄉的自然環境雖然美麗，但小鎮特有的封閉氣氛却是他一直想要掙脫的，可是一旦離開故鄉，環境的突然改變，他還是難以適應新的學校生活。中學時代，他仍然醉心於莎士比亞，並專注於貝多芬和華格納的音樂，另外，他也閱讀斯賓諾沙、笛卡兒、歌德、雨果等人的作品。結果，兩次投考高等師範都失敗了。但當時的閱讀，對他未來成爲文學家和思想家具有決定性的影響。

一八八六年，他終於考上這所菁英薈萃的學校。入學後他曾決定念哲學，但第二年便選擇以史地為主修科目。學校裡的嚴格訓練使他在學識上獲得許多益處，而他靈敏的心智其實也有更寬廣的活動餘地。這段期間，他開始接觸俄國作家托爾斯泰和杜思妥也夫斯基等人的作品。一八八七年，他給托爾斯泰寫了一封信，請教他關於自己對人生與藝術問題的困惑。一週後，他驚喜地收到托爾斯泰長達三十六頁的回信；這位大文豪雖然沒有完全解答他的疑問，但誠懇而親切的回信却讓他感動不已；而托爾斯泰所提的「做為一個藝術家的眞正條件是對人類的愛」之類的主張，對羅曼・羅蘭也產生了極大的影響力。

高等師範學校畢業後，他取得歷史科教師資格，但他却決定赴義大利，在羅馬作兩年的研究。在羅馬期間，他認識了瑪爾維達・梅森堡女士。她是同時代許多天才與偉大人物的知己。當時已七十多歲的她後來也成為羅曼・羅蘭的朋友和導師。透過她，羅曼・羅蘭接觸到超越國界的許多自由的靈魂，了解了偉人心靈的痛苦與奮鬥歷程。

一八九二年，他從羅馬回國後，與法蘭西學院語言學教授的女兒克蘿蒂結婚。但兩人的個性和生活目標都不相同，在經歷種種掙扎之後，一九〇一年他們終於痛苦地離婚。

一八九五年，雖然處於不幸的婚姻中，他仍然在羅馬完成「近代抒情劇」的論文，獲得文學博士學位。同年回母校擔任藝術史講師。

除了教書，他一邊還奮力創作，於是陸續完成幾齣探討人生問題與社會問題的戲劇，並在劇院上演。其中包括《聖路易》、《艾爾特》、《丹頓》、《群狼》等作品。

另一方面，從一八九〇年代便開始醞釀的《約翰・克利斯多夫》也在這段時期動筆。一九〇三年，羅曼・羅蘭的《貝多芬傳》先在朋友貝奇發行的半月刊發表而一舉成名。第二年，

《約翰·克利斯多夫》第一卷〈黎明〉也在這份半月刊發表。這部大河小說完成於一九一二年。而這期間他也同時寫了《米開蘭基羅傳》和《托爾斯泰傳》等偉人傳記，並刊行《音樂評論集》。

一九〇三年羅曼·羅蘭升爲巴黎大學音樂史教授，極受學生歡迎，但一九一二年他便辭去教職，專心從事寫作。

他因《約翰·克利斯多夫》這部代表作榮獲一九一五年諾貝爾文學獎。瑞典學院的頒獎辭中極力推崇他的理想主義和人道主義。他把這次所得獎金全部捐給國際紅十字會以及法國許多慈善團體。

一九一四年第一次世界大戰爆發，羅曼·羅蘭因反戰而前往瑞士，志願爲日內瓦國際紅十字會工作，並在〈日內瓦日報〉發表一連串反戰文章，結果卻遭到祖國的敵視。但他堅持主張人類的互相了解與互愛才能帶來世界和平與幸福。

戰爭結束後，他繼續爲和平運動而努力，發表〈精神獨立宣言〉，獲得世界各地許多人道主義知識分子的響應。他也開始與印度詩人泰戈爾通信，向對方表示西方與東方必須攜手努力，世界才有眞正的和平。後來羅曼·羅蘭逐漸熱中於對印度的研究，他支持甘地非暴力的立場以及不服從運動，一九二三年完成了《甘地傳》。

從一九二二年到一九三三年，他創作了另一部長篇小說《困惑的靈魂》。書中以安內特這位女性爲主角。她渴望女性的自由與獨立，並與兒子共同在複雜的現代政治問題與社會問題中探索與奮鬥。從書中讀者再度發現到作者對眞理的追求。

一九一九年五月接到母親病危的電報，他立即從瑞士趕回巴黎，數日後母親便去世。

一九二四年他開始寫《心路歷程》。接著陸續完成《愛與死的嬉戲》等戲劇。

一九二六年，〈歐洲〉雜誌爲紀念羅曼・羅蘭六十歲生日而推出羅曼・羅蘭紀念專輯。瑞士也爲他出版《羅曼・羅蘭友人書簡集》，書信來自世界各地，其中包括甘地、愛因斯坦、史懷哲等人。同年，他曾接受泰戈爾與尼赫魯的訪問。

一九二九年，羅曼・羅蘭與早有書信來往的女性朋友瑪麗首次見面（瑪麗是已故俄國公爵的夫人，父親是俄國人，母親則爲法國人）。他們在一九三四年結婚，兩人相處融洽，爲彼此帶來幸福的生活。

一九三一年，父親以九十四歲高齡過世。同年，他接受甘地的訪問。第二年，在阿姆斯特丹召開的世界反戰大會，他被推爲大會主席。一九三三年，拒絕接受希特勒政府所頒發的歌德獎。兩年後，接受高爾基的邀請，到蘇俄旅行一個月。

一九三八年，他終於離開瑞士，回故鄉克拉姆西附近的維茲雷定居。他在此勤奮地撰寫《回憶錄》及戲劇《羅伯斯比》。另外也動筆寫《貝奇傳》，並且又埋首於對貝多芬的研究。一直到生命的最後一年，他都未停止工作。

這位堪稱「世界良心」的人道主義者及傑出文學家兼思想家，病逝於一九四四年十二月三十日，距他七十九歲生日僅一個月。他和托瑪斯曼、赫塞、褚威格、卡謬、沙特、紀德都是二次大戰反抗納粹獨裁體制的歐洲著名文學家之一。

關於《約翰・克利斯多夫》

羅曼・羅蘭除了著作《貝多芬傳》、《米開蘭基羅傳》、《托爾斯泰傳》等眞實偉人的傳記之外，也由自己創造了一位雖生在當代，其實是屬於未來世界的理想人物——約翰・克利斯多夫。作者借著這位主角以及書中其他角色來表現自己的生活經驗、思想、願望、憧憬，以及對藝術、文化、政治、社會等各方面的批判，因此這部長篇小說可以說是含有自傳成分的。另外，作者也把貝多芬、米開蘭基羅和托爾斯泰等人的境遇、思想與精神融入克利斯多夫的生涯了。

羅曼・羅蘭對這部作品的構思，其實早在他念高等師範學校的時候即已萌芽，而在留學羅馬期間，約翰・克利斯多夫的形象便在他心中明顯浮現。經過十多年的構思與醞釀，他終於在一九〇三年開始撰稿，全書完成於一九一二年。前後經過二十五個年頭，全書共十卷，堪稱他畢生嘔心瀝血的代表作。

《約翰・克利斯多夫》可以說是作者最長的一部長篇小說，全書字數有一百多萬字，從主人公克利斯多夫的出生一直寫到他走到人生的終點。這本傳世之作早期有傅雷先生的全譯本。

《約翰・克利斯多夫》以第一次世界大戰前夕的歐洲爲舞台，用雄渾的筆致，描繪出主人公音樂家與凡庸精神和僞善充斥的各國藝術、文明、社會不斷展開鬥爭，自我逐漸成長的一大史詩。作爲一個人，作爲一個藝術家，主人公約翰・克利斯多夫以不屈的魂魄，終其一生追求眞理。這個即使一再受傷也絕對不停止戰鬥的人物形象，早已超越時代和國境，帶給人們勇氣，指出人生的方向。

克利斯多夫的家族，父子代代都是音樂家，在萊因地方相當知名，然而他的父親受到凡庸性格的牽連，現在只不過是個普通的酒徒。

有一年的夏天黃昏，祖父的死讓不幸的克利斯多夫更加進退維谷。逃離祖父監視眼光的父親，愈發沉溺在酒的魔力中，最後終於從小提琴手的職位上被驅趕下來，才只有十四歲的克利斯多夫成爲一家之長，以教授鋼琴維持家人的生計。

但要從少年蛻變成青年，還必須要有無數次的眼淚。與富商之子奧多・狄內爾的絕交、與明娜的傷感分手，隨後是父親的死……一連串不幸的遭遇，克利斯多夫了解人生是永無休止、無情的鬥爭。

從此以後，他專心作曲。經由敏銳的感性，嘲弄諷刺靈魂凡庸的人所頌揚的德國理想主義與僞善。在不斷的孤獨鬥爭中，不知不覺間，他的心遠離祖國德國，朝向法國。

在某個村莊的節日，克利斯多夫捲進農民和士兵的糾紛中，致使士兵受傷，越過國境，逃往法國。這裡就是他嚮往的法國。

克利斯多夫在一次音樂會裡遇到年輕的詩人奧利維，很偶然的，克利斯多夫還在德國時，就與奧利維的姊姊安多雅內特認識。姊弟倆雖然生活窮困，但卻手足情深。只不過克利斯多夫和奧利維認識時，安多雅內特已經辭世。奧利維的熱烈眼神投注在曾經對姊姊寄以思慕的克利斯多夫身上。另一方面，克利斯多夫則在奧利維身上看到法國的知性光輝。

兩人開始同住，不久，德法兩國之間，軍事、政治情勢愈發緊張。奧利維與雅格麗娜結婚，也生下孩子，但婚姻生活還是出現破綻。

五月一日，勞動階級總罷工，威脅資產階級，引發民眾暴動，奧利維捲進暴動中喪命。克利斯多夫則殺害警官逃往瑞士。

在瑞士，布朗醫師藏匿克利斯多夫，然而停留期間，克利斯多夫卻與醫師妻子安娜陷入不倫之戀，激情風暴襲向兩人，安娜受良心苛責，自殺未遂。克利斯多夫逃進山中的農家求救。身處大自然，克利斯多夫融進生命的玄妙裡……。

夏天的黃昏，與少女時期教授過鋼琴的葛拉齊雅重逢，兩人感受到清澄靈魂的契合。以後直到葛拉齊雅死爲止，兩人都保持這樣的關係。隔了二十年才返回巴黎的克利斯多夫，戲劇性地見到奧利維的遺孤喬治。克利斯多夫想在喬治身上找到奧利維的風貌，然而喬治只不過是個極其平凡的任性少年罷了。但克利斯多夫還是始終以慈祥的眼神看著喬治。喬治與葛拉齊雅的女兒奧蘿拉結婚。

克利斯多夫那爲了創造而苦惱、貧困、反抗，並且經歷過無數次戀愛的一生，現在已經感受不到任何鎖鍊的重荷。克利斯多夫流露出非常自然的笑。他已經不在乎任何不公平和惡意。他的心情平和，在愛的圍繞中，感受到死的喜悅。

羅曼·羅蘭於一九〇三年開始著手寫這部作品，於一九一二年完成，這約九年期間，是他一生中最苛酷的考驗時期，與妻子離婚，在孤獨和懊惱中飽受煎熬，大學教授的職務和研究工作，更使他忙得幾乎喘不過氣來，完成這部作品是他唯一的樂趣，也是他的心靈支柱。

主人公從孩童時代起就體驗到人生的污辱與虛僞，每次都陷入深沉的絕望中，但絕望又促使他採取新的行動，而成爲他積極行動推進力量的，則是對人性的深厚信賴。主人公的幼年時代以作者終生敬愛的貝多芬爲原型。《約翰·克利斯多夫》之所以會在全世界獲得廣大讀者的共鳴，乃是由於作品中既廣且深的愛的強大力量致使。這部作品問世已經超過一個世紀，依然廣受全世界讀者的歡迎，始終在每一個人的內心投下光輝與快樂，乃是因爲這部作品已經不單只是「文學」作品，而是超越文學潮流存活下去的人的心聲之故。

羅曼·羅蘭是二十世紀最偉大的理想主義者、人道主義者，年輕時與歌德、尼采、貝多芬、華格納交往密切，也與全世界有志一同人士互相交流(甘地、高爾基等人)，也經由阿姆斯特丹國際反戰大會等運動，貫徹其人道主義、和平主義與反法西斯的立場。第一次世界大戰爆發時，呼籲祖國、德國、比利時等知識分子阻止戰爭，留下《超越戰爭》的記錄，他那如詩如樂的天分和拉丁式的開朗知性與人類之愛的精神相融合，是二十世紀最健康的藝術家、文化批評者與指導者。

《約翰·克利斯多夫》是所謂的大河小說，就像無數的小水流匯聚成一條大河那樣，這部小說也包含著無數的小插曲。這些小插曲每一則都非常重要，不可輕忽。由於約翰·克利斯多夫的感情教育是形成這部龐大小說主體的幾個大主題之一，所以這部濃縮本，將主軸擺在主人公約翰·克利斯多夫的感情發展有關的小插曲上。

人的感情發展過程必然不可缺少誠摯的友誼或戀愛。

約翰・克利斯多夫的感情通過地獄、煉獄的黑暗，最後達到和葛拉齊雅超感官的、天國式的愛的結合。所以他的戀愛經驗絕對不是唐・璜式的享樂，而是一個人孤獨奮鬥得遍體鱗傷、想要誠實度過一生的愛的記錄。

這部作品既是一個靈魂的感情教育的故事，也是犀利的文明批評的大規模的社會小說。

本社這本現代人的精緻濃縮本，也以十章來呈現主人公波瀾壯闊的一生，巧妙地呼應原著十卷展現的人生舞台，將主人公所經歷的親情、戀愛、友誼，在生活重擔下歷經的試煉、磨難、徬徨和掙扎，都有精采深刻的描寫。

羅曼・羅蘭是理想的和平主義者，這部不朽的作品把人類的友誼、愛情、人性昇華到最高處，但也剖析了人性的黑暗、猜忌、徬徨和脆弱，使陷於絕望的人重新看到希望，再度投入戰鬥中，從這個意義來看，這部作品早已超越單純的文學範疇，作者曾說：「我創作的不是文學作品，而是信仰之書。」

到了法國以後的主人公等於和歐洲文明和音樂人文界接上線，他的交往和視野都擴大了，他體驗的悲歡離合、愛恨情仇也使這顆受難的靈魂愈趨成熟，這正是這部作品完成後翌年即榮獲法蘭西學士院文學獎，二年後又搴奪諾貝爾文學獎的原因！因爲作者藉這位主人公的一生同時寫出了二十世紀初頁一個歐洲知識份子不屈服的心魂……。

名譯家也是一流的美術、音樂評論家傅雷先生在譯完此書的全譯本曾寫下這樣的獻辭：

「約翰・克利斯多夫不是一部小說，應當說，不只是一部小說，而是人類一部偉大的史詩。它所描繪歌詠的，不是人類在物質方面，而是在精神方面所經歷的艱險，不是征服外界，而是征服內界的戰蹟。它是千萬生靈的一面鏡子，是古今中外英雄聖哲的一部歷險記，是貝多芬的一闋大交響樂。願讀者以虔敬的心情來打開這部寶典吧！

戰士啊，當你知道世界上受苦的，不只你一個時，你定會減少痛楚，而你的希望也將永遠在絕望中再生了吧！」旨哉斯言！

新潮文庫編輯室

二〇〇三年十一月

主要登場人物

約翰・克利斯多夫 本書主角，是一位音樂家。終生追求眞理與愛，以不屈不撓的意志與實踐力不斷在殘酷的現實中奮鬥。

約翰・米歇爾 克利斯多夫的祖父，原任宮廷音樂指揮。發現幼年的克利斯多夫具有音樂天分，於是滿懷愛心培育他。

梅爾基奧爾 克利斯多夫的父親。原爲宮廷劇場的小提琴手，但因酗酒而身敗名裂，終於被解雇。

露意莎 克利斯多夫的母親。以幫傭貼補家用。是一位平凡女性，但疼愛克利斯多夫。

高特弗烈德 露意莎的哥哥，克利斯多夫的舅舅。是位貧窮的行商人，但對克利斯多夫有深遠影響。

奥多・狄內爾 克利斯多夫的第一位至友。富商的兒子。

明　娜 克利斯多夫的初戀少女。高官的寡婦凱利希夫人的女兒。

薩比娜 與克利斯多夫家比鄰而居的美麗而純情的年輕寡婦。

安多雅內特 法國世家出身。銀行家的父親因破產而自殺。青春年華便挑起栽培弟弟的重任，最後因過勞病逝。生前心中戀慕著克利斯多夫。

奧利維　安多雅內特的弟弟，是位詩人。與克利斯多夫相識之後，兩人成爲至友。克利斯多夫從他那兒吸收到眞正的法國精神。在巴黎勞動節的示威運動中，因偶發事件而不治身亡。

雅格麗娜　奧利維的妻子。

塞西爾　與母親一起生活的年輕女鋼琴家兼聲樂家。

葛拉齊雅　少女時代曾跟克利斯多夫學鋼琴。後來成爲社交界的知名人物，從許多方面幫助過克利斯多夫。他們至死互相珍愛。

法朗索雅茲　身世坎坷、背景複雜的女演員。

布　朗　與克利斯多夫同鄉的醫師。拯救了逃亡中的克利斯多夫。

安　娜　布朗的妻子。

喬　治　奧利維的兒子。

奧蘿拉　葛拉齊雅的女兒。

一、黎明

屋後萊茵河的水聲越來越響了。從早晨大雨就打在窗上，雨水沿著玻璃窗的裂痕流下來。天色已暗，屋裡顯得有些悶熱而陰沈。

初生的嬰兒在搖籃裡動著。老人雖然在門口脫下木鞋才進來，但走路時仍然把地板弄得嘎吱嘎吱響，嬰兒於是哭了起來。

母親從床上把身子靠過去哄他。祖父摸索著點亮燈火，以免嬰兒因漆黑而害怕。火光照亮祖父約翰・米歇爾的紅面孔、粗硬的白鬍子、不和悅的表情和銳利的眼神。

露意莎做手勢叫他不要走近。她的金髮近乎白色，瘦削而如綿羊般和善的臉上長著紅痣，嘴唇無血色，微笑時也顯得有些膽怯。她以迷朦却溫和的一雙碧眼注視著孩子。

孩子醒過來，邊哭邊轉動著無助的目光。慢慢地他連出聲音的力氣都喪失了。他嚇得一動不動地，張著眼睛和嘴巴，在喉嚨裡喘氣。腫脹的臉皺成一副怪模樣。

「天哪，他長得多醜啊！」

老人說著，並將油燈擺在桌上。

露意莎像挨罵的小姑娘般噘起嘴。約翰・米歇爾用斜眼看著她笑道：

「你未必想叫我說他長得漂亮吧！好了，這並不是你的錯。嬰兒都是這樣的。」

嬰兒本來被燈光和老人的目光嚇呆了，但過一會兒又大哭起來。

「請把他遞給我。」露意莎說。

「孩子哭的時候可別遷就他，你就讓他哭吧！」

露意莎把孩子接過來，緊抱在懷裡。她浮現既害羞又欣喜的微笑端詳著孩子說：

「哦，醜娃娃，可是，我愛你呀！」

約翰・米歇爾回到火爐邊，帶著不悅的神情撥弄爐火。他威嚴的面孔突然浮現微笑，說道：

「不要苦惱了。嬰兒的面貌會隨著時間改變的。而且，長得醜又有什麼關係？我們對這個孩子唯一的期望是將來做個堂堂正正的人。」

嬰兒在母親溫暖的懷裡安靜下來。約翰・米歇爾坐在椅子上，身子稍稍往後仰，再度嚴肅地說：

「沒有比正直的人更美的了……對了，你丈夫怎麼還沒回來？他又遊蕩到哪兒去了？」

「大概在劇場吧！因爲他說要預演。」

「劇場已經關門了。我剛剛才從那門前經過。他一定撒了謊。」

「請不要老責備他，或許是我弄錯了。說不定他是因教課而耽誤了。」

約翰・米歇爾甚感憤懣，以低沈的聲音繼續說：

「我是得到什麼報應了，竟有這樣一個酒鬼兒子?!我忍受一切不如意的事，難道是白費力氣嗎？……但，你爲什麼不能阻止他呢？那不是你的本分嗎？」

「請不要再責備我了，我已經盡力而爲！您不知道我單獨一個人的時候有多痛苦！……」

她顫抖著身子啜泣。老人於是憂心地說：

「眞可憐！我送給你的並不是一份好禮物啊！」

「是我錯了。跟我這樣一個人結婚，他很後悔呢！」

「你說他很後悔？」

「這您應該很淸楚的。您也曾經因爲我嫁給他而生氣呀！」

「別再提這種事了。當初聽到自己親手培植的一個年輕音樂家要跟一個門戶不相當、又沒什麼技能的窮家女孩結婚，我的確有些不滿。一百多年來，克拉夫特家從來沒有一個人娶過不是音樂家的女子。但我從未怨恨過你。認識你之後，我便一直善待你。而且，事情一旦決定，就不能再回頭，剩下的只有老老實實去盡義務了。」

他回到原位坐下。片刻之後，他帶著平日不時宣講自己信條時的嚴肅表情說：

「在世界上最重要的事莫過於盡自己的義務。」

他們不再說話。約翰・米歇爾痛心地想著兒子的婚事。露意莎也想著同一件事。她責備自己，雖然她並沒有責備自己的任何理由。

露意莎跟約翰・米歇爾的兒子梅爾基奧爾・克拉夫特結婚的時候，她是個女傭。克拉夫特家雖然沒什麼財產，但在萊茵河畔的小城却相當知名。因爲這一家歷代音樂家輩出，從科倫到漫漢兩大城市之間的音樂家都知道他們。

梅爾基奧爾是宮廷劇場的小提琴手，約翰・米歇爾則不久前還擔任公爵府演奏會的指揮。老人對兒子的婚姻深感屈辱。他本來對兒子是抱著很大期望的。一開始他痛罵梅爾基奧爾和露意莎。但他畢竟是個善良的人，他一旦了解媳婦的爲人，便立刻原諒了她。

沒有人知道梅爾基奧爾爲什麼會有這樣一次婚姻——其實連梅爾基奧爾本身都弄不清楚。那絕不是爲了露意莎的美貌。她長得矮小、單薄、臉色又蒼白，可以說毫無迷人之處。約翰・米歇爾和梅爾基奧爾父子倆都是臉色紅潤、身材魁梧的男子。他們胃口好、談笑風生、熱熱鬧鬧。在這樣的對照下，露意莎似乎被他們壓倒了。

梅爾基奧爾長得相當英俊，而且也具備一些才能，因此要選擇一位富家女爲結婚對象應不成問題，但他卻突然與一位既無財產和姿色，又沒受教育的女子結婚，簡直像在打賭似的。

結婚之後，他很快便爲自己的所作所爲感到懊悔，在可憐的露意莎面前他也毫不隱瞞此事。她謙卑地求他饒恕。因爲他並不是一個兇惡的人，便爽快地原諒她。但不久，他開始有放蕩的行爲，終至身敗名裂，使得露意莎痛心不已。就在這正需要磨鍊自己平凡才能的年齡，他任自己從斜坡滾落，以致讓別人占據了他的位置。

夜幕已低垂。約翰·米歇爾在火爐前面想著過去和現在的傷心事，露意莎的聲音把他從出神的狀態喚醒。

「父親，請回去吧。您還要走好長一段路呢！」

「不，我想等到梅爾基奧爾回來。」

「您還是不要留下來的好。」

「爲什麼？你害怕嗎？你不希望讓他見到我吧？」

「是的！見了面，您一定會非常生氣，事情將會弄得更糟。」

老人嘆著氣站起來，接著說：

「那麼，我走了。」

他先走到露意莎旁邊，問她有沒有需要什麼東西，並將燈光捻小，然後邊撞著椅子邊走出幽暗的房間。

床上的嬰兒在母親身旁又開始鬧。他發出令人心酸的哭聲。母親溫柔地撫摸他，他卻未停止哭泣。

「好了，好了，別哭了，我的好孩子……」

母親把孩子緊抱在懷裡，耐心地哄著。嬰兒仍然斷斷續續好像在控訴什麼似地哭啼著。

聖馬丁修道院的鐘聲響起。莊嚴、舒緩的鐘聲透過雨中潮濕的空氣傳來，有如輕輕踩在青苔上的腳步聲。孩子突然靜下來，奇妙的音樂把孩子帶進夢中了。

露意莎也一邊傾聽著鐘聲一邊想著自己過去的悲慘經歷，以及孩子的未來。在睏倦中，腦子裡閃過一個幻影，她焦躁地以爲自己聽到梅爾基奧爾開門的聲音了。有時河水突然在靜靜的夜裡奔騰，有如野獸的吼叫。鐘聲逐漸緩慢下來，最後終於消失。露意莎在孩子身邊睡著了。

而這段時間，約翰・米歇爾却在屋前淋著雨等待兒子回家。鐘聲讓他感到悲傷。他心裡想著，這種時候還站在路上，自己究竟在幹什麼呢？他因覺得羞恥而不禁落下淚來。

歲月流逝。

一片藍天對著窗口微笑。一道陽光透過窗簾落在床上。孩子熟悉了的小世界，每天早上醒來在床上所看到的一切，費好大力氣才認得並叫得出名字的一切——總之，他的王國露出光芒了。

一家人用餐的桌子，他躲在裡邊玩的壁櫥，他爬行的地磚，對他講奇怪故事或可怕故事的皺巴巴的壁紙，說著只有他才懂的童言的時鐘……屋裡的東西何其多呀！

他並不完全明白這一切。他每天出發去探險屬於他的宇宙。——一切都是屬於他的，沒有任何東西是無價值的。無論一個人或一隻蒼蠅，都具有同等價值。貓、火、桌子，在一道光線中飛舞的塵埃，全部平等地生存著。

屋裡彷彿一個國度，而每一日彷彿一個獨立的生涯。世界多大呀！他如何在此分辨自己的身影呢？另外，還有在他周圍旋轉的面孔、姿態、動作和聲音呢！孩子疲倦了。他閉上眼睛，進入夢鄉。無論在母親腿上，或桌子底下，或其他什麼地方，他都可以睡得酣甜、深沈……一切對他是愉悅的……。

生命之初的那些日子，就像行雲籠罩下清風吹過的麥田，在孩子腦中發出騷動的聲音。

陰影消失，太陽升起。克利斯多夫開始在一日的迷宮裡尋覓自己的出路。早晨……雙親還在睡夢中。他仰臥於自己的小床上，望著天花板舞動的光線，這帶給他無比的樂趣。他突然大聲笑了起來，那是讓人聽了會很開心的兒童的笑聲。母親轉過來俯身問道：

「你怎麼啦，孩子？」

他於是笑得更厲害，或許因爲有人聽他笑而勉強自己笑。母親故意皺起眉頭把一根手指放在嘴唇上，叫他別吵醒父親。可是她疲倦的眼睛却掩不住笑意。母子倆便彼此竊竊私語……父親突然大吼，把他們嚇得發抖。母親像犯罪的小女孩般急忙躺回去裝睡。克利斯多夫則鑽進被窩裡屏息不動。周遭如死一般寂靜。

片刻之後，他又從被窩裡悄悄露出小臉來。屋頂上風向計咯吱咯吱響，排水管滴滴答答滴著水。早禱的鐘聲響起。吹東風時，對岸村落的鐘聲便遙相呼應。成群的麻雀在爬滿常春藤的牆上聒噪。一隻鴿子在煙囪頂端咕嚕咕嚕叫。孩子傾聽著這些聲音，他不禁低聲哼唱，然後逐漸提高聲音，不知不覺竟高唱起來。父親終於怒斥道：「這頭笨驢，還不安靜下來嗎？再吵的話，就要去揪耳朵了！」

小孩於是又鑽進被窩裡，他不知道是該笑還是該哭。他想著自己被比作驢子，忍不住笑了出來。他學著驢子的叫聲。這下却挨打了。他掉著眼淚哭泣，弄不清楚自己究竟犯了什麼錯。

他多麼想笑，多麼想動，却被禁止。他們怎麼一直睡呀？到底什麼時候才可以起床呢？有一天，他終於無法忍受了。他聽到街上有貓狗、或其他奇怪的叫聲，於是悄悄下床，光著小腳丫子搖搖擺擺在地磚上走。他想下台階，到外頭去看看。可是房門關著。他爬上椅子去開門，却突然摔下來，因身上摔痛了，便大哭起來。結果還被打一頓。他老是挨打……

有時他會乘母親不注意溜出屋外。一開始母親會追出去把他抓回來。但後來，只要他不走得太遠，便任其獨自出門了。他們家在城鎮盡頭，附近就是一片原野。

當家人從窗口還看得到他的時候，他便不停地跳著走，但等他走過拐角，便突然變了樣子。他會先停下腳步，咬著手指，想著今天要對自己講些什麼故事。他有滿腦子的故事。從一點小事情，他就可以盡情發揮。別人眞難想像，從掉落籬笆邊的碎木片或折斷的樹枝，他將會引出什麼東西來。

樹枝對他可能成爲魔杖。而又長又直的便成爲矛或劍；只要揮舞一下，便會跑出軍隊來。克利斯多夫當起將軍，領隊前進，指揮大家向山坡衝鋒。如果是柔軟的樹枝，就成了鞭子；克利斯多夫騎馬飛越山崖。有時馬會滑倒，騎士便掉進水溝，狼狽地望著弄髒的手，或擦破的膝蓋。如果撿到小樹枝，克利斯多夫就成爲管弦樂團指揮。他是團長，也是團員；他一邊指揮、一邊歌唱，然後對著茂密的灌木林鞠躬——在風中搖曳的樹梢，看來恰似無數聽眾的頭顱。

傍晚祖父經常帶著他一起散步。他被祖父牽著手在旁邊邁著小步走。他們穿過發散濃濃香味的田地，走向小路。蟋蟀叫著。停在路上的大烏鴉遠遠望著他們，但等他們走近，便笨重地振翅飛走。

祖父頻頻清嗓子。克利斯多夫明白這個意思。老人很想講故事，却希望孩子向他請求。克利斯多夫於是立刻請求了。他們有很好的默契。老人深愛著孫子。他因爲得到一個熱心的聽眾而欣喜萬分。他喜歡講自己的經歷，或古今偉人的故事。他高亢的聲音顫動著，難掩孩童般的喜悅。他似乎陶醉於自己的故事。他認爲在故事的緊要關頭讓聽眾焦急等待是個巧妙的做法，因此，他會突然停下來，喘不過氣似地用力擤鼻涕。當孩子等得不耐煩而提高聲調問著：「那後來呢？爺爺？」時，老人便會得意萬分。

克利斯多夫此刻躺在暖和的小床上。他已經玩累了，屋裡嘈雜的聲音和白天所看到的一切影像在腦子裡攪成一團。父親拉著小提琴，悠揚的琴聲如泣如訴。但對克利斯多夫而言，最大的幸福是母親能在身旁陪著他，或入睡前母親能握著他的小手，或母親俯身小聲地爲他

唱些古老的歌曲。

雖然父親說這些歌曲是無聊的，但克利斯多夫却百聽不厭。他屏息聽著，一會兒想笑，一會兒想哭。他沈醉得甚至不知自己身在何處。他滿懷著愛，把小胳膊環繞著媽媽的脖子，緊緊摟住她，媽媽笑著說：

「啊，你要把我勒死嗎？」

他依舊摟住媽媽。他多麼愛她！他愛所有的人，所有一切！一切都那麼美好……他終於睡著了。

2

小克利斯多夫開始了解周遭事物，是在家境艱困的時候。

他已經不是獨子。下面又有三歲的艾倫斯特和四歲的羅德夫兩個弟弟了。當母親不得不外出的時候，就把兩個小的交給六歲的克利斯多夫。這對克利斯多夫而言是一件苦差事，因爲爲了這份任務，他必須犧牲在原野中的愉快時光。不過，他也因爲能像大人般被託付任務而感到自豪，於是只有全力以赴了。

克利斯多夫學著母親輪流抱弟弟。爲了避免弟弟摔下去，他便咬緊牙關，竭盡全力緊抱他們。兩個弟弟老是渴望被抱。當克利斯多夫再也無力抱他們的時候，他們便哭鬧不休。他們常常會把身上弄得髒兮兮，克利斯多夫就得像母親那樣照料他們，這是最棘手的。他有時被折磨得眞想揍他們，可是心裡又想：

「他們還小，什麼都不懂呢！」

他於是忍耐著任他們掐、打、作弄。艾倫斯特會爲一點小事叫嚷，並生氣地跺腳或打滾，是個神經質的孩子，露意莎常叮嚀別觸怒他。而羅德夫則像猴子一般狡猾，當克利斯多夫抱著艾倫斯特的時候，他一定會乘機在背後盡量搗蛋。

屋裡因此總是弄得雜亂不堪。當露意莎回來看到這種景象，對克利斯多夫雖然沒有責備，却也沒有慰勞，她會帶著陰沈的臉色說：

「這樣照顧弟弟，眞不行哪！」

克利斯多夫因受到羞辱，心裡覺得非常難過。

露意莎不錯過任何賺錢的機會。她從很久以前就被雇用在婚禮或受洗儀式等特殊場合工作。梅爾基奧爾爲了避免他的自尊心受到傷害，便假裝不知。但妻子瞞著他做這些事，他倒也未生氣。

有一天，露意莎給克利斯多夫穿上最漂亮的衣服，這是人家送的舊衣，經露意莎的巧手耐心修改而成的。他遵照母親的吩咐，到她工作的地方去接她。因爲母親還在忙，他就被帶到院子裡跟這一家的兩個孩子玩。這對兄妹和他差不多年紀。玩了一會兒之後，那個男孩突然在克利斯多夫前面站住，並扯著他的外套說：

「啊，這是我的！」

克利斯多夫弄不淸這是怎麼回事，自己的衣服怎麼會是別人的，他生氣地猛搖頭否認。

「我很清楚這是我的藍色舊外套。瞧，這裡有個污點！」

那個男孩說著便用手指去戳污點。然後他彷彿在做一番檢查似地查看克利斯多夫的腳，問他鞋頭是用什麼補的。女孩子輕蔑地噘著嘴低聲對她哥哥說：「他是窮人家的孩子呢！」克利斯多夫冒火還嘴說，自己是廚娘露意莎的孩子。那兩兄妹於是問他，那麼將來是打算當廚師還是馬夫。克利斯多夫沈默下來了。

兩個富家子女看他默不作聲，便動起腦筋想找到更好的方法來整他，那女孩子尤其熱中。她發現克利斯多夫穿著拘束的衣服不利奔跑，因此想出要他跳障礙物的主意。他們用小凳子做柵欄，強迫克利斯多夫跳過去。他卯勁向前衝，結果却摔到地上，於是引起身旁一陣大笑。他必須重來。他含著眼淚姑且一試，沒想到這一回竟跳過去了。但那兩個孩子並不罷休。他們認爲柵欄不夠高，因此又搬來其他東西疊在一起，成爲危險的障礙物。

克利斯多夫抗拒著，堅持不再跳。那女孩子於是喊他膽小鬼，說他害怕了。克利斯多夫再也無法忍受，雖然明知會摔倒，他還是跳了。他果然摔倒，所有的東西也跟著一起倒塌。他擦破了手，差點摔破頭。更不幸的是，他的衣服破了。像膝蓋的地方和其他許多地方都裂開，他覺得好丟臉。而當兩個孩子在周圍邊笑邊跳時，他內心的痛苦眞是難以言喩。

他寧可死掉！——最悽慘的莫過於孩童初次發現別人的壞心眼時所感受的痛苦了，他會以爲自己受到世界上所有人的迫害，感到完全的孤苦無助……克利斯多夫試著爬起來，可是那男孩又把他推倒，女孩則用腳踢他。他再度想爬起來，兩兄妹却一起撲過來，騎在他背上，把他的臉壓到地上。

此刻他心中的怒火直往上冒。這一切都太過分了！羞恥、痛苦、對暴行的反抗……種種感覺融化成瘋狂的怒氣。他匍匐著，像狗一般搖晃一下身體就把那兩個迫害者摔倒。當他們再度撲過來時，他低著頭衝過去，給女孩子一巴掌，並將男孩子一拳打倒在花壇上。

兩個孩子發出尖叫聲，然後邊哭邊逃進屋裡。隨即傳來開門的聲音和一位貴婦人怒氣沖沖的叫嚷，那是孩子們的母親，踢著長裙下襬跑過來，並撲向克利斯多夫。他挨打了，還莫名其妙地被亂罵一頓。兩個敵人又跑回來看他受辱，同時也提高嗓子罵壞話。

露意莎被叫了出來。她不但未保護克利斯多夫，反而不問青紅皂白便動手打他，還要他道歉。他憤怒地拒絕了。母親更用力打他，並且把他拖到夫人與孩子面前，要他下跪。

克利斯多夫跺腳、號叫、並咬母親的手，然後逃開。

他心裡難過得快要爆炸。他的臉因憤慨和挨了一頓巴掌而燃燒一般漲紅。他在路上忍住哭泣奔跑。一回到家，他的眼淚便決隄般湧出。雖然自己也弄不清楚爲什麼要哭，但他再也忍不住了。

當他正要下樓的時候，正巧碰到剛回家的父親。

「喂，你在幹什麼？要去哪裡？」

他沒有回答。

「你又闖禍了吧！你做了什麼事？」

克利斯多夫仍然不吭聲。

「你幹了什麼事？你不回答嗎？」

孩子哭了起來，梅爾基奧爾於是大吼。這時傳來露意莎急忙上樓的腳步聲。她還一副驚惶失措的樣子。她先嚴厲斥責，然後又給孩子一巴掌。梅爾基奧爾知道原因之後，也動了手。兩個人一起打罵，孩子不斷哭喊著。

最後梅爾基奧爾和露意莎開始吵架。梅爾基奧爾儘管打著孩子，却說孩子沒有錯。他怪罪露意莎到那些目中無人的有錢人家去工作，才會發生這種事。而露意莎則一邊打孩子，一邊罵丈夫是暴君，叫他別碰孩子，還責備他把孩子打傷了。

克利斯多夫的確流了一點鼻血，但他却不太在乎，而且，對於母親用濕布塞他鼻子，也不特別感激。最後，他們把他關進幽暗的房間，也不給他晚飯吃。

他聽到父母互相叫罵的聲音。他現在搞不清楚自己較憎恨哪一個，但或許是母親吧；因爲他萬萬沒想到母親會使他吃這些苦頭。

這一天所遭遇的苦難幾乎令他心碎——那包括了兩個孩子的暴行、貴婦人的凶悍，以及他父母親的蠻橫，還有自己平日那麼引以自豪的雙親，竟然會向那些凶狠而令人鄙夷的人卑躬屈膝！

他心中的一切頓時動搖了；對父母的尊敬、對人生的信心，全部崩潰。他幾乎喘不過氣來，覺得自己好像快要死掉。他因爲在絕望中反抗，全身變得僵硬。他一邊號叫，一邊用拳頭、腳或腦袋對著牆壁亂打、亂踢、亂撞，隨後痙攣地撞上家具而倒在地上。

雙親跑過來，將他抱起。現在他們爭先恐後地對他表示體貼。可是他一點也沒有軟化，他還是完全無法原諒他們。他未給母親晚安的親吻便假裝睡覺。他認爲母親是惡劣而卑鄙的。

關於母親爲了生活而受了多少苦，以及因未能保護兒子內心有多痛苦，他則絲毫未加留意。

家裡的經濟有時陷入困境。後來這種狀況越來越頻繁。碰到那樣的日子，他們便吃得很簡單。對此感覺最清楚的是克利斯多夫。父親則毫無察覺。

用餐時，父親總是第一個夾菜。當他把自己的盤子裝得滿滿的時候，菜大概僅剩一半了。露意莎接著先爲兩個小兒子分菜，她會各給他們兩個馬鈴薯。輪到克利斯多夫時，盤子裡往往只剩下三個。他因爲想讓給母親，便鼓起勇氣說：

「我一個就好，媽媽。」

「你不餓嗎？」

「嗯，我不太餓。」

但媽媽自己也只拿一個。

當克利斯多夫和母親相讓的時候，那最後一個馬鈴薯却被父親拿走了。後來克利斯多夫不得不有所提防；他會把它放在自己的盤子上，留給最小的弟弟艾倫斯特。父親不關心別人的舉動令他感到痛恨，而且很想說出來，但他認爲自己還不能賺錢的時候並沒有說話的權利。

他因爲這樣主動地強忍飢餓，所以比其他孩子感受更大的痛苦。他有時餓得發抖或頭痛，但他還是忍耐著。露意莎隱約察覺到克利斯多夫是刻意省吃，以便讓別人多吃一些，因此感到好心痛。但她却也不敢弄淸眞相，因爲事情果眞如此的話，她也不知該怎麼辦。

有一次，兩個小兒子在屋外玩，梅爾基奧爾也有事出去了，露意莎把克利斯多夫留在家裡幫忙做些雜事。當克利斯多夫幫著拿線團，母親纏線的時候，母親突然丟下一切，把克利斯多夫拉到懷裡，緊摟著他。他也用力抱住母親的脖子。兩個人一邊哭著一邊互相貼著臉。

「可憐的孩子……」

「媽媽，媽媽！」

他們不再說什麼，但他們完全了解彼此的心情。

有很長一段時間，克利斯多夫並未察覺父親是個醉漢。梅爾基奧爾的放蕩行爲起初至少還沒有超過某種限度，也就是尙未到無法無天的地步。發酒瘋時總表現極度快活的樣子。他一邊拍著桌子，一邊大聲講些蠢話，或歌唱。露意莎總站得遠遠地，避免看丈夫酒醉的樣子。而克利斯多夫因爲喜歡快活的事物，父親回來喧鬧，他倒覺得很有趣。他會跟父親一起唱歌跳舞。母親對他厲聲的阻止，叫他十分掃興。

克利斯多夫雖然感覺到父親的某些言行有不適合小孩的地方，但他依舊讚美著父親。他讚美父親的體格、結實的胳膊，還有他的聲音、笑容，以及他的爽朗。他相信父親那些自我膨脹的話，把父親當成一個天才，或把他當成祖父所講的英雄之一。

有一天晚上七點左右，克利斯多夫一個人在家。梅爾基奧爾突然開門進來。他未戴帽子，胸部敞開，搖搖晃晃坐到桌前椅子上。然後垂著雙臂，以發呆的眼神直盯著前方，時而發出傻里傻氣的奇怪的聲音。一開始他以爲父親在開玩笑，但看他一動不動，克利斯多夫突然覺得害怕了。

「爸爸，爸爸，回答我！」

父親嘴裡說著前後不連貫的話，並緊盯著他看。克利斯多夫不禁毛骨悚然，於是逃回自己的房間，跪在床前，把臉藏到被子裡去。

梅爾基奧爾將克利斯多夫抱起，邊哭泣邊親吻他。克利斯多夫因恐懼而全身冰凍。隨後又因父親帶著酒氣的呼吸和打嗝，使得他久久在厭惡與恐懼雙重感覺中掙扎。

露意莎開門進來了。她驚叫一聲，立刻跑過去把克利斯多夫從梅爾基奧爾懷裡抱過來。她眼中冒著怒火斥責。

梅爾基奧爾愣愣地哭了起來。隨即一邊用頭去撞家具，一邊說著自己眞是個酒鬼，害一家人陷於不幸，不如死了好之類的話。

露意莎轉過身去，將克利斯多夫帶到隔壁房間，滿懷柔情安撫他，想讓他鎭定下來。但孩子仍然顫抖著，隨後突然放聲大哭。露意莎爲他洗臉之後便緊抱著他，溫柔地跟他說話，跟他一起哭泣。他們終於安靜下來，並一起禱告——他們求神改掉父親的壞習慣，使他重新做一個可愛的人。露意莎幾乎一整夜坐在發燒的克利斯多夫枕邊。酒醉的父親則躺在地上打鼾。

在包圍著少年克利斯多夫的鬱悶的暗夜裡，開始出現照耀他一生的星光——那就是神聖的音樂！

祖父送給他一台舊鋼琴。那原本是好友的東西，經祖父耐心修理之後，總算還可以彈奏。

如今克利斯多夫最大的喜悅是當母親整日出去工作，或上街買東西的時候。他聽著母親下樓的腳步聲，然後聽她出門、走遠。等家裡只剩下他一個人，他便打開琴蓋，坐到椅子上。他的肩膀與鍵盤一樣高，這已夠他實現心願了。他爲什麼等待著獨處的時間呢？其實平常只要他彈的聲音不要太大，也沒有人會責罵他的。可是在別人面前彈琴他卻害羞、不自在，而且周圍有人講話或有人走動是很掃興的，因此他只在單獨一個人的時候彈。

克利斯多夫屏氣凝神；手指按鍵時，心裡撲通撲通地跳。有時只按一半便提起手指再去按另一個鍵。他迫不及待地想知道另一個鍵將會發出何等美妙的聲音！

他終於能沈著地按每一個鍵，發出的聲音有深沈的、尖銳的、洪亮的，還有低吟的。他傾訴著一個一個音逐漸微弱下去而終於消失。這些音如鐘聲般迴盪，又彷彿在原野中所聽到的隨風傳來又飄走的鐘聲。

再細聽，還可以聽到有如蟲子的振翅聲，交相縈繞迴旋。它們好像在呼喚你，引你到遠方……到遠方……到更遠更遠的神祕的深處，然後聲音潛入其中……終於消失！……不，還聽得到喃喃細語……如羽翼的輕拍……。這一切多奇妙啊！它們彷彿精靈一般。但精靈居然如此柔順地被關在那破舊的箱子裡，眞是太不可思議了！

有一天，克利斯多夫正在彈鋼琴的時候，梅爾基奧爾突然進來。父親震耳欲聾的聲音，讓他嚇了一大跳。克利斯多夫以爲自己做了不該做的事，用雙手摀住耳朵。可是，梅爾基奧爾不但沒有指責他，反而笑著說：

「你對彈鋼琴也有興趣嗎？要不要我來教你彈？」

「啊！」克利斯多夫發出驚喜的聲音。

父親於是教給他鋼琴的初步彈法。可是在接受教導的過程，他想像中的奇妙森林不見了。儘管如此，他還是非常努力地學習，因爲這並非乏味的事，何況父親的耐性亦令他訝異。梅爾基奧爾不厭其煩地叫兒子把同樣的東西反覆彈十次。克利斯多夫不明白父親何以如此賣力，他想：「難道父親愛我嗎？他多麼親切呀！」孩子滿懷感激地繼續努力練習。

醉漢梅爾基奧爾所以要克利斯多夫學鋼琴，是因爲這一天他觀察孩子的時候，腦子裡忽然閃現一個念頭：「是個神童呢！我怎麼從來沒察覺到？我一向以爲他跟母親一樣，不過是個鄉下孩子，可是把他鍛鍊一下也不會吃虧的。如果他有好的表現，全家說不定能走運呢！」

有這種想法的梅爾基奧爾，那天一吃過晚飯，就把孩子推到鋼琴前面，要他複習當天的功課，直到孩子累得快睜不開眼睛。第二天規定練三次，第三天也是。以後每天皆如此。

父親逼得這麼緊，克利斯多夫對練琴很快就感到厭倦了。後來終於無法忍受而想反抗。他覺得這樣練琴毫無意義。只會弄得神經緊張，一點也不好玩。美妙的音響，迷人的精靈，霎時感受到的夢幻世界……一切都消失了。

「爸爸，我已經不想彈了。」

「你在說什麼⁈……你在說什麼⁈」

他猛搖著克利斯多夫的小胳膊，幾乎要把它扭斷。克利斯多夫抖得越來越厲害，因怕挨打而不禁舉起手肘，並一邊繼續說：

「不！不！我再也不想彈了！」

梅爾基奧爾只好鬆手，一邊把他往門口推，一邊說，如果不練到一個音都沒彈錯，那麼一整天，不，一整個月都不給東西吃。然後把他推出房間，砰一聲關上了門。

克利斯多夫在樓梯上站住。他滿懷悲憤，以絕望的眼神看著黏糊糊的樓梯，以及掛在破窗戶上隨風飄搖的蜘蛛網。他覺得自己跌到不幸的谷底了。他望著欄杆之間的空隙，心裡想著：如果從這兒跳下去呢？……或者從窗口？……對了，爲懲罰他們而自殺吧！如此一來，他們將會多麼後悔！

他似乎聽到自己墜樓的聲音，上面的門即刻打開，並傳來慌張的尖叫聲：

「克利斯多夫摔下去了！克利斯多夫摔下去了！」

接著又好像聽到腳步聲從樓梯滑落。父親，母親哭著撲到他身上。母親哀號著：

「都是你害的，是你把孩子害死的！」

父親跪下來，一邊用頭撞欄杆一邊喊著：

「是我不好！是我不好！」

——他腦子裡想像的這副景象，讓他的痛苦減輕了。

克利斯多夫編完這段幻想故事之後，驀然發現自己仍然站在陰暗的樓梯上。他再度往下看，但現在卻一點也沒有要跳下去的情緒了。

萊茵河在屋外不遠處流著。從樓梯的窗口眺望，覺得自己好似懸在搖盪的空中。以前克利斯多夫每次下樓時總會望一望這條河流，但從未像今天這樣看它。憂傷將使感覺變得敏銳；褪色的往日痕跡經淚水洗滌之後，在眼中似乎將映現得更清楚。

在幼小的克利斯多夫心目中，河流是有生命的東西——是不可思議的生命，但比他所知道的其他一切強過百倍！克利斯多夫爲了想看清楚它而挨近窗戶，嘴巴和鼻子都碰到玻璃窗了。它將往何處去呢？它期盼著什麼？

它對自己的前程似乎信心十足的樣子……沒有任何東西能阻止它的奔流。無論晝夜的任何時刻，無論雨天或晴天，無論屋裡的人是喜是悲，它總是不斷奔流。

它對一切似乎全不介意，它似乎從不知痛苦，只爲自己的活力感到歡欣。像它那樣，穿過草原，在柳枝下、或在晶瑩的石子和鬆軟的砂子上流過，無所牽絆，完全自由自在，是多麼愉快的事！……

時間流逝，已到黃昏。樓梯上逐漸暗下來。雨點落在河面上，形成大大小小無數圓圈，隨跳動的水流前行。有時，樹枝或其他東西悄悄地漂來又漂走。一直靠在窗邊的小克利斯多夫，蒼白的髒臉閃著幸福的光芒。他睡著了。

3

但他畢竟不得不屈服。他雖然頑強地抵抗，還是敗給父親的毆打了。每天早晚各三小時，克利斯多夫被迫坐在那折磨人的樂器前面。儘管他認爲自己厭惡音樂，却異常用功。這不僅僅是畏懼父親的緣故。另一個原因是祖父說了幾句讓他刻骨銘心的話。祖父看到孫兒哭泣，便以嚴肅的語調對他說：「爲那撫慰人心和帶給人類榮耀的最美最高尙的藝術而受點苦是値

得的。」克利斯多夫對於祖父把他當大人一般鄭重地談話，深爲感激，因此也接受了祖父的說法。

但最主要的原因，還是那曾經深入他童年時代敏銳感覺當中的音樂情緒之記憶，將他與此刻一味反抗的音樂緊緊結合在一起，並使他終身爲這種藝術效勞。

有一天，祖父帶他到劇場去。當時所看到的歌劇舞台是以夢幻般的中東爲背景。幾天前祖父就把歌劇內容講給他聽了。但他還是看不懂。雖然如此，他非但不覺得無聊，反而興致勃勃地觀賞著。他一邊看著舞台，一邊編自己的故事——那跟正在演的劇情毫無關係。

舞台上所發生的跟他所編的雖是兩回事，但克利斯多夫並不爲此苦惱。他從舞台上那些發出各種不同聲音表演著的人物之中，選擇了自己喜歡的角色，對其表示同情，並忐忑不安地關注其命運。

突然一切都結束，他搞不淸楚爲什麼，但布幕放下來了，觀衆全部站起來。老人和小孩踏著月光回家。這是個好美的夜晚！他們默默回味著剛才所欣賞的東西。老人終於開口問道：

「怎麼樣，覺得有趣嗎？」

克利斯多夫無法作答。他還沈醉在深深的感動之中，因此只長嘆一聲喃喃說道：

「嗯，非常有趣！」

老人滿意地笑了。片刻之後他又說：

「音樂家這種職業有多美妙，你現在知道了吧？在舞台上創造那麼出色的情景，你不覺得是藝術家的無上光榮嗎？」

「爺爺，那是誰創造出來的呢？」

祖父告訴他那個人叫弗朗梭瓦・馬利・哈斯雷，是德國的年輕藝術家，住在柏林，以前跟祖父相識。克利斯多夫側耳傾聽著。突然，他問道：

「那麼，爺爺呢？」

「什麼？」

「爺爺也創造過那麼美妙的東西嗎？」

「當然有。」

可是老人沈默下來了。走五、六步之後，他深深嘆了一口氣。那是他畢生的一件憾事。他一直希望能爲戲劇作曲，却總缺少靈感。紙夾裡雖然夾著具獨特風格的一、兩幕作品，可是他對這些作品並不太有信心，因此從來不敢拿給別人看。

不久之後，音樂界的一件大事讓克利斯多夫感到極度興奮。首次令他驚嘆不已的歌劇作者弗朗梭瓦·馬利·哈斯雷即將到小城來。他將在音樂會親自指揮自己的作品。這件事已轟動全城。

舉行音樂會的日子終於來臨。大公爵及其家族出現在豪華的貴賓席。有本事的音樂家都以能加入管弦樂團爲榮。梅爾基奧爾是樂團的小提琴手。約翰·米歇爾則指揮合唱團。

哈斯雷一出場，便響起一片掌聲，女士們紛紛站起來，想看清楚他的風采。克利斯多夫定睛凝視著他。哈斯雷的指揮顯得非常神經質。克利斯多夫似乎快喘不過氣來。音樂對他的震撼是那麼強烈，於是一會兒動著身子，一會兒站起來，使得附近聽眾大爲不安。

演奏一結束，女士們便投擲鮮花，男士們則揮著帽子。接著大家如潮水般湧向舞台。克利斯多夫也很想擠過去，但他太小了，無法擠到舞台那兒去。

幸而祖父爲了要帶他一起去參加爲哈斯雷舉行的晚宴，在門口找到他。

在晚宴場所，哈斯雷向樂團團員道謝。他發現約翰·米歇爾時，說了幾句恭維話；他記得米歇爾是最先演奏他作品的音樂家之一。

祖父牽著克利斯多夫的手走向前去，把他介紹給哈斯雷。哈斯雷對著克利斯多夫微笑，漫不經心地摸摸他的頭。而當他知道克利斯多夫喜歡他的音樂，因急切盼望見到他，曾有好幾晚失眠時，便將克利斯多夫抱起來，親切地問他種種問題。克利斯多夫高興得臉紅，並感動得說不出話，甚至不敢看對方的臉。後來他發現哈斯雷雙眼帶著溫和的笑意，才跟著笑了出來。

片刻之後，克利斯多夫緊繃的情緒完全放鬆了，於是湊近哈斯雷的耳朵低聲說出自己的種種可愛的抱負，例如他是多麼想成爲像哈斯雷那樣的音樂家，或成爲一個偉人等等。一向害羞的他，此刻竟能滔滔不絕地說出心裡的話。哈斯雷聽得開心地笑了，他說：

「當你長大，成爲出色的音樂家時，到柏林來找我吧，我會幫你忙的。」

克利斯多夫高興得無法回答，哈斯雷逗弄他說：

「不願意嗎？」

克利斯多夫爲了表示並非不願意，連忙用力搖頭，搖了五、六次。

「那麼，你答應了？」

克利斯多夫默默地點頭。

「爲表示你的許諾，給我一個親吻吧！」

克利斯多夫於是雙臂圍繞著哈斯雷的脖子，用力親吻他的臉頰。

這一晚，掠過小城上空的耀眼流星，在克利斯多夫的精神上產生決定性的影響。才六歲的幼童，以哈斯雷爲榜樣，下定決心也要自己作曲。但說實在的，從很久以前，他就不知不覺在作曲了。

像所有小孩那樣，他也整天哼個不停。無論何時，無論在做什麼——在路上跳躍著到處閒逛的時候——趴在祖父家地板上，雙手抱著頭，對書中插圖看得出神的時候——隨時隨地都可以聽到他的小嘴哼著一些曲調。

有一天，他在祖父家，一邊哼唱自己做的曲子，一邊挺著肚子、仰著頭、頓著腳後跟不停地轉圈，轉到都快頭暈了——正在刮鬍子的祖父停頓下來，伸出滿是肥皂泡沫的臉看著他說：

「你在唱什麼呢？」

克利斯多夫回答說不知道。

「再唱一遍看看！」祖父說。

克利斯多夫試著唱了，但再也想不起剛才的曲調。他因爲引起祖父的注意，而感到得意，於是用自己的唱法唱了歌劇中一段複雜的歌曲。可是老人所要求的並不是這樣的東西。約翰·米歇爾緘默下來，好像不再理會他的樣子。但孩子在隔壁房間玩的時候，他仍然把房門半開著。

一個星期之後，當克利斯多夫把這一切都忘記的時候，祖父說有東西要給他看。祖父打開書桌取出一本樂譜擺到鋼琴譜架上，叫他試彈。

克利斯多夫訝異地看譜彈出來了。那樂譜是祖父用粗黑的字體特別用心寫的。過了一會兒，祖父問他這是什麼音樂。克利斯多夫說他不知道。

「再留意一下！怎麼不知道呢？」

的確，他也覺得不陌生，但他不知道在哪兒聽過。……祖父笑著說：

「你再好好想一想！」

「我還是不知道。」

但說眞的，他似乎能想像出某種情況來。那曲調……的確有過那感覺。但他不好意思斷言……不，不……他不想斷然那麼說。

「爺爺，我不知道呢！」他紅著臉說。

「小傻瓜，自己做的曲子竟然說不知道！」

他想這該是沒錯的；但聽到祖父這麼說，心裡還是頗爲震驚。

祖父得意地將樂譜的封面拿給他看，上面用美麗的哥德體（Gothic）寫著：

兒時樂趣——歌曲・舞曲・華爾茲・進行曲

約翰・克利斯多夫・克拉夫特作品第一卷

克利斯多夫驚訝地喊道：

「哦，爺爺！爺爺！……」

老人把他拉過來。克利斯多夫跳到祖父膝上，把頭埋在他懷裡。老人雖然比他還歡欣，却故意裝作若無其事的樣子說：

「當然，我加上伴奏與和聲了。」

「那麼，爺爺，上面也得寫上您的名字啊！」

頭。

克利斯多夫因爲心裡十分感動，便拚命親爺爺的臉頰。而老人也感動得緊緊抱住孫兒的頭。

從這一天，克利斯多夫便成爲作曲家而開始作曲。因爲他是天生的音樂家，很快就創造出「樂章」來，然後揚揚得意地拿去給祖父看。年紀大變得容易流淚的祖父看了之後喜極而泣，並誇讚那是很棒的作品。

但由於太受嬌寵，他的才能反而無從發揮了。幸而他天生明理，坦然接受一個人的忠告而得救。這個人就是母親的哥哥高特弗烈德。

高特弗烈德是個流浪的小販，常常背著大包裹一村又一村地奔走。家人好幾次爲他買下雜貨店，勸他安頓下來，但他並不是一個喜歡在固定地方生活的人。他總是在半夜起來，把鑰匙放在門下，背著包裹出走。然後會有幾個月失去蹤影。

這次他突然又回來了。有一天傍晚，克利斯多夫家出現輕輕的敲門聲。門打開一半，便有一個人恭恭敬敬脫下帽子露出禿頭，同時向大家投以和善的眼神和羞怯的微笑。

「各位晚安！」他說。

進來之前，他先好好把鞋子擦乾淨，然後按照年齡的順序向每個人一一問候。接著便走到屋裡最邊邊的角落坐下。

克利斯多夫以小孩常有的輕率的殘酷行爲，跟父親和祖父一樣輕視著這個小販。但不知爲什麼，克利斯多夫却喜歡他，他雖然貧窮，每次總會設法爲孩子們帶來禮物。

有一天晚上，克利斯多夫跟著這位舅舅到萊茵河畔去散步。高特弗烈德突然在黑暗中唱起歌來。他以一種彷彿響在內心裡的模糊聲音唱著。克利斯多夫從未聽過這種唱法。他也從未聽過這種歌曲。緩慢、單純而天眞的歌曲，以嚴肅、淒涼、並有些單調的節拍從容前進。克利斯多夫屏息凝神聽著，後來竟感動得全身僵硬。當歌唱結束，他以沙啞的聲音問道：

「那是什麼，舅舅？告訴我，你剛剛唱的是什麼？」

「我不知道。但就是一首歌呀！」

「是你的歌嗎？」

「怎麼會是我的歌？別說傻話了！……這是古老的歌曲呢！」

「是誰作的？」

「不知道。」

「什麼時候完成的？」

「不知道……」

「是在舅舅小時候嗎？」

「是在我出生之前，在我父親、祖父、曾祖父出生之前……這首歌不知已經被唱幾代了。」

「好奇怪！從來沒有人跟我說過這種事呢！舅舅，你曾經作曲嗎？」

「什麼？」

「你作過歌曲嗎？」

「歌曲？我怎麼作得出來呢？那不是被作出來的。」

「可是，如果沒有人作，怎麼會有那歌曲呢？」

「那是很久很久以前就有的。」

「那麼，舅舅，難道我們不能再作新歌嗎？」

「爲什麼還要作？其實什麼樣的歌都有了。有悲傷的時候唱的，也有快樂的時候唱的；有疲倦的時候唱的，也有想念遙遠故鄉的時候唱的；有對卑微的自己感到厭惡時唱的；有因別人的冷漠而想哭泣時唱的；還有仰望美麗的天空而心中充滿喜悅時唱的……既然各種各樣的歌曲都具備了，爲什麼還要另外作曲呢？」

「爲了要當偉人啊！」克利斯多夫說，他腦子裡裝滿祖父的教訓和天眞的夢想。高特弗烈德溫和地笑了。

「你爲什麼笑呢？」

「那麼，你是想當偉人嘍？」

「是的。」

「爲什麼？」

「爲了作美好的歌曲呀！」

克利斯多夫不知怎麼回答。他考慮了一下之後說：

高特弗烈德又笑道：

「你是爲了當偉人，才要作曲；還有，你是爲了作曲，才要當偉人。你是像追著自己尾巴打轉的狗呢！」

克利斯多夫非常氣憤，却說不出一句話。

「即使你長大成爲大人物，也作不出一首歌來的。」

「如果我想作呢？」

「你越想作越作不出來的。要作曲，必須像那樣才行。你聽……」

又圓又璀燦的月亮剛從原野的彼方升上來。銀色的雲靄飄浮在地面上，以及明鏡一般的水面上。青蛙啯啯叫者，牧場上的蛤蟆也發出有節奏的叫聲。蟋蟀尖銳的顫音似乎在回應星星的閃爍。微風吹拂赤楊的枝條。從河邊山丘上，傳來夜鶯淸脆的歌聲。

高特弗烈德沈默了許久，才又嘆著氣說：

「這一切不是像天上的音樂嗎？人作得出這麼好的歌嗎？」

克利斯多夫靜聽這一切天籟時，不知不覺被帶到一個高遠的境界。此刻他對大自然、對舅舅都滿懷著愛。

從此以後，他們兩個人常常在黃昏一起散步。他們沿著河，或穿過原野默默地走。高特弗烈德有時候會爲克利斯多夫唱悲傷之歌或喜悅之歌，但都是屬於同一類型的。他一天只唱一首歌。

有一天晚上，高特弗烈德似乎並不準備唱歌，克利斯多夫於是想把自己所作的一首小曲唱給他聽。當他唱的時候，舅舅雖然注意聆聽，隨後却說：

「可憐的克利斯多夫，這多難聽！爲什麼作這樣的歌呢？眞難聽！又沒有人強迫你作呀！」

「爺爺認爲我的音樂非常好呢！」

「是嗎？爺爺說的或許沒錯。他是個很有學問的人，對音樂非常內行。我是個外行人，不過，我認爲那首歌很難聽。」

「你爲什麼說它很難聽呢？」

「爲什麼嗎？我並不是很清楚……不過……它的難聽……第一因爲它無聊、聽來沒什麼意義。當你作曲的時候，並沒有想要表達什麼吧。你爲什麼要作那樣的東西？」

「不知道。我是想作美妙的曲子啊！」

「問題就在此！你只是爲了想作而作。你是爲了想成爲偉大的藝術家，想受到稱讚才作的。你傲慢，你撒謊。因此你受罰了。音樂需要謙虛與眞誠，否則是對神的不敬與褻瀆……」

他察覺到孩子的傷心，因此想擁抱他。但克利斯多夫憤怒地閃開了。儘管如此，他內心裡却明白舅舅是對的。舅舅的話已經銘刻於心。他爲自己的不眞誠感到羞愧。

祖父與父親決定將克利斯多夫的《兒時樂趣》獻給雷奥波爾多大公爵。父親擬了呈遞文之後，便令克利斯多夫抄寫。這篇文章他是完全搞不懂意義的，但他却被迫重寫了許多次。

大公爵對克利斯多夫的作品頗爲滿意。舉行音樂會的事於是獲得批准。音樂院的大廳允許梅爾基奧爾自由使用，大公爵並答應演奏會那一天接見少年音樂家。

梅爾基奧爾爲克利斯多夫當天該穿什麼衣服而傷腦筋。他本來想把孩子裝扮成四歲的樣子。但克利斯多夫在他的年齡看來個子已不小，而且大家都曉得他的年齡，想騙人是不可能

的。梅爾基奧爾於是有個得意的想法，決定讓孩子穿燕尾服打白領結。善良的露意莎雖然反對把可愛的孩子弄成滑稽的模樣，不過還是徒然。

那重大的日子終於來臨。理髮師先來爲克利斯多夫修飾，把他那粗硬的頭髮燙捲，一直到像羊毛一般柔順才罷手。全家人端詳著他，說他漂亮極了。

音樂會開始後，輪到克利斯多夫登台了。他因爲從很久以前就常到這大廳來，所以並不特別害怕。可是，當他獨自一個人站在舞台上，面對幾百隻眼睛的時候，却忽然怯場了；他本能地想往後退，甚至想躲到後台去。但他看到父親就在舞台的一側，帶著憤怒的眼神對他做手勢，因此他只得繼續向前走。

梅爾基奧爾的期待沒有落空。克利斯多夫的服裝產生了預期的效果。當他穿著紳士一般的晚禮服，戰戰兢兢地邁著小步出現的時候，聽衆席突然沸騰起來。人們的歡呼聲、目光，以及對準他的小望遠鏡，使得克利斯多夫害怕起來，他只想儘快走到鋼琴那兒。

鋼琴對他好像海中的小島。他低著頭，目不斜視，沿著台前燈光，以急促的腳步走過去。到舞台中央時未向聽衆鞠躬便直接走向鋼琴。他終於得救了；只要面對樂器，他就誰也不怕了。

少年緊閉著嘴巴，凝視著鍵盤，一絲不亂正確地演奏著。當他彈完曲子，聽眾爲之瘋狂，要求他再彈一次。他對自己的成功十分得意，同時也對這種命令式的喝采有些惱怒。最後全場聽眾站起來鼓掌歡呼，因爲大公爵給了這樣的暗示。

克利斯多夫一時不知所措。梅爾基奧爾出來將他抱起，指著大公爵的座位，要孩子送飛吻。克利斯多夫充耳不聞，梅爾基奧爾低聲威嚇他。他於是勉強做了手勢，但因爲自尊心受到傷害而痛苦不已。梅爾基奧爾一將他放下，他立即奔向後台。

隨後，克利斯多夫被大公爵召見。走到貴賓席，一位長著哈巴狗臉，嘴上留八字鬍、下巴留尖尖的短鬚、身材短小、穿著短禮服的人，以又尊大又親熱的口吻招呼他，並用肥胖的手拍拍他的臉頰，稱他爲「莫札特再世」。這個人就是大公爵。

接著克利斯多夫見了公爵夫人、公爵女兒，以及隨員們。少年不敢抬眼看他們。當他坐在年輕的公主膝上時，更是侷促得連呼吸都感到困難了。她問了克利斯多夫許多問題，梅爾基奧爾帶著諂媚的聲音，使用過於恭敬的言語幫著回答。

可是，她並未傾聽梅爾基奧爾的回答，而只顧逗弄著孩子。當她親他臉頰的時候，他完全沒有厭惡的感覺。

這時候，他看到祖父出現在包廂入口處。祖父帶著又高興又羞怯的表情，他似乎也想進來說幾句話，但因爲沒有人招呼他，所以不好意思進來。克利斯多夫突然湊到小姐耳邊喃喃說道：

「告訴你一件祕密。」

「什麼祕密？」

「我彈的小步舞曲之中，最好聽的中段樂曲是我爺爺作的。」克利斯多夫指著老人說。年輕的公主於是哈哈大笑，說他眞是一個可愛的孩子，而拼命親他臉頰。但克利斯多夫沒想到她竟然把這件事說出來了，大家一起笑著，大公爵向老人道賀，老人却不知所措。克利斯多夫因公主將祕密公開而感到憤怒，以致當大公爵稱他爲鋼琴家，並說將任命他爲宮廷樂師時，他都沒聽進去。

他們終於回到家。一關上大門，梅爾基奧爾立刻罵他「小混蛋」，因爲他說出舞曲的中段不是自己作的。克利斯多夫認爲自己所做的事是值得稱讚而不該挨罵的，因此加以反抗，用粗魯的話頂撞父親。

這時候，宮廷的使者送來大公爵的禮物——一只金錶，以及年輕的公主贈送的一盒巧克力。克利斯多夫對這兩份禮物都很滿意，但因爲他心情惡劣，雖然斜眼看著那一盒糖，却依舊噘著嘴。父親隨即令孩子坐在桌前，要他照其口述寫一封感謝函。

梅爾基奧爾以「殿下的賤僕音樂家……」這樣的句子開始時，克利斯多夫似乎因爲本能地覺得可恥，不禁潸潸落淚，無法下筆。更糟的是，他把金錶摔壞了，咒罵聲像暴風雨般襲來，梅爾基奧爾嚷著不給他吃飯後點心，露意莎則說要沒收那一盒巧克力。

克利斯多夫咆哮著說母親沒有這種權利，並說那是屬於他的，任何人都不能拿走。結果他挨了一巴掌。他勃然大怒，從母親手裡把那一盒巧克力搶過來扔到地上，用腳踩爛。

他被狠狠鞭打了一頓，然後被帶到臥室、脫衣、上床。晚上，他聽到家人和客人在享用盛餐的聲音，那是一週來爲慶祝音樂會而準備的。這種不合理的做法叫他無限憤慨。不過，當客人告辭之後，有一個人拖著沈重的步伐走進來，那是老約翰・米歇爾。祖父到床邊親吻他，並說道：

「可愛的克利斯多夫……」

然後老人把藏在口袋裡的幾片餅乾掏出來塞給他，隨即默默離開。

克利斯多夫感到非常欣慰。但他已極度疲乏，因此連去碰那些餅乾的力氣都沒有。不一會兒，他便入睡了。

他睡得並不安穩。一種粗獷的音樂在夢中纏繞著他。渾身狂風大作。狂暴的風雨！惱人的風雨！受苦吧！再受苦吧！……

但他已沒事！他覺得自己逐漸變成一個堅強的人了！

他笑了出來，笑聲在寂靜的夜裡響著。父親醒過來叫道：

「是誰？」

母親低聲說：

「噓！是孩子在做夢呢！」

他們三個都緘默了，周遭一切復歸寧靜。音樂也消失了。

二、清　晨

三年過去了。克利斯多夫即將滿十一歲。他繼續接受音樂教育，跟弗羅里安・霍爾柴學習和聲。另外，他也學會了各種樂器。

父親很想讓他成爲管弦樂團的團員。因爲他相當稱職，在經過幾個月的實習之後，就正式被任命爲宮廷樂團的第二小提琴手。他就這樣開始賺取自己的生活費。而這也不嫌早了，因爲家境每下愈況。梅爾基奧爾更加放蕩，祖父則已年邁。

當大公爵有貴賓、或他與夫人想聽演奏的時候，克利斯多夫就被召喚到宮廷去，那大部分都是在晚上克利斯多夫想獨處的時候。接到通知，他非丟下一切，急忙趕去不可。但有時他得在休息室等候，因爲晚宴尚未結束。

隨後他會被帶領到金碧輝煌的客廳，那些裝模作樣的人會用令他厭惡的眼光盯著他看。他必須走過打蠟的地板去吻大公爵夫婦的手。他越長大越不重視禮節了；因爲他覺得自己很可笑，自尊心受到傷害了。

他坐到鋼琴前面去，他得為這些蠢材——他心中如此藐視著他們——而演奏。有時候周圍這些人漠然的態度令他十分不快，甚至想在中途拂袖而去。當他的演奏結束，還要聽許多恭維的話，並且被介紹給他們每一個人。他覺得自己好像大公爵動物園中的稀有動物，所有的讚美與其說是對著他，勿寧說是對著大公爵。

臨走時，大公爵漫不經心給他一枚金幣的舉動，特別令他覺得屈辱。他因為被當窮人看待而難過。有一晚，在回家途中，因為所接受的金幣讓他越想越不舒服，便將它扔到地下室的氣窗裡。但過一會兒，他又不得不謙卑地去把它撿回來，因為家裡已經向肉店賒了好幾個月的帳了。

家人幾乎未察覺到他這樣因自尊心受到傷害而承受的痛苦。他們倒因他受到大公爵的關愛而歡天喜地。克利斯多夫被召喚到宮廷的夜晚，老約翰・米歇爾總是找各種藉口留在露意莎那兒，像小孩子一般焦急地等待孫兒回來。而當克利斯多夫回來，他卻裝出一副若無其事的樣子問些無關緊要的問題，例如：

「怎麼樣，今晚順利嗎？」

有時他會不自然地拐彎抹角說道：

「啊，小克利斯多夫回來了，他又會講些新鮮事給我們聽吧！」

有時為了討好克利斯多夫，他會說恭維的話：

「小少爺，今天恭喜！」

但克利斯多夫對祖父這樣的招呼感到不耐煩，他板著臉孔只冷淡地回答一聲「晚安」，便噘嘴坐到屋裡一角去。老人不肯罷休地繼續追問，但克利斯多夫也只回答「是」或「不是」。家裡其他的人也加進來問些瑣碎的事。

克利斯多夫於是皺起眉頭。最後老人終於冒火，說出刺耳的話。而克利斯多夫也不禮貌地還嘴。結果弄得彼此反目，不歡而散。老人把門砰一聲關起來回家去。克利斯多夫就這樣把這些可憐的人的喜悅粉碎了，他們卻完全不明白他惡劣的心情。

隨著梅爾基奧爾放縱與怠惰的情況越來越嚴重，家計也益發困難。但只要約翰・米歇爾仍然健在，日子總是還過得去。唯有他，對梅爾基奧爾還多少具有權威，能使他不致完全墮落。而且老約翰是受到普遍尊敬的人物，這也能讓人稍稍忘記那個醉漢的不良行爲。

另外，一家的生活陷入困境的時候，老約翰總是予以協助。除了以前當樂團指揮所領的微薄年金，他還個別收學生教音樂，或做鋼琴的調音工作，繼續賺點錢。他把這些收入的大部分都交給露意莎。她雖然盡量不讓老人家知道自己的拮据，他卻知道得一清二楚。而當他考慮著未來的時候，他還淸楚感覺到悲慘的狀況不久就會降臨。他對露意莎說：

「可憐的孩子們，如果我死了，不知道將如何？……不過，好在……」他撫摸著在一旁的克利斯多夫的頭補充說：「這個孩子能養家之前，我應該還能健康地做點事吧！」

結果卻事與願違。

盛夏裡有一天，克利斯多夫帶著書坐在院子裡的涼亭下，但他並沒有在閱讀。他一邊聽著好像在催眠的蟋蟀叫聲，一邊陷入沈思。

他看到在附近彎著腰拔草的祖父突然站起來，雙臂在空中揮動了一陣之後，便像石塊一般臉朝著泥土倒下。

老人從倒下去的那一瞬即失去知覺，隨後神父來爲他誦讀臨終禱文。老人費力地睜開眼睛，猛吸了一口氣，望著燈火以及周圍的人，但這一切對他似乎都已模糊不清。後來他突然張開嘴巴說：

「那麼……那麼……我就要死了嗎？」

老人不再說話，只像嬰兒一般呻吟著。然後他又陷入昏睡狀態。在半昏迷中，只聽到他發出唯一的一次呼喊：

「媽媽！」

這是多麼叫人傷心落淚的時刻！如果像克利斯多夫這樣的小孩尚可理解，這位老人在臨終的痛苦中，竟然呼喊著自己的母親！母親正是所有不幸者最終的避難所呀！

露意莎把克利斯多夫帶到床邊。約翰・米歇爾嘴唇動了一下，還試著想撫摸孩子的頭。可是，他立即又昏迷過去……當他再度經歷臨終的掙扎之後，便永眠了。

一向靠約翰・米歇爾支撐著的家庭，因他的去世很快陷入窘境；隨著他的死，克拉夫特家幾乎失去一切的經濟來源。

更不幸的是，梅爾基奧爾加速了窘境的來臨。一旦擺脫那拴住他的唯一羈絆，他便完全沈溺於惡習。幾乎每夜他都喝得爛醉才回來，所賺的錢却一文也不帶回家。而且教課的工作幾乎都失去了。

有一天，克利斯多夫所珍惜的鋼琴不見了。

FM

「我的鋼琴呢？」他叫道。

梅爾基奧爾抬起頭來，故意裝一副滑稽和驚慌的樣子，克利斯多夫的兩個弟弟於是突然笑了起來。梅爾基奧爾本身則因爲看到克利斯多夫快要哭出來的表情，也忍不住噗哧一聲笑出來。克利斯多夫發狂似地撲向父親。梅爾基奧爾正向後仰著坐在安樂椅上，孩子一下抓住他的喉嚨喊道：

「小偷！」

轉瞬間，梅爾基奧爾搖晃著身體，把緊緊抓住他的克利斯多夫摔到地板上。孩子的頭碰到火爐邊。克利斯多夫又站起來，甩甩頭，氣吁吁地反覆說道：

「小偷！把媽媽和我的東西偷走的小偷！……把爺爺的東西賣掉的小偷！」

梅爾基奧爾站起來，在克利斯多夫頭上晃著拳頭。孩子用怨恨的眼神對父親挑戰，却因盛怒而渾身發抖。梅爾基奧爾也顫抖著，然後坐下來，用雙手蓋住臉。兩個小兒子尖叫著逃跑了。周遭陷入喧鬧之後的寂靜。梅爾基奧爾隨即喃喃自語。克利斯多夫緊靠在牆壁上，咬緊牙根瞪著父親。梅爾基奧爾開始責備自己：

「我是小偷！我使得全家人變成窮光蛋了。孩子們輕視我是理所當然的。我不如死了的好！」

他喃喃說了這些話之後，克利斯多夫一動不動地厲聲問道：

「鋼琴在哪裡？」

「在舊貨店波塞姆那兒。」梅爾基奧爾回答，却沒有勇氣看孩子的臉。

克利斯多夫向前跨出一步，問道：

「錢呢？」

梅爾基奧爾敵不過孩子的勇猛，老老實實從口袋裡掏出錢來交給他。克利斯多夫向門口走去，梅爾基奧爾却叫住他：

「克利斯多夫！」

克利斯多夫停住腳步。梅爾基奧爾以顫抖的聲音說：

「小克利斯多夫！不要輕視我！」

克利斯多夫抱住父親的脖子，哭著說：

「爸爸，爸爸，我不會輕視你的！我只是非常傷心！」

父子倆都放聲大哭。隨後梅爾基奧爾嘆著氣說：

「並不是我不好！我並不是眞正的壞人，不是嗎？克利斯多夫，我絕對不是一個凶惡的人！」

他發誓不再喝酒。克利斯多夫搖頭表示不相信的樣子。梅爾基奧爾承認只要手上有錢就會控制不了。克利斯多夫思考了一下之後說：

「那麼，爸爸，這樣做可以嗎？」

克利斯多夫把自己的想法做了一番說明。他說最好把家裡所有的錢，以及父親的薪水找一個人保管，父親所需要的錢，由此人按日或按週給。梅爾基奧爾此刻因變得過分謙卑，竟更進一步表示願意立即寫封信給大公爵，請求今後正式將他的薪水付給自己的代理人克利斯多夫。

克利斯多夫覺得父親這種屈辱是可恥的，因此加以拒絕。可是正在拚命自責的梅爾基奧爾却執拗地完成了信。他為自己的寬大行為而陶醉。克利斯多夫不肯接受這封信。這時露意莎正好回來，她得知情況之後，表示寧可去當乞丐，也不願丈夫做這種可恥的事。梅爾基奧爾那封信先是被遺忘在桌上，後來則掉到櫃子下面去了。

但幾天之後，露意莎在整理房間的時候又發現了它；因為梅爾基奧爾又開始過荒唐生活，使得露意莎深感痛心，她就把信保存下來。好幾個月裡，她曾經有許多次很想把信送出去，但這種念頭總被她壓下去。

然而有一天，她看到梅爾基奧爾又毆打克利斯多夫，把孩子的錢搶去，她終於忍無可忍了。當她和正在哭泣的孩子單獨在一起的時候，就把信交給他說：

「把信送去吧！」

克利斯多夫遲疑著。但他領悟到為了避免傾家蕩產，已別無他途。他於是前往宮廷。二十分鐘的路程，他却走了將近一小時。他對自己所做的事感到非常羞愧。

他雖然很清楚父親的不良行為是眾所週知的，但他內在裡所培養的自尊心，却迫使他假裝一無所知，他寧可粉身碎骨，也不願去承認這件事。

走在路上，他幾度想折返。快到宮廷時，他眞的又回轉，在城裡繞了兩、三圈。但這件事並非僅僅關係到他一個人，同時也關係到母親和兩個弟弟——他一想到這一點，就無法再遲疑，也不能再顧慮自己的羞愧了。他終於走進宮廷。

辦公室裡的人都認得他。他求見劇場總監翰蒙男爵閣下。官員告訴他閣下正忙著，但如果要呈遞請願書，可以附在其他要簽字的文件裡一併送進去。克利斯多夫把信函交給他。官員過目之後，以驚訝的聲音愉快地說：

「這的確是個好主意！他早該有這種想法的！但這個老酒鬼是怎麼下此決心的？」

官員突然緘默下來，因爲克利斯多夫從他手上把那封信搶了過來，並忿忿地叫道：

「這些話太過分了！我不准你這樣侮辱人！」

「什麼，克利斯多夫，誰想侮辱你呢？我只是說出一般人的看法而已。你自己也這麼認爲吧！」

「不，絕對沒有這種事！」克利斯多夫邊說邊跺腳。

官員聳聳肩說：

「那麼，爲什麼要寫這樣一封信呢？」

「因爲……因爲我每個月要來領薪水，我可以把父親的薪水也一起領回去。沒有必要兩個人都跑來……我父親很忙呢。」

他意識到自己愚蠢的解釋，於是臉紅了起來。官員帶著嘲諷與憐憫的神情看著他。克利斯多夫把書信在手中揉成一團，準備離去的樣子。官員站起來抓住他的胳膊說：

「請稍等，我來幫你想辦法。」

他走進長官辦公室。克利斯多夫在其他官員的盯視下等待著。他不知該怎麼辦。他想在獲得回音之前溜走；正要拔腿的時候，門開了。

「閣下願意見你。」官員說。

克利斯多夫只好走進去。

翰蒙男爵閣下正在寫東西，他從金邊眼鏡上方望著克利斯多夫說：

「你有什麼請求呢？克拉夫特先生？……」

「閣下！請原諒。我已經好好考慮過，現在沒有任何請求了。」克利斯多夫慌張地說。

老人並未追問少年突然改變主意的原因。他只是更用心地望著克利斯多夫，清清喉嚨後說道：

「克拉夫特先生，你手上拿的信讓我看看。」

克利斯多夫察覺到總監正定睛凝視著他不知不覺繼續揉搓的信。

「不用了，閣下！」他低聲說。

「請讓我看看。」老人冷靜地說，他似乎沒聽到克利斯多夫的話。

克利斯多夫機械地把揉皺的信遞給他。可是，他立即伸出手準備將它取回，嘴裡並胡亂說些不清楚的話。男爵把信展開來細讀，然後打斷克利斯多夫的話，帶著嘲弄的眼神說：

「好，克拉夫特先生，你的請求獲得批准了。」

他擺擺手命令孩子退出，然後又開始寫東西。

克利斯多夫走出宮廷，羞愧得無地自容。腦子裡浮現男爵所講的話；他覺得在那些人肯定他和同情他的憐憫之中，帶著一種諷刺性的侮辱。

幾天之後，梅爾基奧爾得知這件事的時候，大發雷霆。無論克利斯多夫如何哀求，他仍然跑到宮廷去爭吵。但過了沒多久，他卻垂頭喪氣地回來，對事情的經過隻字不提。事實上宮廷的人曾不客氣地告訴他，目前是看在他兒子的面上才維持這份薪水，以後如果再鬧出什麼醜聞，薪水便全部取消。他於是認清了自己的立場，甚至以這是他主動的做法而自豪。

父親的這種表現讓克利斯多夫鬆了一口氣。可是，梅爾基奧爾自從不再親自領薪水，對小提琴師的職務便更加忽視，缺席的次數越來越多。儘管克利斯多夫懇切爲父親求情，梅爾基奧爾還是被解雇了。一家的重擔終於全部落在這位少年身上。

克利斯多夫十四歲就成了一家之主。

他毅然承擔了這份重任。由於強烈的自尊心，他拒絕接受別人的施捨。他從年幼的時候，就因爲看到母親接受或請求那些難堪的施捨而感到非常痛苦。每當善良的母親得意地帶著人家所送的金錢或其他東西回家時，克利斯多夫便要跟她爭執一番。

母親並不覺得自己做了壞事。她倒因爲可利用那些錢稍稍減輕克利斯多夫的辛勞，或晚餐多添一盤菜而高興。但克利斯多夫卻板著臉，絕不願去碰用那些錢所添加的菜。

露意莎心裡難過，想盡辦法要兒子吃。但克利斯多夫卻十分固執。母親終於焦躁起來，說出不愉快的話。他也還嘴了。然後把餐巾往桌上一扔便跑出去。父親聳聳肩說他太狂妄，兩個弟弟則嘲笑他，把他的份也吃掉。

但即使天天發生這種事，他還是必須想辦法維持一家人的生活。只靠管弦樂團的收入已經不夠用，他於是開始外出授課。下課後還得跑到劇場練習。晚上的公演結束後則經常被召喚到宮廷去，有時必須在那兒演奏一、兩個小時。

大公爵夫人以精通音樂自許。其實她只是個對優劣作品分辨不清的音樂愛好者。她總提出優劣作品並列的節目要克利斯多夫演奏。但她最大的樂趣是要他彈即興曲；她所出的主題則往往是些令人不快的帶著傷感的。

克利斯多夫經常在午夜走出宮廷。此刻他已筋疲力盡，手燙、頭昏、肚子空空、渾身冒汗。外面却下著雪或瀰漫著冰冷的霧氣。他必須穿過城鎮的一大半才能回到家。他邊走牙齒邊打顫。但他還得留意身上那僅有的一套晚禮服不被泥水弄髒。

他回到與兩個弟弟合用的臥房。在這叫人感到窒悶的頂樓房間，他終於能解除苦難的枷鎖，可是在這瞬間，他對自己生活的厭惡、絕望與孤獨感，却比其他任何時候都更強烈。他幾乎連脫衣服的力氣也沒有了。他唯一的幸福是躺到枕頭上，立刻入睡，忘記一切的痛苦。

夏季他黎明即起，冬季則黎明前就得起床。因爲他很想用功充實自己；五點到八點是他唯一自由的時間。但他有時候還是需要花一部分時間去做公事。由於宮廷樂師的頭銜以及大公爵的關愛，他受委託爲宮廷慶典製作音樂。

他甚至無法自由地夢想。但束縛却強化了夢想。行動沒有任何阻礙的時候，心靈便失去活動的理由。克利斯多夫越是在那些苦差事的牢獄裡受壓迫，越能感受到自我的不妥協與獨立。

由於他一天只有一、兩個小時的自由，他的精力便有如岩石間的急流，在這段時間內奔騰。他在束縛中充分了解到自由的價值。他絕不在無謂的行動或言語上浪費絲毫寶貴的時間。

2

有個星期日，克利斯多夫接受宮廷樂長托比亞斯的邀請，到離城約一小時航程的鄉間別墅去參加午宴，因此便搭萊茵河的船隻前往。在甲板上，有位與他年齡相仿的少年謙恭地讓出座位，克利斯多夫不在意地坐到他旁邊。

但過一會兒，他感覺到鄰座的少年不斷在觀察他，於是也注視了對方。他看到這位少年臉頰紅潤，漂亮的金髮整齊地梳向一邊。克利斯多夫定睛看他的時候，他突然羞得面紅耳赤，隨即從口袋裡掏出報紙，裝作用心閱讀的樣子。但克利斯多夫帽子掉落時，他却搶著去撿。克利斯多夫冷冷地向他道謝，因爲他不喜歡過分的殷勤以及別人的關照，可是他內心裡並非不高興。

片刻之後，他的注意力被風景所吸引。他已經好久無法從城市脫身，如今便盡情體味著撲面的清風、拍打船隻的浪聲、廣闊的河面，以及兩岸變動的景色。他出神地發出狂喜的叫聲，鄰座的少年於是吞吞吐吐地爲他敍述有關眼前那爬滿常春藤的廢墟，在歷史上所發生的故事。克利斯多夫聽得興趣盎然，便提出種種問題。對方因爲能展現自己的學識而欣然一一作答。在談話中，他總稱克利斯多夫爲「宮廷小提琴師」。

「你知道我嗎？」克利斯多夫問道。

「是的，我知道……」少年以讚賞的口吻回答。

少年的話挑起了克利斯多夫的虛榮心。

兩個人開始交談起來。克利斯多夫得知少年叫奧多•狄內爾，是城裡富商的兒子。奧多以前在音樂會見過克利斯多夫，他們逐漸敞開胸懷暢談著。

不知不覺船已抵達克利斯多夫的目的地，他得下船了。而奧多也在此下船。這樣的巧合讓他們感到驚訝。克利斯多夫建議午餐前一起去散散步。他們於是走進原野中。克利斯多夫親熱地拉起奧多的手，告訴他自己未來的抱負，彷彿他們從小就認識一般。他一向缺少年齡相近的同伴，因此，跟這位有教養、並對他具有好感的少年在一起，讓他有一種難以形容的喜悅。

時間在不經意間飛逝。

午餐的時間已到，克利斯多夫却決定不到樂長的別墅，而跟奧多一起走進一家飯店。

進入飯店後，兩個人的熱情突然降溫，因爲他們都爲午餐該由誰請客而傷腦筋；他們都暗中想爭得當東道主的榮譽——奧多是因爲有錢，克利斯多夫則是因爲貧窮。奧多點了某道菜的時候，克利斯多夫便立刻點其他更精緻的菜；奧多點了葡萄酒，克利斯多夫便又點了一瓶店裡最貴的酒。

喝了葡萄酒而有醉意的奧多，開始講自己的身世。他說家人並不了解他，雙親希望他成爲商人，繼承父親的事業，但他自己却想當詩人，過去曾寫了幾首感嘆生命之悲苦的詩。克利斯多夫再三請他朗誦，起先他相當爲難，最後終於感動地念出其中的兩、三句。克利斯多夫認爲那是非常崇高的創作。

他們互相欣賞著。奧多除了嘆服克利斯多夫在音樂上的名聲，對他的魄力和膽識也大加讚賞。而克利斯多夫則非常佩服奧多優雅、高貴的舉止，以及他的博學多聞——這樣的學識是克利斯多夫所缺乏、並十分渴望的。

午後的時光也在不知不覺中流逝。他們不得不走了。奧多再度鼓起勇氣搶奪帳單，克利斯多夫却以可怕的目光緊盯著他，因而難以堅持。克利斯多夫只擔心一件事，那就是需要付的金額超過他所有的錢。如果是這樣，他寧可交出自己的懷錶，也不願向奧多說實話。幸而事情並沒有這麼糟；這頓飯只是把他一個月的錢花去一大半。

他們又走下山崗。暮色開始籠罩樅樹林。遍地的藍紫色落葉緩和他們的腳步聲。兩個人都緘默著。克利斯多夫感覺到有一種奇妙的、祥和的氣息滲透到內心；他覺得很幸福。他想說話，於是駐足片刻，奧多也跟著停下腳步。四周一片寂靜，克利斯多夫突然握住奧多的手，以顫抖的聲音說：

「你願意當我的朋友嗎？」

奧多低聲回答：

「願意的。」

兩人緊緊握著手，心臟快速跳動，幾乎不敢正視對方。

上了船，他們坐到船頭。在薄暮裡他們試著說些話，可是兩人都有點陶醉和疲倦，便只說了含糊不清的話。其實他們此刻都不覺得有談話的必要，也沒有握手的必要，甚至無需看著對方。他們的心已連在一起了……。

FM

船將靠岸的時候，他們約定下週日再見面。克利斯多夫把奧多送到家門口。在煤氣燈下，兩個人羞怯地微笑著，誠懇地互道「再見」。分開後兩人都鬆了一口氣，因爲好幾個小時的緊張情緒使得他們筋疲力盡了。

克利斯多夫在帶著寒意的黑夜裡獨自回家。

「我有一個朋友了……我有一個朋友了！」他心裡唱著；除此之外，他什麼也看不見，什麼也聽不見，什麼也不想了。

第二天早上，他覺得一切恍如夢境一般。教音樂課的時候，他也還在回想昨天的事。下午樂團排演時，因爲心不在焉，練習結束一走出劇院，他就記不得自己所拉奏的東西了。

星期日終於來臨。奧多非常準時地赴約。但克利斯多夫一小時前就在步道上等待，並因奧多一直未出現而越來越焦急。他甚至擔心奧多是否生病，因爲他不認爲奧多會爽約。他低聲反覆地說：

「啊，但願他能來！」

他用碎木片丟步道上的小石頭。他暗中想著，如果三次都沒打中，奧多就不會來了；如果打中，奧多將立刻出現。他雖然非常用心丟著，但三次都失敗。可是就在這個時候，奧多出現了；他以從容的步伐走過來了。

他們一起往車站，搭火車到下一站去。那是城裡人遠足的地點。他們到達目的地之後便在鄉間徘徊一整天，可是他們之間不知不覺產生的沈悶氣氛却始終揮之不去。這一天正逢節日，因此飲食店和樹林裡都擠滿遊客——他們大部分是全家一起出來玩的，處處是他們邊吃著東西的喧鬧聲。看到這種景象，兩位少年更加不開心。他們認爲是這些厭煩的人使得他們的心情無法像上次散步時那樣的從容舒暢。

在搭火車回去前一個小時，他們倆的心情才得到紓解。在樹林深處出現狗叫的聲音。克利斯多夫建議躲起來看看狗正在追逐什麼動物。他們於是躲到樹叢裡去。突然有一隻野兔從樹叢裡跳出來。牠那可笑的樣子使得他們緊繃的情緒突然放鬆了。

他們同時發出歡呼聲。野兔往旁邊一跳，消失了蹤影。他們雖然後悔不該呼叫，却爲這次的奇遇歡欣雀躍。他們想著野兔驚慌蹦跳的模樣，不禁捧腹大笑。克利斯多夫以滑稽的樣子模仿野兔跳躍，奧多也跟著學。

隨後，他們開始做追逐的遊戲。奧多當野兔，克利斯多夫當狗。他們穿過籬笆，跳過水溝，在樹林裡和牧場上奔馳。跑進麥田時，農夫對著他們吼叫。

他們並未因此停歇。克利斯多夫學著狗的狂吠，因爲聲音是那麼逼眞，把奧多幾乎笑出眼淚來。最後他們瘋狂似地邊叫邊滾下斜坡。當他們再也發不出聲音的時候，便笑嘻嘻地互望。此刻他們倆都感到無比的幸福與滿足。

此後每週日他們都見面。他們以彼此成了好友爲榮。兩個人恰恰相反的個性反而讓他們互相吸引。

激情的克利斯多夫，爲了奧多，他甚至可以赴湯蹈火，連犧牲性命也在所不惜。他好像對待女孩子一般扶助奧多；擔心他太累、太熱或受涼。坐在樹下時，他會脫下外套披在奧多身上；走路時則幫奧多拿斗篷。他幾乎想把奧多背起來呢。他簡直像個情人，隨時守護著對方。事實上，他是愛著奧多的。

有一天，克利斯多夫教完課回家的途中，看到奧多和一位年紀相仿的少年一起走在街道的另一邊，兩個人親密地談笑著。克利斯多夫臉色變了，眼睛盯住他們，目送他們從拐角的地方消失蹤影。

星期日見面的時候，克利斯多夫起先什麼也沒提，但散步了半個鐘頭之後，他說：

「星期三我在克羅伊茲街看到你了。」

「是嗎？」奧多回答，臉突然漲紅。

克利斯多夫繼續說：

「你不是單獨一個人呢。」

「嗯，我跟同伴在一起。」

克利斯多夫嚥下口水，假裝不在意地問道：

「那是誰？」

「是我表弟法蘭茲。」

「噢！」

片刻之後他又說：

「你從來沒跟我提過你表弟呀！」

「他住在萊茵巴哈。」

「你們常見面嗎？」

「他有時會到這裡來。」
「你也會去找他嗎？」
「有時候。」
奧多因爲很想改變話題，便指著正在啄樹幹的小鳥，談起別的事。但過了十分鐘之後，克利斯多夫又問起剛才的事：
「你們很相投嗎？」
「跟誰？」奧多問道——他明明知道克利斯多夫指的是誰。
「跟你表弟呀！」
「嗯，但你爲什麼問這個？」
「哦，沒什麼。」
其實奧多並不太喜歡表弟，因爲他過於淘氣。但此刻，不知爲什麼，他卻很奇妙地產生想刁難人的心理，因此開口說：
「他很體貼呢！」
「誰？」克利斯多夫問——他當然知道奧多指的是誰。
「法蘭茲啊！」
奧多等待克利斯多夫的回應，但克利斯多夫卻裝作一副沒聽見的樣子。
「他蠻有趣的，總有說不完的故事。」
克利斯多夫輕率地吹著口哨。

奧多補充說：

「而且，他很聰明……又很高尙……」

奧多爲了抗拒克利斯多夫的這種態度而想繼續說下去時，克利斯多夫粗魯地打斷他的話，提議往遠處一個目標賽跑。

過些日子之後，他們的友情慢慢冷淡下去。他們不再以原來的目光看對方了。兩個人都明顯看到對方的缺點。克利斯多夫獨立不羈的個性對奧多已經不像以前那麼具有魅力了。散步的時候，克利斯多夫是個麻煩的同伴。他總是脫掉外衣，解開背心，挽起襯衫的袖子；邊走邊揮舞手臂，同時吹著口哨或高聲歌唱。他滿臉通紅，汗流浹背，沾一身塵土，看起來就像趕集回來的農夫。貴族般的奧多跟他走在一起時若遇到別人，會覺得很丟臉。在路上看到馬車時，他會故意落後十幾步，裝作一副獨自散步的樣子。

後來他們的友誼更因別人的冷嘲熱諷而被毒害了。克利斯多夫相信家人和城裡一些壞心眼的人對他和奧多的交往充滿好奇心。不久之後，他們的散步還受到梅爾基奧爾的警告。也許梅爾基奧爾的話並無惡意，但已經存有戒心的克利斯多夫，認爲所有的話中似乎都含有猜疑的成分；他幾乎把自己當成罪人了。而奧多也同時經歷著同樣的苦惱。

他們雖不明言，但見面的次數逐漸減少了。他們試著通信，對措辭却非常留意。信的內容變得冷淡、乏味。不久，克利斯多夫以工作繁忙爲藉口，奧多也以忙碌爲理由，彼此停止了通信。

不久之後，奧多因爲準備上大學而離開小城。數月間照亮他們生命的友情，又完全被籠罩在黑暗中了。

另外，一場新的愛情占據了克利斯多夫的心，使得其他所有的光都黯然失色，跟奧多之間的短暫友情似乎只是其前兆罷了。

3

那段時候，已故參議員凱利希先生的妻子帶著女兒搬到她的出生地——萊茵河畔的這個小城來。夫人擁有一座古老的大宅，附帶著像公園一般的大庭園，庭園沿山坡而下，直到河岸，離克利斯多夫家並不遠。

克利斯多夫從頂樓臥室眺望，可以看到垂在牆外的沈重樹枝，和瓦上長青苔的紅屋頂。庭園右側有一條荒僻的小坡道，爬上豎立在那兒的大石頭，便可看到牆內的景物。

克利斯多夫喜歡從牆頭向裡邊看。夜裡，庭園中飄散著各種香氣：春天有紫丁香，夏天有洋槐花，秋天有枯葉。克利斯多夫晚上從宮廷回來的途中，無論多疲倦，他一定會在門外駐足片刻，吸著那令人愉快的空氣；他是多麼不願回到自己那窒悶的臥室。

有一天早晨，他經過小坡道，照例爬上那塊大石頭，對著牆內的景物發呆，可是當他正想爬下來的時候，忽然有異樣的感覺。他往屋子的方向看，發現窗戶全部敞開；雖然沒看到人影，但這一座古老的大宅彷彿從十五年的睡夢中甦醒過來，並展露笑容。

用餐時，父親提起街坊的傳聞——凱利希夫人帶著女兒回來了，行李多得數不清。克利斯多夫傍晚回家時，因好奇心的驅使，又爬上那塊大石頭往牆內看。可是他所看到的卻只有小徑兩旁的樹木，這些樹木一動不動地好像在落日餘暉裡打盹兒。後來他把原先感到好奇的對象完全忘記，只爲這一片寧靜出神，心中並響起各種音樂；他在音樂中昏昏沈沈地進入夢鄉了……。

他做了多少夢自己也弄不清楚。突然他驚醒了。在小徑拐角的地方，兩位女子正對著他看。一位是穿著黑色喪服的少婦，以和善而含笑的目光凝視他。另一位是約莫十五歲的少女，也穿著黑色喪服，一副忍俊不禁的樣子。

克利斯多夫因她們的突然出現而大吃一驚，並愣在那兒不知所措。直到年輕的貴婦人帶著可親的笑容向他走過來兩、三步，他才猛然從石頭上跳下來——倒不如說是滾下來，牆上的泥土跟著掉下來一大塊。他聽到親切地喊著「孩子！」的聲音，以及像鳥鳴一般嘹亮的童稚的笑聲。他跑出坡道，在地上跪了一會兒之後才回過神來，連忙奔跑回家。他越想越羞愧，

從此不敢再走那條小坡道。

一個月之後，他在每週定期舉行的宮廷音樂會中，演奏他為鋼琴與管弦樂而寫的協奏曲。當樂曲進行到最後一個樂章時，他偶然看到凱利希夫人和女兒正在對面包廂注視著他。因為太意外，他慌張得差點無法跟管弦樂團配合了。演奏結束時，他發現凱利希夫人和女兒為了想讓他看見她們的喝采而用力鼓掌著。

有一天，克利斯多夫回家吃午飯時，母親告訴他，凱利希家的僕人送來一封邀請函。

「我不去。」克利斯多夫看了內容之後斬釘截鐵地說。

「什麼！我已經答覆人家你會去拜訪的。」露意莎叫道。

克利斯多夫和母親爭辯了起來。他責備母親多管閒事。

「可是，僕人等著回音呢。我說你今天正好有空。那個時間你不是沒事嗎？」露意莎還是這麼說。

既然如此，他是無法逃避了。赴約的時間快到的時候，他皺著眉頭裝束自己。

克利斯多夫穿上一件奇怪的大禮服，像個拘謹的鄉下牧師，戰戰兢兢地來到凱利希夫人家。當他進去的時候，夫人手上正做著針線活，女兒則捧著一本書正在閱讀。她們一見到他便有趣地互相使眼神。

凱利希夫人容光滿面地向他伸出手來說：

「你好，很高興見到你。自從在音樂會聽到你的演奏之後，便很想告訴你我們有多愉快。因為唯一的辦法是請你到這兒來，希望你原諒我們的冒昧！」

這時凱利希小姐已闔上書本，好奇地凝視著克利斯多夫。她的母親介紹道：

「這是我的女兒明娜。她也很希望能見到你。」

「可是媽媽，我們並不是第一次見面呢！」她說著便笑了出來。

「沒錯，我們剛到達的那一天，你曾來看我們，不是嗎？」凱利希夫人也笑著說。

明娜聽到這些話便笑個不停。這使得克利斯多夫十分狼狽。明娜看到他的窘相笑得更加厲害，甚至笑出眼淚來了。夫人雖然想阻止她，却連自己也忍不住笑出來。困惑的克利斯多夫受到她們的感染，也不禁跟著笑了。

夫人親切地問克利斯多夫每天的生活狀況。他却慌張得不知如何回答。他也不知道自己該怎麼坐下，該怎麼拿茶杯；他差點把茶杯打翻了。當主人端出水、牛奶、砂糖和點心時，他以爲自己必須趕緊站起來恭敬地鞠躬。他爲凱利希夫人一連串的詢問，以及過於恭敬的禮節而倉皇失措，另外，因爲他覺得明娜不斷端詳著他的面孔、雙手、動作和服裝，以致出了一身冷汗。

凱利希夫人終於爲這樣的談話方式感到厭倦，於是請克利斯多夫爲她們彈鋼琴。他比在音樂會面對聽眾時更羞怯地彈了莫札特的慢板樂章。凱利希夫人深受感動，便以社交界人士慣用的口吻，對他大大讚美了一番。

雖然如此，她絕非言不由衷。而明娜則沈默著，她以驚奇的眼光注視著這位應對笨拙、手指却那麼靈巧的少年。克利斯多夫因感受到她們的善意而提起了精神。他繼續彈奏著。隨後他稍微轉身對著明娜，臉上浮現羞澀的微笑，垂著雙眼膽怯地說：

「這是我在圍牆那兒所作的曲子。」

他彈了一首小曲。這的確是根據他靠在牆頭望著喜愛的庭園時，腦子裡產生的構思所寫成的作品。事實上，那並非在見到明娜與凱利希夫人的那個傍晚想出來的，而是那之前好幾個晚上在那個地方醞釀的。在那悠揚的行板樂章，他生動地表現出夕陽照耀下參天古木的莊嚴，以及鳥兒歌聲的清脆。

兩位聽眾聽得出神。克利斯多夫一彈完，夫人立刻站起來，以她天生活潑的動作拉起他的手，並向他致謝。明娜則鼓掌喊著：「好極了！」然後她說爲了讓他能寫出更多此類優美的作品，可以請人把梯子靠在圍牆上，方便他攀登。夫人叫克利斯多夫勿理會明娜的傻話，她說如果他那麼喜愛這個庭園，隨時都可以來，而且不用每次都來問候，如果他覺得麻煩的話。

兩天之後，克利斯多夫又到凱利希家來，但這是照上次的約定，給明娜上鋼琴課的。此後，每週上課兩次，時間都在上午。而晚間他也常常來演奏音樂或談天。

凱利希夫人因丈夫剛過世而退出社交界，與克利斯多夫的交往成了她消遣的方式。她雖然不是音樂家，却喜歡音樂。聽音樂時，她的肉體和精神都會感到愉悅，並融入一種奇妙的愁緒裡。

克利斯多夫在凱利希夫人面前終於顯得輕鬆自在了。而夫人則主動並懇切地教他日後做爲一個紳士應有的禮貌、舉止和措辭等等。因爲夫人的關懷是那麼溫和，所以完全未傷害到他的自尊心。

夫人把克利斯多夫當自己孩子一般看待，只是監護人的色彩還是稍強了些，不過，克利斯多夫對此倒未察覺。她甚至留意克利斯多夫的穿著，因此有時會爲他做新衣或織圍巾。所有善心的女子對託付她的孩子，即使沒有特別深厚的感情，也會本能地給予慈母般的照顧。凱利希夫人對克利斯多夫的態度主要也是如此。

但克利斯多夫卻認爲那是夫人對他的特別關愛，因而滿懷感激。他常常有非常熱情的舉動，夫人對此雖然覺得有些滑稽，卻也沒有不快的感覺。

看著凱利希夫人在客廳柔和的燈光下做針線活，克利斯多夫心裡便充滿幸福感。他曾經突然無端從椅子上躍起，撲向凱利希夫人跟前，拉起她的手狂吻，並一邊涕泣。

正在看書的明娜，抬起眼睛，微微聳肩噘嘴。夫人面帶笑容看著這位跪在她膝前的大孩子，用另一隻手溫柔地撫摸他的頭，以略帶嘲諷卻甜美的聲音說：

「傻子啊！你到底怎麼啦？」

克利斯多夫對明娜傲慢冷漠的表情頗爲憤懣。不過，隨著跟她見面機會的增加，他也慢慢不那麼拘謹了，他逐漸能以自在的態度面對她，也不再隱藏自己的不高興。當她以粗言戲弄他的時候，他也會加以頂撞。他們經常說些惹對方厭惡的話。凱利希夫人對此總是一笑置之。

明娜常常睡眼惺忪、滿臉不高興地走進上課的房間。她只是形式上略向克利斯多夫伸手打招呼，便擺一副威風的樣子默默坐到鋼琴前面去。

克利斯多夫絕不說恭維的話。她爲此懷恨在心，因此每受到指摘，她必還嘴。有時明明彈錯，她也要強辯自己是照樂譜彈的。克利斯多夫被弄得非常焦躁，兩個人於是鬥起嘴來。她眼睛對著鋼琴低垂，却不斷偷看著克利斯多夫，對他生氣的樣子感到很有趣。她總是爲了消遣而想出種種愚蠢的策略打斷上課，刁難克利斯多夫。

有一天她又開始這種消遣。她不斷咳嗽著，用手帕摀住臉，好像快要窒息的樣子。可是她却一邊用斜眼偷看著焦躁的克利斯多夫。過了一會兒，她若無其事地故意把手帕掉在地上，要克利斯多夫幫她撿。克利斯多夫板著臉幫她撿了。她以貴婦人的口吻向他道了一聲「謝謝！」他氣得差點嚷了起來。

她對這把戲感到好玩，因此很想再玩一次。第二天，她果然重演了。克利斯多夫却一動也不動，心中冒著怒火。她等了片刻之後帶著不滿的表情說：

「你不能幫我撿一下手帕嗎？」

克利斯多夫已經忍無可忍，於是粗暴地回答：

「我不是你的僕人！你自己撿好了！」

明娜突然從椅子上站起來，把椅子也弄倒。

「太過分了！」她一邊說一邊憤怒地敲著鍵盤，然後悻悻離去。

第二天，他雖然認爲明娜或許不會來上課，但自己還是準時到達。明娜因自尊心強，前一天的事並未告訴任何人，另外，她也多少受到良心的責備，因此只比平常讓克利斯多夫多等五分鐘便出現了。她板起面孔，未看克利斯多夫一眼，也未說一句話便坐到鋼琴前面，好像克利斯多夫不存在似的。儘管如此，她還是接受了他的指導。因爲她非常清楚克利斯多夫在音樂方面是位難得的教師，她也明白自己如果想成爲有教養的女子，則必須好好學習鋼琴。

三月裡一個濃霧瀰漫的早晨，小雪片如羽毛般在灰色的天空飄著，這時候他倆照常在書房裡上鋼琴課。房間裡顯得有點暗。明娜彈錯音符，却又強辯樂譜上是如此寫的。

克利斯多夫雖然知道她在說謊，仍然俯身想看看樂譜上的那段音符。她的一隻手放在譜架上，並未挪開。他的嘴挨近她的手。他想看音符，却沒看到，因爲他看著其他東西——那有如花瓣一般柔美、透明的東西。突然，他用力把嘴唇壓在那可愛的小手上。

兩個人都感到震驚。他向後閃躲，她則把手縮回——兩個人都漲紅了臉，却未開口說話，也未互相看一眼，在困惑中沈默片刻之後，她又開始彈鋼琴。

她因不安而心潮起伏，接二連三地彈錯，他却沒有發覺。事實上他比她還慌亂：他太陽穴抽動著，什麼也沒聽見。爲了打破沈默，他以不自然的聲音說了些前後不一致的指正。他覺得自己帶給明娜的壞印象是不可挽回了。他爲自己所做的事感到羞愧，認爲那是愚蠢而粗野的行爲。上完課，他未瞧明娜一眼便離去。

剩下她一個人的時候，她並不像往常那樣去找母親，而躲到自己房間去，思量著剛才所發生的異常事件。她在鏡前端詳自己。她覺得自己的眼睛看來溫柔而明亮。她輕輕咬著嘴唇沈思。當她高興地注視著自己可愛的面孔時，剛才那一幕情景又浮現眼前，於是紅著臉微笑。坐到餐桌前面時，她顯得十分愉快。

下午她不願外出而留在客廳裡。手上織著毛線活，總織不到十針就弄錯。但這又有什麼關係！她在客廳的一個角落，背對著母親獨自微笑著。突然間，她很想起舞，於是一邊高聲歌唱，一邊在房間裡飛奔跳躍。凱利希夫人大吃一驚，罵她是否發瘋了。

晚上回自己房間之後，她久久未上床。她頻頻照鏡子，盡力回想著，但因爲整天都在想同一件事，腦子裡竟變得一片空白。她慢慢地更衣，卻一再停下來坐在床上，回憶克利斯多夫的容貌。眼前浮現的是幻想的克利斯多夫，此刻她並不覺得他長得醜了。

他們再度見面的時候，克利斯多夫爲明娜的可親感到驚訝。她帶著溫柔、謙虛的態度坐到鋼琴前面，簡直像個柔順的天使。她完全不再有頑皮學生的搗蛋行爲，而認眞聽著克利斯多夫的指示；如果彈錯，便會發出小小的尖叫聲，立刻糾正。克利斯多夫被弄得莫名其妙。在很短的期間內，她有驚人的進步；不僅彈奏技巧進步，而且眞正喜歡音樂了。他雖然不善恭維人家，這時候也忍不住對她稱讚了一番。

她因欣喜而紅起臉，並以充滿感激的目光望著他。如今她那種孩子氣的談吐完全消失了，取而代之的是嚴肅的講話方式，還用學究的口吻引用詩人的句子。看到這樣一個跟過去全然不同的陌生的明娜，他感到既驚訝又不安。

有一天傍晚，他們兩個人單獨在一起交談。客廳裡暮色漸濃。他們的談話帶著嚴肅的色彩；談的是有關無限和生死的問題。明娜感嘆自己的孤獨。克利斯多夫回答說她並不孤獨。她卻搖搖頭說：

「不，那都是空話。每個人都只是爲自己而活。沒有人在乎你，沒有人愛你。」

沈默片刻之後，克利斯多夫突然說：

「那我呢？」

他激動得臉色發白。明娜站起來滿懷熱情地握了他的手。聽到開門聲，他們立即往後避開。凱利希夫人進來了。克利斯多夫裝出一副正在看書的模樣，書却拿反了；明娜俯身做起針線活，針却扎到手指。

那天晚上，他們兩人不再單獨在一起了。他們怕單獨面對面。當凱利希夫人站起來想到隔壁房間找東西時，平日並不那麼體貼的明娜，却趕緊爲母親跑腿了。克利斯多夫趁這個時候，未跟明娜道晚安便離去。

一星期過去了。他們認爲也許誤會了彼此的感情。他們懷疑那天晚上的事可能只是一場夢。明娜懷恨著克利斯多夫，克利斯多夫怕單獨見到明娜。他們的態度從未如此冷淡過。

數日後，有一天上午和下午陰雨不斷。他們待在屋裡，未交談一句話，只看看書，望望窗外，或打哈欠；兩個人都感到無聊、鬱悶。

四點左右終於放晴，他們迫不及待地往屋外跑，靠在陽台的欄杆上望著一直延伸到河邊的斜坡上的草坪。地面冒著熱氣，並不斷往上升。雨滴在青草上閃耀。濕潤的大地所發散的氣味與花香交融。金色的蜜蜂在他們周圍振翅飛舞。他倆並肩站著，却沒有互相看一眼。

他們都沒有打破沈默的決心。一隻蜜蜂不留神停落滿含雨水的紫藤花上，結果弄得一身是水。他們兩個同時笑了出來；不愉快的情緒突然冰釋，心中又湧現愛意，但兩個人仍然未看對方一眼。

突然她頭也不轉地拉起他的手說：

「來吧！」

明娜牽著克利斯多夫的手奔向森林中的小徑。兩旁都是黃楊的小徑變成一條坡道通往密林中。他倆爬上坡道，潮濕的泥土差點讓他們滑倒。快到山坡頂的時候，明娜停下來喘一口氣。

「等我一下……等我一下……」

她輕輕地喊著，並盡力想舒緩自己的呼吸。

克利斯多夫瞧著明娜。她看著旁邊，半張著嘴一邊喘氣一邊微笑。她的手在克利斯多夫的手中顫抖。他們感覺到熱血在彼此緊握的手掌中及抖動的手指裡奔流。四周一片寂靜。樹上的金色嫩芽在陽光照耀下顫動。水珠從樹葉滴落，發出銀鈴般的聲音；而空中燕子們飛過時則發出尖銳的叫聲。

明娜把臉轉向克利斯多夫，兩個人之間忽然似有電光閃現。她摟住他的脖子，他將她抱在懷裡。

「明娜！明娜！親愛的明娜！」

「我愛你，克利斯多夫！我愛你！」

他們在潮濕的木凳上坐下來，心中充滿著愛——一種溫柔的、深刻的、沒有理由的愛。其他一切都消失了。自私、虛榮、企圖心等等都不復存在。心靈的烏雲被愛的微風吹散了。他們含淚的眼睛笑著說：「愛你，愛你」。這位冷淡而嬌媚的少女，與這位傲慢的少年，此刻都渴望為對方奉獻自己，渴望為對方而死。這是純潔的、犧牲的、獻身的瞬間，是在生命中不可能再度出現的瞬間。

一早他倆就在庭園見面，把相愛的話重說一遍；可是，跟昨天那種純潔無我的境界已經有所不同。她有點牽強地裝成情人的樣子；而他雖然較爲眞誠，仍然有矯飾的地方。他們談著未來的生活。

他發誓將來一定要當一個大藝術家；她覺得這就像小說一般有趣而美麗。她認爲自己的舉止必須像個眞正的情人了，於是念詩，表現多情善感的樣子。他受到這種氣氛的感染，開始注重外表的修飾，但這反而顯得可笑；他也開始注意講話的方式，却變得做作了。凱利希夫人總是笑著看他，對於他何以有這些愚蠢的舉動感到疑惑。

他倆開始發覺萬物所具有的魅力。春天似乎歡愉地對他們微笑。天空是那麼光輝燦爛，空氣中是那麼充滿柔情，這是他們以前從未察覺的。而整個城鎭，無論紅屋頂、舊牆，或凹凸不平的街道，一切都帶著可親的魅力，令克利斯多夫感動不已。

當夜闌人靜時，明娜會從床上爬起，心醉神迷地憑窗發呆。午後，他不在時，她便坐在鞦韆上，膝上放著一本書，眼睛半閉著，彷彿身心都飄蕩在春日的天空一般，沈醉在夢幻中。

如今，她可以連續好幾個小時坐在鋼琴前面，很有耐心地反覆彈著和弦和樂句。她一聽到舒曼的音樂便落淚。她覺得自己對所有的人都充滿憐憫與體恤；而他亦復如此。他們遇到窮人便悄悄施捨。他倆對於自己能夠如此滿懷同情都感到很幸福。

不久，凱利希夫人便察覺到兩個孩子的舉動了。他們自以爲巧妙的策略，其實漏洞百出。

有一天，明娜以極不自然的樣子緊貼著克利斯多夫談話時，凱利希夫人突然開門進來。兩個人急忙跳開，顯得倉皇失措。明娜認爲母親應該明白眞相了，但母親却裝作一副什麼都沒發覺的模樣。

儘管如此，凱利希夫人却在明娜面前故意用嘲諷的口吻談起克利斯多夫，毫不留情地嘲笑他的滑稽之處。明娜雖然帶著不服的表情加以反駁，却徒然，因爲母親的觀察是完全正確的。而且夫人又懂得擊中對方要害的殘酷手段。被弄得焦躁不安的明娜再度打算還嘴時，夫人却已顧左右而言他了。然而，刺已留下，明娜受傷了。

明娜看克利斯多夫的目光不像過去那麼寬容。他對此感到莫名其妙，於是不安地問道：

「你爲什麼用那樣的眼光看我？」

「沒什麼呀！」

可是，過一會兒，當他快活地笑鬧時，她却責備他笑聲太吵。他愣住了，眞沒想到跟她在一起連笑也得留意；他完全掃興了。

克利斯多夫並沒有充分時間去發覺她內心的變化。因爲復活節即將來臨，明娜必須跟隨母親到威瑪的親戚家去住幾天。

離別前一個星期，他倆又恢復原先的親密。明娜表現從未有過的溫柔。出發的前一天，他們在庭園中散步了很久；她把克利斯多夫帶到亭子裡，拿出裝著她的一撮頭髮的香袋，掛在他脖子上。他們再度立下永遠的盟誓，約定每天寫信；並選擇天上的一顆星，每晚必在同一個時間眺望。

傷心的日子終於來到。

他跟她們一起坐上馬車，送她們到車站。他倆相對坐著，但不敢互相看一眼，因爲怕一不留意便掉下淚來。他們偷偷尋覓著對方的手，最後終於幾乎發痛地緊握在一起。凱利希夫人故意裝傻，帶著和藹的神情看他們，表現一副什麼都未察覺的模樣。

火車快要開了，克利斯多夫站到車門附近。但火車一開動，他便開始在車旁奔跑，眼睛完全不看前方，即使撞到站務員，他也只顧盯著明娜。最後整列火車便追過了他，但他還是繼續跑，一直到什麼都看不見了。

他生平第一次懂得了與所愛的人分離的痛苦滋味。對於一個在戀愛中的人，那是難以忍受的煎熬。世界是空虛的，生命是空虛的，一切皆空。他幾乎無法呼吸，「死」彷彿就在眼前了。

有一天晚上，他沮喪地默默與家人一起用餐時，郵差給他送來一封信。他不看筆跡便知道這是誰寄來的。四個人的眼睛好奇地盯住他，等他拆信，希望藉此解悶。他卻把信擺在盤子旁邊，故意不拆，以若無其事的神情表示自己已經知道信上說些什麼。但兩個弟弟卻不相信，仍然焦急地盯著他看。吃過飯，他終於可以自由地關在自己房間裡了。他心臟猛烈跳動，拆開信封時差點把信弄破了。

明娜偷偷寫的信，字裡行間流露深情。她稱他爲「親愛的克利斯多夫」，告訴他自己哭了，每晚都眺望著那顆星，當時來到法蘭克福，那是個大都市，有漂亮的大商店，但因爲只想念著他，便無心去注意其他的事。她還寫著，當她不在的時候，希望他繼續努力用功，以便將來成名。最後她簽著：「永遠是你的！永遠！……」

他感到心安了，因而也就能以較愉快的心情過日子。明娜雖然遠離，他却覺得她那誠摯的心就在身邊守護著他。他責備自己的懈怠，爲了報答她的情意，他決定寫一部作品獻給她。

他一旦有這項計畫，樂曲的構思便立刻湧現，有如數月前就儲存在水庫裡的水突然衝破水門奔流而出。他有一週的時間未踏出自己的房門。露意莎將食物擺在門口，他連母親也不讓進去。

當克利斯多夫埋首於這份工作時，幾乎沒有餘暇去想明娜不在的事。他覺得她是與自己同在的。可是，當他工作完成之後，却覺得比以前更孤獨、更頹喪。他想起自己寫信給明娜已經是兩星期以前的事了，而她却沒有回音。

他又給她寫了信。他相信明娜一定會很快回信的。但回信一直沒來，他焦急地等待著；後來又變得垂頭喪氣，不工作也不散步。他活著的唯一目的是等待回信，等待却落空。他開始懷疑明娜是否生病，甚至擔心她是否得了不治之症，或者已經死了。他於是寫了第三封信。

第四天早上，他終於接到明娜的來信。那是一封只寫了半頁的冷淡而不自然的信。她寫著眞弄不懂他爲什麼會有那些無謂的擔憂，她活得好好的，只是忙得無暇寫信。她希望他以後別太激動，也別再來信。

克利斯多夫甚感錯愕。他並沒有懷疑明娜的眞誠。但接下來的日子，他的鬱悶簡直難以形容。他連活下去的唯一樂趣，亦即給明娜寫信，也被禁止了，如今他只能過機械性的生活。而生活中唯一有意義的事情是，晚上睡覺前，像小學生那樣，把明娜回來之前的許多日子，從月曆上一天天劃掉。

明娜應該回來的日子已經過去。她本來預定在一星期前回來的。他的失望逐漸變成極度的焦躁。

有一天晚上，祖父的朋友，也就是住在鄰近的家具店老闆費茲歇爾，照例在晚餐後過來，邊抽煙邊和梅爾基奧爾閒聊。克利斯多夫因無意中聽到的一句話而顫抖：費茲歇爾說明天一早必須到凱利希家去裝窗帘。克利斯多夫詫異地問道：

「那麼，她們已經回來了嗎？」

「別說笑話了！你不是很清楚嗎？……她們是前天回來的。」老人帶著嘲諷的口吻說。

克利斯多夫已經顧不得其他的事了。他立即回自己房間換衣服，然後急忙跑到凱利希家。明娜看到他來並不表示特別的驚奇，只是安靜地向他道晚安。正在寫信的她，從桌上伸過手來，心不在焉地問他近況，卻一邊繼續寫信。等她寫完信，便拿起編織物，坐在離他不遠的地方，開始敍述旅行的經過。她說在愉快的幾個星期裡，曾經騎馬散步，曾經住在豪華的別墅裡，並參加社交界的活動。她慢慢地把話題轉到克利斯多夫所不知道的許多事情和人物。凱利希夫人也和女兒一起開心地談她們的回憶。

克利斯多夫覺得自己對她們的談話完全插不上嘴了，因此不知該如何是好，只是勉強地笑著。他的眼睛一直盯著明娜，期盼她的關切，可是她偶爾看他的目光卻和她的聲音一樣，雖和善卻冷漠。

他想著，不知她是否因母親的在場而有所提防？他很希望能跟她單獨談話。可是凱利希夫人一刻也未離開他們。他試著把話題轉向自己的事情；他談起自己的工作和抱負。他注意到明娜把小手搗在嘴上打起哈欠。他突然停止談話。她察覺到了，於是以疲倦爲藉口，溫和地道歉。他站起來準備告辭，心想自己應該會被挽留的。

可是，她們什麼也沒說。他故意拉長鞠躬的時間，等著她們請他明天再來，但她們也沒這麼說。他只好走了。明娜並未送他。

那天晚上，他徹夜未眠；整個晚上數著掛鐘每個小時敲打的聲音。第二天一早，他就到凱利希家周圍徘徊。等到可以進門的時候，他立刻進去。但他看到的不是明娜，而是凱利希夫人。早起而勤快的她正在澆花。一看到克利斯多夫，她便帶著有點輕蔑的語氣大聲喊著：

「哦，是你呀！……你來得正好，我有話跟你說呢！」

他們於是在長凳上坐下；他和明娜分離的前一天，他倆就坐在這兒親吻過。

「我要說的事情你應該知道了吧……」

凱利希夫人這麼說的時候，態度突然變得很嚴肅，他於是慌張了起來。她繼續說：

「我眞是難以相信呢，克利斯多夫。我原來以爲你是個規矩的人，一向都很信任你。沒想到你却利用這一點來誘惑我的女兒。」

「可是，夫人……可是……」他眼中含淚呑呑吐吐地說，「我並沒有利用您對我的信任……請您不要這麼認爲……我不是一個不誠實的人，我可以發誓……我是愛著明娜的；我眞心愛她；我想跟她結婚。」

凱利希夫人笑著說：

「不，可憐的孩子，這種事是不被允許的，這好像是小孩子的戲言。」

「爲什麼不可以呢？爲什麼說是戲言呢？」

「因爲……」

他請求夫人說清楚。她便帶著有點諷刺的口吻說他沒有財產，以及他跟明娜興趣不同之類的話。他反駁說這些都不是問題，自己將來會賺很多錢，也會成名的；無論名與利，凡是明娜所要的一切，以後都可以得到的。

「不，克利斯多夫，不用再說了。那是辦不到的。不僅財產而已，還有其他種種問題……例如彼此的身分不同……」

凱利希夫人已經沒有必要把話說完。剛才她話中所帶的針已經刺進他心底了。他終於洞察一切。他看清了夫人友善的微笑中所帶的嘲諷，以及親切的目光中所帶的冷漠。現在他突然領悟到自己雖然把這位婦人當可敬的母親一樣看待，但他們之間卻存在著許多隔閡。他什麼也沒回答就起身離去。

他狂亂得想自殺。這是克利斯多夫少年時代最大的危機。由於這次危機，他的少年時代劃下了休止符。他的意志因而獲得鍾鍊，但差一點被毀了。

母親發現他陷在痛苦之中。她雖然無法確知他心裡發生什麼事，卻本能地感覺到其危險性。她爲了想安慰兒子，便試著去接近他，希望能了解他痛苦的原因。但長久以來可憐的母親已經失去和兒子親密談話的習慣了。

有一天晚上，當家人都睡了之後，他一個人坐在房間裡，一動不動地陷入危險的思慮中。這時候，寂靜的街上突然響起腳步聲。過一會兒，聽到敲門的聲音，他才驚醒過來。他想起晚上父親還沒回來，憤怒地以爲父親又像上星期那樣醉倒在馬路中間，有人發現之後把他送回來了。

露意莎已經起來慌張地跑去開門。克利斯多夫一動也不動地摀著耳朵，以免聽到父親酒醉的聲音，以及鄰居們的冷嘲熱諷……

突然他心中產生一股莫名的不安，好像有什麼可怕的事情要發生……隨即，門外傳來令人心碎的呼號。他忽然抬起頭，並向門口奔去……

幽暗的走廊，在提燈顫抖的微光照映下，一群人低聲交談著，而在他們中間一個濕漉漉的身體躺在擔架上。露意莎摟著他的脖子痛哭。有人在磨坊邊小溪裡發現了梅爾基奧爾溺斃的屍體。

克利斯多夫發出尖銳的叫聲。曾經困住他的一切煩惱、一切憂愁頓然消失。他也撲到父親的屍體上，和身旁的母親一起痛哭。

當他凝視著躺在床上已經長眠的父親時，對父親的無限悲憐之情油然而生。他難過地想起父親的親切以及出自愛的行爲。父親雖然有很多缺點，但絕不是壞人。他是善良且愛著家人的。克利斯多夫看到父親的優點，並將其誇大。他甚至覺得自己錯看了父親。他因未能好好愛父親而自責。他眼前浮現了被生活擊敗的父親的影像。他似乎聽到一個缺乏奮鬥的勇氣、爲自己虛度的人生而感嘆的不幸靈魂的聲音。他耳邊又響起父親曾以令人心碎的語氣向他哀求的話：

「克利斯多夫，不要輕視我！」

克利斯多夫滿懷悔恨之意。他撲到床上，哭著把臉頰貼在父親臉上，然後像以前那樣反覆地說：

「爸爸，我沒有輕視你。我愛你！請原諒我！」

可是，父親似乎仍然不安地哀求著：

「不要輕視我！不要輕視我！」

突然，克利斯多夫覺得連躺在死者旁邊的自己都恍如夢幻一般。他不禁打了一個寒戰，然後重新思考著：

「自己從今開始，與其逃向死亡的世界，不如忍受世上一切痛苦、一切悲慘……」

他自己竟也受到死的誘惑呢！他自己不也懦弱地想逃避世上的痛苦，幾乎無法抗拒自殺的誘惑嗎？與背叛自己、否定自己的信念、以死輕蔑自己之類的莫大痛苦與罪惡相比，克利斯多夫所體驗到的任何痛苦和任何背叛，豈非猶如孩童的哀傷？

克利斯多夫領悟到人生是一場沒有休止的無情的戰鬥，凡是希望成爲值得稱爲「人」的生命，都必須與無形的許多敵人作戰。

這類敵人指的是自然的破壞力、汚濁的情慾、不經意間產生又逐漸消失的種種愚昧的想法等等。他領悟到自己曾經上了圈套，他領悟到自己曾經被幸福與愛情所迷惑，而解除心靈的武裝，並投降了。於是，十五歲的清教徒聽到內心裡神的聲音：

「前進吧，前進吧，別停下腳步！」

「可是，神哪，我究竟要往哪兒去？我無論做什麼，無論往何處去，結果不都一樣嗎？我掙扎半天，最後所看到的，跟我此時此刻所看到的，不是毫無差別嗎？」

「前進吧！然後死吧！難免一死的你們！受苦吧！難免受苦的你們！人並非爲了得到幸福而活著，人生來是要去完成我的『律令』的。受苦吧！死吧！但你必須成爲你所應當成爲的——成爲一個眞正的『人』吧！」

三、青春

家

中靜悄悄的。自從父親去世，一切都籠罩在死亡的陰影中。如今已聽不到梅爾基奧爾熱鬧的聲音，從早到晚只聽到河流索然無味的絮語。

克利斯多夫再度堅忍地埋首於音樂方面的工作。他為追求幸福一事感到憤怒，在沈默中責備自己。對別人的弔唁或親切的話一概不回答，他躲到自尊心的殼子裡了。他的女學生們對他冷漠的態度感到不痛快。

不過，曾經體驗過痛苦滋味的較年長的人，卻知道在這位少年冷漠的外表之下隱藏著許多苦惱，於是對克利斯多夫很表同情。但他並不感激他們的同情。即使音樂也無法給他任何安慰；從事音樂方面的工作似乎只是盡義務，而不覺得有何樂趣。

兩個弟弟因受不了守制期間家裡的靜寂和沈悶而忽然離家出走。過於寬敞的屋子裡就只剩下克利斯多夫和母親兩個人。由於收入有限，且有父親的債務要償還，他們不得不下定決心忍受一切痛苦，去尋找較便宜的小房子。

他們終於找到一個小小的住所——那是在市場街一棟房子的三樓，只有三個房間。那一帶是城鎮的中心，人聲嘈雜。但現在需要考慮的並非喜不喜歡這類感性上的問題，而是必須從理性上去思考實際的生活問題。

克利斯多夫認爲這是一個鍾鍊自己的最好機會。而且，房東——曾經當法院書記的奧雷老先生是祖父的朋友，他熟識克利斯多夫一家人。凡是對露意莎在那空蕩蕩的房子裡愛過的家人有所懷念的人，她都會感到特別可親，單憑這一點就足夠讓她決心搬到此地了。

尤舒斯·奧雷是個身材短小的駝背老人。爲人善良、寡慾、重道德，跟克利斯多夫的祖父頗爲投機。有人說他們很相似。實際上，他們是同時代的人，受相同主義的培植。但他缺乏約翰·米歇爾那種強壯的體格與活力。

他的女婿弗格爾服務於司法機關，大約五十歲。他本來是個勤奮的人，而且並非沒有才能，甚至可算相當有教養。可是跟許多被束縛在辦公室的公務員一樣，受盡了憂鬱症這個惡魔的折磨。

弗格爾夫人則跟他完全不同。她健康、熱鬧、活潑，對丈夫的牢騷並不表同情。個性積極好動的她，從早到晚樓上樓下一個人忙得團團轉還不能滿足，非得身邊所有的人跟她一起賣力不可。

兩個孩子在這樣一位母親的強大壓力下，似乎認爲服從她是理所當然的。男孩雷恩哈爾德相貌端正，態度一絲不苟。女孩羅莎有一頭金髮和一雙美麗的碧眼，但缺少「文靜」這種一般所認爲的女性特有的美德；她似乎總有講不完的故事，整天聒噪不休。

對喧鬧感到厭惡的心情使得克利斯多夫接近了雷恩哈爾德。在全家的喧擾中，只有這位少年始終保持沈著的樣子。克利斯多夫聽說雷恩哈爾德將來打算當神職人員，因此對他更是充滿好奇心。

當時克利斯多夫對宗教好像還處於摸索的狀態。他沒有時間認眞去思考宗教。幸福的時候，他未想到神，却準備相信神；不幸的時候，雖想到神，却難得相信神。但事實上他是非常具有宗教情懷，並眞正實行教義的。他會認眞地去做彌撒。他是教會的管風琴手，因此也幫忙彌撒的事；而且他是以絕對的眞誠爲這份工作盡力。可是一旦走出教堂，他就很難說清楚心裡在想什麼了。

他爲了讓自己的思想更加明確，有時也讀聖經，而且在其中找到樂趣。但這跟他平日讀其他好玩的、新奇的書籍所發現的樂趣，在本質上並無兩樣。老實說，耶穌雖也引起他的共鳴，但貝多芬似乎引起他更大的共鳴。在聖•弗羅里安教堂的禮拜天彌撒儀式中彈管風琴時，管風琴比彌撒儀式更吸引他的注意力。

儀式中有些東西的確煽起他對宗教的狂熱信仰。但這種時候他所愛的究竟是神呢？或是就像一個冒昧的神父有一天對他戲言的，他愛的其實只是音樂？

後來他一直爲這類問題而煩惱。因此，當他發現一位跟自己年紀相仿而有信仰的少年時，心裡頗爲高興。他自己也祈求有眞正的信仰。他期待著雷恩哈爾德能指示他信仰的正當理由。

一開始，克利斯多夫不知如何開口。他說了幾句不相干的笨拙的話之後，才非常突兀地提出自己所掛念的問題。他問雷恩哈爾德是否眞的打算當神父，以及那是否完全出於主動。

雷恩哈爾德起先以不安的目光望著他，但看出克利斯多夫並無任何敵意時，便安心地回答：

「是的。如果不是出於主動，怎麼當得成神父？」

「啊，你眞幸福！」

雷恩哈爾德感覺到克利斯多夫的聲音含有羨慕的意味，於是帶著愉快的心情，敞開胸懷說道：

「是的，我是幸福的。」

「你是怎麼做到的？」克利斯多夫問道。

他們在聖馬丁教堂走廊的一張長凳坐下之後，雷恩哈爾德開始說話了。他帶著滿足的心情目光炯炯地說，能從生活中逃出去，找到可以稱爲永恆避難所的藏身之處，是多麼高興的事。克利斯多夫最近心裡才受到重創，因此正熱切渴望這一類的休憩與遺忘。但他却嘆一口氣問道：

「爲了這樣而捨棄人生的一切，你不覺得惋惜嗎？」

「噢，有什麼好惋惜的呢？人生不是悲慘而醜陋的嗎？」

「但也有美的部分。」克利斯多夫望著美麗的晚霞說。

「雖然也有美的部分，但太少了。」

「即使很少，對我已足夠。」

但雷恩哈爾德却談起從這世界隱遁的靜觀生活的魅力。他說在世界之外，遠離喧囂、暴戾與嘲笑，遠離每日令人受苦的災難，在信仰的可靠溫床上，靜觀那早已跟自己不相干的遙遠世界的不幸……這種把一切交給神的生活是多麼快樂。

克利斯多夫覺得這種信仰是自私的。雷恩哈爾德似乎察覺到克利斯多夫的疑惑，於是解釋道：

「靜觀的生活絕非怠惰的生活。而且，人必須靠祈禱來完成一些事情。」

克利斯多夫心裡的反感却越來越強烈。對方的話他不再諦聽了，心想：

「他眞的是信神嗎？或只是自以爲信神？」

城裡夜幕已低垂，他們坐著的長凳已籠罩在黑暗中了。天空星光閃閃，白霧從河上升起，蟋蟀在墓地樹下鳴叫。教堂的鐘聲也響起了。

響亮的鐘聲，有如正對著蒼天發問的鳥鳴。接著響起較低的鐘聲，與剛才的高音和鳴。最後出現更低沈的莊嚴的鐘聲，似乎在答覆前面兩種聲音。三種聲音終於交融在一起。如果正好在鐘樓下面，會覺得那彷彿是大蜂窩裡的合唱。空氣和人心都顫抖著。克利斯多夫屏氣凝神默想：音樂家的音樂跟萬物齊唱的音樂海洋比起來，顯得多麼貧弱！

當強而有力的合唱靜止，餘音的顫抖在空中消失，克利斯多夫突然醒過來。他驚訝地環顧四周……什麼都弄不清楚了。周圍的東西，自己的內心，一切的一切全都變了。神也不存在了……

在奧雷一家人之中，只有一個人不受克利斯多夫的重視，那就是少女羅莎。她長得一點也不美。克利斯多夫雖然知道自己也其貌不揚，可是對別人的容貌却很挑剔。他具有年輕人特有的狠心。對他而言，長得不漂亮的女性就等於不存在。何況羅莎又不具備任何特殊才能，而她的喋喋不休簡直令克利斯多夫難以對付。

但跟許多女孩子比起來，她並非沒有可取之處，至少她勝過克利斯多夫那樣愛過的明娜。她沒有像明娜那樣的媚態和虛榮心，是個善良的女孩子。克利斯多夫搬來之前，她從未留意或在乎自己長得醜。

克利斯多夫遷居此地，對她而言是生活中的一件大事。她常聽人談起他。他即將搬來的那幾天，她焦急地等待著。她唯恐房子不合他的意，便費盡心思把它裝飾了一番。搬家那一天早上，她還在壁爐上擺一束花表示歡迎。

羅莎的殷勤反而令克利斯多夫覺得厭煩。她天眞地希望能爲新朋友效勞，於是不斷地在樓梯上爬上爬下，總拿些沒用的東西給他們。而且，她經常無端地笑著，嘮叨著，甚至喧鬧著。

克利斯多夫皺眉頭忍耐了兩天，第三天他就把門上了鎖。羅莎敲門，並喊他的名字，她明白了他的意思，於是頹喪地下樓去。

當他又碰到羅莎的時候，便向她解釋自己正在忙一件緊急的工作。她謙虛地道歉了。但過不久她又開始喋喋不休地講話。克利斯多夫在她講話途中便丟下她跑掉了。儘管如此，她並不恨他，反而痛恨起自己。她認爲自己簡直是一個無可救藥的愚蠢、無趣又可笑的人。

有一天晚上，克利斯多夫彈著鋼琴。他爲了避免受到嘈雜的聲音所干擾，就把自己關在頂樓的小房間裡。羅莎在下面聽得頗受感動。她喜歡音樂，雖然未培養較高層次的趣味。母親在的時候，她便在房間的一角低頭工作，表現很努力的樣子。可是，她的心已被上頭傳來的琴聲所吸引了。

弗格爾夫人正好有事出去的時候，羅莎便立刻跳起來，丟開手上的工作，心猛跳著一直爬到頂樓房間的門口。她屏息把耳朵貼在門上，直到弗格爾夫人回來，她才躡手躡腳走下來，生怕發出任何聲響。

有一次，羅莎爬到頂樓，俯身把臉貼在鑰匙孔上凝神傾聽，但一不小心身體却失去平衡而撞到門上。她嚇得氣都喘不過來了。這時琴聲突然停止，她却連逃走的力氣都沒有。她好不容易站起來的時候，門開了，克利斯多夫以煩躁的目光瞪著她，並帶著粗魯的態度一言不發地經過她旁邊，下樓跑出屋外。

他到晚餐時間才回來。對於羅莎祈求原諒的憂傷的眼神完全未加理會，表現一副羅莎根本不存在的樣子。此後有幾個星期他不再彈琴。羅莎暗中落淚。她虔誠地向神祈禱……但祈求什麼呢？她自己也不很淸楚。她只是想對神傾訴自己的憂傷罷了。

可是有一天，因爲聽到家人不小心透露的話，而使得她胡思亂想了起來。羅莎發覺她和克利斯多夫交談的時候，她的父母親總會互相看一眼或竊竊私語。起先她並不在意，後來却懸念著；她渴望知道父母親究竟在說什麼，却沒有勇氣詢問。

有一天傍晚，她踩到凳子上去解開綁在兩棵樹之間的晾衣繩，而當她要往下跳時，抓住了克利斯多夫的肩膀。就在這個時候，她的視線遇到外祖父和父親的視線。他們靠牆抽著煙斗。兩個男人互相使眼神，然後奧雷對女婿說：

「應該是很相配的一對吧！」

父親發現這句話被女兒聽到了，於是用手肘碰了一下老人，老人却反而大聲地發出「哼！哼！」兩聲，好像故意要讓遠處的人聽到似地，然後談話便中斷。克利斯多夫因爲背對著老人，所以什麼都沒發覺。但羅莎却聽到兩位長輩的談話，心裡慌亂得竟忽略了自己正在往下跳，因而扭傷了腳。要不是克利斯多夫把她扶住，她可能就跌跤了。

她扭傷的腳疼痛不堪，却表現一副若無其事的樣子。她只想著剛才聽到的話，而未顧慮到腳痛了。她逃回自己房間，坐到床邊椅子上，把臉埋進被窩裡。她臉上發熱，眼中含淚。她笑著，却又羞得想鑽地洞。外祖父的話還在耳邊響著；她低聲地笑，紅著臉直往羽毛被中躲藏。她祈禱、感謝、憧憬、恐懼。——她在戀愛中了。

母親喊著她。她站起來剛要邁步，腳便痛得差點倒下，接著一陣暈眩，以爲自己就要死了。她希望就這樣死掉，但同時又極力想活下去，想爲未來充滿希望的幸福而活下去。母親終於跑到她房間來了。過不多時，全家便因她受了傷而騷動起來。

第二天，克利斯多夫認爲這意外事件自己多少要負些責任，於是跑來慰問羅莎，首次對她表現親切的態度。羅莎滿懷感激，反而慶幸自己受了傷。她覺得只要能享有這樣的喜悅，終生受苦都值得的。

她不知不覺產生了想擁有克利斯多夫的念頭。強烈的愛情讓人在處事上本能地有了把握，這個笨拙的少女立即找到征服對方的手段。

她並不直接去進攻克利斯多夫，而是去接近他的母親露意莎。等她扭傷的腳痊癒之後，便不放過任何可以幫助露意莎的機會。當她外出時，一定會幫著去辦事情或買東西；她也會幫忙到院子裡的抽水機那兒打水，甚至幫露意莎做一部分家事。

露意莎對於自己連家事都由羅莎代勞感到羞愧不安，但由於她極度疲乏，連拒絕的力氣都沒有。克利斯多夫在家的時間非常少，她其實也很孤單，因此這位親切而熱鬧的姑娘願意來陪伴，她是甚感欣慰的。

羅莎簡直把露意莎那兒當自己家了。她有時把自己的針線活都拿過來，邊做邊聊。羅莎常常以不太靈巧的方式把話題轉到有關克利斯多夫的事情上面。露意莎很高興談她疼愛的克利斯多夫；她敍述兒子童年許多平淡無奇的小故事。眼前浮現克利斯多夫做過的一些稚氣的傻事，或他小時候的可愛模樣，對羅莎而言，是無比的喜悅與感動。所有女性皆具備的母愛，跟另一種愛情在她心中交融在一起了。

傍晚克利斯多夫回來的時候，對羅莎滿懷感激的露意莎便會不斷稱讚這位鄰居少女。克利斯多夫被羅莎的親切所感動了。他明白了羅莎爲母親效勞的情形；母親的確比以前開朗許多。他於是由衷向羅莎致謝。但羅莎却欲言又止，然後爲了隱藏心中的慌亂，便趕快溜走。

克利斯多夫覺得這時候的她比喋喋不休的她聰明得多，而且更值得同情。他終於消除成見，帶著跟以前不同的眼神看她。羅莎察覺到了；她看到他對自己越來越具同情心，並認爲這種同情將發展爲愛情。她比以前更耽溺於夢想了。帶著年輕人常有的自負，她開始相信，只要自己一心一意祈求的事，最後必定能如願以償。

可是，克利斯多夫並未把她放在心上。他雖然敬重她，但她在他心中並未占任何地位。這段歲月，還有其他許多事情吸引著他。

2

在中庭另一側的一樓住著年約二十的少婦和她的小女兒。這位少婦名叫薩比娜·弗烈利希，丈夫在幾個月前去世。她也是奧雷老人的房客，擁有臨街的店面，以及面對中庭的兩個房間。

薩比娜開一家小雜貨店，因爲在城裡鬧區，本來應該會有很多顧客的，但她對做生意並不太熱中。她雇了一個十五歲的女孩子，每天早上來工作好幾個小時。當年輕的老闆娘還慵懶地賴在床上，或慢條斯理地梳洗打扮時，她便幫忙收拾房間或看店。

克利斯多夫有時透過玻璃窗看到她穿著長睡衣光著腳在房間裡走來走去，或久久坐在鏡子前面。她總是那麼漫不經心，常忘了放下窗帘，即使察覺到了，也懶得走過去把它放下。

天眞的克利斯多夫爲了避免讓她覺得不好意思，便離開了窗邊。但這份誘惑却很強烈。他紅著臉偷看她裸露的手臂。那顯得清瘦的雙臂有氣無力地舉到披散的頭髮周圍，兩隻手在脖子後面交叉著；她久久擺著這種姿勢出神，一直到手酸才放下來。克利斯多夫相信自己看到這幕誘人的景象完全出於無意，因此音樂方面的構思一點也沒受到妨礙。可是他逐漸對薩比娜感到興趣，終於花費許多時間去眺望她。那幾乎相當於她花在梳妝上的時間。

薩比娜經常成爲奧雷一家人批評的對象。一提到她，他們就冒火。例如她的怠惰，屋裡的雜亂，衣冠不整，對別人的提醒充耳不聞，總是笑嘻嘻的，對丈夫的死表現一副滿不在乎的樣子，孩子沒照顧好，也未好好做生意，日常生活中有種種事情要操心，却完全未改變閒晃的習慣——這一切都令他們氣憤。而更觸怒他們的是這樣一個人竟然會討人喜歡。

在大熱天，吃過晚飯之後，下午的強烈陽光在院子裡留下的熱氣未散，整棟房子唯一可以乘涼的地方是面對街道的門口。奧雷和女婿有時會跟露意莎一起在門口閒坐。弗格爾夫人和羅莎只偶爾露臉，因爲她們還有家事要做。

奧雷和弗格爾不久便擔心受涼而回屋去。九點以後往往只剩下露意莎和克利斯多夫了。因爲露意莎整天待在屋裡，克利斯多夫爲了讓她呼吸戶外空氣，晚上便盡量陪著她。母親絕不會一個人待在外面的。

有一天晚上，母子倆正在門口聊天的時候，克利斯多夫看到隔壁雜貨店的門開了。薩比娜悄悄走出來坐在街上。她的椅子就在離露意莎兩、三步遠的黑暗處。露意莎未發覺薩比娜在場，繼續低聲和兒子聊著。

克利斯多夫比原來更加注意聽母親的談話了，並覺得需要插進自己的一些想法。他大概是想讓那位女子聽到自己的談論吧。那纖細的影子一動也不動地坐著，微微低著頭，雙腿交叉，雙手相疊放在膝蓋上。她凝視前方，表現一副什麼都沒聽見的模樣。露意莎因爲睏倦，便先進屋去。克利斯多夫表示他想再待一會兒。

將近十點，街上已靜悄悄。留到最後的幾個鄰居也相繼進屋。從一家家店舖傳來關門的聲音，玻璃窗裡的燈光陸續熄滅。如今只剩下他們兩個人，但他們並未互相看一眼，只屏氣凝神，彷彿未察覺身旁還有人在。

從遠處的野地飄來牧草的香味。鄰居陽台則飄送花香。銀河緩緩流動，北斗七星已傾斜；群星有如一片雛菊綻放在淡藍的天空。十一點教區教堂的大鐘敲響的時候，其他教堂的鐘聲也跟著和鳴，有的聲音清脆，有的蒼老。家家戶戶也傳出掛鐘低沈的聲音，還有鷓鴣鐘嘶啞的叫聲。

兩個人從沈思中醒來，並同時站起來。當他們要進屋時，彼此默默行了個禮。克利斯多夫爬上自己的房間，點上蠟燭，坐在桌前，雙手抱著頭，久久發呆。後來他終於嘆了一口氣上床去。

第二天一起床，他便機械式地走近窗口望著薩比娜的房間。但窗帘却整個放下來，一上午，甚至一整天皆如此。

晚上，克利斯多夫又向母親提議到戶外乘涼，露意莎甚感欣喜。那小小的人影又悄悄坐到原來的地方。正在跟母親談話的克利斯多夫，很快跟薩比娜互相打了個招呼，並未引起母親的注意。

薩比娜對著在街上玩的女兒微笑。九點左右，她帶孩子進屋睡覺，但孩子還不想睡，她們於是又回到門口。小女孩跟其他孩子一起在街上追逐嬉戲。一隻溫馴的狗在地上蜷曲著打盹兒，孩子們跑去逗弄牠，狗兒微微睜開紅眼睛，最後似乎被騷擾得無法忍受而咆哮起來。孩子們又怕又開心地一邊叫一邊向四處逃開。小女孩尖叫著跑過來，好像被追趕似地不時轉過頭向後看。她最後撲到露意莎身上，露意莎展現可親的笑容，拉住孩子問了她許多話，接著便跟薩比娜交談起來。克利斯多夫始終未插一句話。

有整整一週的時間，露意莎因感冒而待在屋裡，晚上在外面乘涼的便只有克利斯多夫與薩比娜了。一開始他倆都感到有些惶恐。薩比娜把女兒抱在膝上拚命親吻著，以掩飾心中的拘束不安。克利斯多夫慌張得快喘不過氣來，不知自己是否應該繼續裝作若無其事的樣子。他倆雖未交談過，但透過露意莎他們已經相識。

他很想說一、兩句話，但話未說出便哽住。這時候，小女孩玩著捉迷藏的遊戲，繞著克利斯多夫的椅子打轉。克利斯多夫抓住她，將她抱起。他雖然不怎麼喜歡小孩子，但把這小女孩抱在懷裡卻有一種奇妙的快感。小女孩因爲還想玩，便扭動身體試圖掙脫。

克利斯多夫逗弄她。小女孩咬住他的手，他於是把她放到地上。薩比娜笑了，兩個人望著孩子彼此交換了幾句沒有什麼特別意義的話。

克利斯多夫想藉此機會繼續談話，但他並不是善於言詞的人，而薩比娜也未推他一把；她只是把克利斯多夫的話重述一遍：

「眞是個美好的夜晚。」

「是啊，眞是個美好的夜晚！」

「院子裡好悶哪！」

「嗯，院子裡的確很悶。」

他們的談話陷入膠著。孩子睡覺的時間已到，薩比娜借此機會帶著孩子進屋去。

第二天薩比娜先開口說話。其實她並沒有多大興致交談，只是盡量找話題罷了。

薩比娜彷佛陷入夢境般坐在椅子上慢慢搖晃著身體。克利斯多夫也在旁邊出神。兩個人緘默不語，過了半小時之後，滿載草莓的車子開到街上來，聞到那醉人的香味，克利斯多夫不禁喃喃自語。薩比娜回應了一兩個字。隨後兩個人又沈默下來。他們體味著這種朦朧的沈默與隨興的言語所具有的魅力。他倆沈浸在同樣的夢境裡。

隔天晚上，他們不再勉強維繫彼此的交談。兩個人再度沈湎於無言中。從偶爾的簡單對話，發現他們竟然想著同樣的事。

薩比娜笑道：

「不勉強自己說話，倒叫人舒服多了。一想到非找些話題不可，心情反而會變得沈重呢！」

「沒錯，世界上的人如果都像你這麼想就好了！」

他們同時笑了起來，因爲他們腦子裡都想到弗格爾夫人。星期日下午，整棟屋子空蕩蕩，大家都上教堂去聽講道了。留下來的只有薩比娜和克利斯多夫。

他們享受著這份清靜。

「如果一直都能像現在這樣多好！」克利斯多夫嘆了一口氣說。

薩比娜抬起含笑的眼睛瞧了他一眼，隨即又往下看。他發覺她正在工作。

「你在做什麼呢？」他問道。

他們隔著花園對話。

「你瞧，我正在剝碗豆莢呀！」

她邊說邊將膝上的缽子舉起，然後長嘆了一聲。

「可是這應該不是討厭的工作吧！」他笑著說。

「啊，老是要料理三餐，眞煩死人了。」

「如果可能，你是不是寧可不吃而不願爲準備三餐而煩惱？」

「我的確有這種想法呢！」

「等一等，我來幫你忙！」

他跨越籬笆，跑到她身旁來。她坐在門口的椅子上。他坐到她腳邊台階上，從她膝上抓了一把碗豆莢，然後剝開豆莢，將小碗豆裝到也在她膝上的缽子裡。眼睛朝下的他，瞧見薩比娜的黑襪。他不敢再仰望她了。

周圍空氣窒悶，一點風也沒有。所有樹葉靜止不動。兩個人一言不發，他們說不出話來。他低垂著眼睛從薩比娜膝上抓豆莢，顫抖的手指在光潤的豆莢中碰到薩比娜同樣顫抖的手指。他們再也無法工作了；只是一動不動，互相看了一眼。

她坐在椅子上身子往後仰，嘴巴微微張開，雙臂無力地垂下。他坐在她腳邊，把身子靠向她。從薩比娜膝上有一股暖流傳到他的肩膀和胳膊上。兩個人都喘著氣。克利斯多夫的一隻手觸到薩比娜伸出鞋外的腳尖，手於是壓在那上面，無法拿開。兩個人都不禁打了一個寒顫。克利斯多夫緊握住薩比娜纖細的腳趾。薩比娜冒著冷汗向克利斯多夫彎下身子……

一陣熟悉的說話聲把陶醉中的兩個人喚醒。他們嚇了一跳。克利斯多夫突然站起來，越過籬笆。薩比娜把散落的豆莢撿起來，準備進屋去。他從中庭回過頭來，她正站在門口，兩個人互相看了一眼。小雨點開始打在樹葉上……她關上了門。弗格爾夫人和羅莎回來了……他爬上自己的房間……

不久羅莎便發覺周圍所發生的事。她雖然因絲毫得不到克利斯多夫的愛而落寞地忍受著，但萬萬沒想到他竟然愛上其他女子。

有一天晚餐之後，羅莎把她做了幾個月的一件頗費工夫的刺繡完成了，因此感到十分開心。克利斯多夫曾經輕蔑地說她永遠不可能完工，如今想到自己終於可以去駁倒他，更覺得意了。

她走到屋外。克利斯多夫與薩比娜正坐在門口。羅莎心裡覺得很不舒服。但她並不因此而一直悶悶不樂，仍然帶著明朗的神色招呼克利斯多夫。

「你瞧，完工了！完工了！」羅莎一邊喊一邊得意地把刺繡拿到克利斯多夫鼻子前面甩動著。

「那麼，再做一件吧！」克利斯多夫冷淡地說。

聽到這句話，羅莎極爲掃興。剛才那份欣喜剎那間煙消雲散。

克利斯多夫不懷好意地繼續說：

「當你完成二、三十件的時候，大概也老了，到時候你至少可以覺得自己沒有虛度一生吧！」

羅莎差點要哭出來了。

「夠了，你眞是好狠心哪！」她說。

克利斯多夫感到羞愧了，於是對她說了幾句體貼的話。羅莎是個容易滿足的女孩，她立刻恢復好心情，仍然信賴著克利斯多夫。接著她便開始聒噪。薩比娜坐在幾步外的黑暗處，默默看著這景象。後來她因覺得厭煩，便站起來悄悄進屋去。

薩比娜已經不在了，克利斯多夫才發覺她已回家。他於是立刻站起來，沒有道歉，只板著面孔說聲晚安便離去。

第二天重現了前一天晚上的場景。只有羅莎一個人喋喋不休。薩比娜沒待多久就回去了。

第三天，克利斯多夫等著薩比娜出來，但始終未見她的蹤影。

第四天晚上，看到的也只是羅莎，克利斯多夫不想跟她爭執了。但她所贏得的却只有克利斯多夫的怨恨。克利斯多夫因夜間可貴的快樂時光被剝奪而憤怒，覺得羅莎是不可原諒的。

對羅莎而言，最好的辦法是暫時不去騷擾克利斯多夫；而最下策是跟他提薩比娜的事。結果她採取了後者。

她認爲薩比娜雖長得美，却懶惰而自私。她憑什麼叫人愛她呢？可是她竟然被自己那麼敬重和佩服的克利斯多夫所愛！啊，有這麼不公平的事嗎？

羅莎本是心地善良、不喜歡說人壞話的女孩，但她已忍無可忍，於是說了幾句不中聽的話。但克利斯多夫的答覆是他深愛著薩比娜。羅莎已無話可說，只有忍住哭泣，垂頭離去。

過不久，薩比娜哥哥貝魯特的兒子將舉行受洗典禮；貝魯特是磨坊主人，住在離鎭上十幾公里外叫蘭戴克的村子。薩比娜是這個孩子的教母。她邀請克利斯多夫一同去參加典禮。他本來並不喜歡出席這類慶典。但因爲能跟薩比娜在一起，便欣然答應。

到達磨坊的時候，農村的人以及其他被邀請的客人都聚集在院子裡。大聲歡迎他們。雞、鴨、狗也一起湊熱鬧。磨坊主人貝魯特有一頭金髮，方方的臉型，與纖細的薩比娜相反，他身材魁偉，是個快活的男子。他把苗條的妹妹抱起來，又輕輕將她放下，生恐摔壞她似的。

洗禮儀式，除了教母還需要一位教父。教父對教母具有某種權利；女方若年輕美貌，男方是不會輕易放棄這份權利的。

克利斯多夫看到一個滿頭金色鬈髮的農夫笑著走近薩比娜，在她兩頰上親吻的時候，心裡很不高興。而當他知道儀式開始之後必須和薩比娜隔開時，情緒更加惡劣了。遊行隊伍在牧場上前進，薩比娜不時回過頭來，向走在隊伍後面的克利斯多夫投以溫柔的目光，他卻假裝沒看見。薩比娜知道他生氣了，而且明白其原因。

在餐桌上，克利斯多夫坐在貝魯特的太太和女兒之間。這位小女孩臉色紅潤，長得相當漂亮。克利斯多夫故意大聲地奉承她，做爲對薩比娜的報復。這果然引起了薩比娜的注意，但她並不是一個善於嫉妒的女子；只要自己被愛，即使對方再去愛別人，她也不在乎。

克利斯多夫又一言不發地噘著嘴。大家怎麼逗他，怎麼向他斟酒，都無法讓他快活起來。貝魯特明白他的心情了，於是提議大家去划船，並一邊送客。但克利斯多夫昏昏沈沈地也沒聽見貝魯特在說什麼。後來連薩比娜示意要他上同一條船並坐她旁邊，他也沒看見。當他發覺時，已經有人佔了薩比娜旁邊的位置。他只好上另一艘船了。等他弄清楚船上的客人將在中途全部下光，心情才逐漸開朗。

他們共乘三艘船，互相競爭著，想趕過其他船隻。不同船的人也互相開起玩笑。當三艘船靠在一起的時候，克利斯多夫看到薩比娜含笑的眼神，他也報以微笑。兩個人於是重歸於好。無論如何，他很清楚待會兒他們將要一起回去的。客人陸續上岸了，最後船上只剩下克利斯多夫、薩比娜和貝魯特三人。

天陰下來，霧從牧場升起，河上也冒著水汽，太陽已消失在煙霧中。薩比娜顫抖著用黑色圍巾把頭和肩膀都裹起來。她顯得非常疲憊。當船隻沿著河岸在柳枝下滑行時，她閉上了眼睛；瘦削的臉龐發白，失去血色的嘴唇上出現痛苦的皺痕。儘管如此，當她看到克利斯多夫不安的眼神時，還是溫柔地對他微笑。他低聲問道：

「你不舒服嗎？」

「我覺得冷。」

兩個男人於是把他們的外套蓋在她身上，連腳包起來。天空開始下冷冷的細雨，他們拿起槳，急忙往回划。當他們抵達磨坊時，雨下大了。薩比娜全身冷冰冰的，他們在廚房生起旺盛的爐火，等待陣雨過去。但雨越來越大，而且風雨交加。克利斯多夫和薩比娜若要回城裡，坐馬車也有十二公里的路程。貝魯特勸他們在此過夜。克利斯多夫躊躇著未立刻答應。他默默地想在薩比娜的目光中徵求意見。但薩比娜只盯著爐火看，似乎爲了避免影響克利斯多夫的決定。可是當克利斯多夫答應留下來的時候，她却立刻紅著臉轉向他——是火光照紅了她的臉嗎？——他可以看出薩比娜對他的決定感到滿意。

晚上還不很晚，他們便各自走進自己的房間。那是兩個相鄰的臥房。裡邊有個門可以相通。克利斯多夫上床努力想讓自己入睡。但雨打著玻璃窗，風在煙囱裡呼叫，樓上有一扇門響個不停，克利斯多夫無法闔眼。而當他想到自己和薩比娜就在同一屋頂下，只隔著一面牆時，更是難以入眠了。

薩比娜的房間沒有任何動靜。但她的身影仍然浮現他眼前。他從床上坐起來，隔牆低聲呼喚她，跟她說著熱情而體貼的話。結果他隱約聽到她溫柔的聲音，重複著他所說的話，並輕輕呼喚他的名字。他再也忍不住了。於是跳下床，在黑暗中摸索著走近門邊。

他害怕開門，久久愣在那兒全身顫抖著。從幾個月前他就在渴望這份未知的歡愉，如今機會降臨，他反而害怕起來。他爲自己的慾望感到羞愧，也爲自己此刻的行爲感到羞愧。他因爲愛得太深，以致無法去享受他的愛；他反倒害怕這份享樂，並逃避它。她也在呼喚他，等待他，却又害怕他進來；她因激情與惶恐而渾身發抖……兩個人持續掙扎著、壓抑著……

公雞開始叫出沙啞的聲音，黎明的微光透過布滿水汽的玻璃窗照進屋裡。這是個陰雨緜緜的、令人感傷的黎明……

克利斯多夫迫不及待起床，隨後走到廚房和這一家人閒談。他急於出發，却害怕和薩比娜單獨相處。當女主人來告知薩比娜身體不舒服，今晨無法動身時，他倒鬆了一口氣。

歸途是憂傷的。他拒絕坐馬車，獨自走路回去。鄉村小路濕漉漉，濃霧籠罩著樹木、房屋和大地的一切。當陽光消失，生命之光似乎也隨著熄滅。所有一切彷彿幽靈一般。他自己也像個幽靈似的。

回家一看，大家臉上都帶著怒氣。他們爲了他和薩比娜在外面過夜而憤懣。他把自己關在房間裡開始工作。薩比娜第二天回來，但也一直躲在屋裡。他們提防著彼此不見面。雨依舊不停地下著，天氣變冷了。他們隔著緊閉的玻璃窗看對方。薩比娜蹲在爐邊沈思。

克利斯多夫埋首於作曲。他和薩比娜雖偶爾會望著對方的窗子冷冷地致意，但他們也弄不清楚心裡的感受。他們似乎恨著對方，也恨著自己。克利斯多夫盡量不去回顧在農村過夜的事。他一想到就羞愧不已。

克利斯多夫被邀請到科侖和杜賽道夫兩個地方去舉行幾場音樂會，他欣然答應了。有一

趟旅行的機會，可以到遠方度過兩、三週的時光，他覺得是很愉快的事。除了準備演奏，還得爲音樂會創作新曲，他日夜埋頭苦幹，把那惱人的回憶也忘掉了。而薩比娜又和往常一樣過著迷迷糊糊的日子，那一夜的回憶也逐漸從她腦海裡消失。不久他倆又能以平常心去想對方了。

克利斯多夫出發的前一天，沒想到他倆又親近了。那是星期日下午，大家都上教堂去。克利斯多夫也出去辦旅行的事。薩比娜則坐在院子裡晒太陽。隨後克利斯多夫回來了，看到薩比娜，他打了個招呼便想匆匆走過。但就在這一瞬間，似有某種東西把他留住。他走近薩比娜，靠在籬笆上向她問候。

她沒有回答，卻伸出手來。她的笑容充滿善意。她的表情彷彿述說著：「讓我們言歸於好吧……」他隔著籬笆握住她的手，並俯身親吻它。她並沒有把手縮回去。他們默默相視。過一會兒他問道：

「身體復元了嗎？」

她只是稍微噘了噘嘴，並未作答。

「我明天將出去旅行。」

薩比娜臉上突然出現驚訝的表情。

「出去旅行？」

「啊，只不過出去兩、三個星期。」

「兩、三個星期？」薩比娜又吃驚地說。

他說明了音樂會的事，並告訴她回來之後，整個冬天哪兒也不會去。

「冬天？冬天還有一段時候呢！」

「不，冬天已不遠了。」

她望著別處搖了搖頭，過一會兒她說：

「我們什麼時候可以再相見呢？」

他不太明白這個問句的意義。

「我們不是很快就可以再相見嗎？十五天之後，頂多二十天之後。」

她仍然一副驚慌和頹喪的表情，他半開玩笑地說：

「這一點時間不會難熬的，你可以一覺把它睡過去，不是嗎？」

「是的。」她勉強微笑，嘴唇却顫抖著。

「克利斯多夫！」

她突然面對著他喊道。那聲音帶著哀傷，好像訴說著：「留下來吧！請別走！」

克利斯多夫拉起薩比娜的手，注視著她。他不了解她爲什麼把這趟僅僅兩、三週的旅行想得這麼嚴重；但只要她說出一句「請不要走！」，他可能就會回答：「我不走了……」。

當她正要說話時，前門打開，羅莎回來了。薩比娜把自己的手從克利斯多夫手中抽回，急忙告退。走到家門口，她又回頭看看克利斯多夫，隨即消失蹤影。

那天晚上，克利斯多夫很想再跟她見面，却受到種種阻礙而不得實現。第二天早上他很早便出發，因此也未能向她道別。

在科侖和杜賽道夫期間，他腦海裡幾乎未浮現薩比娜的影子。從早到晚忙於預演和公演，另外還有餐敍等等活動，他根本沒時間去想她。只有一次，出發之後第五天晚上，他做了一場惡夢醒來時，發覺自己曾在睡夢中想起她，並在思念中驚醒。但在夢中自己究竟怎麼想她却完全記不得。他心裡感到憂傷與慌亂，再也無法入睡，因此索性起床。

一段樂思在他腦中縈繞。他認爲這就是讓他在夢中受苦的原因了。他試著把它寫出來。當他重讀一遍時，因發現曲調的悲愴而大爲驚訝。隨後他便上床，很快又入睡。第二天早上，他把這一切都忘了。

旅行時間延長了三、四天；他知道只要自己願意，立即可以回家，但他却爲了好玩而延長時間。等他搭上回家的列車，便開始想起薩比娜，也因此變得歸心似箭了。其實他倆尚未有過愛的告白，如今他多麼想對她說出心裡的話，於是試著在空無一人的車廂裡高聲喊出。離家越近，他越焦急……火車快跑吧！快跑吧！啊，再過一小時就能見到她了！

他在早晨六點半回到家。屋裡還沒有人起床，薩比娜房間的窗子緊閉著。他躡足走過中庭，以免讓她聽見聲音。他有趣地想著要突然喚醒她，給她一個驚喜。母親還在睡覺，他悄悄回房間更換衣服。肚子雖然很餓，却怕開櫥櫃找食物會吵醒母親。

中庭出現腳步聲。他輕輕打開窗子一看，跟往常一樣，羅莎最先起床，開始打掃院子了。他小聲叫她。看到他，羅莎表現極爲驚喜的樣子，但隨即又轉變成嚴肅的表情。克利斯多夫以爲她還在恨他；但他這時心情很愉快，於是下樓走到她身邊。

「羅莎，給我一點吃的吧，不然，可要把你吃掉嘍！我已經餓扁了！」

羅莎笑了出來。她隨即把他帶到一樓的廚房，一邊爲他倒牛奶，一邊問他有關旅行和音樂會的事。他一直開開心心地回答她。但羅莎却在談話中突然緘默下來，目光移向別處，好像有心事的樣子。

「你突然又怎麼啦？生我的氣嗎？」

她猛搖頭否認。然後以她慣有的突兀舉動，忽然走到他身邊，抓住他的胳膊說：

「哦，克利斯多夫！……」

他被那聲調嚇壞了，手上的麵包不由得掉到地上。

「啊，到底怎麼回事呢？」

「克利斯多夫！……發生了非常悲慘的事呢！……」

她指著中庭那一邊的房子。

「薩比娜？……」他叫道。

羅莎哭著說：

「她過世了。」

克利斯多夫覺得天地突然變色。他站了起來，身體却失去重心，幸而撲到桌子上才沒有倒下去。結果桌上的東西全打翻了。

「但，爲什麼呢？她爲什麼會死呢？………」

「你走的那一天晚上，她得了流行性感冒，不久便過世了……」

他禁不住哭泣著說：

「哦，爲什麼不通知我呢？」

「我立刻給你寫了一封信，但不知該寄到哪裡，因爲你並未留下通信地址。後來我跑到劇場去詢問，但也沒有人知道。」

「她是什麼時候？……」

「是那一週的星期六……」

他回想起一件事，並說道：

「是在半夜吧？」

羅莎訝異地盯著他說：

「是的，在夜裡，兩點到三點之間。」

他腦子裡又響起那憂傷的曲調，隨即顫抖著問道：

「她經歷過極大的痛苦嗎？」

「不，她並沒有受什麼苦，因爲她是那麼的虛弱！」

「她沒有留下什麼話嗎？」

「她什麼也沒說。」

「你是否陪著她？」
「是的，剛開始那兩天，她哥哥還沒來之前，我一個人陪著她。」
他因滿懷感激而緊握著她的手。
「謝謝你！」
沈默片刻之後，他才吞吞吐吐地問了久久懸在心裡的話：
「她眞的什麼都沒說嗎？……沒有任何遺留給我的話嗎？」
羅莎傷心地搖搖頭。如果眞有他所期待的答覆，她一定很樂意全部告訴他的。羅莎埋怨自己不會說謊，但仍試著安慰他：
「她好像有話要交代，但很快就完全失去知覺了。」
「她沒有留下任何遺言嗎？」
「好像說了什麼，但無法聽懂，因爲聲音太低了。」
「她女兒現在在哪裡？」
「她哥哥把她帶到鄉下去了。」
「她的骨灰呢？」
「也在她哥哥那兒，上星期一帶走的。」
他們兩個人又哭了起來。
這時候，弗格爾夫人呼喚著羅莎。克利斯多夫獨自留下，繼續想著薩比娜的事，一週！已經超過一週！……啊，她已經不在了！而我却只夢想著將跟她在一起的快樂日子！

克利斯多夫又想逃離家，他在家裡待不下去，薩比娜既已不在，他無法去面對那垂掛窗帘的空屋。

他一整天都在外面遊蕩，等黑夜來臨才回家。當他在鄉野間徘徊時，不知不覺走向貝魯特的農舍，但他沒有進去，只遠遠地在周圍繞圈。

他在山崗上發現了正好可以俯視農舍、平原與河流的地方。這是他每天散步的目的地。他的眼睛隨著蜿蜒的河流望去，望見了繁茂的柳樹叢，他曾在那樹蔭下看到死神的影子掠過薩比娜的臉龐。他也清楚望見他倆住宿過的兩個房間的窗戶，當時他們比鄰度過未眠的一夜，眞有咫尺天涯的感覺。

他每天徘徊鄉間去追尋薩比娜。他在曾經照過她笑容的鏡子裡去找尋她。他在她曾經浸過手的河流岸邊去找尋她。但無論鏡子或河水却只反映他自己的影子。行走的激動、新鮮的空氣，在他年輕的體內沸騰的熱血，再度喚醒了他心中的音樂。

「啊，薩比娜！……」他嘆了一口氣喊道。

他試圖藉著作曲獻給薩比娜來寄託自己的愛與痛苦……但一切皆徒然。他固然找回了愛與痛苦，薩比娜的身影却未重現，過去的種種似乎一去不復返了。

克利斯多夫無法抵抗自己的青春。生命力以另一種氣勢在他內在裡湧現。他的悲嘆、悔恨、烈火般的純情、壓抑的慾望都更加強烈了。儘管滿懷追思，他的心却因快活與激昂的節奏而悸動。興奮的歌曲以如醉如狂的韻律舞動。一切都在祝賀生命。

克利斯多夫因生性坦率，無法自欺地繼續描繪幻影。他開始輕視自己，但生命戰勝了他。

他雖悲戚，卻將自己託付給復活的力量，以及生命的狂歡。

3

多雨的夏天過後，是秋光燦爛的季節。果園裡，樹上掛滿的果實壓彎了枝子。紅蘋果有如象牙球般發亮。牧場上，透明的野花升起一片玫瑰色的火焰。

一個星期日下午，克利斯多夫幾乎是連奔帶跑地邁大步走下山崗。他邊走邊哼著歌曲，從剛出來散步，他腦子裡就縈繞著這些旋律。他滿臉通紅，敞開衣襟，像狂人似地邊走邊揮動手臂、轉動眼珠，在路上的拐角突然碰到一個高大的金髮女孩。

這女孩爬到圍牆上，用力拉著樹枝，摘著紫色的小果子吃。她嘴裡塞滿果子，慌張地望著克利斯多夫。隨後她忽然大聲笑出來，他也跟著大聲笑了。

看到這位天眞少女那爽朗的樣子，他心裡也自然而然地快活了起來。她圓圓的臉蛋鑲嵌在發亮的金髮中間，粉紅的雙頰非常飽滿，一對大眼睛呈碧藍色，稍大的鼻子，鼻尖微微朝上，小嘴露出白牙。克利斯多夫對她喊著：

「想吃就盡量吃吧！」

他正要離去時，她叫住了他：

「嗨！……拜託一下！可以幫幫忙嗎？我一個人下不去了……」

他問她是怎麼上去的。

「用手和腳……是自己爬上來的。」

「是因爲很想吃果子，就不顧一切爬上去的吧！」

「是的……可是吃過之後，反而筋疲力盡，我已經沒有力氣自己爬下去了。」

「來吧！」他說著便向她張開手臂。

她跳到他的雙臂間。他雖然有強壯的體格，也無法支撐她的重量，兩個人於是一起向後倒。他們的臉互相貼近，他便吻了她沾滿果汁的嘴唇，她也大方地還他一吻。

「你現在要到哪兒去？」

「不知道。」

「你一個人來的嗎？」

「不，我跟朋友們一起來的，可是，我不知道他們走到哪裡去了……那你呢？你要到哪兒？」

「我也不知道。」

「那麼，正好呢！我們一塊走吧！」

這時候，樹林中傳來呼喚她的聲音。

「哦——咿！」她大聲地回答。

可是朋友們的聲音接近時，她卻跳過路邊的水溝，爬上隄防，躲到樹後，並示意要克利斯多夫也跟她一起躲起來。

他們低聲交談。他得知她是大街上一家女裝店的職員，名叫阿德海特，朋友們都叫她阿達。今天出來郊遊的同伴是在同一家店工作的女同事們，以及服務他處的兩位年輕男士。他們利用星期日出遊，預定走到可以眺望萊茵河美景的普羅赫特村，然後再從那兒搭船回去。

當他倆抵達普羅赫特村時，一夥人都坐在小館子裡了。阿達把克利斯多夫介紹給朋友們。他們都曉得克利斯多夫，其中還有人聽過他所作的曲子呢。他們對他表示敬意，並請他賞光與他們共進晚餐。

晚餐後他們便準備動身。他們必須穿過樹林走兩公里路才能到達碼頭。阿達首先站起來，克利斯多夫也跟著站起來。阿達抓起克利斯多夫的手，便拉著他沿著屋邊往院子裡的暗處跑。兩個人在平台下躲起來，四周一片漆黑。他被阿達緊握的手，感覺到她的手暖暖的，他並聞到她胸前的花香。

她突然把他拉到懷裡。克利斯多夫碰觸到阿達被霧水沾濕的頭髮，兩個人於是擁吻著。

其他的人呼喚著：

「阿達！……阿達！……」

他倆一動也不動地緊緊擁抱著。他們聽到其中一個朋友說：

「他們已經先走了。」

同伴們的腳步聲在黑暗中逐漸遠去。他倆相擁得更緊，喃喃地繼續說著熱情的話。直到村裡的大鐘響起，他們才彼此鬆了手。他們得趕緊跑向碼頭了。

當他們抵達碼頭的時候，聽到輪船的汽笛響了。黑色怪物在水上笨重地逐漸遠離。兩個人笑著說：

「我們搭下一班吧！」

可是，剛才開出的是這一天的最後一班。克利斯多夫感到有點沮喪。阿達則把他的手握得更緊。

「好了，那就等明天開的船吧！」她說。

離碼頭不遠處有一家小客棧。阿達扶著克利斯多夫的胳膊向客棧走去。他們被領到一間面對花園的房間。克利斯多夫從窗子探出身子望著好似點點燐光閃爍的河面。阿達站在床邊微笑。隨後他們坐到床上，默默地緊緊抱在一起。

窗前輪船激起的水聲把睡夢中的克利斯多夫弄醒。他們預定早上七點離開小客棧，以便準時趕回城裡工作，他低聲說：

「聽到那聲音沒有，該起來了！」

但她並未睜開眼睛，只是微笑著把嘴唇湊過來親吻他，然後腦袋又靠到他肩膀上……他也再度昏昏沈沈地入睡。

後來克利斯多夫繼續跟阿達見面。但有件事情是他難以寬恕她的，那就是她的不誠實。他還不明白誠實和智慧與美貌一樣是一種天賦，是不可能去向每個人要求的。他無法忍受謊言，阿達卻老向他撒謊。儘管如此，他們仍然相愛。

世人批評的眼光和態度，反而加深了他們的戀愛。從他倆邂逅的第二天，他們的事便在街坊傳開。阿達並不打算有任何隱瞞，反而想要以擁有克利斯多夫來炫耀自己。

而克利斯多夫對他們的事卻希望更保密些；但他又不願意懦弱地逃避世人的眼光，因此跟阿達在一起時，即使被看到，他也會裝出一副若無其事的樣子。於是謠言傳遍整個小鎮，不久甚至傳到宮廷裡，他的不良行爲也受到指責。他因而失去了教授音樂的幾份工作。

對他這種行爲最氣憤的莫過奧雷與弗格爾一家人；他們有直接受到侮辱的感覺。當他們確定克利斯多夫與羅莎的婚事完全無望時，便改變了對他的態度。他們一看到他從身旁走過，就帶著冷漠的表情把臉轉向一邊。

對克利斯多夫而言，最難受的是羅莎的態度。她比家裡其他任何人更嚴厲地譴責他。這倒不是因爲她感覺到克利斯多夫這段新戀情使她被愛的最後希望破滅了；她很清楚自己絕對沒有被愛的機會。儘管如此，她却一直把克利斯多夫當偶像看待。如今這尊偶像毀壞了，這是最讓她感到痛苦和傷心的。

當克利斯多夫愛著薩比娜的時候，羅莎心裡曾經非常難過。他竟愛上心靈那麼平凡的一個人，羅莎不但甚感不解，而且覺得那是不太體面的事。但至少那段愛情是純潔的，薩比娜也並非不配接受那份愛。何況最後又因死亡的降臨把一切淨化了……可是，過不了多久，他却又愛上其他女子！而且是那樣一個女子！

克利斯多夫並不打算辯解，只試圖跟她說話。但羅莎却板著面孔迴避他。他意識到羅莎瞧不起他。

克利斯多夫對此又苦惱又氣憤。他相信自己不該受此輕蔑，但他仍感到不安。他終於聽到心中自責的聲音：

「啊！我爲什麼變成這樣一個人呢？……」

別人的誤解雖令他難過，但可以暫且不管它。最吃不消的是連母親都聽信謠言而開始擔憂。這位善良的婦人並不像弗格爾一家人那樣心胸狹窄，但自從住到弗格爾家之後，她的想法因受到這一家人的影響而有了改變。弗格爾夫人對克利斯多夫的行爲絕不可能不對她表示意見。露意莎於是每天帶著不安的神色反覆責備兒子。如果他因焦躁而粗暴地頂嘴，她便沈默不語。但他仍然可以看出母親憂傷的眼神。有幾次當他回家時，發現母親曾經哭過。因爲他對母親的個性相當了解，他確信這些不安並非出自她的內心。

有一天晚上，露意莎淚流不止，晚飯吃到一半便站起來。克利斯多夫看到這情景，立刻跑下樓梯，衝向弗格爾夫人的房間。他因震怒而帶著顫抖的聲音，責問弗格爾夫人究竟對母親說了什麼，讓她哭成那樣。

弗格爾夫人嚷了起來。從來沒有人以那種口氣對她說話。她說一個野孩子竟敢闖到她家來興師問罪，叫她怎麼受得了？

聽到兩個人繼續叫罵的聲音，奧雷老人也跑來助陣。他嚴厲警告克利斯多夫以後別再說狂妄的話，也別再踏進他們家門。克利斯多夫則強硬地還嘴說，這樣的家他才不屑再踏進一步。

自從發生這件事之後，克利斯多夫便無法再跟弗格爾家住在一起了。他和母親只好另找房子搬家。而就在這個時候，克利斯多夫最小的弟弟艾倫斯特，在久無音訊之後突然回來了。艾倫斯特出現的時候正大雨滂沱，他衣衫襤褸像個乞丐一般，而且感染了惡性支氣管炎。

克利斯多夫把自己的房間讓給他。他們先暖了床鋪，再讓病人躺下。爲了請醫生、買藥、屋裡生起暖暖的炭火、準備特別的食物等等，露意莎和克利斯多夫都拼命地工作賺錢。

艾倫斯特的身體逐漸好轉，但康復期拖得很長。他繼續住在母親和哥哥這裡，享受著他們爲他準備的豐盛食物。但艾倫斯特對他們的辛勞却不太關注。他絕口不提動身的事，露意莎和克利斯多夫也從未問他。他們因一個和兒子重逢，一個和弟弟重逢而欣喜萬分。

有一天，克利斯多夫邀請已經完全康復的艾倫斯特一起到野外散步。同行的還有阿達和她的朋友。那時候，阿達已經對自己跟克利斯多夫的戀愛感到厭倦。她的感官和虛榮心，已經把她在戀愛中所能獲得的東西，全部從克利斯多夫那兒獲得了。但如今所剩下的却是以故意破壞他們的戀愛爲樂。

後來克利斯多夫發現阿達和弟弟艾倫斯特竟然一起背叛了他！

克利斯多夫對他們、對他自己，甚至對自己的肉體與愛情，全都深惡痛絕。他內在裡吹起了自我輕蔑的風暴——這場風暴其實已醞釀許久。對於低級的思想、卑鄙的陰謀，他遲早會加以反抗的。

他處在這種令人厭倦的世界已有幾個月，只因爲他需要愛別人，而延宕了危機的來到。此刻却突然爆發了。一股清氣，一陣冰涼的北風，爲他把所有毒氣吹散。厭惡之情一下子把他對阿達的愛情摧毀了。

克利斯多夫從阿達的羈絆解放了。可是，他尚未從自己解放出來。他努力想回到過去純潔、堅毅而寧靜的生活，但這決不是容易的事。

他後來的生活變成一連串劇烈的反動——從一個極端到另一個極端的一連串的跳動。他有時遵從不近人情的禁慾苦修的法則：斷食、只喝水、走路、做苦工、徹夜未眠、打擊肉體、拒絕一切享樂。但有時却相反，他相信力量是像他這種人的眞正道德，而拚命地去追逐快樂。然而，無論哪一種情況，他都是不幸的。

在他的精神面臨這樣的危機時，也出現了父親遺傳給他的惡習。他學會了酗酒。他常喝得酩酊大醉，邊笑邊拖著疲憊的步伐回到家。可憐的露意莎看到他那個樣子，唯有嘆息。事後她也一言不發，只有向神禱告。

可是有一天晚上，當他從酒店出來的時候，瞥見在他前面五、六步遠的地方，高特弗烈德舅舅揹著行囊的奇怪模樣。克利斯多夫喜出望外地喊他。高特弗烈德回過頭來：他發現是克利斯多夫，於是非常驚訝地坐在路旁大石頭上等他。克利斯多夫興高采烈地飛奔過去，十分親熱地緊握著舅舅的手。高特弗烈德盯著他看了好一會兒，才說：

「晚安！梅爾基奧爾！」

克利斯多夫以爲舅舅認錯人了，於是笑了起來。他想可憐的舅舅眞是衰老了許多，變成一個老糊塗了。

高特弗烈德看來的確衰老許多，整個人顯得更瘦小了，而且呼吸急促。兩個人並肩踏上歸途。克利斯多夫喋喋不休地說著，高特弗烈德則只是輕輕咳嗽著，未發一語。克利斯多夫問他話的時候，他依舊叫他梅爾基奧爾，克利斯多夫於是反問他：

「你爲什麼叫我梅爾基奧爾呢？你明明知道我叫克利斯多夫的，難道你忘了嗎？」

高特弗烈德一邊走一邊抬起眼睛凝視他，然後搖搖頭冷冷地說：

「不，你是梅爾基奧爾，我記得很淸楚。」

克利斯多夫訝異地停下腳步。高特弗烈德却蹣跚地繼續向前走。克利斯多夫已經從酒醉中醒過來。經過一家咖啡店門口時，他在玻璃門上照了一下自己；他果然瞧見了梅爾基奧爾的容貌，於是嚇得神魂顚倒地回到家。

他整夜捫心自問，探索自己的靈魂。是的，他認出了在自己裡邊萌芽的本能與惡習，他感到不寒而慄。一年來，自己做了什麼？爲自己的神、自己的藝術、自己的靈魂，究竟做了什麼？沒有一天不是浪費掉、糟塌掉的。沒有完成任何作品，沒有好好思考過問題，沒有堅持過一件工作。

第二天早晨六點，天未亮，高特弗烈德便準備出發。克利斯多夫跑下樓來，他因爲徹夜未眠而一臉蒼白和憔悴。高特弗烈德親切地對他微笑，並問他要不要一起走一段路。他倆已不需要說什麼，他們是彼此了解的。經過墓地附近時，高特弗烈德說：

「我們進去看看吧！」

每次到城裡來，他一定會到約翰・米歇爾和梅爾基奧爾的墳前來。高特弗烈德跪在梅爾基奧爾的墳前說道：

「我們來禱告吧！但願他們兩位安眠，也祈求我們遠離煩惱！」

直到走出墓地，他們不再有任何交談，他們把咯吱咯吱響的鐵門關上，然後沿著牆腳走，積雪正從小徑邊柏樹的枝椏滴落。當他們走在寒冷的田地時，克利斯多夫哭了。

「哦，舅舅，我好痛苦啊！」

關於愛的考驗，跟阿達之間的事，他不好意思提，但他却向舅舅表白了自己的羞愧、愚蠢、不中用，還有自己的卑劣，以及違背誓願。

他們爬上能眺望城鎭的山崗，舅舅慈祥地說：

「人總是難以如願的。願望與生活是兩回事。別想不開了。重要的是繼續抱著希望生活下去。其他的事就不是我們所知道的了。」

克利斯多夫絕望地反覆說道：

「我違背了自己的誓願！」

「你聽見了嗎？」高特弗烈德說。

遠處傳來雞啼的聲音。

「對於違背誓願的人，雞還是爲他而啼。牠每天早晨都爲我們每個人而啼叫呢！」

「有一天雞就不對我而啼了……我是沒有明天的人。」

「明天是永遠存在的。」

「可是，如果只是空懷希望該怎麼辦？」

「禱告吧！」

「但我已經不信神了。」

「沒有信仰，便無法活下去。每個人都有信仰的，禱告吧！」

「禱告什麼呢？」

高特弗烈德指著從地平線那邊升起的火紅的太陽說：

「應該對日出抱著虔敬之心。別去想一年之後，或者十年之後的事。只想今天的事吧！對每一日懷著虔敬之心，並愛它、珍惜它！即使像今天這樣灰色淒涼的一天，也要愛它。現在是冬天，一切都在冬眠，可是當冬天過去春天來臨，大地便會甦醒。要像這片美好的大地一樣有耐心。深懷信心，等待吧！如果你夠堅強，一切都會順利地進行。即使你不夠堅強，未能獲得成功，你仍要感到滿足。有些事情是我們無能爲力的，爲什麼要去奢望它們呢？我們必須去做自己能力範圍內的事……竭盡所能吧！」

「這樣的話，太無聊了。」克利斯多夫皺著眉頭說。

高特弗烈德親切地笑著說：

「可是，只要你盡力而爲，你就會有了不起的成就。你太高傲了。你渴望成爲英雄人物，因此你只能做一些傻事。」

他們走到山崗上來了。兩個人親熱地擁抱。然後這個身材短小的行販，拖著疲憊的步伐離去了。克利斯多夫目送他遠去的背影，陷入沈思。他反覆念著舅舅的話：

「竭盡所能……」

「是的……只要盡力而爲……就很了不得。」

他走回鎮上去，冰凍的雪在他腳下咯噔咯噔響。冬天強勁的北風把山崗上赤裸的枯枝吹得直打哆嗦。那徹骨寒風也把他的雙頰吹得通紅。空氣凜冽。冰凍的大地似乎在體味著那份嚴寒中的歡喜。克利斯多夫的心也和這片大地一樣，他想著：

「我也將有甦醒的一天吧！」

他的雙眼還含著淚水，他用手背拭淚，然後帶著笑容望著將隱入煙霧中的太陽。挾帶著雪的烏雲，被強風吹著飄過城鎮上空。他對著呼嘯的寒風說：

「吹吧！儘管吹吧！把我吹走吧！我知道我該往哪兒去的！」

四、反抗

1

自由了！……從別人，也從自己解放出來了！……一年來纏住克利斯多夫的戀情之網突然破裂了。

自從他意識到自己獲得嶄新的力量之後，便有勇氣去正視他周圍的一切，並開始大膽地去批判一切。

他看到德國音樂赤裸的面貌。

他認爲孟德爾頌的作品含有空虛的憂愁、高貴的幻想和造作的虛無。韋伯的作品有過分雕琢的地方，心靈是枯乾的，太偏重理性了。李斯特彷彿是個耍花招的祭司，或街頭藝人，雖屬於新古典樂派，却像個走江湖的，他的高貴眞假參半，淸澈的理想色彩與令人厭惡的賣弄技巧同時存在。

舒伯特沈溺於感受性，似乎淹沒在數千公尺深的透明而無味的水底。甚至那個偉大的巴赫①也不是完全沒有虛僞和世俗的愚蠢，以及書生般的饒舌。克利斯多夫並覺得這位天才的敎會音樂大師似乎一直關閉在室內作曲，因此是帶著霉味的；他的音樂缺少像貝多芬和韓德爾所具備的外界流動的空氣。

而聽舒曼的音樂時，因爲在其中聽見此刻他發誓要摒棄的少年時代的靈魂，以及所有的愚蠢，所以格外令他生氣。重讀華格納的作品時，克利斯多夫不禁咬牙切齒。他認爲〈羅安格林〉②是他很想破口痛罵的虛僞作品。他覺得那是不值一提的騎士故事，他憎恨那種僞善的、只知讚美自己、愛自己、無所畏懼、不合常情的英雄，那簡直是自私自利、冷酷美德的化身。

但有時候，他們的音樂又跟昔日一樣強烈地感動他，叫他忍不住歡呼，似乎感覺到自己的一部分得救了。事實上，他拚命反抗的這些德國的偉人正是他的血肉，對他而言是最貴重的生命。他對他們之所以那麼嚴厲，是因爲他對自己就是那麼嚴厲，還有誰比他更愛他們呢？有誰比他更眞切感受到舒伯特的敦厚、海頓的無邪、莫札特的情愛、貝多芬英雄式的偉大心靈呢？有誰比他以更虔敬之心神遊於韋伯風中的森林，以及巴赫大敎堂的陰影中呢？

可是，他仍然爲他們的虛僞而苦惱，而且無法忘懷。他把那種虛僞歸因於民族性，而認爲偉大是來自他們自己。這種想法是不正確的。無論偉大或缺點，同樣無法脫離民族本身。

① 巴赫或譯爲巴哈（Johann Sebastian Bach, 1685~1750），德國作曲家及管風琴演奏者，被稱爲近代西洋音樂之父。

② 〈羅安格林〉：由德國作曲家華格納作曲兼編劇的三幕歌劇。與〈唐懷瑟〉同爲華格納的代表作，因其中含有發揚反抗外敵入侵的國民意識的要素，很受德國人的喜愛。

這個民族強有力而渾沌的思潮成爲音樂與詩的大河而波濤洶湧，並灌溉著全歐洲……他此刻儘管如此嚴厲地譴責自己的民族，但他那一份坦率的純眞，又能在其他哪個民族之中找到呢？

克利斯多夫對此却毫無察覺。他只是像一個驕縱的孩子忘恩負義地把得自母親的武器拿來對付母親。將來有一天，他一定能領悟到自己有賴於母親的地方何其多，並明白母親對他而言是多麼的貴重……

可是，現在是他盲目地反抗他幼年時代的所有偶像的時期。他對自己和他們都感到憤怒，因爲當初自己竟那麼毫無保留地相信他們。——這對他其實是好事。人生有一個時期確實應該敢於否定未經自己承認是眞理的一切東西——無論是謊言或實情。年輕人經由受教育以及從自己周圍的見聞，吸收了混雜在人生基本眞理中的無數虛僞和愚蠢，因此一位青年若想成爲健全的人，首要的義務就是先把這一切吐乾淨。

他最先吐出的是從德國人性格中流露的感受性，那彷彿來自潮濕的地下室，散發著一股霉味。光啊！多叫人渴望的光啊！帶著日耳曼魂之濕氣的那許多「歌曲」，多麼需要乾燥的暴風將那令人作嘔的氣息一掃而空！

那千篇一律的、如泣如訴的高尙情歌，既不了解男人的心，亦不了解女人的心。寫那種曲子的人簡直是欺騙自己，他們是想把自己理想化。

克利斯多夫最後甚至憎惡理想主義。他認爲率直的粗暴還勝過裝模作樣的虛僞。——但事實上他的理想主義色彩比誰都濃厚，他認爲較能忍受的粗暴的現實主義者，其實是他最憎

恨的敵人。

克利斯多夫並不裝模作樣地隱藏自己的感情。自從他發覺德國人不去看清事情眞相的那份虛僞之後，他便決定，即使面對已受到好評的作品或人物，也要斷然表示不妥協的誠實。他一旦發現一般所公認的優秀作品其實是愚蠢的作品，腦子裡便只想著這件事，而急切地去告訴他所碰到的每一個人，不管對方是專業音樂家或音樂愛好者。一開始並沒有人認眞地聽他說，只把它當狂言一笑置之。但後來，大家才發覺他竟然執拗地常常反覆說著那些話。

無論什麼事，在小鎭裡很快就會傳開；連克利斯多夫所提的一鱗半爪都會立刻傳到鎭上人們的耳朵。去年他的行爲已經給人極壞的印象；他與阿達雙雙出現衆人面前那種肆無忌憚的做法，大家尙未忘懷。此刻即使最寬容的人也會說他是「標新立異」，而大多數人則直接了當地說他「完全瘋了」。

在克利斯多夫繼續供職的宮廷中，開始散佈著更危險的謠言。據說他在宮廷也口無遮攔，對著大公爵狂妄地批評廣受尊敬的音樂大師——他說孟德爾頌的〈伊利亞〉③是「假和尙的謊言」，把舒曼的歌曲稱做「小姑娘的音樂」。——而且那是在大公爵表示他喜歡這些作品時所說的。大公爵於是冷冷地對克利斯多夫的狂妄加以最後一擊：

「聽你說這樣的話，眞要叫人懷疑你到底是不是德國人了！」

但克利斯多夫覺得並沒有理由隱藏對凡夫俗子的輕蔑，以及對自己的力量充滿信心的幸

③〈伊利亞〉神劇（*Elijah*）是孟德爾頌於一八四六年完成的，具有浪漫主義風格的教會音樂。

福感，於是將這份幸福感直率地向他所遇見的每一個人表露出來。這陣子他眞是熱情澎湃，歡欣鼓舞，並急於想把心中的一切傾吐一空。那是一種過度的喜悅。這麼大的喜悅如果不跟別人分享，內心簡直要迸裂了。他並沒有什麼朋友，因此就把樂隊的同事——副隊長奧克斯當作傾訴的對象。

但克利斯多夫的心腹話並未引起奧克斯的共鳴。這是有原因的。樂隊的正隊長即將退休，年輕的克利斯多夫很有希望繼承這個職位。奧克斯是個善良的德國人，他承認克利斯多夫有此資格，但他却也信心滿滿地認爲如果宮廷更了解他，事實上他自己是更適合接這個職位的。因此，早上克利斯多夫笑嘻嘻地來到劇場的時候，奧克斯總是浮現冷笑，對克利斯多夫揚揚得意的話却故意表現歡迎的樣子：

「怎麼樣，又有什麼新的傑作嗎？」

克利斯多夫便抓住他的胳膊回答：

「啊，朋友！這一次是超級傑作呢！多麼想讓你聽聽！……那簡直太棒了，願神保佑將來聽這作品的人們！凡是聽過的人，將會只剩下死也甘心的念頭呢！」

奧克斯對他的話隨聲附和，裝作聽得出神的模樣，並巧妙地慫恿他說出更多毫無條理的狂言。而等他跟克利斯多夫分手，便立刻把他聽來的話誇大其辭到處散佈。音樂家們聽了都對克利斯多夫大大嘲笑一番；他們都等著一有機會便要好好批評他那可笑的作品。那部作品，其實尚未問世就受到批評了。

作品終於要發表了。

克利斯多夫從自己的許多作品中選了爲赫伯爾的于第斯而寫的序曲，還有一系列他自己的「歌曲」和一些古典的作品，並加上奧克斯的慶典進行曲，做爲這次演出的曲目。克利斯多夫雖然覺得奧克斯的作品是平凡的，但爲了同事的情誼，才把它加入自己音樂會的曲目中。

預演的時候還算沒有太大問題發生。雖然樂團的團員對自己所演奏的作品完全不了解，雖然每個團員對這新奇的音樂感到訝異，却還沒有時間形成自己的意見。唯一引起紛爭的是女歌手。她是市立音樂廳的歌手，學的是華格納派的技巧，不懂得如何唱出自然的聲音。

克利斯多夫要求她稍微減少戲劇化的成分。她對克利斯多夫的要求和警告感到非常憤怒。她說自己曾經有過在大師布拉姆斯面前唱過他所作歌曲的殊榮，大師對她的歌唱一點也沒有厭煩的感覺。

「那才糟呢！」克利斯多夫喊道。

她要求克利斯多夫把這句話的意思解釋清楚。他回答：布拉姆斯終生不知道什麼是自然，因此他的讚詞其實是一種貶詞。

他們繼續爭論著。她執意用自己的歌唱方式——亦即帶著悲壯的聲調以壓倒聽衆的唱法。有一天克利斯多夫終於生氣地對她說，如果他的歌曲不能用正確的方式唱出，那不如不唱，乾脆從節目單上刪除。她於是讓步。在最後一次預演時，她完全聽從克利斯多夫的指示，但她心裡決定第二天公演時還是要用自己的方式演唱。

公演的日子來臨。出乎意料的是大公爵竟然缺席。貴賓席只有一些貴婦人和隨從。

「大公爵這個渾球，對我很不滿吧！他對我的作品不知該持什麼意見才好，他怕自己出

差錯呢！」

他聳聳肩，裝出一副不會把這種無聊事放在心上的模樣。

他期待著座無虛席，但空等一會兒之後，他終於決定開始了。樂曲在聽眾的沈默中一首又一首地演奏下去。——有的沈默是由於聽眾的極度感動所致，但目前的沈默完全不是這麼回事，那是一種沈睡。

序曲終於演奏完畢。大家開始鼓掌，但那是禮貌的、冷冷的鼓掌，不久又變得一片寂靜。克利斯多夫認爲與其這樣，不如被嘲笑一番……即使吹一聲口哨也好！他希望聽眾有一些活潑的表示，對他的作品引起迴響。但事實上大家的回應卻如此冷淡。

終於輪到女歌手登場了。她一出現，全場立刻歡呼，表示熱烈歡迎。她對自己充滿信心，於是用自己的方式開始歌唱。爲她伴奏的克利斯多夫臉色變了。他一聽到錯誤的唱法，立刻敲鋼琴，憤怒地說：

「錯了！」

但她未加理會地繼續唱下去。克利斯多夫以惱怒的聲音在背後提示：

「不對！不對！不是這樣！……不是這樣！」

她雖然被這樣的斥責惹火了，還是固執地唱下去。他終於爆發了：，在樂句中途，他突然停止彈奏。

「夠了！」他反覆地說。

聽眾霎時被弄得目瞪口呆。過一會兒，他以冰冷的聲調說：

「重來！」

她驚訝地瞪著他，雙手直發抖，很想把手上拿著的樂譜向他臉上丟過去。可是她被克利斯多夫的威嚴懾服了，歌唱於是重新開始。一系列的歌曲，無論音調或速度，她都沒有任意加以變化，因爲她覺得克利斯多夫是一點也不會姑息的。

當她唱完，聽眾狂熱地鼓掌歡呼。但他們所喝采的並非克利斯多夫的「歌曲」，而是這位練達的著名歌手。他們知道她是可以放心去讚揚的人，而且他們也想給她補償一下她所受的侮辱。聽眾喊著「安可」，但克利斯多夫斷然蓋上了琴蓋。

聽眾極爲憤懣。因此，當克利斯多夫爲最後一個曲子而踏上指揮台的時候，聽眾一片嘩然。但這個曲子並非他的作品，而是奧克斯的慶典進行曲。聽眾因這首平凡的曲子而放鬆了心情。他們不必用吹口哨之類的大膽行爲，就有極簡單的方法可以譴責他——他們熱烈向奧克斯鼓掌歡呼，再三要求他上台，他也不放過機會幾度出現台上。音樂會就此告終。

2

這段時候，有個法國劇團來到本鎮，這一行人是由一位上了年紀的著名女演員所率領。

預告的演出節目單中，第一齣戲是〈托斯卡〉④，第二齣是法譯本的〈哈姆雷特〉。對克利斯多夫而言，莎士比亞和貝多芬一樣，都是取之不盡的生命之泉。剛走出紛亂與困惑階段的他，對〈哈姆雷特〉格外懷念。朋友曼海姆送給他一張包廂座的票。

克利斯多夫勸母親一起去觀賞，但露意莎卻回答寧可在家裡睡覺。他爲了沒有人分享這份喜悅而感到遺憾。但他却想不出找誰同去。

當他要進劇場時，走過售票處，窗口已關上，並掛著客滿的牌子。有一些人因買不到票而失望地向回走，在這些人當中，克利斯多夫注意到一位年輕女子。她穿著樸素的黑衣，個子不高，瘦長的臉型，整個人顯得很文靜。克利斯多夫從她面前走過，然後稍稍停步，又忽然轉身對著她問道：

「小姐，你沒買到票嗎？」

「是的，先生。」她紅著臉，用外國人的腔調回答。

「我有一張包廂座的票，正不知道要怎麼處理，請你跟我一起分享好嗎？」

她臉更紅了，一邊感謝他，一邊表示不能接受的歉意。克利斯多夫也爲自己的冒失道了歉。但他覺得似乎可以再勸她一次，於是慌張地說：

「那麼，這樣好嗎？我把票送給你。我看不看都沒關係，這齣戲我以前曾經看過。——

④〈托斯卡〉（*Tosca*）原來爲法國劇作家莎多（V. Sardou）所著五幕悲劇，後來由義大利作曲家普契尼改編成三幕歌劇。描述女高音歌手托斯卡與畫家卡瓦拉多希之間的戀情。

你會比我更開心的。把票拿了吧！」

這位小姐被他懇切的態度感動了。她一邊向他道謝，一邊說她不願這麼做。

「那麼，一起去看吧！」

看到他善良、坦誠的樣子，她為剛才的拒絕感到不好意思，於是有點遲疑地說：

「好吧……謝謝你！」

他們走進劇場。包廂座正好面對著舞台，是非常醒目的位置，因此無法避開別人的目光。他們進場的時候，已經受到注目了。

克利斯多夫沒有先看節目單，也未關心那位著名的女演員到底扮演什麼角色。當他知道她扮演哈姆雷特時，眞是大為驚訝。這個角色出現後，他忍不住咒罵了一聲，幸而旁邊的女子是外國人，並沒有聽懂他話中的意思。

但鄰近包廂裡的人却都聽淸楚了。立刻有人怒斥：「肅靜！」那位易怒、有智謀、富幻想而結實的丹麥人竟由女人來演，這是怎麼回事！而那女演員的聲音更激怒了克利斯多夫。她的台詞是歌唱式的、造作而單調的吟誦。克利斯多夫極為憤慨，終於背對著舞台，皺起眉頭，一臉不滿的神色。幸而他的女伴並沒有朝他這邊看，否則恐怕會把他當瘋子。

突然間，克利斯多夫又展開了眉頭。因為他聽到了美麗悅耳的聲音，那是一種女性的莊重而溫柔的聲音。克利斯多夫側耳傾聽著。他轉身一看，原來是奧菲莉亞。當然，那一點也不像莎士比亞的奧菲莉亞。她是一位身材高䠷、如希臘雕像般、充滿生命力的美麗少女。她雖然在其角色中盡量收斂自己，但青春與歡樂的力量仍然在她的肉體中和動作上閃耀。為那美麗身軀的魅力所吸引的克利斯多夫，儘管剛才對哈姆雷特那個角色完全無法容忍，但對於奧菲莉亞這個與自己描繪的形象一點也不符合的角色，卻絲毫不覺得遺憾。

克利斯多夫把同座的女伴忘記了，竟從包廂探出身子，緊盯著那位連名字都不曉得的美麗女演員。可是並非來看無名女演員的觀眾卻沒有特別去留意她。大家只有在演哈姆雷特的女演員說唱時才鼓掌。克利斯多夫看到這種現象便發出不滿的聲音，罵他們「蠢貨！」——十步以內的人都聽到了。

當休息時間，台上的布幕放下來的時候，他才想起同座的女伴。看著依舊戰戰兢兢的她，克利斯多夫想到自己的粗暴行爲一定嚇壞了她，於是苦笑了起來。突然有幾個小時在他身邊的這位女孩子，的確表現了幾乎是病態的拘謹。

她剛剛是在異常的興奮狀態下，才毅然接受了他的邀請。而應允之後，她又立刻懊悔，腦子裡不斷想著有什麼藉口可以拒絕，但終究想不出好的藉口來。隨後，當她發覺眾人正好奇地注視著自己的時候，她更懊悔了。何況她的男伴在背後咒罵或發出不平之鳴，簡直令她感到無地自容。她眞不知道他還會搞出什麼事來呢。

可是，休息時間，聽到他以親切的聲音跟她說話時，她所有的擔心全都消失了。

「我在你身邊，讓你覺得非常不愉快吧？對不起！」

她雙眼注視著他。

「我無法隱藏心裡所想的事……那畢竟太過分了……那個女演員，那個老太婆！……」

他再度皺起眉頭表示厭惡的樣子。

「但，還是很美呀！」
他注意到她的口音，於是問道：
「請問你是外國人嗎？」
「是的。」
他看著她一身整潔樸素的裝扮，又問道：
「你是不是在教書？」
「是的。」
「請問你是哪一國人？」
「法國人。」
他做了一個訝異的姿勢。
「爲什麼呢？」
「法國人？眞沒想到啊！」
「因爲你……看來很嚴肅！」
「法國也有認眞嚴肅的人呢！」她慌張地說。
「聽到法語，你一定很高興吧？」他問道。
「嗯，的確非常高興。在此地我常覺得很煩悶。」
她好像喘不過氣來似地雙手微微顫抖。但她隨即想到自己所說的話或許傷到對方了，於是連忙道歉：

「啊，對不起！我竟說了那樣的話……」

他爽快地笑著說：

「你爲什麼要道歉呢？你說的完全沒錯。即使不是法國人，在此地也很煩悶哪！」

他挺起胸膛做了一個深呼吸。

可是她因爲隨意說出心中的話而感到不好意思，便不再作聲。而且她也察覺到旁邊包廂裡的人都在竊聽他們的談話。他走到迴廊，等待休息時間結束。年輕女子的話雖然還在耳邊響著，他卻顯得恍恍惚忽，因爲他的心完全被奧菲莉亞的風采所占據了。

接下來的幾幕，他更完全爲她所迷惑。而當這位美麗的女演員在發瘋的那一幕出場，唱起愛與死的悲歌時，她那動人的聲音使得他心慌意亂，幾乎想放聲大哭了。他因爲不願意讓別人看到自己的失態，便突然走出包廂，並在狂亂中下了樓梯。然後不知不覺踏出劇場大門。他想要呼吸一下夜晚冰涼的空氣。

克利斯多夫把那位初次見面的、不知名的年輕女子留在包廂裡，便獨自回家；他竟把她完全遺忘了。

第二天早上，他到一家三等小旅社去訪問那位演奧菲莉亞的女演員。克利斯多夫被領到雜亂的小客廳。奧菲莉亞就在隔壁房間像小孩子一樣提高嗓音唱歌。人家通知她有訪客時，她便停止歌唱，用快活的聲音問道：

「找我有什麼事嗎？他叫什麼名字？……叫克利斯多夫・克拉夫特？好奇怪的名字！是年輕的，還是年老的？……看來和善嗎？……好，我去。」

她並沒有換整齊的衣裳，身上只裹著一件袍子，頭髮也未梳，鬈髮垂到眼睛和臉頰。她以爲他是來採訪的新聞記者。而聽他說純粹是因爲仰慕她而來時，她倒覺得十分高興。她是一個性情溫柔而且和藹可親的女孩子，因討人喜歡而感到愉快，臉上也總流露那份愉悅。

他們很快就像老朋友一般交談著——他用不太靈光的法語，她用不太靈光的德語。一小時之後，他倆已能互相傾吐心中的話了。這位快活、聰明又坦誠的南方女子，周遭都是一些愚蠢的伙伴，又因爲在語言不通的異國，天生的愉快心情無法宣洩，早已煩悶不堪。如今因爲碰到一個談得來的人而喜出望外。

克利斯多夫也因爲在缺乏眞誠而畏縮的小市民當中，遇到充滿平民活力的南方女子而感到無比的快樂。

第二天，克利斯多夫接到她——藝名可莉娜的信函。信中寫著這一天劇團停演，也不用排練，所以希望能一起用餐。

克利斯多夫傍晚到旅社時，晚餐已準備好，餐桌上只擺著他和可莉娜的餐具。他忍不住問她伙伴們都到哪兒去了。

「不知道。」她回答。

「你們不一起用餐嗎？」

「在劇場見面已經夠了……」

這跟德國的習慣完全不同，因此讓他既感到訝異又覺得有趣。

「我本來以爲你們是善交際的民族呢！」

「那麼，難道我不善交際嗎？」她說。

「所謂社交就是在社會中生活。我們這裡，每個人都是社會的一份子。大家一起吃喝、唱歌、思考。一杯啤酒也要大家一起喝。」

「那眞是好玩。爲什麼不乾脆用同一個杯子喝呢？」

「對了，這樣不是更親密嗎？」

「我可不要這種親密之情。我願意和喜歡的人如兄弟姊妹般相處，不喜歡的人則敬而遠之。……哦，那不是社會，那叫螞蟻窩！」

「我也有同感。所以你應該了解我在此地是什麼心情了！」

「那麼，到我們的國家來吧！」

這是他所期盼的。他於是問起有關巴黎和法國人的情形。她告訴他許多事，但那並非完全正確。她具有南方女子愛誇張的特性，此外又有想誘惑對方的本能的欲望。

根據她的說法，在巴黎每個人是自由的。而且由於大家都很聰明，所以都能各自運用自己的自由而不濫用自由；大家都能各自做自己喜歡的事，按照自己的意思去思考、去相信、去愛，或不愛。

在那兒，沒有人會去干涉別人的信仰、去刺探別人的心思，或去支配別人的思想。政治家絕不會去干預文學和藝術，絕不會因人情或恩情而授與勳章、地位或金錢。

在那兒，絕不會有什麼組織或流派來左右一個人的名聲或成敗，報章雜誌的記者絕不會被收買，文學家也不會太自負，批評界絕不會打壓無名的天才，也不會去阿諛名人。在那兒，絕不把獲得成功的手段全部正當化，也不能以成功取得世人的崇拜。

在那兒，人情風俗充滿親愛和樂的氣氛，不會有毀謗人的事，人與人之間都能互助。可貴的新人一定會受到善意的歡迎。具有騎士精神的光明正大的法國人滿懷對美的純粹的愛。他們唯一可笑的弱點是他們的理想主義，由於如此，他們雖然富於機智，有時還是難免受到其他民族的欺騙。

克利斯多夫聽得目瞪口呆。那的確値得驚嘆。可莉娜也不禁爲自己所說的話而讚嘆。但她的目的不僅要讓德國人愛自己的祖國，而且要使自己被德國人的他所愛。她認爲一個晚上都沒有玩玩戀愛遊戲，是多麼乏味和愚蠢的事。她不斷地向他調情，却徒然，因爲他未能會意。克利斯多夫不懂什麼是戀愛遊戲。

可莉娜對他的冷淡態度感到很有趣。當他在鋼琴上彈著他帶來的樂譜時，她坐到他身旁，用裸露的手臂繞著他的脖子，並爲了細看樂譜而俯身向著鍵盤，臉頰幾乎貼到他的臉頰上。她的嘴唇微笑著在等待。——她等待著，克利斯多夫却不懂她的邀請。

他只覺得可莉娜妨礙了自己的彈奏。他的身子機械地往後退，並將椅子稍微挪開。過一會兒，當他回過頭想跟可莉娜講話的時候，發現她正忍俊不禁——臉頰上的酒窩已經在笑了——却又緊閉著嘴唇不讓自己笑出來。

「到底怎麼回事？」他訝異地問道。

她看著他，突然大笑了起來。

他完全被弄糊塗了。

「你爲什麼笑呢？我說了什麼奇怪的話嗎？」

他越追問，她笑得越厲害。當她正要停止大笑的時候，看到他一臉錯愕的樣子，便再度爆笑。她站起來向房間一角的安樂椅跑去，用靠墊蒙著臉笑個痛快。她全身都在笑。他也被逗笑了，於是走過去在她背上輕輕捅了一下。她盡情地笑過之後才抬起頭，擦著笑出眼淚的眼睛，然後伸出雙手說道：

「你眞是個安分的人哪！」

「應該不是個太壞的人吧。」

她又忍不住笑了起來，並握住他的手說：

「法國女子，不很正經吧？」

「你在嘲笑我嗎？」他愉快地說。

她用令他感動的神色望著他，並用力搖撼他的手說：

「我們是朋友吧？」

「是的，我們是朋友！」

「我離開之後，你也不會把我忘記吧？你不會因爲這個法國女子的不正經而感到遺憾吧？」

「你也不會因爲這個野蠻的條頓人⑤是那麼傻而感到遺憾吧？」

「正因爲如此我才喜歡他呢！你會到巴黎來看我吧！」

「一定會的……而你，你會給我寫信嗎？」

「我發誓……你也要發誓。」

「我發誓。」

「不，不是那樣。你必須伸出手來。」

她學著古羅馬的奧斯拉兄弟握劍發誓的樣子，將右手向前方高舉。她並且要克利斯多夫答應爲她寫一部歌劇。她打算將其譯成法文在巴黎上演。她說明天就要隨劇團出發。後天將在法蘭克福演出。他承諾將到那兒去看她。他們繼續聊了一陣子。她送克利斯多夫一張半裸的照片。最後他倆像兄弟般互相擁抱一番，便快活地分開。

⑤ 條頓人（Teuton）日耳曼民族的一族，主要是指居住在德國、斯堪地那維亞半島、荷蘭，以及英國南部的人。

克利斯多夫如期到法蘭克福去。搭火車只需兩、三個小時的時間。可莉娜並不相信克利斯多夫會踐約，但他却非常認眞。休息時間，他去叩她化妝室的門。她一見到他便驚喜地叫了起來，並撲過去抱住他的脖子。他能來眞讓她感到欣慰。

但克利斯多夫覺得不痛快的是，城裡一批有錢人爭相拜訪她，不斷有人敲她的門。他們都盡量說些恭維的話，而可莉娜也笑容可掬地對待他們。隨後她又以同樣的媚態和聲調跟克利斯多夫說話，使得他旣煩躁又惱怒。他打算戲演完就走。但當他向可莉娜告辭的時候，她却表現一副戀戀不捨的樣子，他的決心動搖了，並應邀參加宵夜聚餐。對於人們無聊的談話以及可莉娜對任何人皆笑容可掬的模樣，他心中依舊感到惱怒，但盡量忍耐著。

當然他是不可能爲此而憎恨她的。他所愛的就是她那種南歐人的性格：她的聰明、大方、不學交際場中的言行，也不賣弄知識，身心皆向著太陽開放的花朵，保存並製造和諧的生命。——他該走的時候，她站起來走到一旁和他道別。他倆再度擁抱，重新許諾寫信和再見面。

他搭最後一班列車回去。到中途一個車站，從相反方向來的列車已在那兒等著。就在他正對面的車廂裡，他瞥見了那位跟他一起去看〈哈姆雷特〉的法國姑娘，她也瞥見了克利斯多夫。兩個人都感到十分訝異，彼此默默點頭打招呼，然後便一動也不動地不敢再看對方。

但克利斯多夫已經發現到她戴著旅行的便帽，身旁放著舊旅行袋。他以爲她只是出去旅行兩、三天，絕對沒想到她將從此離開他的國家。他遲疑著不知該不該跟她說話。他正想打開車窗時，火車的汽笛響了。數秒鐘之後列車便開動，他們正面互望著。

兩個人的車廂都沒有其他旅客，各自把臉貼在車窗上，透過夜幕互相凝視著。雙重車窗把兩個人隔開了。如果伸出胳膊，他們便能碰到對方的手吧。眞是近在咫尺，遠在天涯呀！

列車沈重地顚簸著。在這離別的時刻，她也不再畏縮，一直望著對方。他們就這樣出神地互望著，連最後的點頭道別也忘了。她終於逐漸遠去，從他眼前消失了蹤影。載著她的列車隱沒在黑夜裡。

當她的身影消失之後，那謎樣的孤獨的目光，讓他覺得自己心中似乎開了一個洞，他並不懂那目光的含意，但確實具有某種空虛的成分。他靠在車廂的一角，半閉著眼睛昏昏欲睡的時候，覺得自己的眼睛遇到了那目光。而爲了更淸楚體驗這份感覺，其他所有的心思都停止了。可莉娜的影像宛如在車窗外振翅的昆蟲，在他心房外浮動，他却始終未讓它進入心中。

等他下了火車，接觸到夜晚的冷空氣，走在寂靜的街道，睡意全消之後，可莉娜的影像才又浮現腦海。他想起她溫柔可愛的樣子和令他討厭的媚態，於是產生了喜悅與惱怒交織的奇妙心情。

回到家後，爲了怕吵醒母親，便悄悄走進房間。然後一邊脫下衣服，一邊低聲喃喃自語：

「好奇異的法國人哪！」

但他突然想起那天晚上在包廂裡聽到的話：

「也有另外一種人呢！」

自從首次認識法國人以後，法國人的雙重性格對他成了一個謎。但跟所有德國人一樣，他也沒有特別想去解開這個謎。

第二天，他遇到曼海姆。

「你好了不起呀！」曼海姆嚷著。

「我到底怎麼啦？」

「你眞有本事！你竟然邀了法國女子一起去看戲。她是富豪格羅納邦家的家教！格羅納邦一家爲此大發雷霆，後來終於把她趕走了。」

「什麼?!」

克利斯多夫怒氣沖沖地說要到格羅納邦家說明眞相，證明那位小姐的清白。曼海姆想打消他這個念頭，便說道：

「現在，爲時已晚，那位小姐已經遠離此地了。」

克利斯多夫滿懷悲痛，想竭盡所能去探尋法國小姐的行蹤。他到格羅納邦家去詢問她的地址和有關訊息，却碰了釘子。克利斯多夫因爲覺得自己鑄成了大錯而不斷受到良心的苛責。

可是在痛苦中却也存在著一股奇妙的吸引力，那是從遠離的那個人的雙眼靜靜向他投射的光芒。這股奇妙的吸引力與對她的歉疚，雖然被每日的日常生活和新的思想所覆蓋，而似乎即將消失，但事實上，它們却一直朦朧地留在他的心底未曾消失。

克利斯多夫稱她爲他的犧牲者，從來也沒有忘記過她。他發誓一定要再見到她。雖然他知道重逢的希望非常渺茫，但他相信彼此還會相遇的。

不久之後，曼海姆推薦克利斯多夫，爲頹廢詩人赫爾摩德改編的希臘悲劇〈伊芙琴尼亞〉⑥配樂。曼海姆認爲赫爾摩德的作品是傑作，克利斯多夫也信以爲眞。但說實在的，他腦子裡充滿了音樂，對音樂的顧慮遠超過劇本。

這次公演完全失敗。華德豪斯的雜誌只讚美劇本而未提音樂。其他報章雜誌則加以抨擊；有的嘲笑，有的鄙斥。這齣戲只上演兩場便結束。但譏刺與惡評並未立刻消失。大家知道克利斯多夫已經沒有自衛的武器了，於是盡量利用機會攻擊他。人們唯一的顧忌是他在宮廷的地位。

大公爵雖然提醒過他幾次，他卻毫不留意，兩個人的關係於是變得相當冷淡。儘管如此，他依舊常到宮廷去。但最後，他連這最後的倚靠也親自把它破壞了。

來自各方面的惡評使他深感痛苦。對那些惡意的指責，最好的回答是繼續創作，但克利斯多夫尚未具備這種聰明的想法。幾個月以來，他養成一種壞習慣，對任何不當的攻擊都要一一回應。他寫了一篇對敵人毫不寬容的文章，拿到兩家報社去。可是，深思熟慮的報社卻婉拒了。他想起以前曾經求他協助過的城裡的一家社會主義報社。

他於是把自己的那篇評論送到這家報社去。結果受到熱烈歡迎。第二天，文章登出來了。編者還用誇張的詞句宣告，年輕卓越的音樂家克利斯多夫已同意長期支持他們。

克利斯多夫既未讀自己的文章，也未看編者的按語。因爲那天正逢星期日，他黎明前就到野外去散步了。可是他一回到家，母親卻遞給他一封通知他到宮廷的信。

克利斯多夫走進客廳時，聽到大公爵正在跟客人高聲談笑。可是一看到克利斯多夫，他

⑥　伊芙琴尼亞（Iphigeneia），希臘傳說中所出現的特洛伊遠征軍主將——亞加門農的長女。

的笑聲突然停止。隨即走向克利斯多夫，並吼道：

「啊，你終於來了！你這個壞蛋，難道想愚弄我嗎？」

克利斯多夫被這突如其來的怒吼弄得一時說不出話來。過一會兒，他才吞吞吐吐地說：

「殿下，我做錯什麼事了嗎？」

大公爵未加理睬，繼續怒斥：

「住口！我絕對不會讓你們任何一個惡棍來侮辱我的！」

克利斯多夫臉色發青。

「殿下，您在未說明我做錯什麼事之前就突然侮辱我，眞是太過分了！」

大公爵把頭轉向秘書。秘書於是從口袋裡掏出一份報紙交給他。大公爵有如對牛揮動紅布的鬥牛士一般，拿著揉縐的報紙在克利斯多夫面前晃動，並一邊嚷道：

「這裡有你的穢物！……把它丟到你鼻尖去，你也無話可說吧！」

克利斯多夫弄清楚那原來是社會主義的報紙。

「我並不認爲自己做了什麼壞事。」

「什麼！你眞是太輕狂了！……那不知恥的報紙每天在侮辱我！他們用卑鄙的話毀謗我！……」大公爵用尖銳的聲音嚷道。

「殿下，我從未看過他們的報紙啊！」

「別撒謊！」

「我沒撒謊。我眞的沒讀過。我只是寫寫跟音樂有關的東西。而且，要在哪裡發表，那是我的權利。」

「你只有緘默的權利。我一向對你們太好了。你和你父親品行不端，早就可以把你們趕出宮廷，但我卻加恩於你們一家人了。我絕對不准你再爲和我作對的報紙寫文章。你在音樂方面的論戰已經夠了。我不允許受我保護的人，以攻擊對德國人而言是非常珍貴的東西來消磨時間。」

克利斯多夫臉色蒼白，想開口說話，但嘴唇抖個不停。他好不容易才結結巴巴地說：

「我並不是您的奴隸。我要說我想說的話，寫我想寫的東西……」

他快喘不過氣來。因羞憤交加，差點掉下眼淚，而雙腿又直哆嗦。突然他手肘一動，竟把身旁家具上的器具撞倒了。他感覺到自己搞出來的事非常魯莽可笑。果然，他聽到笑聲了。然後他失去意識，不知發生了什麼事。大公爵叫嚷著，他也胡亂大叫。秘書和另一位官員過來制止他，卻被他推開。他一邊叫一邊無意識地從家具上抓起煙灰缸在空中舞動。他聽到秘書說：

「把它放下！把它放下！……」

隨後他意識到自己正說著荒謬的話，也發覺自己正在用煙灰缸敲打著桌子。

「滾出去！」大公爵終於咆哮了起來。

克利斯多夫就這樣把最後唯一的後盾也喪失了。

克利斯多夫由於憤怒與絕望，簡直變得像狂人一般。當他徘徊郊外時，不知不覺走到磨

坊附近的小溪邊。他發現這是數年前父親溺斃的地方。想投水自盡的念頭突然浮現腦海。他眞的準備跳入水中了。

可是，當他爲清澈寧靜的溪水所吸引而凝神俯視的時候，一隻小鳥忽然在近旁樹枝上開始歌唱，並且繼續不斷地唱下去。他默默聽著，於是也聽到流水聲，以及麥田裡開花的小麥被微風吹動的聲音；同時看到白楊枝葉搖曳。接著他發現小溪對岸，眼睛美如瑪瑙的母牛正在發呆；一個像小天使般的金髮少女坐在牆邊，擺動赤裸的雙腿，出神地哼唱著；遠處牧場上，一隻白狗不停地東奔西跳……

克利斯多夫靠在樹上，眺望春意盎然的大地，並側耳傾聽著。他被周遭這些生命的平和與歡欣所吸引。他突然撲到大地，把頭埋進草中。他不禁問道：

「你何以如此美麗？而他們——人類——何以如此醜陋？」

克利斯多夫除了要維持生活，還得償還債務，於是開始找工作。如今因爲聲望低落，連找家教都很困難。因此，當他知道有一所學校要聘請他時，便欣然接受了。

那是半宗教團體的學校，學生們對音樂完全不感興趣。但他還是認眞授課，盡量想讓他們了解和喜愛眞正的音樂。但有時學生們的態度和反應實在令他忍無可忍；他曾在授課中途叫道：

「啊！算了！乾脆我來爲你們彈華格納吧！」

這是學生們求之不得的。他們就在克利斯多夫背後玩起撲克牌。發生這類事情的時候，總有個學生跑到校長那兒去告狀。克利斯多夫於是受到校長的申斥，但他默默忍受了。

校長每個月在家招待老師們一次。他希望大家都能出席。克利斯多夫對首次的邀請完全不放在心上；他認爲即使未到場應該也不會被發現，因此事先沒有說一聲就缺席了。可是第二天，他却被訓斥了一番。下一次的邀請，他因受到母親的責備，便懷著好像參加葬禮的心情勉強赴會。

到校長家一看，出席的有本校和其他學校的教員，以及他們的家眷。大家擠在不夠寬敞的客廳，因職位的不同而形成幾個小圈圈。克利斯多夫覺得好煩悶。而離他不遠處，有位年輕女性坐在窗邊，跟他一樣煩悶。過一會兒，當他們都因爲快要受不了而轉頭打哈欠時，才彼此注意到對方。兩雙眼睛相遇；他們友善地交換眼神。他向前跨了一步。她低聲對他說：

「今天的聚會，稱心嗎？」

他背對著客廳，面向窗子，吐了吐舌頭。她不禁笑了出來，於是突然打起精神，做手勢要他坐到自己身旁。他們做了自我介紹。她是生物老師萊因哈特的太太。他們夫婦最近才到城裡來，所以還不認識什麼人。

萊因哈特夫人把丈夫介紹給克利斯多夫。他們邀請克利斯多夫散會之後到家裡一起吃宵夜。克利斯多夫先辭謝了，但萊因哈特夫人卻表示懷著這種鬱悶的心情過一夜是有害身體的。克利斯多夫終於接受了邀請。

他本是孤獨的，因此遇到這兩位單純而善良的人，心裡其實非常高興。

萊因哈特夫人生長於阿爾薩斯⑦，與阿爾薩斯的法國人有交往，因而爲拉丁文化的魅力所吸引。或許應該說，是因爲她與北方的德國人結婚，處於純粹日耳曼式的環境，而出於一種反抗的心理，才更強烈地感到那股魅力吧。

夫人在遇到克利斯多夫的那天晚上，就不斷提出自己的見解。她稱讚法國人談話的無拘無束，克利斯多夫附和著。對他而言，法國人就是可莉娜——明亮而美麗的眼睛、含笑的年輕的嘴唇、坦率的態度、淸脆的聲音……關於法國，他很想知道得更多。

夫人因爲跟克利斯多夫講話非常投機，高興得拍起手來。

「可惜我那位法國籍的年輕女友不在此地了。但也沒辦法呀，她已經遠離了。」夫人說。

⑦ 阿爾薩斯(Alsace)，位於德法交界處，自古爲德法相爭之地。普法戰爭時爲德國占領，第二次大戰後又成爲法國領土。

可莉娜的影像立刻消失。彷彿煙火消失後，黑暗的天空突然出現溫和而深沈的星光，另一張影像，另一對眼睛顯現了。

「那一位朋友，是誰呀？是年輕的家庭教師嗎？」克利斯多夫訝異地問道。

「啊！你也認識她？」

他們描繪著她的身影，結果兩幅肖像完全吻合。

「原來你認識她呀！請把你所知道的關於她的事情全部告訴我吧！……」克利斯多夫請求著。

萊因哈特夫人說她們是在別人家中偶然認識的。經夫人的幾番探問，好不容易對這位法國小姐的生活才約略知道一些。她叫安多雅內特・葉南，沒有家產，唯一的家人是留在巴黎的弟弟。她盡心盡力照顧著這位弟弟。

她常提到弟弟。只有在這個話題上她才會說出一些心裡的話。安多雅內特接受外國的家教工作，也是為了補助弟弟的學費。她為什麼會離開此地，夫人並不清楚。雖然有行為不檢的傳聞，但夫人是絕對不相信的。

「可是她畢竟離去了。」

「臨走的時候，她跟你說了什麼沒有？」

「啊！我錯過機會了，我正巧到科侖去住了兩天呢！回來的時候，發現她給我留下一封短簡，寫著感謝我對她的幫忙和將要回巴黎的事。但她並沒有留下地址。」

「此後就不再收到她的信嗎？」

「是的，一封也沒有。」

克利斯多夫又想起她帶著憂傷的表情消失於黑暗中的一幕；他最後所看到的她的目光霎時又浮現眼前。

萊因哈特家有很多法文書。克利斯多夫雜亂無章地一本接一本借回去看。即使看了二流的作品，他也從其中的許許多多句子感受到自由的氣息。他向萊因哈特夫人提起的時候，尤其誇張了這種感受。夫人於是又更進一層誇大他所說的話。夫人雖然所知有限，却很有興趣對法國文化與德國文化做比較。她讚揚前者，貶抑後者，以激怒丈夫，並發洩待在這小城的煩悶情緒。

克利斯多夫常常到這對夫婦家聊天、用餐，並一起散步。克利斯多夫的生日，夫人還親自爲他做大蛋糕，上面插著許多蠟燭，中央擺著糖做的希臘式裝扮的人像，手上拿一束花，代表伊芙琴尼亞⑧。夫人的眞誠和體貼讓克利斯多夫深爲感動。

他以音樂回報他們。他因爲沒有其他方法可以表達對他們的謝意，便坐在鋼琴前面彈奏好幾個小時。萊因哈特夫婦其實完全不懂音樂，但他們却自以爲了解克利斯多夫的音樂，克利斯多夫也希望被了解。可是，他有時候會產生惡作劇的念頭，叫他們上當——他以一副彈自己作品的樣子彈些毫無價值的雜曲；等他們讚嘆不已的時候，他才招認自己的惡作劇。

他們於是提防著。下次當克利斯多夫彈奏意味深長的曲子時，他們以爲他又在愚弄他們，

⑧ 見一六一頁註⑥。

便盡量挑毛病。克利斯多夫還附和著。然後突然大笑起來，說道：

「啊，眞是要不得的東西！你們說得有道理！……因爲這是我的作品哪！」

他因成功戲弄了他們而大爲開心。夫人有點生氣地跑過來輕輕打他一下。但他仍然開心地笑著，兩夫婦也不禁跟著笑了起來。他們失去了正確表達意見的信心。因爲他們心中一直拿不定主意，最後便決定由夫人貶低一切，而由丈夫讚美一切；如此，他們之中必有一個人與克利斯多夫是持相同意見了。

克利斯多夫從未計量小市民的壞心眼。人們一直在窺視他們的舉動，他們却不知提防。克利斯多夫放蕩不羈，而萊因哈特夫人則粗心大意，他們一起去散步，或傍晚靠在陽台欄杆聊天的時候，都無所顧忌。他們不知不覺表現的親密舉動，給了人們毀謗的話柄。

有一天早上，克利斯多夫收到一封匿名信。信中用卑鄙的字眼責難他是萊因哈特夫人的情人。這可把他嚇壞了。而萊因哈特夫婦也收到類似的匿名信。

三個人的處境變得很困難。夫人雖然嘴巴硬，心裡却已動搖；小市民陰險的敵意使她不知所措了。後來萊因哈特夫婦決定不再和克利斯多夫見面，於是想出一些可恥的藉口，例如：「萊因哈特夫人生病了……萊因哈特先生工作正忙……兩個人將要去旅行……」等等。

這些都是笨拙的遁辭，常在無意間露出馬腳。

坦率的克利斯多夫終於說：

「讓我們分手吧。我們沒有力氣跟那些人搏鬥的。」

萊因哈特夫婦傷心地落淚。但分手後，他們却鬆了一口氣。

城裡的人們獲勝了。克利斯多夫陷入孤獨中。他們把他生命中——也是所有的人生命中——不可或缺的愛剝奪了。

3

克利斯多夫一個朋友也沒有了。所有的朋友皆離他而去。在他遭遇困難的時候總給他一臂之力的那位親愛的舅舅——高特弗烈德，也在半年多前踏上旅途，而且，這次他是永遠不會回來了。去年夏天一個夜晚，露意莎收到一封從遙遠的村子寄來的字體粗大的信函，告知她的哥哥已經去世。這位小販不顧身體衰弱，依舊到處行商，終於死在流浪途中，被埋在當地墳場。

克利斯多夫在痛苦掙扎的時候，哈斯雷的影像有如黑夜裡的一道閃電般突然閃現眼前。那是他童年所仰慕的大音樂家，如今榮光已照耀全國。他想起昔日哈斯雷對他的承諾。哈斯雷說不定能救他，不，一定能救他的！他將向哈斯雷要求什麼呢？既非助力，亦非金錢。他只是希望得到他的了解。

他起了這個念頭之後，便立刻付諸行動。他告訴母親將離家一星期。當天晚上他便搭上列車前往德國北部的大城，哈斯雷在那兒當教堂樂長。

下著雨的寒冷早晨，克利斯多夫抵達這個大城。他因爲非常焦急，把行李存放在火車站附近的旅社之後，便立刻跑到劇場去探問哈斯雷的地址。哈斯雷住在離市中心相當遠的郊區。克利斯多夫一邊啃著小塊麵包，一邊搭上電車。快到哈斯雷家的時候，他的心怦怦跳了起來。

將近十一點，他抵達哈斯雷家並按了門鈴。應門的是一個動作俐落的女僕。她盯視了他好一會兒，然後說：

「主人不見客，因爲他很累。」

但也許是克利斯多夫臉上毫無掩飾的失望表情引起了她的興趣，她的態度突然緩和下來，把克利斯多夫帶到哈斯雷的書房。

克利斯多夫聽到隔壁房間傳來咕噥著什麼的不太高興的聲音，女僕則以爽快的語調回答著。顯然哈斯雷是不願意見客，女僕卻盡力勸他露面。最後他終於拖著疲憊的腳步走出來，嘴裡仍然咕噥不休。

克利斯多夫心臟快速跳動。這的確是他見過的哈斯雷，但已經不是昔日的哈斯雷了。他臉色發黃，一副睏倦的樣子，下嘴唇稍微向下彎，噘著嘴，看來好像很懊惱。他聳肩把手插在變了形的上衣口袋裡，雙腳拖著舊拖鞋。他睡眼惺忪地看著克利斯多夫。當克利斯多夫結結巴巴說出自己的姓名時，他的眼睛也沒有亮起來。他用嘴巴示意叫克利斯多夫坐下，自己則嘆了一口氣倒向一張沙發。克利斯多夫反覆說：

「以前您曾經……對我講了許多親切的話，……我是克利斯多夫・克拉夫特……」

哈斯雷把身子埋在沙發裡，不耐煩地回答：

「我不記得呀！」

克利斯多夫勉強改變話題，努力想讓他想起往日相遇的情景，可是他慌慌張張地並不容易找到適當的話來勾起對方的回憶；當他說著廢話的時候，自己都臉紅了。哈斯雷仍然心不在焉地用冷漠的眼光盯著他。

「是的……以前曾經……可是，人無法再回到過去的年輕歲月啊……」

他打了一個哈欠，又說：

「你在柏林待很久了嗎？」

「不，今天早上到的。」

「噢，住在哪個旅社？」

他並沒有想要聽回答的樣子，只是費力地挺起身子，伸手去按電鈴，吩咐女僕端進早餐。

因爲哈斯雷一直沒有問起克利斯多夫工作的情形，他便試圖把中斷的談話繼續下去。他談到地方生活的困難，民眾思想的偏頗和心胸的狹隘，以及自己的孤獨等等。他盡力想藉著表白心裡的苦悶來引起對方的關切。

可是，哈斯雷依舊半躺在沙發上，任克利斯多夫喋喋不休地說著，未加理會。克利斯多夫終於提到自己作曲的事，還說曾經指揮爲赫伯爾的于第斯而寫的序曲。哈斯雷心不在焉地問道：

「你說什麼？」

克利斯多夫把序曲的名稱重述一遍。

「啊，好……」哈斯雷一邊說一邊用餐。然後又緘默下來。

克利斯多夫極爲失望，很想站起來告辭。但他覺得如此一來，這趟長途旅行便完全白費了。於是鼓起勇氣呑呑吐吐地向哈斯雷表明願意彈些自己的作品給他聽。哈斯雷却打斷他的話說：

「不，不，我什麼都不懂啊！」

他的語氣充滿愚弄人的嘲諷意味。

克利斯多夫聽他這麼說，差點掉下眼淚。但他發誓，在未得到哈斯雷對他作品表示意見之前絕不離開此地。

「對不起，從前您曾答應聽我的作品呢！我是爲此特地從鄉下來的。無論如何請您聽一下好嗎？」

哈斯雷凝視著這位莽撞的青年；他那氣得漲紅了臉、快要哭出來的模樣，引起了他的興趣；於是聳聳肩，指著鋼琴，用一種被逼迫的滑稽表情說：

「那麼……彈彈看吧！……」

克利斯多夫又氣憤又畏縮地開始彈奏。片刻之後，哈斯雷便睜開眼睛側耳傾聽著。藝術家碰到美的東西便會不知不覺地被吸引，而產生那種屬於專家的興趣。他緊閉的嘴唇動了起來，然後發出驚嘆聲，那都是些不成句子的感嘆詞，但已經淸楚表現了他的想法。克利斯多夫於是感到一種難以形容的喜悅。當他彈完一個曲子的時候，哈斯雷叫道：

「彈下去！彈下去！……」

他從沙發上站起來，走向鋼琴，在克利斯多夫身旁坐下。當克利斯多夫又彈完一個曲子時，他拿起樂譜，重讀一遍。接著他讀了下面幾頁，好像房間裡只有他一個人似的，繼續自言自語表示驚嘆：

「眞令人驚訝！……這傢伙從哪兒找來這樣的東西呢？」

他用肩膀擠開了克利斯多夫，自己彈了幾個樂章。他彈琴的手指靈巧、優美。他邊彈邊發出驚嘆聲，那聲音帶著喜悅與嫉妒。

他繼續自言自語，彷彿克利斯多夫不在場一般。克利斯多夫則認爲哈斯雷的讚嘆是針對他而發的，因此高興得臉紅了。他隨即說明自己今後想做的事。

繼續翻著樂譜的哈斯雷一開始對這位青年所說的話似乎毫不留神，但後來却一邊注視著樂譜，一邊豎起耳朵注意聽著。克利斯多夫覺得對方是完全可以信任的，於是天眞而興奮地說出自己的計畫與生活。

克利斯多夫唯恐自己遺漏重要的話，便低垂著眼睛慢慢敍述。哈斯雷的靜默更給予他勇氣。他以爲哈斯雷正注視著他認眞聆聽他的話。他覺得存在於他們兩個人之間的冰冷氣氛融化了。他的心情開朗了起來。

當他說完之後，膽怯地抬起頭來看哈斯雷。但他發現盯著他的是一雙黯淡、嘲諷和冷酷的眼神，剛長出的喜悅的幼苗立刻被凍死了。他緘默著。

在一陣冰冷的沈默之後，哈斯雷以冷淡的聲音開口說話。他又恢復嚴厲的表情，殘酷地嘲笑克利斯多夫的抱負和對成功的渴望。他好像在嘲笑自己似的，因爲他在克利斯多夫身上看到自己的影子了。他冷酷地急於摧毀克利斯多夫對人生、藝術和自己的信念。他以自己爲例，用近乎侮辱的語調說起自己目前的作品：

「都是些沒有價値的東西！只有這種東西才合那些無聊傢伙的胃口啊！你以爲世界上眞正愛音樂的人會有十個嗎？恐怕一個也沒有呢！」

「有我呀！」克利斯多夫興奮地說。

哈斯雷看看他，並聳聳肩。然後以疲憊的聲音說：

「你也會跟別人一樣的。你也會跟別人一樣，把心思放在成功和快樂的生活上……你是應該如此的……」

克利斯多夫試圖辯駁。但哈斯雷重新陷入痲痹狀態，這是他內在生命力逐漸衰退所導致的現象。

克利斯多夫明白再待下去也沒什麼意義了，因此捲好樂譜，站了起來。哈斯雷也跟著站起來。克利斯多夫既羞愧又畏縮地喃喃道歉。哈斯雷以傲慢和厭煩的態度輕輕點頭，並冷漠有禮地伸出手來，把克利斯多夫送到門口，既沒有挽留他，也沒有請他再來。

幾個月過去了。克利斯多夫離開家鄉的希望已經破滅。唯一或許能幫助他的哈斯雷也拒絕向他伸出援手。

可是，他在德國已經生活不下去。小城居民心胸之狹窄壓抑了他的才能，使他痛苦到絕望的地步。他變得神經緊張，很容易被激怒。他就像被關在市立公園的洞穴裡或籠子裡的那些悲慘的野獸，整天煩悶欲死。

究竟該往何處去？他並不知道。但他嚮往拉丁民族居住的南歐。首先他注目的是法國。法國一直是德國人陷入紛亂時的避難所。德國思想雖不斷詆毀法國，却也一邊利用它。即使在一八七〇年之後，被德國砲火轟炸過的巴黎仍然具有極大的魅力呢！各式各樣的思想與藝術，無論最具革命性的或復古的，都可以在這裡找到實例或靈感。克利斯多夫也和許多德國的大音樂家一樣，在處於逆境的時候瞻望著巴黎。

他決定要出走。——但爲了母親他走不了。

從很久以前，他就想把自己的決定告訴母親，但因爲怕母親傷心而退縮了。不過曾有兩、三次他遲疑地略微透露了自己想去法國的心意。露意莎似乎未把它當眞。她本能地找到使他不提這件事的最好理由——她用溫柔的聲音抱怨手腳浮腫、膝蓋關節僵硬等等；她誇張自己的疾病，說她是一個又老又病的沒用的人了。但克利斯多夫並沒有被這種天眞的策略所欺騙。他心裡帶著幾分責難，悲哀地凝視著母親。

他終於無法再沈默了。即使母親會很難過，他也必須把話說出來了。因爲他已經痛苦不堪，想要紓解痛苦的自私念頭戰勝了會帶給母親痛苦的顧慮。他終於開口了。他唯恐心亂，始終躲著母親的目光，一口氣把話說完。爲避免再說一次，他連出發的日期都決定了。露意莎叫道：

「不，我說不行，就是不行，那種話你竟然說得出口！……」

他以不可動搖的決心繼續說話。說完之後，他拉起母親的手，努力想讓她了解，爲了自己的藝術和生活，暫時前往法國是絕對必要的。母親並未聽他講，只是哭著重複說：

「不行，不行，我是不同意的……」

因爲母親完全不聽他解釋，他想夜裡她或許會改變主意，於是走出了房間。但第二天在餐桌邊，他再度提起自己的計畫時，母親把拿到嘴邊的麵包放下來，用悲傷而帶著責難的語調說：

「那麼，你是說我受多少折磨都無所謂嗎？」

母親這句話打動了他。但他仍回答：

「可是媽媽，我還是非去不可的。」

「不，不行！你不可以走……我會很痛苦的……這簡直是瘋狂行爲呀！……」

兩個人都想說服對方，可是他們都不聽對方講話。他終於明白爭辯是沒有用的，那只有增加彼此的痛苦。他於是不顧一切地做出發的準備。

當露意莎知道再怎麼請求也阻止不了兒子的時候，就變得抑鬱寡歡。她整天把自己關在房間裡，天黑了也不點燈；她不說話、不吃東西，夜裡則傳出啜泣聲。克利斯多夫有受酷刑的感覺；一整夜不斷受良心的責備，輾轉反側無法入眠，他痛苦得想大叫。他是多麼愛著母親啊！

他決定後天出發。母子倆默默吃過晚飯之後，克利斯多夫便回自己臥房去。他坐在桌前雙手抱著頭，什麼事也沒辦法做，只是苦惱不已。夜已深。將近午夜一點，他突然聽到隔壁房間好像有椅子翻倒的聲音。接著他的房門打開了，赤著腳穿著睡衣的母親啜泣著撲過來抱住他的脖子。母親因發燒而渾身滾燙。她緊抱著兒子，一邊哭泣一邊絕望地喊道：

「不要走！不要走！我求你！我求你！我的孩子，不要走！……你走了，我會受不了……我會死掉的！……」

母親這番話使他感到驚愕，於是抱住母親反覆說：

「媽媽，請安靜些，我求你！」

但母親又繼續說：

「我無法忍受的……我能依靠的只有你呢！你走了，我怎麼辦？你走了，我會死掉的。我不願與你離得遠遠地死去，我不願孤零零地死。我死之前，你不要走吧！……」

母親的話使他心如刀割，他不知該用什麼話來安慰她。面對這向他湧過來的愛與痛苦的浪濤，任何合理的理由都無法抵擋了。他把母親抱在膝上，用親吻和溫柔的話來撫慰她。母親不再說話，只是哭泣。等她稍微安靜下來，他才說：

「媽媽，去睡覺吧，別受涼了。」

母親反覆說：

「不要走！」

他終於低聲回答：

「我不走了。」

母親顫抖了一下，然後緊握他的手問道：

「眞的嗎？你，是眞的嗎？」

他沮喪地把臉背過去說：

「明天，明天再慢慢說吧……讓我一個人待一待，我求你！……」

母親柔順地站起來，回自己房間去。

第二天早上，她爲自己半夜因絕望而引起的一陣狂亂感到羞恥，同時心裡也害怕著不知兒子會說出什麼樣的話。她坐在房間的一個角落等待他。爲了掩飾不安的心情，她便拿出編織物來；但雙手完全失去平日的靈活。克利斯多夫進來了。他們低聲問好，却沒有互相看一眼。他帶著憂鬱的表情走到窗邊，背對著母親，一言不發地坐下來。露意莎雖然很想說話，却擔心聽到可怕的答覆而失去說話的勇氣。她勉強拿起編織物，但不知自己在做什麼。手編織著，却一再弄錯。窗外下著雨，在久久的沈默之後，克利斯多夫走到母親身邊。她一動不動，心却猛跳著。克利斯多夫一直站著凝視母親。然後他突然跪下來，把臉埋在母親的衣裳裡，不發一言地哭泣。

此刻她明白他不會走了。她從極度的痛苦中獲得解放，因而鬆一口氣。——但她立即又後悔了，因爲她淸楚感覺到兒子爲她所做的犧牲。她現在也不得不去感受兒子爲她而犧牲自己的那份痛苦了。她俯身親吻他的額角和頭髮。兩個人默默無言地一起哭泣一起受苦。後來克利斯多夫終於抬起頭來。露意莎雙手捧著他的臉注視著他的眼睛。她眞想對他說：

「走吧，克利斯多夫！」

但她說不出口。

他則很想說：

「我欣然留下。」

但他也無法說出口。

克利斯多夫不再提離家的事，但要他不去想這件事是不可能的。

十月裡的一個星期日下午，天氣非常好。克利斯多夫却整天關在自己房間裡，一邊「咀嚼自己的憂鬱」，一邊沈思默想。

但他實在受不了了。他很想衝出去到野外隨便轉轉，把自己弄得筋疲力盡，好讓自己停止思考。

自從前一天他就跟母親處得不太好。他本來想悄悄出門。但走到台階的時候，他又想到自己不告而出門，母親獨自在家，整個晚上一定會很寂寞，於是又跑回去。母親的房門半掩著，他探頭往裡邊看，對著母親注視了幾秒鐘……這幾秒鐘，在他生命中占有多麼重大的意義呀！

露意莎剛從教堂的晚禱回來。她駝著背坐在椅子上，膝上攤著打開的聖經，但沒有在閱讀。她雙手放在聖經上，深情地望著從窗邊牽牛花的葉子間可以看到的天空一角。她享受著這安歇的時刻。這是她一星期裡最愉快的片刻。

「媽媽，我出去一下。我到布伊村那兒去轉一圈，回來可能會晚一點。」

望著窗外出神的露意莎稍微顫抖了一下，然後轉過頭來，用平和溫柔的眼神看著他說：

「去吧，天氣這麼好，是該出去走走！」

她對他微笑著，他也報以微笑。兩個人互相看了一會兒，然後滿懷著愛彼此點頭告別。他輕輕把門關上。她重新回到她的夢境。兒子的微笑像投射在牽牛花綠葉上的陽光一樣，把一道光投射在她的心版上。

他於是離去了，——而由於一樁偶發事件，他永遠離開了母親。

十月的傍晚。太陽顯得蒼白黯淡。倦怠的田野彷彿在沈睡中。村裡幾個小鐘在寂靜的田野緩緩響著。

克利斯多夫一邊胡思亂想，一邊漫無目的地走著，但不知不覺雙腳却本能地朝一個目標走去。這幾個星期，他到郊外散步時經常走向一個村子。到那兒，他一定會碰到一個美麗少女。他被這位少女吸引了，但那只是一種單純的喜歡。

這一天是村裡的一個節日。克利斯多夫向一家叫「三王星」的紅屋頂飯店走去，一面旗子在屋頂上飄蕩。他走進瀰漫著煙味的大廳，大家就在那兒跳舞。克利斯多夫心想那位美麗少女一定在這裡。果然，他一進門最先看到的就是她。他在大廳一角坐下。他雖然留神不讓別人發覺，但那個叫蘿涵的少女看到他了。她一邊跳著華爾茲，一邊從舞伴肩頭迅速地向他送秋波。她爲了更進一步誘惑他，便張大嘴笑著，還故意跟村裡的年輕人調戲。克利斯多夫把手肘撐在桌上，拳頭支著下巴，注視著她的一舉一動。他保持相當程度的清醒，不爲她的詭計所欺騙，却也無法完全不落圈套。因此，他有時會發出忿忿不平的聲音，有時則聳聳肩在心裡冷笑。

另外還有一個人在注意他，那就是蘿涵的父親。他嘴邊叼著長煙斗，一邊慢慢地跟村人談話，一邊用斜眼偷看克利斯多夫的舉動。過了一會兒，他淸淸喉嚨，坐到克利斯多夫旁邊來。克利斯多夫不高興地皺皺眉頭轉過頭來，遇到老人狡猾的目光。老人親熱地跟他攀談起來。

克利斯多夫本來就認識他，覺得他人品並不太好，但因爲自己對他女兒有好感，便包容了他。狡猾的老人大概也覺察到這一點。他從天候說起，然後談論漂亮的女孩子，並拐彎抹角嘲諷克利斯多夫不跳舞，接著又下結論說避開那麼費力氣的事眞聰明，坐在桌前喝酒自在多了。他於是不客氣地向克利斯多夫要了一杯酒。

老人一邊喝，一邊繼續談著。克利斯多夫完全不感興趣，只給與最簡單的回答。他眼睛只盯著蘿涵，心裡則納悶著這老頭爲什麼會來接近他。後來他終於明白了。老人自誇他所出產的蔬菜、家禽、雞蛋和牛奶等等都是品質最好的，然後突然問克利斯多夫是否能把他的貨物推薦給宮廷。克利斯多夫嚇了一跳，心想：

「他怎麼知道我的事呢？」

老人的神情似乎回答著：

「我知道的。有什麼事我不知道的呢?」

但克利斯多夫和宮廷鬧翻的事他並不知情啊!克利斯多夫將此事告訴他的時候,他抿了一下嘴唇,却一點也不氣餒。片刻之後,他又說,因爲克利斯多夫是音樂家,早晚吞一個生雞蛋對嗓音是最有幫助的,他可以立刻送來剛生下的暖暖的雞蛋。克利斯多夫聽到老人把他誤認爲歌手,不禁哈哈大笑。老人乘機又向他要了一杯酒。

天越黑,跳舞的人跳得越起勁。蘿涵不再理會克利斯多夫了。她的注意力全部集中在村裡的一個花花公子身上。他是富農的兒子,女孩子們爭相對他獻媚。

克利斯多夫對這種競爭覺得很有趣。女孩子們互相微笑著,但必要時也許會互相抓撓起來呢。善良的克利斯多夫看得忘了自己,心裡還祈求蘿涵的勝利。可是,當蘿涵眞的獲勝的時候,他却感到有幾分悲哀。

時間已經不早,他準備走了。但當他剛要從桌邊站起來,大門却突然打開,接著闖進十來個士兵。屋裡的氣氛驟變,大家感到十分掃興。

士兵們往坐滿客人的桌子鬧轟轟地擠開客人坐了下去。多數人咕噥著讓開。有一個老人因這突如其來的推擠,從座位摔到地上了。士兵們看得大笑。克利斯多夫憤怒地站起來想過去打抱不平時,却看見老人費力地爬起來後不但沒有怨言,反而畏縮地道歉。

這一群士兵是由一個下級軍官率領著。這個惡形惡狀的下士目光兇猛,好像一隻好鬥的牛頭犬。

他坐在克利斯多夫旁邊的一張桌子,已經喝得醉醺醺。他瞪著眼睛看人,嘴裡還罵著惡毒的話。對於跳舞的男女，他尤其用極卑鄙的話辱罵他們，引得士兵們哄然大笑。女孩子們被說得臉紅，小夥子們則咬牙切齒，暗暗生氣。克利斯多夫發現他的目光向著自己這邊投射過來。

克利斯多夫全身緊張起來，也用憤怒的眼光瞪他。下士端詳了他一會兒。他對克利斯多夫的樣子感到好玩。便用手肘碰碰旁邊的士兵，冷笑著叫他看看克利斯多夫，然後準備開口辱罵。克利斯多夫則卯足了勁正想把杯子扔過去。但就在這一瞬間，一件偶然的事解救了他。醉漢正要開口的當兒，有一組舞者冒失地撞到醉漢，把他手上的杯子撞落地上。他憤然轉過頭，把他們痛罵一頓。

他於是轉移了注意力，不再把克利斯多夫放在心上。克利斯多夫等待幾分鐘之後，發現對方已無意挑釁，便站起來，拿了帽子，慢慢向門口走去。他爲了要讓對方知道自己絕非逃跑，眼睛一直盯著對方的桌子。但那醉漢已經把他忘得一乾二淨了。

當他正要開門的時候，聽到店裡掀起一陣騷動。原來士兵們喝過酒之後準備要跳舞了。但每個女孩都有舞伴，他們就把那些舞伴趕走。大家無奈地讓開了，只有蘿涵不肯服從。她正瘋狂地跳著華爾茲，下士却看中了她，於是過去拉開她的舞伴。

蘿涵跺著腳，推開下士，說她絕不會跟這樣一個粗魯的人跳舞。下士追著她，毆打那些掩護她的人。最後她躲到桌子後面去。

她在那兒喘了一口氣便開始咒罵他。他從桌子對面挨近她，露出可怕的笑容。突然間，他產生一股蠻勁兒跳過桌子抓住她。她也發揮女性的強悍，拳打腳踢大鬧了起來。那狂怒的傢伙竟把她按在牆上，打了她一巴掌。但當他想要再度揮手的時候，有人跳到他背後，用力回他一巴掌，然後一腳把他踢倒在一群醉漢中間。那是克利斯多夫。下士怒氣沖沖地轉過身來拔出軍刀。但在他使用之前，克利斯多夫就舉起椅子把他打倒了。

這些都是剎那間發生的事。看到下士像一條牛似地倒臥地板上，其他士兵拔出軍刀一起衝向克利斯多夫。村人則全部撲向他們。大家亂成一團，酒杯到處飛，桌椅陸續翻倒。村人認眞了起來；他們積怨太深，此刻都很想雪恨。人們在地板上打滾，發狂似地互鬥。

蘿涵拿來粗木棍，毫不留情地痛打士兵們。有個勇氣十足的小女孩，看到身材高大的士兵用膝蓋撞村人胸部的時候，急忙跑到爐邊又立即跑回來，將一把熱炭灰往士兵的眼睛撒過去。士兵發出慘叫聲。

村民繼續痛毆士兵。最後士兵們再也無法抵抗，終於留下兩個躺在地上的同伴，倉皇逃

出門外。村民揮著木棍追趕。有個士兵被他們用叉子戳破肚皮而倒下，這是第三個負傷者。其他士兵因被猛追而逃出村外。

村民回到飯店來，個個歡欣鼓舞；這是對長久以來受迫害的報復。關於這次輕舉妄動的後果，他們則尙未考慮到。每個人都在誇耀自己的功勞。他們對克利斯多夫表示親熱。蘿涵過來握住他的手，並淘氣地笑著。如今她不再覺得他是個古怪的人了。

當激情過去，慢慢冷靜下來之後，村民開始覺得不安；大家面面相覷，不知所措。最後蘿涵的父親說：

「你們可幹了好事啊！」

喃喃低語的聲音於是此起彼落。不久，大家說話的聲音逐漸提高，甚至變得粗暴。他們互相叫嚷著，想把責任推到別人身上。蘿涵的父親加以勸解了。隨後他把臉轉向克利斯多夫，用下巴指著他說：

「這傢伙是到這裡來幹什麼的？」

大家立刻遷怒於克利斯多夫，爭相喊道：

「是啊！是啊！是他先動手的！」

「是他惹的禍！如果他不在，什麼事也不會發生！……」

克利斯多夫對他們的指責感到十分驚訝，於是反駁道：

「我做的事並不是爲我自己，而是爲了你們，這你們應該很淸楚的。」

可是他們却吼道：

「難道我們不會自衛嗎？我們向城裡人請求幫助了嗎？到底誰請教過你？是誰請你到這裡來的？……」

克利斯多夫聳聳肩，向大門走去。但蘿涵的父親擋住他的去路，叫嚷著：

「對了！這傢伙給我們闖下大禍之後，現在卻打算逃之夭夭了。我們可不能放他走！」

其他的人跟著喊道：

「沒錯，我們絕不能放他走！他是禍首，後果應該全部由他承擔！」

他們握著拳頭把他團團圍住。他不發一言，只帶著厭惡的表情皺皺眉頭。然後他把帽子往桌上一丟，坐到房間最裡頭的一角，背對著他們。

但這時候，蘿涵擠進眾人當中，美麗的臉因憤怒而漲得通紅。她粗暴地推開圍著克利斯多夫的人們，喊道：

「你們這群懦夫！你們不覺得羞恥嗎？你們居然要把所有責任推到他一個人身上！」

村人因這突如其來的攻擊而愣住，但靜默一會兒，他們又開始叫嚷：

「是他開始的！如果沒有他，什麼事都不會發生。」

蘿涵的父親示意要她閉嘴，却徒然，她繼續說：

「當然，是他開始的！但你們有什麼好得意呢？如果沒有他，你們全部都要被侮辱，連我們這些女子也要被羞辱，不是嗎？窩囊廢！膽小鬼！」

然後她又對著自己的男友罵道：

「而你，你只是唯唯諾諾，把屁股都送給人家踢；人家給你一點好處便感激不盡呢！你不覺得慚愧嗎?……你們都不覺得慚愧嗎?你們簡直不是人!現在,你們竟想把責任都推給他……哪有這種事呢?我絕不允許你們這麼做的!」

蘿涵的父親用力拉她胳膊,並吼道:

「閉嘴!閉嘴!……你還不閉嘴嗎?」

可是,她把父親推開,更激昂地說:

「爸爸,你還有什麼可說的呢?剛才你拚命踢著一個半死的士兵,你以爲我沒看見嗎?還有,讓我看看你的手!上面不是還有血跡嗎?你以爲我沒看到你拿著刀子?如果你們對他有過分的舉動,我會把親眼看到的事和盤托出,叫你們全部成了罪人。」

村人怒不可遏。有個老人對蘿涵說:

「如果我們被判罪,你也逃不掉的。」

「當然,我也逃不掉。我可不像你們那麼懦弱。」

然後她又開始叫嚷。

大家不知如何是好,於是對她父親說:

「你不能叫她閉嘴嗎?」

老人知道去激怒女兒並不是辦法。他示意要大家安靜下來。大家靜下來之後,便只有蘿涵一個人在講話了。因爲沒有人反擊,她也閉上了嘴巴。過一會兒,她父親淸淸喉嚨說道:

「那麼,你是想要怎樣?難道你眞要整慘我們嗎?」

「我要你們放了他。」她說。

他們考慮著。克利斯多夫倨傲地坐在原來的位置，對他們的談論表現一副滿不在乎的樣子。但蘿涵的挺身而出，他卻深爲感動。最後，蘿涵的父親說：

「無論如何，只要他留在這裡，他的罪就很明顯。因爲那個軍官記得他的樣子，一定不會饒恕他的。他只有一條路可走，就是立刻逃出邊境。」

總之，克利斯多夫如果逃走，就等於承認了自己的罪過。事件的責任就可以全部推到他身上。因此，這項建議獲得大家的贊同了。一旦做了決定，他們便恨不得叫他立刻動身。他們不顧剛才對他說過許多難堪的話，全部向他靠攏過來，裝出一副對他十分關心的樣子說：

「先生，已經刻不容緩了。那些傢伙還會回來的。他們半小時可回到營裡，再半小時又可回到這裡……你只有趕緊逃走了。」

克利斯多夫站起來，他也思考過了。他知道自己如果留下來，將身敗名裂。但就這樣離去嗎？不見母親一面就離去嗎？……不，他做不到。他堅持要回城裡一趟。蘿涵了解他的心情，說道：

「你想見母親一面吧？……我願意代替你去。」

「眞的嗎？你願意爲我跑一趟嗎？」

「我願意……」

她於是拿起圍巾披在肩上。

「寫幾句話吧，我會幫你帶去！請跟我來，我給你紙和筆……」

蘿涵把克利斯多夫帶到隔壁房間，克利斯多夫仍然遲疑著。想到自己再也不能擁抱母親，他眞是心如刀割。蘿涵握住他的手，站在旁邊凝視他。兩個人的臉頰幾乎碰在一起了。她把手臂繞著他的脖子，吻他嘴唇。

「來，趕快！趕快！」她指著桌子低聲催促。

他也不再考慮太多，於是坐到桌前去。她從一本帳簿撕下一張劃有紅線的方格紙。

他寫道：

親愛的媽媽：請原諒我！我做了讓你非常痛心的事。但我只能這麼做了。其實我並沒有犯什麼過錯。送這封信給你的人會告訴你一切。我多麼想回去向你道別，但大家都不允許我這麼做，他們說我在回到家之前就可能被逮捕。我將越過邊境，但收到你的回信之前，我會停留在靠近邊境的地方。送信給你的人會把你的回信帶來給我。請告訴我，我該怎麼做。我將按照你的意思去做。如果你希望我回去，就叫我回去吧！想到把你一個人留下，我眞是痛苦不堪。今後你將怎麼過日子呢？請你原諒！請你原諒！我愛你，親吻你……

克利斯多夫匆匆簽了名，然後把信交給蘿涵，說道：

「你會親自送去吧？」

「我會的。而且我會把回信帶去給你。你在萊登（德國境外第一站）等我，我們約在月台上見面。」

第二天下午，克利斯多夫抵達萊登火車站。他煩悶地等待著。終於有一列火車進站了。他期盼著蘿涵那張無所畏懼的臉龐在某一扇車窗出現。但她一直未出現。他不安地到每一個車廂尋找。後來在擁擠的旅客中，他看到一張彷彿見過的面孔。那是一個十三、四歲的女孩，個子矮小、雙頰紅潤飽滿。仔細一看，她手上的舊提箱好像是他的。她是蘿涵家牧牛的女孩子。他指著手提箱問道：

「這是我的吧？」

「你從哪裡來的？」

「布伊。」

「你知道誰託我把東西送來的嗎？」

「是蘿涵。好了，把東西給我吧！」

小姑娘把手提箱交給他說：

「請拿去吧！」

「蘿涵呢？她爲什麼沒來？」

「因爲憲兵來了。你剛走，他們就到。很多人被抓走了。」

「那，蘿涵呢？」

「那時候蘿涵不在，她進城去，過後才回來。」

「她見到我母親了嗎？」

「見到了，這是給你的信。蘿涵很想親自來，可是她要動身的時候也被抓走了。」

「她有沒有交代什麼？」

「有。她叫我把這條圍巾交給你，證明我是代替她來的。」

克利斯多夫記得這條白底繡花並有小圓點花紋的圍巾；前一天晚上分離的時候，蘿涵頭上裹的就是它。爲了送給他一份愛的紀念品，她用這樣一個天眞的藉口，似乎有點好笑，但他笑不出來。

「啊，另一列火車進站了，我該走了，再見。」小姑娘說。

「請等一下。你的車票錢是怎麼來的？」

「蘿涵給我的。」

「那麼，你把這些拿著。」克利斯多夫把五、六個硬幣放在她手裡。

小女孩急著走，克利斯多夫抓住她胳膊說：

「還有……」

他俯身親吻小女孩的臉頰。小女孩做抗拒的姿態。

「不要拒絕吧！這不是爲你的。」

「嗯，我知道。這是給蘿涵的。」小女孩帶著有點嘲弄的口吻說。

克利斯多夫親吻這位小女孩，不只是爲了蘿涵，而是爲了他所愛的全德國。

當她的蹤影消失之後，他以顫抖的手拆開母親的信。

我可憐的孩子：別爲我擔心。我會成爲一個明理的母親。是神懲罰了我。我不應該自私地把你留在身邊。到巴黎去吧。那對你也許比較好。別牽掛著我。我會想辦法活下去的。最重要的是你能得到幸福。親吻你。

媽媽

克利斯多夫坐在提箱上落淚。站務員喊著往巴黎的旅客上車。克利斯多夫擦擦眼淚站起來，並對自己說：

「一切都不可挽回了。」

他眺望著巴黎方向的天空。一片黑暗的天空，巴黎那個方向似乎顯得特別漆黑，那好像一個幽暗的深淵。克利斯多夫傷心欲絕。但他心裡反覆說著：

「一切都不可挽回了。」

他上了火車，緊靠車窗繼續凝視著可怕的地平線。

「哦，巴黎！巴黎！幫助我吧！救救我吧！救救我的思想！」他在心裡吶喊著。

霧越來越濃。他將逐漸遠離的祖國上空，像兩隻眼睛那麼大的——像薩比娜的眼睛那麼大的——微光，從濃密的烏雲間展露孤寂的微笑，然後消失了。列車終於開動。車窗外下起雨來。周圍的一切都隱沒在黑夜裡了。

五、街頭市集

巴黎到了！

旅客紛紛下車。克利斯多夫在人群中跟人互相推擠著走向出口。他變得像鄉下人一樣多疑，以爲周遭都是一些竊賊。他把那重要的提箱扛在肩膀上。有人跟他說話，他也無動於衷，只是繼續從人群中擠過去。最後他終於走到巴黎泥濘的街道上。

第一件事情是找個落腳處。但每一家旅社看來都不是他住得起的。最後在一個岔道發現一家叫「文明館」的小旅館，樓下開著飯店。老闆帶他爬上味道難聞的樓梯，來到一間面對中庭的不通氣的房間。老闆說這房間安靜，聽不到外面嘈雜的聲音，因此要了很高的價錢。

因爲克利斯多夫聽不太懂對方所說的話，肩膀又快要被行李壓垮，便只好答應了。而另一方面他也很想一個人靜一靜。但只剩下他一個人的時候，四周的髒亂却把他嚇壞。他爲了不被心中湧上的一股悲戚所擊敗，在滿是灰塵的水裡洗過臉之後便急忙出門。

街上籠罩在十月的濃霧裡，有點寒意。這片濃霧混合著郊外工廠排放的臭氣與城裡汚濁

的空氣，形成巴黎一股嗆人的味道。

越靠近塞納河，霧氣越濃。馬車擠得水洩不通。一匹馬滑倒，橫躺地上。馬車夫拚命鞭打牠，要牠站起來。大家以漠不關心的目光看著這可憐的動物戰慄，這情景卻讓克利斯多夫感到心痛。他並且清楚感受到自己在茫茫人海中的那份空虛。他終於忍不住哭了起來。路上的行人詫異地看著這位因傷心而啜泣的大男孩。他繼續向前走，也顧不得擦拭沿著臉頰流下的兩行眼淚。

他回到污濁的旅店房間。因爲一整天未吃東西而身心俱疲，一進房間，他便跌坐在角落的一張椅子上，然後一動不動地坐了約兩個小時。好不容易他才脫離茫然若失的狀態，上床睡覺。但在昏昏沈沈中卻不斷地驚醒。

房間裡的空氣令人窒息，他覺得渾身發燒，口渴得厲害，於是坐起來點燈。後來因汗流浹背，下床打開提箱找手帕。這時他意外摸到一本舊聖經，那是母親把它放在衣服中間的。克利斯多夫並沒有細讀過聖經，但此刻看到它，却無比欣慰。

這本聖經是祖父的，也是曾祖父的。書裡到處夾著泛黃的紙片，上面寫著祖父單純的感想。這本聖經以前一直放在祖父臥床上頭的架上。失眠的夜裡，祖父便會把它拿下來，與其說是讀它，不如說是跟它說話。祖父去世前，這本書一直伴隨著他。一世紀以來全家的悲喜似乎從這本書冒上來了。現在擁有這本書，克利斯多夫覺得孤獨感稍微減輕了。

這一本舊書散發的氣息，讓克利斯多夫恢復了元氣。他的燒退了，心情平靜下來。再度上床後便一覺睡到第二天早上。白天室內的髒亂看得更清楚了，他又感受到自己的悲慘與孤獨。但他鼓起勇氣去面對這一切時，心中的頹喪也跟著消失，而只剩下一股憂悶了。

他站起來，以沈靜的心開始戰鬥。

那天早上，他便決定立刻四處奔走。在巴黎他只認識兩個人；他們都是同鄉的年輕人。一個是老朋友奧多·狄內爾，在開布店的叔叔那兒工作。另一個叫希爾邦·科恩，是出生於瑪因茲的猶太人，在一家大書店工作，但克利斯多夫並不知道書店的地址。

他在十四、五歲的時候，跟狄內爾非常要好。後來狄內爾爲了念商校而遠離家鄉，從此兩個人未再見面。但克利斯多夫常常從當地與狄內爾家有來往的一些人聽到他的消息。

至於克利斯多夫與希爾邦·科恩的關係則完全屬於另外一種。他們是童年的時候在學校認識的。像小猴子一般淘氣的科恩經常戲弄克利斯多夫。克利斯多夫曾猛烈報復。但科恩並不抵抗，就讓對方把他打倒在地上，把臉往泥巴上磨蹭著裝哭。但過一會兒，他仍肆無忌憚地繼續惡作劇。

克利斯多夫早上出門後，到處尋找狄內爾的地址，後來終於找到銀行街的布店。當他踏進店裡的時候，似乎瞥見狄內爾的身影在店裡頭的幽暗處。但克利斯多夫向接待他的店員說出自己的姓名時，却引起裡頭幾個人的一陣騷動。他們悄悄商量之後，其中一個年輕人走出來，用德語說：

「狄內爾先生不在。」

克利斯多夫想了一下，說道：

「那我等他。」

店員慌張地說：

「他大概兩、三個鐘頭之後才會回來呢……」

「啊，沒關係，我在巴黎沒什麼事，即使要等一天也可以。」克利斯多夫鎮定地回答。

年輕店員訝異地望著他，以爲他在開玩笑。但克利斯多夫從容不迫地坐到角落去。年輕店員又走進裡頭跟其他店員耳語。

在一陣慌亂之後，店裡頭的一扇門開了，狄內爾先生走出來。一張寬闊紅潤的臉，留著紅鬍子，頭髮側分，戴一副金邊眼鏡，粗大的手指戴著戒指，而手上則拿著帽子和雨傘。他神色自若地走向克利斯多夫。坐在椅子上發呆的克利斯多夫嚇了一跳，立刻站起來抓住狄內爾的手，非常親熱地大叫了一聲。店員們在背後竊笑。狄內爾漲紅了臉急忙說道：

「到我的辦公室吧……在那兒說話方便些。」

克利斯多夫從這些話看到狄內爾一如往昔的謹愼。可是進了屋子把門關好之後，狄內爾卻一直沒有請克利斯多夫坐下。他自己也站著笨拙地解釋道：

「看到你非常高興……我正要出門……店裡的人以爲我已經出去了……因爲有緊急的約會，必須立刻出門。我現在只有一點點時間……」

克利斯多夫弄淸楚剛才店員是說謊，因而感到震怒，但他盡量壓抑怒氣，冷冷地說：

「不需要那麼急吧！」

狄內爾對他這種不客氣的態度也冒了火。

「我是有事來找你的。」克利斯多夫從正面望著他說。

狄內爾眼睛往下瞧。他因爲感覺到自己在克利斯多夫面前顯得怯懦而憎恨他。克利斯多夫繼續說：

「你應該知道的……你知道我爲什麼到這裡來吧？」

「是的，我知道。」

「那麼，你應該知道我並不是來玩的。我是不得不逃亡。但我現在一無所有，我得想辦法維生啊！」

「唉，眞遺憾，在這裡生活可不容易，物價非常昂貴呢！像我們開銷就很大，加上那麼多店員……」

「我並不是來向你借錢的。」

狄內爾慌了起來。克利斯多夫接著說：

「你的生意做得如何？有一些好主顧吧？」

「還算不錯，感謝老天……」

「你應該認識很多德國僑民吧？」

「是的。」

「那麼，能不能幫我推薦一下。他們應該都很喜歡音樂。他們有小孩吧。我想教小孩鋼琴。」

狄內爾面有難色。克利斯多夫問道：

「有什麼問題嗎？你認爲我沒有能力從事這樣的工作嗎？」

「你的能力綽綽有餘……只是……」

「只是，什麼？」

「那很難，非常難。我說，以你的狀況……」

「我的狀況？」

「是啊……就是那個事件……那件事如果傳開，我的立場會變得很困難，說不定會受到種種牽連……」

克利斯多夫的臉色變了。他那一副兇悍的表情和即將爆發的怒氣，使得狄內爾越來越害怕，於是連忙說：

「先拿五十法郎如何？」

克利斯多夫滿臉通紅向狄內爾走去。看到對方氣勢洶洶的樣子，狄內爾立即退到門口，準備叫人。但克利斯多夫只不過把充血的臉湊過去，大聲叫道：

「豬！」

然後，他把狄內爾推開，並且從店員中間擠過去。走到大門口的時候，他輕蔑地吐了一口唾沫。

他邁大步在街上走，不知何去何從。他一個熟人也沒有。後來在一家書店停下腳步，準備思考一下，他的眼睛則茫然望著書店所陳列的書籍。結果有一本書封面上的出版社名稱引起他的注意，那爲何會引起他的注意，他自己也弄不清楚。過了一會兒，他才想起希爾邦·科恩就在這一家書店工作，於是把地址抄了下來……但這有什麼用呢？他根本不會去的……爲什麼？因爲曾經是好朋友的狄內爾都那樣對待他，至於過去曾經被他整過，如今一定還懷恨在心的傢伙，他又能期待什麼呢？可是，既然如此，他倒想徹底去體驗一下人類的卑鄙無恥了。

「沒什麼好迴避的。筋疲力竭之前，什麼都要試試看。」

書店在瑪德蘭街。克利斯多夫爬上二樓客廳，說要找希爾邦·科恩。僕人却告訴他這裡沒有這樣一個人。克利斯多夫張皇失措地道了歉，準備離去。就在這時候，走廊盡頭的門突然打開，一看，是科恩走出來送一位女客。克利斯多夫因爲才受狄內爾的侮辱，很容易以爲大家都在愚弄他。因此，他就當作科恩先瞥見他進來，而後吩咐僕人說這裡沒有此人。他受不了這種舉動，忿忿地轉身想下樓去。但他聽到科恩喊著他的名字。原來科恩銳利的目光遠遠就發現了他，於是滿臉笑容，張開雙臂，欣喜萬分地向他跑過來。

希爾邦・科恩身材矮胖，穿著非常講究的衣服，想掩飾過高的肩膀和過寬的腰身等等體型上的缺點。這個矮胖而顯得魯鈍的男子，現在居然是巴黎的時裝記者，也是有力的批評家。

「啊，眞是嚇一跳！」

科恩一邊快活地喊著，一邊拉起克利斯多夫的手用力搖撼。克利斯多夫一時說不出話，心裡却懷疑科恩是否在戲弄他。其實科恩絲毫沒有戲弄他的意思。以前被克利斯多夫整過的事，他早已拋諸腦後了。他因爲有機會讓老朋友看到自己在職業上的地位，以及風流瀟灑的巴黎作風而感到高興。他是個機警的人，克利斯多夫的突然來訪，他很淸楚必有目的，但即使如此，他也願意高高興興地迎接，因爲他覺得克利斯多夫有求於他，是對他的權勢表示敬意。

「從家鄉來嗎？伯母好不好？」他親熱地問道。

「可是，到底怎麼回事？剛才有人跟我說這裡沒有科恩先生呢！」克利斯多夫仍然帶著幾分懷疑說。

「的確沒有科恩先生，我的姓已經改成漢密爾頓了……對不起……」

他突然把話打斷，堆著笑容跑過去跟一位從旁邊經過的婦人握手。然後他又回來，向克利斯多夫說明，那是寫性感小說聞名的女作家。

科恩又向克利斯多夫問了種種事情。克利斯多夫不再有任何反感，他滿懷感激誠懇地回答，連跟科恩無關的一些小事情，他都做了詳細的描述。科恩突然打斷克利斯多夫的話，說了一聲「對不起！」，又跑過去跟另外一位女客打招呼。

「難道法國只有女作家嗎？」克利斯多夫問道。

「法國是女人的國度呢，我的朋友。如果你想成功，也得利用女人哪！」

克利斯多夫並不聽他說明，繼續講他自己的話。科恩爲了讓他結束談話，便問道：

「但你究竟爲什麼會到這裡來呢？」

克利斯多夫心裡想：

「對了！他一定什麼都不知道，所以才會對我這麼親切。如果他知道狀況，一切都會改變吧！」

他把自己和官兵的衝突，還有擔心被逮捕而逃亡的經過，全都重述一遍。

科恩捧腹大笑。

「太棒了！太棒了！眞是個有趣的故事！」

揶揄官兵之類的事情，是他最感興趣的。接著他說：

「現在已過了中午，無論如何，跟我一起去用餐吧！」

克利斯多夫心懷感激地答應了。他想道：

「這傢伙是個好人呢，我誤會了。」

兩個人於是一起出門。半路上，克利斯多夫突然提出請求：

「現在你知道我的處境了。我是來找工作的。在人們知道我之前，想先教教音樂。你能幫我介紹嗎？」

「沒問題！這裡有誰我不認識呢？只要對你有用的事，我都願意效勞。」

科恩很高興能顯示自己的地位和信譽。

用餐時，克利斯多夫好像兩天未進食的人那樣，餓得狼吞虎嚥。他把餐巾繫在脖子上，用刀子把食物送到嘴裡。科恩（漢密爾頓）對於他這種土氣而沒禮貌的舉動感到非常不高興。尤其克利斯多夫老是從對面伸出手來和他握手，更使他感到焦躁不安。最後克利斯多夫則說出感傷的話，希望來個德國式的乾杯，祝福故鄉的人們，並祝福萊茵河，科恩的焦躁於是達到了頂點。鄰桌的人都用譏諷的目光看他們。科恩以有急事為藉口站了起來。克利斯多夫仍然抓著他不放，問他何時可以拿到介紹信。

「我會幫你介紹的，放心吧！」

「那麼，我明天再來。」

「不，不，我會通知你的。這幾天你可能找不到我。把你的地址告訴我吧。」

克利斯多夫寫下了他的地址。

「好，我明天給你信。」

兩個人於是握手道別。科恩擺脫了克利斯多夫之後，便急忙跑開，心裡想著：

「哎呀，眞是個令人厭煩的傢伙！」

他回到辦公室之後便交代僕人：

「剛才來的那個『德國人』以後再來的話，你就告訴他我不在。」

十分鐘之後，他就把克利斯多夫置諸腦後了。

克利斯多夫則感動地回到小旅社。他想道：

「他是個誠懇友善的人呢！我以前曾經把他整得好慘，他却一點也不恨我。」

第二天從早上八點他就開始等信。但到晚上都沒接到任何訊息。

第三天同樣空等了一天。

第四天，克利斯多夫在屋裡已經憋不住了。因此決定出去走走。可是他從一開始就本能地厭惡巴黎。他什麼也不想看。本來是打算一週內不到科恩那兒的，但一出門立刻覺得無聊，便逕向那兒走去了。

僕人已經被交代過，因此對他說漢密爾頓先生有急事離開巴黎了。克利斯多夫呑呑吐吐地詢問漢密爾頓先生何時回來，僕人含糊地回答：

「大概十天以後吧……」

克利斯多夫沮喪地回去。接著有好幾天他都關在房間裡。他因發現母親小心用手帕包起來塞在提箱底層的一點錢很快地減少而感到恐慌，於是盡量節省開支。只有晚上才到樓下小飯館吃飯。不久一些常客也認識他了。並給他起了「普魯士人」或「鹹菜」的綽號。

一個星期之後，克利斯多夫又到書店去。這次是偶然與巧合幫了他的忙。他在門口碰到正要外出的希爾邦・科恩。科恩因被逮到而表現不悅的臉色；但克利斯多夫因爲太高興，並未察覺。

「聽說你出去旅行了？旅途愉快嗎？」

科恩點點頭，但臉色依舊不和悅。克利斯多夫繼續說：

「我爲什麼到這裡來，你是知道的……那件事進行得如何？……幫我介紹了嗎？有沒有回音？」

「我跟幾個人講了，但還不知道結果。我沒什麼空閒。自從上次跟你分手之後，我一直很忙。工作多得做不完。簡直累得快要生病了。」

「你覺得不舒服嗎？」克利斯多夫擔心地問道。

「的確不舒服。這幾天都覺得不太對勁。」

「那怎麼行？你得好好保重！我還增加你的麻煩，眞是抱歉！你應該早點跟我說清楚啊！……」克利斯多夫抓住他的胳膊說。

科恩因爲看到對方把自己任意編造的藉口當眞，暗地裡覺得好笑，但也被他那份憨直打敗了。科恩於是決定向克利斯多夫伸出援手。

「我突然想到一件事。找到教音樂的工作之前，要不要先試試爲出版社編樂譜？」科恩說。

克利斯多夫立刻答應了。

「這是很適合你的工作。巴黎最大的樂譜出版社發行人丹尼爾・赫希特是我的好朋友，我可以把你介紹給他。」

他們約好第二天見面。科恩因爲用施恩的方式擺脫克利斯多夫，心裡倒也有些痛快。

第二天，克利斯多夫到書店跟科恩會合。他帶來了一些自己創作的曲子，準備給赫希特看。他們到歌劇院附近的出版社去了。他們進去時，赫希特並沒有從椅子上站起來。他只伸出兩根手指和科恩握手，對於克利斯多夫恭敬的行禮則未加理睬。

丹尼爾・赫希特是個年約四十、個子高大、態度冷靜的男子。服裝整齊，但臉上老是一副令人不快的愁苦表情。

希爾邦・科恩以做作的口吻和誇大的讚美介紹克利斯多夫。但克利斯多夫已被赫希特那冷淡的接待方式弄得侷促不安。當科恩講完之後，一直未理會克利斯多夫的赫希特才以傲慢的態度把頭轉過來，但眼睛却看著別處說道：

「克拉夫特……克利斯多夫・克拉夫特……我從未聽過這個名字。」

聽到這句話，克利斯多夫好像心頭被打了一拳似的。他滿臉通紅憤然回答：

「不久你就會聽見的。」

赫希特不動聲色，仍然看著別處冷漠地說：

「克拉夫特……不，我不認識。」

過一會兒，他又說：

「你已經在作曲嗎？作了什麼曲子？一定是歌曲吧？」

「有歌曲、交響曲、交響詩、四重奏、鋼琴組曲，以及無題音樂等等。」克利斯多夫嚴肅地回答。

「在德國，作曲方面的產量倒很可觀。」赫希特帶著輕蔑的口吻說。然後他繼續說道：

「不管怎麼樣，我可以雇用你，因爲你是漢密爾頓先生介紹的。目前我們正在編一系列『少年叢書』，出版簡單的鋼琴曲，那就請你把舒曼的〈狂歡節〉改編成簡單的鋼琴曲吧。」

克利斯多夫跳起來說：

「您要我，要我做這種事嗎?!」

「我眞不懂你爲什麼會這麼驚訝。那並不是容易的工作呢！如果你認爲太簡單，那很好！我們等著瞧。你說自己是出色的音樂家，我雖然想相信你，但我對你並不太清楚啊！」

克利斯多夫沒有回答便向門口走去。科恩笑著阻止他：

「等一等，喂，等一等！」

然後他轉身向赫希特說：

「他帶來一些作品，想讓你看看。」

「是嗎？那麼給我看看吧。」赫希特不耐煩地說。

克利斯多夫一言不發地把樂譜的原稿交給他。赫希特漫不經心地把它接過來。

他雖然裝出一副冷漠的樣子，却非常用心地看譜。他一看開頭幾個小節，便了解對方的眞正價值。他仍然帶著輕蔑的表情翻譜，但一直緘默不語。作品中所展現的才華令他非常震撼。可是，他生性傲慢，克利斯多夫的態度又傷了他的自尊心，因此絲毫未流露內心的感動。

「果然是不錯的作品。」他好不容易才以有如監護人的口吻說。

若他給的是強烈的批評，也不致於像這句話那樣叫克利斯多夫生氣。

「我一點也不需要你來說這種話。」他激動地說。

「可是你旣然給我看這些作品，不是想聽聽我的意見嗎？」

「不，一點也不……」

「那麼你究竟來向我要求什麼，我眞搞不懂啊！」

「我是來找工作的。除此之外，我沒有任何請求。」

「除了剛才所說的工作，暫時沒什麼要請你做的。即使那份工作也還不確定呢。我只是說或許可以請你做。」

「你沒有其他方法來雇用像我這樣的音樂家嗎？」

「像你這樣的音樂家？不知有多少不亞於你的傑出音樂家，並不覺得那樣的工作有損他們的尊嚴。我可以把他們的名字一一列舉出來。如今在巴黎已經很有名的幾個人倒很感謝我給他們那樣的工作呢。」

「那是因爲他們不知羞恥啊。如果把我當成那一類的人就大錯特錯了。你在看了我的作品之後，還是只能叫我去閹割大音樂家的作品、改編成毫無價值的東西嗎？……你還是找巴黎人去做吧。要我做那種事，倒不如餓死！」

克利斯多夫無法抑止激昂的情緒。

赫希特以冰冷的語調說：

「那隨你的便。」

克利斯多夫悻悻離去。赫希特聳聳肩，對在一旁笑著的科恩說：

「他會跟別人一樣再回來要求工作的。」

他心裡其實非常器重克利斯多夫。但因爲他的自尊心受到傷害，除非克利斯多夫向他屈服，否則他不會給與對方正當評價的。憑他的人生經驗，他知道當一個人生活窮困的時候，意志也難免墮落。

幾天之後的一個傍晚，當克利斯多夫在街上徘徊的時候，突然看到希爾邦·科恩從另一頭走過來。他本來以爲他們的關係已經破裂，於是眼睛看著別處繼續走。但科恩却把他叫住，笑著問道：

「從那一天以後你怎樣？那天我看到一個完全不同的你。你是個了不起的人呢！」

「你沒有生我的氣嗎？」

「生你的氣？怎麼會呢？」

他不但不生氣，反而對於克利斯多夫駁斥赫希特的做法感到有趣。他看到克利斯多夫好像具有精采的一面，因此很想利用它。

「你應該來找我的，我一直等著呢！今晚有事嗎？一起去吃飯吧。我不放你走了。今晚正好有年輕藝術家們半個月一次的聚會。你也應該去認識一下他們。來吧，我可以幫你介紹。」

他們走進大街上的一家餐廳，爬上二樓。這裡聚集了約三十個二十歲到三十多歲的年輕人，正在高談闊論。科恩把克利斯多夫介紹給他們，說他是德國的越獄者。他們並沒有理會克利斯多夫，熱烈的辯論繼續進行。科恩進來之後，很快加入他們的辯論。

克利斯多夫在這群優秀青年的聚會中，畏縮地閉著嘴巴傾聽他們的談論。但他們除了談文學、戲劇和音樂，也閒扯一些名人的私生活，後來他便感到厭煩了。他們雖然也想把克利斯多夫拉進辯論中，但他却沒有參與的興致。

最後他竟未察覺大家已經站起來準備離席。他一個人繼續呆坐在那兒，想著萊茵河畔的山崗、大片森林、水邊的牧場和上了年紀的母親。大部分的人都走了。他終於也決定站起來，於是走過去拿掛在門口的外套和帽子。穿戴完畢，正想不告而別的時候，他從門縫瞥見了隔壁休息室裡一件誘惑人的東西。

那是一台鋼琴。他已經有好幾個星期沒碰過樂器了。他進去之後便溫柔地撫摸琴鍵，並在鋼琴前面坐了下來。接著便開始彈奏，完全忘了自己身在何處。他也未發覺有兩個人悄悄進來聆聽他的彈奏。

其中一個人是希爾邦・科恩。他熱愛音樂——其實他完全不懂音樂；好的、壞的，他同樣喜歡。另外一個是樂評家戴奧費爾・古賈爾。這個人對音樂既不了解也不喜歡，但還是毫無顧忌地談論音樂，而且得意地談論著。其實他並不重視自己的見解，他的評論完全受報社主管的左右，可以說是一個既狡黠又卑鄙的人。

他雖然在樂評方面建立了權威並博得聲名。但心裡明白自己其實一點也不懂音樂，同時也明白克利斯多夫是精通音樂的。對此他並不願說出口，却又覺得不得不說出。——此刻，他聚精會神地聆聽著克利斯多夫的演奏，試著去了解。但在這片音樂的雲霧裡，他什麼也無法看清楚。儘管如此，他還是裝出一副專家的樣子一邊點頭，一邊和希爾邦・科恩互相擠眉弄眼，表示讚賞。

克利斯多夫終於從酒精和音樂的醉意中清醒過來，而模糊感覺到背後似乎有人在。轉身一看，他發現兩個藝術鑑賞者竟站在那兒。他們立刻跑過去，抓起他的手用力搖撼。科恩高聲喊著他的彈奏簡直如神一般。而古賈爾則擺出學者的模樣，說他左手像安東·魯賓斯坦①，右手像巴德瑞夫斯基②。他們兩個並一致表示像他這樣的天才是不該被埋沒的，答應要讓世人知道他的眞正價值。他們首先都考慮到要利用他來爲自己獲得充分的名利。

從第二天，希爾邦·科恩便邀請克利斯多夫到家裡，把一台擱著沒用的好鋼琴讓他自由使用。克利斯多夫因爲極度渴望著有鋼琴可以彈奏，便毫不客氣地接受並且利用了。

開頭幾個晚上，一切都很順利。克利斯多夫因爲可以彈鋼琴感到無比歡欣。科恩也以愼重的態度讓他靜靜享受彈琴的樂趣。但後來科恩終於無法保持緘默。克利斯多夫正在彈琴的時候，他也會忍不住高聲說話。他有時候像音樂會裡裝腔作勢的人，一邊聽音樂一邊發出誇張的感嘆；有時則發表不合情理的感想。克利斯多夫於是敲著鋼琴，說他無法繼續彈下去了。

① 安東·魯賓斯坦（Anton G. Rubinshtein, 1829～94）俄國鋼琴家兼作曲家。自幼被視爲天才鋼琴家，曾經在歐美各地旅行演奏，是李斯特之後的名演奏家。一八六二年在彼得堡（現在的列寧格勒）創辦音樂院。

② 巴德瑞夫斯基（Ignace Jan Paderewski, 1860～1941）波蘭鋼琴家、作曲家兼政治家。他莊重而動人的演奏受到各國好評，對舒曼、蕭邦、李斯特、魯賓斯坦等人的音樂做絕佳詮釋。留下歌劇〈曼羅〉等多種作品。第一次世界大戰期間，曾領導祖國的獨立運動，一九一九年就任波蘭首屆總統。

科恩雖然也想盡量不作聲，但總是按捺不住自己的衝動。

科恩身上奇妙地混合著日耳曼人的多情善感、巴黎人的虛張聲勢，以及天生的自負。有時他會陳述其矯揉造作的判斷，有時會做毫無道理的比較。在讚美貝多芬的時候，却又說他的作品中含有戲謔和淫蕩的成分。在受到華格納某一幕歌劇所感動的時候，就不禁在鋼琴上敲著奧芬巴哈的迴旋曲；或在聽快樂頌之後，便哼唱起咖啡店的流行歌曲。這都會使克利斯多夫憤怒得跳起來。

樂評家戴奧費爾・古賈爾則在幾天之後，到克利斯多夫那簡陋的客棧房間來訪問他。

「去聽聽音樂會，我想對你應該是很愉快的事。我因爲到處有入場劵，所以來邀你一塊兒去。」古賈爾親熱地說。

克利斯多夫欣喜萬分。對方的細心體貼讓他心存感激。

他們於是一道去聽交響曲的演奏會。會場的空氣令人窒息。狹窄的座位擁擠不堪。有一部分聽眾站著，把所有通道堵塞了。一位看來十分煩悶的男子，快速指揮著貝多芬的交響曲，好像急於將它結束似的。聽眾陸續進場找座位並互相使眼色。大家才剛安頓下來，接著却不斷有人離開。克利斯多夫在這片嘈雜的氣氛之中，也聚精會神地不願錯過聆聽樂曲的機會。他因爲非常努力，終於感受到觸及音樂的喜悅——可是就在這個時候，古賈爾却抓住他的胳膊說：

「我們走吧。到另外一個音樂會去。」

克利斯多夫皺起眉頭，但還是在曲子結束前默默跟著他的嚮導走了。

他們穿過半個巴黎，抵達另一個音樂會場。一位莊嚴的老人以馴獸師般的姿態指揮著華格納的一幕歌劇。那不幸的猛獸——女歌唱家——就像馬戲團的獅子一般。那些裝腔作勢的胖婦人和愚蠢的小姑娘嘴邊浮現微笑觀賞著。當獅子表演完畢，馴獸師鞠躬接受觀眾的鼓掌喝采時，古賈爾又要把克利斯多夫帶到第三個音樂會去。

但這一次，克利斯多夫緊抓著椅子的靠手，表示不願再走動。從一個音樂會跑到另一個音樂會，這裡聽一點交響曲，那裡聽片斷協奏曲，他已經夠受了。古賈爾向他說明，在巴黎寫樂評是看比聽重要的工作。克利斯多夫抗議說音樂不是給坐在馬車上聽的，是應該更專心聆聽的。

接下來的日子，克利斯多夫又去聽了很多場音樂會，也聽了批評家的意見。

他對巴黎音樂會之多以及節目之繁重感到非常驚訝。尤其令他厭惡的是其形式主義。一般認爲成問題的只有形式。沒有人留意到眞正的音樂家是生活在音樂的世界，他的每一日成了音樂的浪潮，在他內在裡展開。

對於這個全都像化學家的民族而言，音樂只是配音的技術。

當克利斯多夫聽他們談到要了解藝術必須先把人抽象化時，不禁聳肩喟嘆。古賈爾更向他解釋，心靈和肉體對音樂皆無任何作用；對此荒謬的說法，克利斯多夫不耐煩地答道：

「你是想證明美麗的肉體和偉大的熱情都不具備藝術價值吧！眞悲哀！難道你們不認爲偉大靈魂之美能爲反映它的音樂增添美麗嗎？你們不認爲完美的容貌之美能爲描繪它的圖畫增添美麗嗎？你們是否只關心技巧？只要把作品完成，作品的內容並不重要，是不是？這簡直就像不聽演說家所講的內容，只聽其聲音便讚美其演說一樣……眞悲哀！你們這些可憐蟲！」

克利斯多夫對那些離不開音樂、一味談著音樂的音樂家們的談話感到厭倦了。他和穆梭斯基③一樣，認爲音樂家有時拋開對位法與和聲，去閱讀好書，或累積人生經驗應該更有益處。對於音樂家並非只有音樂便足夠，狹隘的人生是不能支配時代、超越虛無的。……重要的是眞實的人生，全面的人生！去看並去認識人生的一切眞實面貌吧。去愛眞理、追求眞理、擁抱眞理！

除了音樂，克利斯多夫也接觸法國文學和巴黎的戲劇，但對它們都感到幻滅。

③ 穆梭斯基（M. P. Mussorgsky, 1839～81）俄國作曲家。致力於國民音樂的創作，組織國民樂派五人樂團。留下歌劇〈包利斯〉，歌曲集〈死之歌舞〉、〈兒童房間〉，鋼琴曲〈展覽會之畫〉等多種不朽作品，與柴可夫斯基並稱十九世紀俄國音樂大師。

他曾捏著鼻子對科恩說：

「那雖然頗有力，但已發臭。夠了！去看別的東西吧！」

「去看什麼呢？」

「看法國！」

「這就是法國啊！」

「不可能的。法國不是這樣。」克利斯多夫叫道。

克利斯多夫又忍不住攻擊了巴黎文學家們掛在嘴邊的藝術至上主義。

因為希爾邦・科恩老是得意地反覆說：

「我們是藝術家。我們是為藝術而藝術。我們是仰慕美的唐璜。」

克利斯多夫反擊道：

「你們是偽善者。恕我大膽地說。我一向以為只有我的國人是偽善者。德國人總自稱為理想主義者，實際上却只追求著自己的利益。可是你們更過分。你們用藝術和美的名義來掩飾你們國人荒淫的風潮。為藝術而藝術！……多麼莊嚴的信念！但那是只有強者才能有的信念。藝術！那是像蒼鷹抓住獵物般抓住人生，並跟它一起飛上晴空！這需要利爪、巨翼和信心。可是，你們只是些小麻雀，只要發現一小塊腐肉便立刻啄食，還一邊叫著互相爭奪。……為藝術而藝術！……你們這些可憐蟲！……藝術並不是供路邊游民享用的食物。藝術的確是一種享受，在所有享受中最令人陶醉的。但那必須經過艱苦奮鬥才能獲得。藝術的桂冠是用來裝飾力量的勝利。藝術就是被征服了的人生……」

2

克利斯多夫由於希爾邦·科恩的介紹，以及他自己在鋼琴上的特長，得以出入各沙龍，並藉此觀察巴黎的女性。

他所教的女學生之中，有一位叫格蕾特·斯托文的女孩子，她的父親是富有的汽車製造商。

她十八歲，有一雙絨樣的棕眼，老向年輕男士們送秋波。在沙龍裡，她或吸煙，或在男人面前故意摟著女友的脖子，或撫摸她們的手，或附著她們耳邊講悄悄話。

這種狡猾的賣弄手法，克利斯多夫一點也不喜歡。他有別的事情要做。他得賺取麵包。他對格蕾特的關心，只不過是像他對她表妹的關心那樣。這位表妹才十二歲，沈默寡言，住在斯托文家，也跟克利斯多夫學鋼琴。

格蕾特的心受克利斯多夫的吸引。這是有多種理由的。第一，因爲克利斯多夫並未被她吸引；第二，因爲他跟她所認識的所有年輕男士不同。

她和大部分有閒的女孩子一樣學習音樂。整天彈著鋼琴，爲的是消遣、或擺威風、或尋樂。當她以騎腳踏車的心情彈琴的時候，她會開心地認眞彈琴，而有優異的表現。

有一次克利斯多夫在斯托文家的大客廳又看到格蕾特坐在鋼琴前面。她反覆彈著同樣的樂句，陶醉於幾個輕柔的不和諧音。

「啊，貓又在打呼了！」克利斯多夫一進來便叫道。

「你好過分！」她一邊笑著說，一邊向他伸出有些潮潤的手。

「……請你聽聽這兒。很美吧，不是嗎？」她邊彈邊說。

「是很美。」他冷冷地回答。

「你並沒有在聽呀！……請好好聽一下！」

「我正聽著……你老是彈同樣的東西。」

「哦，想不到你會這麼說。」

「你並不是在彈鋼琴。你是在對鋼琴說：『親愛的鋼琴，跟我說些體貼的話吧，請愛撫我，請給我一個親吻！』」

「夠了！請客氣一點吧！」

「我一點也不會客氣的。」

「你眞是太沒有禮貌了。……即使如你所說，但這不是愛好音樂的眞正方式嗎？」

「啊，拜託你不要把音樂跟那種事混爲一談吧！」

「不，那就是音樂呀！美麗的和音就等於親吻呀！」

「我並沒有教你這樣的說法呢。」
「難道不是這樣嗎？……你爲什麼要聳肩？爲什麼要皺眉頭？」
「因爲不高興。」
「哦，你太過分了！」
「聽人家把音樂與荒唐事相提並論，我會覺得很不痛快……但這不是你的錯，是你的社會有問題。……夠了，不再說這些了。你來彈彈奏鳴曲吧！」
「不，我們再談一會兒！」
「我不是來談天，而是來教你鋼琴的……來，開始上課。」
「謝謝你的好意！」格蕾特氣憤地說，但心裡對於克利斯多夫那粗魯的態度倒也有一份快意。

她盡量用心彈奏。因爲她很靈巧，彈得蠻不錯，有時甚至彈得非常好。但克利斯多夫並未受騙，他心裡暗暗笑著：「這個小滑頭，雖然沒有什麼感受，却彈得彷彿有所感受的樣子。」……他們儘管有激烈爭執，仍保持友好關係。

不過他對這種沙龍式的友情並不存任何期待，他們之間也沒有親密的交往。直到有一天，格蕾特由於誘惑的本能及一時的衝動，向克利斯多夫吐露心聲，情況才有所變化。

前一天晚上，她的雙親在家宴請賓客。她瘋狂地談笑、歡鬧。但第二天早上，當克利斯多夫來上課的時候，她却顯得疲憊、頹喪。雖然坐到鋼琴前面開始彈奏，却老是彈錯。即使重彈，也無法更正。她於是停下來說：

「我沒辦法彈好……對不起……請等一會兒好嗎？……」

他問她是否身體不適。

「是有點不對勁。我常常有這種情形……請不要生氣……」

他說改天再來，她却一再留他。

「很快就會好的……我眞不中用，對不對？」她說。

「昨晚太出風頭的緣故吧！你把精力透支了。」

「你倒不是這樣。你一句話也沒說呀！」

「是的……一句話也沒說……」

「可是其中也有幾個有趣的人呢。」

「是啊，有饒舌的人，有才子。他們好幾個小時談著戀愛和藝術，難道不令人覺得厭膩嗎？」

「我原以爲你會感到興趣的。戀愛姑且不論，藝術方面應該……」

「藝術並不是拿來說的，而是要去做的。」

「但不能做的時候呢？」

「這種時候就讓別人去做吧。並不是每個人都能搞藝術的。」

「戀愛也是如此嗎？」

「戀愛也是如此。」

「那麼，我們所能做的還剩下什麼呢？」

「家事。」

「哦，你居然這麼說！」格蕾特生氣了。

她又開始彈琴。但還是彈錯，於是敲著鍵盤長嘆一聲說：

「我不會彈了！……我是一個什麼都不會的人。就像你說的，女人是毫無用處的。」

「你能這樣說已經不錯了。」

「哦，別這麼苛刻！」

「也需要有一些苛刻的人呢！世界上如果沒有夾雜著一些小石頭，大家都要陷到泥濘裡去了。」

「是的，你說得沒錯。你是強者，因此你是幸福的。」

格蕾特訴說著女人的軟弱與痛苦，却感嘆時光流逝，青春一去不復回，不久終將嫁給愚蠢的男人。

「不要沮喪。只要你有勇氣，一切都不會有問題的。到自己的世界之外去尋找吧。法國一定還存在著一些卓越的人物。」

「的確存在著。可是，這樣的人多無趣！……說實在的，我厭惡自己所處的世界。但對它已習慣。我需要奢侈的生活，需要熱鬧的社交生活。我知道這並不是什麼堂皇的事。但我是一個弱女子……請不要因爲我告訴你這種怯懦的事而離開我。跟你談話，我覺得非常高興。我一直覺得你是個強者。是個健康的人。我完全信任你。你願意當我的朋友嗎？」

「當然願意。但我能爲你做什麼呢？」

「請給我忠告，請鼓勵我。有時我會陷入迷亂的境地，不知如何是好。那是很可怕的狀態，請你幫助我……」

她以柔順和哀求的目光凝視著克利斯多夫。他答應了她所有的要求。她於是又恢復精神，愉快地笑著。

從這一天起，她把心裡的話都向他傾訴了。他費盡心思給她忠告；她注意聆聽他的忠告。這無形中解除了她的煩悶，成了她精神上的安慰，於是以嫵媚的眼色向他表示感謝。——可是，她的生活一點也沒有改變。總之，不過多了一種消遣而已。

她的周圍依舊環繞著一些饒舌的女友；她們談著巴黎的傳言、或討論著戀愛問題來消磨時間。而她們的周圍又常聚集著一群有閒的年輕男士。

在那一群年輕人之中好像有一個是格蕾特最喜歡的，但他也是克利斯多夫最受不了的一個人。

這是新興布爾喬亞④的兒子，搞貴族文學，自命爲第三共和國⑤的特權階級，名叫魯西安・雷比・庫爾的男子。他講話口氣悅耳動聽，舉止顯得高雅，雙手纖細柔軟，握手時好像會溶化似的。他總是裝出一副謙恭和藹的樣子，即使對實際上十分厭惡的人也是如此。

格蕾特對克利斯多夫和魯西安一視同仁。她賞識克利斯多夫在精神層面的異稟，同時欣賞魯西安的不道德性與才氣。而在心底，她似乎對後者更有興趣。

④　由於社會情勢的變動等等因素，經濟狀況突然好轉而出現的新資產階級。

她很清楚像克利斯多夫這種朋友的價值。但她不願做任何犧牲。她想得到對自己最方便最愉快的東西。因此，她瞞著克利斯多夫經常和魯西安見面。她以社交界年輕女性特有的嬌媚而自然的態度撒謊。

有時克利斯多夫也會察覺到她的撒謊，於是大聲斥責，她便裝出小女孩楚楚可憐悔過的樣子，並以嬌媚的眼神看他。想到或許會失去克利斯多夫的友誼時，她的確非常難過。她的態度是帶著誘惑性的，也是認眞的。她於是暫時緩和了克利斯多夫的怒氣。但他們之間還是遲早要決裂。在克利斯多夫的焦躁不安之中，不知不覺已經含有一些嫉妒的成分了。

有一天，克利斯多夫當場發現格蕾特說謊，於是逼她立刻回答究竟要選擇他或魯西安。她本來想迴避這個問題，但後來却聲稱任何喜歡的人，自己都有把他當朋友的權利。

她的話完全是合理的。克利斯多夫也感覺到自己的可笑。但他也知道，自己採取如此嚴格的態度絕非出於私心、而是爲了眞心愛護格蕾特。即使違反她的意志，他也要拯救她。他固執地堅持己見，格蕾特拒絕回答。他於是說道：

「那麼，格蕾特小姐，你是希望我們不再成爲朋友嗎？」

「不，請你別這麼說。如果失去你的友誼，我會很難過的。」

⑤ 即拿破崙三世退位後所產生的法蘭西共和國。法國大革命和二月革命之後的法國分別稱爲第一共和國和第二共和國。第三共和國持續到第二次大戰，之後頒布新憲法成立第四共和國。一九五九年戴高樂的新憲法之後則稱爲第五共和國。

「可是你並不想爲我們的友誼做任何犧牲啊！」

「犧牲！爲什麼要說這種愚蠢的話？那是基督教的愚蠢想法。你在不知不覺間變成一個陳腐的傖人了。」

「或許是吧。我不承認善與惡之間的中間地帶。」

「是的，我知道。也就是因爲這樣，我才喜歡你呀！說眞的，我非常喜歡你。可是……」

「可是，你是不是要說還有一個人你也同樣喜歡？」

她笑了出來。以可愛的眼神看他，並用最溫柔的聲音說：

「讓我們繼續保持友誼吧！」

他又被她打敗。但就在這個時候，魯西安進來了。她以同樣可愛的眼神和同樣溫柔的聲音迎接他。克利斯多夫一言不發地看格蕾特演戲。然後他站起來，決定跟她分手。心裡雖難過，但老是依戀著，老是上圈套，他覺得是愚蠢的。

有一天晚上，克利斯多夫跟一位經常在斯托文家碰到的社會主義者的議員交談。他們以前所談的僅限於音樂，但這一次他意外發現這位社交界的男士竟然是激進政黨的領袖。

他名叫亞希爾・盧桑，是個美男子，留著金色鬍子。他喜歡吃喝玩樂，具有平民的虛榮心，以獲得權力爲目標。

盧桑對音樂的愛好，跟對其他藝術的愛好一樣，雖粗俗，却是認眞的。他對克利斯多夫感到興趣，是因爲他看到克利斯多夫跟自己一樣具有倔強平民的姿態。

盧桑把克利斯多夫的作品推到舞台上去了。

那段時間，克利斯多夫創作了一部歌劇叫〈大衛〉⑥。他把曾經是牧童的大衛與神志狂亂的掃羅王⑦相遇的情景寫成交響曲。

有一天晚上，他向盧桑談起這部作品。盧桑要求他在鋼琴上彈奏，以便了解其梗概。結果盧桑對此作品極爲感動，認爲應該在巴黎的舞台上演，他並且表示願意促成這件事。克利斯多夫這部作品並非爲舞台而寫的，所以自己對其演出並無太大意願。但由於盧桑的一再慫恿，他終於屈服了。

一切交涉透過盧桑順利進行。正巧有一家報社爲一個慈善團體的募款計畫著盛大的遊藝會。「大衛」便決定在此上演。

於是開始排練。交響樂團充滿法國氣息，比較缺少訓練，但從一開始就有相當好的表現。掃羅王一角的歌手，聲音顯得有點疲乏，却可以聽出是下過工夫的。演大衛一角的歌手，雖

⑥ 古代以色列第二位君王。約在西元前十世紀統一以色列，而有一段以色列最強盛時期。舊約聖經〈撒母耳記〉第十六章至〈列王紀〉第二章有所記述。

⑦ 古代以色列的第一位君主。

是個健壯的美人，但聲音却帶著低俗的感傷色彩，並且以鬧劇慣用的顫音和咖啡館音樂會裡的嬌媚唱法來演唱。克利斯多夫皺起了眉頭。

從最初的幾個小節，克利斯多夫便斷定她無法勝任這一個角色。在樂團的第一次休息時間，他去找負責音樂會事宜的經理。此人與希爾邦・科恩一起來聽排練了。當他看到克利斯多夫走近的時候，帶著燦爛的笑容說：

「怎麼樣？滿意嗎？」

「嗯，應該能順利進行的。唯一不行的是那位女歌手。我覺得必須換一個人。請您婉轉地通知她好嗎？」

聽到克利斯多夫這麼說，經理一副錯愕的樣子。他說：

「這我做不到。」

「為什麼呢？」

經理向科恩使了眼色，然後狡猾地說：

「但她是相當有才華的。」

「一點也沒有。」

「怎麼！……她不是有美妙的嗓音嗎？」

「完全談不上。」

「何況她是個美人呢！」

「這倒不重要。」

「但也無害處啊。」科恩笑著說。

「我需要一個大衛，一個懂得唱法的大衛，我並不需要美麗的海倫。」克利斯多夫說。

經理爲難地摸摸鼻子說：

「眞難辨啊……她可是一位出色的歌手呢……也許她今天勁兒不夠，請再試試看吧！」

「好的，再試試看，但那也只是浪費時間罷了。」

他重新開始排練。這次情形更糟。未到終曲他便難以忍受了。女歌手雖然努力想讓他滿意，並頻頻以嫵媚的眼神看他，他却毫不姑息。在事情弄得快要不可收拾的時候，經理謹愼地中止了排練。克利斯多夫斷然說道：

「沒有討論的餘地了。一定要換人。當初並不是我選擇她的。請您另做安排好嗎？」

經理困惑地鞠了躬，淡淡地說：

「我是毫無辦法的。請您去跟盧桑先生談吧！」

「這跟盧桑先生有什麼關係呢？我不想爲這種事去麻煩他。」

就在這個時候，盧桑正好進來。

克利斯多夫向他那邊走去，盧桑興高采烈地喊道：

「怎麼樣？已經結束了嗎？我本來也想聽一下呢！親愛的大師，您的感想如何？滿意嗎？」

「一切還算順利，眞不知該如何感謝您……」

「不，不要客氣！」

「只有一件事無法順利進行。」
「請說吧，我會設法讓你滿意的。」
「事實上，是那位女歌手，她完全無法勝任那角色。」
盧桑的笑容突然凍結了。他用嚴厲的口吻說：
「這眞是料想不到的事。」
「她一文不値；無論聲音、品味、技巧都不値一提；她眞是一點才情都沒有。幸虧你剛才沒聽到她唱……」
盧桑越來越不高興，他打斷克利斯多夫的話，斷然說道：
「我很淸楚聖・伊格蘭小姐的眞正價値。她是個非常有才華的藝術家。巴黎所有懂得欣賞的人都跟我有相同意見。」
他丟下這些話便轉身走向那位女歌手，然後挽著她的手一起離去。克利斯多夫看得目瞪口呆的時候，在一旁好玩地看著這一幕光景的科恩拉起他的胳膊，一邊下樓一邊說：
「你不知道她是他的情人嗎？」
克利斯多夫恍然大悟。要上演這部作品，原來是爲了她呀！
克利斯多夫於是跟盧桑決裂了。傳言立刻出現。作曲家與女歌手的糾紛成爲報紙上的話題。某音樂會的指揮因好奇，而把克利斯多夫的這部作品在一個星期日下午公開演出了。這件幸運的事對克利斯多夫却變成一場災難。作品上演的結果一敗塗地。
那位女歌手的朋友們事先商量好要把這個傲慢的音樂家教訓一頓。其他的聽眾則對此作品完全不感興趣，也附和那些人的意見。更不幸的是，克利斯多夫爲了展現自己的才華，輕率地在這場音樂會中演奏了一首爲鋼琴與管弦樂而寫的幻想曲。

在〈大衛〉一曲的演奏中，聽眾因爲顧慮到所有的演奏者，在某種程度上把敵意壓抑下來了，但等到面對作曲者本身時，便突然爆發。克利斯多夫被場內的喧鬧弄得既焦躁又氣餒，便在中途停止彈奏。他一邊帶著不愉快的表情凝視突然靜下來的聽眾，一邊彈起當時流行的一首曲子〈瑪爾布魯的出征〉——然後倨傲地說：

「這才適合你們呢！」

說完他便站起來轉身離去。

全場一片譁然。大家喊著這是對聽眾的侮辱，要作曲者向全場道歉。第二天的報紙一致以巴黎人的品味將克利斯多夫評斷爲粗野的德國人，並予以攻擊。

接著他再度面臨完全而絕對的空虛。克利斯多夫在充滿敵意的外國大城市當中再度陷於孤立狀態，而且嚐到前所未有的強烈孤獨感。但他已經不介意了。他開始相信這是自己的命運，一輩子大概都是如此。

他還不了解偉大的心靈是絕不孤獨的。即使現在，他以爲自己將永遠陷於孤立狀態的時候，他也比世界上最幸福的人還享有更多的愛呢。

在斯托文家，跟克利斯多夫學鋼琴的，除了格蕾特，還有一位十三、四歲的少女。她是格蕾特的表妹，名叫葛拉齊雅・布恩丹比。

小小年紀的她，母親已經去世。父親來自義大利的好家庭，人非常善良，但較怯懦，還有點孩子氣，完全無法督促孩子的教育。這位布恩丹比先生的妹妹就是斯托文夫人。她去參加嫂嫂的葬禮時，看到姪女孤單的狀況甚爲擔心，爲了紓解姪女失去母親的悲傷，便決定將她帶到巴黎去。葛拉齊雅哭了，上了年紀的父親也哭了。但斯托文夫人所決定的事，別人是難以抗拒的。

她的教育非常落後，斯托文夫人加緊督促她，並讓她跟克利斯多夫學鋼琴。

她首次看到克利斯多夫是在姑姑家招待許多賓客的晚宴上。克利斯多夫不顧聽眾是否喜愛，久久彈著慢板的樂曲。大家聽得打哈欠。斯托文夫人也顯得不耐煩。格蕾特則覺得很有趣，獨自體味著這可笑的一幕。只有葛拉齊雅對這音樂感動得幾乎落淚。最後她因爲不願讓別人發現自己的感動，也不願看到克利斯多夫被嘲笑，便悄悄離開。

幾天之後，在晚餐席上，斯托文夫人提到要請克利斯多夫教她鋼琴。葛拉齊雅心一慌，突然把湯匙掉落盤子裡，湯濺到她自己和表姊身上。表姊說她得先學習餐桌上的規矩。斯托文夫人接著說這方面的事可不能請教克利斯多夫。葛拉齊雅因爲自己和克利斯多夫一起挨罵而感到高興。

克利斯多夫開始爲她上課。她唯恐自己無法在他面前彈好而提心吊膽。儘管她曾經練得快要生病，弄得表姊煩躁地叫了起來，但克利斯多夫在身旁的時候，她老是彈錯。克利斯多夫嚴厲斥責她，然後忿忿離去。她好難過，眞恨不得立刻死掉。

克利斯多夫對她完全未加注意。他的心中只有格蕾特。葛拉齊雅非常羨慕表姊和克利斯多夫的親近。她雖然覺得痛苦，但她善良的心還是替格蕾特和克利斯多夫高興。她認爲表姊比自己優秀得多，所以克利斯多夫喜歡表姊是理所當然的。

她憑小婦人的直覺，洞察了克利斯多夫的煩惱。她知道克利斯多夫是爲格蕾特的輕佻以及魯西安對格蕾特的追求而煩惱。她本能地不喜歡魯西安這個人。而當她得知克利斯多夫厭惡他時，她也極度厭惡他了。她無法了解格蕾特爲什麼樂於使這樣一個人成爲克利斯多夫的競爭者。她開始在心中嚴厲批判格蕾特。

葛拉齊雅把注意力都集中在克利斯多夫身上。她認爲他是不幸的，她自己也爲他而陷於不幸。她的苦心並未獲得報償。當格蕾特把克利斯多夫惹火的時候，他便向這個小女生出氣。

有一天早上，格蕾特把克利斯多夫惹得比往常更加生氣，他於是帶著粗暴的態度坐在鋼琴前面。葛拉齊雅被嚇呆了，克利斯多夫厲聲指責她彈錯音符時，更使她驚惶失措。他憤怒地抓起她的手，用力搖撼，嚷著說她既無法好好彈琴，不如去搞烹飪或裁縫之類的事，絕不要來搞音樂。

他上課上到一半便丟下她悻悻離去。可憐的葛拉齊雅把眼淚都流乾了。她的傷心倒不是因爲聽到那些屈辱的話，而是因爲自己再怎麼費心，不但無法讓克利斯多夫滿意，反而惹他生氣。

當克利斯多夫再也不到斯托文家來的時候，她更加苦惱了。她很想回故鄉，但她跟父親一樣，善良而膽怯，因此這個心願一直說不出口。然而，這顆南方的心靈終究還是無法忍受遠離故鄉的痛苦，無論如何是必須飛回陽光充沛的南方了。

那是克利斯多夫舉行音樂會之後的事。她跟斯托文一家人一起去參加音樂會了。當時她看到群眾以侮辱藝術家爲樂的醜陋場面，眞是難過到極點……她想痛哭，想逃離現場。但她却必須聽完人們的喧囂與鄙斥。而回去之後，她還得聽格蕾特與魯西安嘻嘻哈哈對克利斯多夫似乎表示同情實際上却苛刻批評的談話。

葛拉齊雅逃回自己的房間，倒臥床上，不停地哭泣。她在心中跟克利斯多夫說話，並安慰他。她覺得爲了他，自己甚至可以捨命的，但也因爲自己一點也無法使他幸福而悲嘆。她再也不能在巴黎待下去了，於是給父親寫了一封信，信上如此說：

「我無法在這裡生活了。我已經受不了。你如果繼續把我放著不管，我會死掉的。」

父親接到信之後立刻趕來。要跟可怕的姑姑對抗，對父女倆雖是很困難的事，但他們毅然決然爭取到底了。

葛拉齊雅終於回到故鄉寧靜的大庭院。她因爲能跟懷念的大自然以及親愛的人們重逢而歡欣。受創的心靈雖然逐漸開朗，但她從北方帶回來的憂鬱，就像在陽光下慢慢消散的薄霧一般，暫時仍跟隨著她。

葛拉齊雅常常想起陷於悲慘境況的克利斯多夫。她一邊躺在草坪上聽蛙聲與蟬鳴，或坐在比以前更加喜愛的鋼琴前面，一邊想念克利斯多夫；好幾個小時低聲跟他說話。最後她終於給他寫了一封信。遲疑很久之後，她決定不簽名。

有一天早上，她忐忑不安地走到三公里外，把信投入村裡的郵筒。——那是一封親切動人的信，告訴他，他不是孤獨的，千萬不要灰心，有人在想念他、愛他、爲他向神祈禱。——但遺憾的是，這封信在中途遺失，並未到達對方手上。

克利斯多夫並不知道遠遠守護著他的這份單純的愛。

他是孤獨的，但他一點也沒有失望。從前在德國的時候所感受到的那種悲苦，現在已不復存在。他變得更堅強更成熟了。他對巴黎完全幻滅。心想人類到處都是一樣，不要再對社會做無謂的抗爭，不要把生命浪費在瑣事上了。

如今他又強烈意識到自己的天性，以及被他嚴厲批判過的自己的民族。巴黎社會窒悶的氣氛使他想逃回祖國，想逃回集祖國精華於一身的詩人和音樂家的懷抱中。一打開他們的作品，他彷彿就可聽見萊茵河在艷陽下的喃喃細語，並可看見老朋友們深情的微笑。

他想起自己在德國時曾對他們說出不合理的、粗魯的話而感到十分慚愧。當時，他只看到他們的缺點、他們笨拙而拘泥的態度、感傷的理想主義，在一些小事情上虛僞與怯懦。這些跟他們的重大優點比起來是多麼微不足道！對那些缺點，爲什麼那麼刻薄呢？現在看來，由於那些缺點，他們反而更近人情，更令人感動。

以前最受到他不合理對待的人，如今反而最吸引他。關於舒伯特與巴赫，他曾經說了多麼苛刻的話！可是現在他卻感覺到他們就在自己身邊。流浪異國的此刻，這些曾經被他指責過或嘲笑過的偉大靈魂，却懇切地對他笑著說：

「兄弟啊！振作起來！我們也有過慘痛的經驗呢……最後一定能脫離困境的……」

他因恢復了精力而感到歡欣，在巴黎街上闊步而行。不被了解也好，這樣反而更自由。他覺得自己非常幸福。

儘管如此，他的境遇却比以前更艱難。他唯一的收入，亦即教授鋼琴的幾個工作都喪失了。他原來住的簡陋房間，也因租金太貴而放棄，在蒙羅街租了一間閣樓。這裡雖然沒什麼可取的地方，但很通風，至少可以暢快呼吸。

他必須省吃儉用。一天只吃一餐，時間在下午一點。他買了一根大臘腸掛在窗上，每次切下厚厚一片，加上一塊硬麵包，一杯自己沖的咖啡，就算是豐盛的一餐了。但事實上他是很想吃雙份呢。他為自己有那麼強烈的食慾而氣惱，並嚴厲責備自己。結果他瘦得比野狗還瘦。

有一天，克利斯多夫搖搖晃晃走出羅孚宮，頭痛欲裂。他什麼都看不見，也未察覺雨正下著，街上已積水，鞋子泡濕了。落日餘暉把塞納河上的天空染成一片金黃。但克利斯多夫的眼睛却只看到幻影，其他一切似乎都不存在。他突然一陣暈眩，覺得自己好像要向前倒下去……他緊握拳頭，叉開雙腿用力踏地，恢復身體的平衡。

就在這個時候，他的目光正好與街道對面另一個人的目光相遇。那是他所熟悉的、似乎在招呼他的目光。他愣住了，思索著究竟在何處見過。他很快想起那對悲傷而溫柔的眼睛。他認出她就是在德國的時候，因他的輕率而失去教職的那位年輕的法國家庭教師。

為了請求原諒，他曾千辛萬苦尋找過她。此刻她也在人潮中站住，雙眼盯著他。突然，她排開群眾，想越過馬路走向他這邊。他急忙迎向她。但路上馬車雜亂，把他們兩個人阻隔了。他不顧一切想衝過去，却被一匹馬撞了一下，在泥濘的柏油路上滑倒，差點被壓死。他滿身污泥地站起來，好不容易走到對面時，她却消失了蹤影。

他想去追尋她。但又是一陣暈眩，只好放棄這念頭。他淋著雨、拖著疲乏的腳步回家。

進屋後，頭部沈重、呼吸急促，坐在椅子上動彈不得。舒伯特〈未完成交響曲〉中的樂句卻依序出現在他腦海中。

可憐的舒伯特！年紀輕輕的他，寫這部作品的時候，也是孤單地發著高燒，恍恍惚惚處於永眠之前的半睡狀態。隨後克利斯多夫還聽見其他的音樂。他雙手發燙，眼睛半閉著，浮現悲苦的笑容，心酸地想像著解脫一切的死——想著巴赫聖歌中第一部合唱：「親愛的神，我何時可解脫？」……「自己也將化爲塵土」……沈浸在那些柔和的樂句裡，加上遠處隱約可聞的鐘聲，多麼陶醉！……

當他正在與發燒所引起的幻影以及胸部窒悶的感覺戰鬥的時候，他模糊意識到有個女子打開房門，手上拿著蠟燭走進來。他以爲這也是幻覺。他想說話，但無法開口，隨即又暈過去。當意識的波濤將他從深處帶上表面時，感覺到有人在幫他墊高枕頭，腳部蓋上被子，背後放暖身的東西。

他看到一個面孔不完全陌生的女子坐在床邊。後來他看到另一個人進來，那是醫生，爲他診察。他聽不懂他們在說什麼，以爲要把他送到醫院。他想大聲喊出他不願意住院，寧可一個人死在這裡，但嘴裡卻只發出一些奇怪的聲音。

但那位女子懂得他的意思。他很想知道她是誰，經過一番努力，終於說出一個完整的問句。她回答自己是他頂樓的鄰居，因爲從隔壁聽到他呻吟，以爲他在求助，便冒昧跑進來。他想起來曾經在頂樓走廊遇見她。她是個女傭，名叫希多妮。

他半閉著眼睛凝視她，她卻未發覺。希多妮臉色蒼白，非常拘謹，看來有點嚴肅。她俐落地默默照顧克利斯多夫，但完全沒有表現親密的樣子，她從未忘記一個女傭應守的本分。但當克利斯多夫身體慢慢好起來而能談話的時候，希多妮被他的眞摯所打動，終於能比較自由地開口說話。

克利斯多夫得知她是法國西北部的人。家鄉還有一位父親，但提到父親時，她說話很謹愼。克利斯多夫却不難聽出他是個游手好閒，剝削女兒的酒徒。她有個妹妹，正準備小學教師的檢定考試，學費幾乎全部由她負責。克利斯多夫問道：

「目前的工作還好嗎？」

「還好，但想離開。」

「爲什麼？主人苛刻對待嗎？」

「不，他們對我很好。」

「那麼是不是工資太少？」

「也不是……」

克利斯多夫無法理解。但他很想把事情搞淸楚，於是鼓勵她說話。但她講的不過是謀生的困難，却也表示自己並不害怕工作，對她而言，工作是一種需要，也是一種樂趣。最讓她覺得苦惱的事，她完全不提，但他察覺到了。由於生病而變得靈敏的直覺，以及對母親在生活中受苦受難的回憶，使他洞察了她的內心。他彷彿親身經驗般看到那陰鬱的、不健康的、違反自然的生活——主人雖不兇惡，却非常冷漠。有時好幾天除了吩咐該辦的事，不跟她說一句話。但她却沒有怨言地接受一切。

克利斯多夫發現這位純樸的少女心中不存任何宗教信仰時，甚感訝異。她沒有樂趣沒有目的而仍然能執著於人生，尤其無所依傍的頑強的道德意識，更讓他驚嘆不已。克利斯多夫告訴她，她跟自己一向所知道的法國人多麼不同，她却回答：

「這沒什麼奇怪。我和大家是一樣的。那麼你是還沒眞正看到法國人呢！」

「我在法國人之間已經住了一年。除了享樂或學別人享樂之外還想著其他事情的人，我一個也沒碰到過。」

「沒錯，你只看到有錢的人。有錢人到處都是一樣的。其他的人你還一無所知呢！」

「的確如此，我會開始去了解的。」

他初次看到法國民眾的眞面目。這個民族具有一種永恆性，與大地成爲一體；看看多少征服者或一時的統治者興起又沒落，而它本身則長存不朽。

克利斯多夫逐漸康復，終於能起床。他首先擔心的是病中希多妮爲他墊付的費用。他決定給赫希特寫信，請求他預支下次工作的報酬。赫希特兼具冷淡與親切的奇特個性，過了十五天克利斯多夫才等到他的回音。這十五天內，克利斯多夫精神上受盡折磨。希多妮拿來的食物他盡量不去動它，在希多妮的極力勸說下，他便只吃一點牛奶和麵包。吃過之後，又因爲那不是自己賺來的東西而責難自己。後來他總算收到赫希特預支的款項了。

希多妮每天下午和晚上都過來一會兒幫克利斯多夫準備晚餐。她看到他衣服破了，便一聲不響地帶回去修補。他們之間不知不覺產生了濃濃的情意。克利斯多夫跟她談起年老的母親，希多妮聽得很感動。她設身處地想著在遙遠地方獨居的露意莎，於是對克利斯多夫懷抱著母親一般的感情。

克利斯多夫跟希多妮在一起，最能感受到自己好像在露意莎身邊。有些日子，希多妮顯得很頹喪，他以爲是工作太辛苦的緣故。有時候，她會在談話的中途忽然站起來，說有急事而離開。

有一天，克利斯多夫對她表現得比往常親熱之後，她便有一段時候不來找他。當她再度出現時，她的談話變得很客氣。他不知道什麼事得罪了她。問她時，她極力否認有這種事。但她還是逐漸跟他疏遠。幾天之後，她告知自己已辭掉工作，即將離開此地。她用冷漠的語氣感謝他的善意，祝他和他母親身體健康，然後跟他道別。

他對於希多妮這種突然的離開感到十分錯愕，不知說什麼才好。他試著探問她做此決定的動機，她卻只講些搪塞的話，他問她將到哪裡工作，她避而不答。爲了阻止他發問，她準備告辭。在門口，他伸出手；她用力握住他的手，臉上表情却沒有改變。她始終保持僵硬冰冷的態度，最後終於離去。他弄不清楚究竟是什麼緣故。

三月就要過去。已經有好幾個月，克利斯多夫未跟任何人交談。除了偶爾接到母親的短信，也未接到其他任何人的信。他母親完全不知道他生病，而她自己生病的事也從未告訴他。

他就這樣關閉在沈默的牢獄裡。有一天他突然接到盧桑夫人寄來的請帖，邀請他去參加音樂晚會。會中將演奏有名的四重奏。那是一封非常誠懇的信，盧桑先生也在最後加上幾行

親切的話。他覺得自己跟克利斯多夫之間的失和不是一件體面的事，尤其自從他和那位女歌手爭吵，也無情地批判過她之後，更有這種感覺。

克利斯多夫起先是聳聳肩，發誓絕對不去。但隨著音樂會的日子迫近，他的決心也逐漸動搖。他因爲很久沒聽到別人說話，尤其很久未聽音樂而有快要窒息的感覺。到那天晚上，他便滿懷羞愧地出門。

結果他卻大失所望。一接觸到那些俗不可耐的政客或假紳士，他立刻感覺到自己比以前更厭惡他們，於是決定第一個曲子結束便離去。

但當他環視周遭的時候，發現客廳另一側的角落裡，有一對眼睛正注視著他，卻又立刻閃開。在全場遲鈍的目光裡，那一對眼睛有一種無法形容的純潔，這深深打動了他的心。他對這雙眼睛覺得似曾相識，但面孔是陌生的。這是一位二十到二十五歲之間的青年。克利斯多夫再度凝視他，那雙眼睛仍然畏怯地閃開。每望他一次，克利斯多夫都覺得那是彷彿見過的一雙眼睛。

克利斯多夫有一種無法隱藏心中感覺的習慣，於是向那位年輕人走去。但他一邊走一邊想著不知該怎麼開口，心裡竟不安起來，不知不覺放慢腳步，左顧右盼，好像沒什麼目標似的走過去。

對方察覺到克利斯多夫是朝著他走來的，他一想到必須跟克利斯多夫講話，便膽怯得想逃到隔壁房間去。但由於動作笨拙，自己彷彿被釘住了。兩個人面對面站著，久久不知如何開口。在這樣的僵局，他們都覺得自己在對方眼中一定顯得很可笑。最後克利斯多夫終於正視著年輕人的面孔，沒有任何客套話便直截了當地笑著問道：

「你不是巴黎人吧？」

對這意外的詢問，年輕人雖感到困窘，但還是笑著回答自己的確不是巴黎人。

「不知怎麼我就是有這種感覺。」克利斯多夫說。

這句奇怪的話使得對方有點倉皇失措。他便補充說：

「我沒什麼惡意。」

可是對方更加困窘了。

兩個人再度沈默下來。年輕人努力想開口說話，但嘴唇顫抖著。克利斯多夫好奇地看著他臉上不斷變化的表情，而在他透明的皮膚下似乎可以看到輕微的顫動。克利斯多夫覺得這跟客廳裡其他的人那種只像一團肉的面孔，有著本質上的不同。他的靈魂浮現在其臉上。

這位年輕人始終無法開口。善良的克利斯多夫繼續說：

「你在這些傢伙當中做什麼呢？」

他毫無顧忌地大聲說著。年輕人因受窘而環視四周。這個舉動讓克利斯多夫感到不悅。

隨後年輕人臉上浮現笨拙而溫柔的微笑反問道：

「那你呢？」

克利斯多夫笑了出來。

年輕人突然下定決心要說話，於是以不太自然的聲音說：

「我好喜歡你的音樂！」

然後話頭又中斷。他雖努力想克服自己的羞怯，卻徒然。他滿臉通紅。克利斯多夫微笑著看他，心裡突然很想擁抱他。年輕人戰戰兢兢地抬起眼睛看著他說：

「不，我做不到……在這裡我沒辦法談。」

克利斯多夫閉上嘴巴，微笑著握住這位陌生青年的手。客廳嘈雜的聲音從他們周圍消失了。只有他倆默默相對。他們明白彼此已成爲朋友。

但盧桑夫人突然走過來，用扇子輕輕碰著克利斯多夫的胳膊說：

「原來你們已經認識，那就不用我來介紹了。這個大孩子今晚是爲你而來的呢！」

兩個人因不好意思，便各退後了一步。

克利斯多夫向盧桑夫人問道：

「他是誰？」

「啊！你不知道嗎？他是一位可愛的年輕詩人！他是你的崇拜者之一，也是個出色的音樂家，鋼琴彈得非常好。在他面前可不能隨便批評你，因爲他很欣賞你。有一次，爲了你，他竟跟魯西安・雷比・庫爾吵了起來。」

「哦，眞是個好青年！」

「是的，但你對那可憐的魯西安是不公平的，他也喜歡你呢！」

「沒這回事，眞讓我受不了。」

「那是眞的。」

「不，絕不！我並不希望他喜歡我。」

「你的崇拜者也這麼說。你們兩個都有點奇怪呢！那時候，魯西安正在說明你的作品，你剛剛遇到的那個羞怯的孩子突然站起來，氣得發抖，阻止他談論你。眞是勁頭十足啊！當時我正好在場，不禁笑了出來。魯西安也一笑置之。那孩子終於安靜下來，並道了歉。」

「可憐的孩子！」克利斯多夫感動地說，然後突然問道：

「他跑哪兒去了？」

克利斯多夫到處尋找，但已不見年輕人的蹤影。克利斯多夫又回到盧桑夫人身邊，問道：

「請告訴我他叫什麼名字。」

「那位年輕詩人嗎？他叫奧利維・葉南。」

這名字的回聲像熟悉的音樂般在克利斯多夫身上響起。一位年輕女子的身影霎時浮現眼前，但新朋友的身影卻立刻取代了它。

克利斯多夫踏上歸途。他走在熙熙攘攘的巴黎街道。他什麼也看不見，什麼也聽不見，對周圍一切失去了知覺。他像一面湖水，環繞四周的山脈將它和世界其他部分隔開了。沒有風吹，沒有聲響，沒有任何騷動。一切是那麼平靜。他在心中反覆著說：

「我有一位朋友了！」

六、安多雅內特

1

葉南家幾世紀以來定居於鄉間一個地區，跟外國人完全沒有血緣關係。目前的戶長是安東尼，他繼承了父親奧古斯丁所經營的銀行。

安東尼有兩個孩子：安多雅內特與小她五歲的弟弟奧利維。

安多雅內特是金髮的美麗姑娘，圓圓的小臉看來高貴、正直，眼睛炯炯有神。奧利維長得纖細，因小時候不斷生病，健康大大受損。他雖然因而格外受到一家人的疼愛，但或許由於身體虛弱，竟成爲一個害怕死亡、缺乏戰鬥力、愛幻想的憂鬱少年。

十六歲的安多雅內特傾聽著希望的歌聲——那就像四月裡夜鶯的歌聲般塡滿她青春的心靈，已經陸續有好幾個人來提親了。

當地的貴族波尼維家在離城鎭八公里外有個大宅院。如今與葉南家正開始交往。年輕的波尼維是個美男子，會騎馬、會跳舞，舉止高雅，絕不比其他年輕人遜色。

他常常坐雙輪馬車到城裡來，藉口有事拜訪葉南家；有時帶些野味當禮物，有時帶來一大束花送給女人們。波尼維總利用這種機會盡量取悅安多雅內特。

他們一起在庭園裡散步。他會捻著鬍子，講些誇張的恭維話、或好玩的笑話。安多雅內特覺得他是個有趣的人。她的自尊心和愛情皆獲得滿足。她陶醉在天眞的初戀的歡樂中。

奧利維討厭這個鄉下紳士，因爲波尼維身體強壯，老是以笨重的動作擰著奧利維的臉頰喊他：「小少爺……」。尤其可恨的是，這個陌生人竟然愛著他姊姊——那只屬於他一個人而不屬於其他任何人的可貴的姊姊。

但災禍降臨了。

銀行家葉南是個怯懦、輕信、又有點自傲的人。朋友向他借錢從不拒絕。他沒有清楚的帳目，借出去的錢不還，他也幾乎不催促。他認爲別人信賴著他的誠意。同時他也信賴著別人的誠意。

以前人家所借的金額並不多，而且借方又都是一些相當誠實的人，因此還沒發生過什麼大問題。可是，自從葉南先生與一位投機分子接觸後，情況便不同了。這個投機分子拉攏善良的葉南一起搞企業。結果，企業失敗了，葉南仍嘗試種種補救的方法，但損失却更加慘重。最後他將剩下的所有財產孤注一擲，但投機事業又失敗，終於走到死胡同裡去。

謠言開始傳開，銀行家雖然盡量向客戶保證，却徒然。疑心大的人來要求提款了。葉南感覺到自己的無望。他極力辯解，最後甚至跟老客戶爭吵，大家對他更不信任了。提款的要求蜂擁而至，他被逼得走投無路。後來竟帶著銀行僅存的一點鈔票到附近溫泉區去賭博，但頃刻間全部輸光，於是又跑回來。

晚餐席上，他心情沈重，皺著眉頭，幾乎未開口。他知道大家在注意他，便勉強吃點東西。葉南夫人板著臉觀看他的動作。吃過晚飯，她把孩子們打發到院子裡，過一會兒便聽到他們互相追逐的尖叫聲。夫人望著背對她的丈夫，她裝作在收拾東西的樣子繞到桌子的另一邊，然後走近丈夫。爲了避免被僕人聽見，她小聲地說：

「安東尼，怎麼啦？發生了什麼事？……你對我有所隱瞞吧……是有什麼災難嗎？還是有什麼難過的事？」

但葉南先生却焦躁地聳聳肩，冷酷地回答：

「不，沒什麼，你別管我。」

夫人氣憤地走開，心想無論丈夫發生什麼事，再也不爲他操心了。

葉南先生向庭院走去。安多雅內特繼續淘氣地捉弄弟弟、要他奔跑。但弟弟突然說他不想玩了，在離父親不遠的地方，把手肘靠在陽台的欄杆上。安多雅內特還想逗弄他，但他噘著嘴把姊姊推開。她說了幾句壞話便走進屋裡，坐到鋼琴前面去。

院子裡只剩下葉南先生和奧利維兩個人了。父親溫柔地問道：

「孩子，你怎麼啦？爲什麼不玩了？」

「我累了，爸爸……」

「噢，那麼我們一起坐一會兒吧！」

他們在長椅上坐下。這是九月的一個美好夜晚，天空明淨，只是有點暗。喇叭花的香味夾雜著陽台底下一條小運河的河水味。葉南先生握著奧利維的手，抽著煙。奧利維在黑暗中看著父親逐漸模糊的臉，以及煙斗的小小火光。

那火光忽亮忽滅，最後終於完全熄滅。兩個人沒有交談。奧利維靠著椅背，張著嘴巴出神地數星星，但心裡仍然感覺到父親手心的溫暖。突然，父親的手顫抖了起來，奧利維訝異地問道：

「哎呀，爸爸的手抖得好厲害！」

葉南先生把手縮回去。

「爸爸，你累了嗎？」

「是的，孩子。」

孩子用溫柔的聲音說：

「你可不能那麼勞累呀，爸爸。」

葉南先生把孩子抱到自己胸前，低聲說：

「可憐的孩子……」

但奧利維心裡卻想著別的事。鐘台上的大鐘敲了八下。他從父親懷裡掙脫出來說：

「我要去看書了。」

每星期四，他可以從晚飯後一小時到睡前自由閱讀，這是他最大的樂趣。這段時間他一分鐘也不願被妨礙。

葉南先生讓孩子走了。他一個人在微暗的陽台上踱方步，後來也進屋去了。

夫人裝作沒看到他的樣子。他遲疑了一下，但還是走到她身邊說道：

「請原諒我。剛剛對你說話有點粗暴了……」

她很想回答：

「我一點都沒有懷恨你。可是，你到底怎麼啦？把你痛苦的原因告訴我吧！」

但她因爲很想報復一下，便說：

「別理我吧，你眞是個粗暴的人。你那樣對待我，我簡直連傭人都不如。」

她以帶刺的話吐了一堆苦水。他顯出有氣無力的樣子，苦笑著走開了。

半夜裡，葉南夫人醒來，發現丈夫不在身邊，便不安地起來，在屋裡到處尋找，卻不見他的蹤影。她於是跑到與住宅相連的銀行辦公室去。在那兒，她找到丈夫了。但他癱在辦公室桌前，滿身是鮮血。她尖叫了一聲，手上的蠟燭掉到地上。失去了知覺。

第二天早晨，法院便來辦理檢驗手續。安多雅內特躲到自己房間，藉著想她的情人來逃避恐怖的現實。她急切等待情人的出現，她相信他一定會趕來分擔她的悲傷——但，沒有任何人來，連個字條都沒有。——倒是自殺的消息傳出之後，銀行客戶立刻蜂擁而至，毫不留情地衝進屋裡，對夫人和孩子們大聲痛罵。

這些人完全不顧不幸的葉南先生自殺前所經歷的痛苦掙扎，他們甚至覺得他應該受更大的苦。如今葉南先生已不在，他們就轉而責難他的家人。

除了嘆息不知該如何是好的葉南夫人，面對別人對丈夫的攻擊時，卻重新找回勇氣。如今她才發現自己是多麼愛著丈夫。這三個人對未來還無暇思考，他們同心協力將母親陪嫁的財產和屬於孩子們的財產全部拿出來，盡量償還父親的債務。他們已經無法繼續留在此地，因此決定到巴黎去。

他們的動身有如逃亡一般。

出發的前一天傍晚，三個人一起到墓地告別。這是九月底淒涼的傍晚。原野籠罩在濃霧裡，走在路上，可以看到兩旁掛滿水珠的灌木，彷彿水中植物。到達墓地後，三個人一起跪在墓前默默流淚。葉南夫人想著最後對丈夫所說的話而痛苦地自責。奧利維想著坐在長椅上與父親所談的話。安多雅內特則想著未來他們將如何的問題。

霧越來越濃，濕氣滲透他們身上，但葉南夫人卻不忍離去。安多雅內特看到奧利維正在發抖，便對母親說：

「媽媽，我好冷。」

他們於是站起來。臨走時，葉南夫人再度回頭望著墳墓說：

「可憐的人哪！」

他們在暗夜裡走出墓地。安多雅內特牽著奧利維凍僵的手。

他們宛如盜賊一般悄悄離家。列車在濃霧中開動。三個流浪者把臉貼在車窗上，向小鎮揮別。在雲霧中，隱約可見的歌德式尖塔、散布著草屋的山崗、冒著水蒸汽的牧場……這些都成為遙遠的夢中的風景了。

當列車拐了個彎，原來的景色消失之後，或許由於不用再擔心被窺視而放鬆了心情，葉南夫人把手帕摀在嘴上開始啜泣。奧利維撲到母親身上，朝她膝蓋伏下，流著淚吻她的手。安多雅內特坐在車廂另一側的角落，面向窗子默默落淚。

三個人並不是為同一個理由而哭泣。葉南夫人和奧利維為過去的一切而傷心。安多雅內特則為前途憂心忡忡，卻又為此責備自己。

但她考慮未來是應當的。她比母親和弟弟對事情有更清楚的思考。母親和弟弟對巴黎存著幻想。其實連安多雅內特也不知道他們將來在巴黎會有怎樣的遭遇。他們從未到過巴黎。葉南夫人有位嫁給法官的姊姊住在巴黎，過著富裕的生活。她此去就是指望這位姊姊能伸出援手。

到達巴黎的第二天，葉南夫人便帶著孩子跑到奧斯曼大道上姊姊住的豪宅。她心裡期待著在找到工作之前姊姊能留他們住下來，但從一見面，對方的態度便使她的希望完全破滅。

波埃葉・多羅姆家的人對親戚的破產大爲憤怒。

尤其多羅姆夫人更是唯恐受這事件的牽連而妨礙丈夫的升遷。葉南夫人甚感錯愕，但還是盡量按下自尊心，拐彎抹角地說出現在的困境和期望多羅姆家的援助。但對方却裝出一副未聽懂的樣子，連晚餐也未挽留。

不幸的葉南一家人又回到旅館。關於這首次的訪問，他們簡直連互相交換一下意見都辦不到。

葉南夫人在植物園附近租了五樓的一個房間。但幾個星期之後，一家的錢財已用盡。葉南夫人不得不把僅存的一點自尊心丟棄。她瞞著孩子們去向多羅姆先生借錢。她因爲想跟他單獨見面，便特地跑到辦公室去。她請求姊夫在他們找到工作維持生活之前借他們一點錢。姊夫其實是個心軟又有人情味的人，雖然推託了一番，但由於一時的感動，終於借給她兩百法郞。但他立刻後悔了。——尤其當他告訴妻子，使得妻子爲丈夫的懦弱和妹妹的計謀大爲惱怒而不得不安撫她的時候。

葉南一家人爲了找工作，每天在巴黎到處奔波。

葉南夫人好不容易找到在一所修道院教鋼琴的工作，但待遇非常低。爲了多賺點錢，晚上在一家文件代辦所當抄寫員。這裡的要求很嚴格。因爲她的字寫得不夠好，而且無論怎麼注意，還是會脫落字句，所以常受到斥責。她有時工作到半夜，弄得眼睛發紅，身體疲乏，但所抄寫的東西還是被退回。

她無奈地回家。由於過度勞累，使得她長久以來所患的心臟病更加嚴重，於是產生了不祥的預感。她有時感到胸部難過，有時喘不過氣，好像要死掉似的。她恐怕自己突然在路上倒下去，因此出門的時候，口袋裡都放著寫上自己姓名與住址的紙條。

安多雅內特表現一副鎮定的樣子，盡量爲母親打氣。她勸母親保重身體，要求母親讓她去工作，但葉南夫人卻不願女兒也去經驗自己正痛苦忍受的屈辱，她把這當作自己最後引以爲傲的事。

她儘管拚命工作，同時節約開支，但生活仍未獲得改善。其實只靠她的收入根本無法維持一家的生計，最後連他們留下的幾顆寶石也不得不拿去變賣。而不幸的是，就在拿到錢的那一天，錢卻被偷了。因爲第二天是安多雅內特的生日，葉南夫人想買件禮物送她，外出時便順路到百貨公司去。當她正在看一件東西的時候，大意地把錢包放一邊，一轉眼錢包就不見了——這是最後的打擊。

兩、三天之後，八月底一個悶熱的夜晚，葉南夫人把緊急的文件送到代辦所之後便準備回家。這時已過了晚餐時間，她因爲想省下三個銅幣，又怕孩子們擔心，便急忙趕路，而弄得疲憊不堪。回到五樓住處的時候，已經說不出話，也幾乎喘不過氣。但她還是立刻和孩子們共進晚餐。孩子們爲了讓母親休息都默不作聲。

突然，葉南夫人揮動手臂，扶著餐桌，凝視孩子們呻吟著，然後便倒下去。安多雅內特和奧利維立刻跑過去抱住她。兩個孩子發狂似地喊著、祈求著：

「媽媽！哦，媽媽！」

但媽媽不再回答了。孩子們不知該如何是好。安多雅內特緊抱著母親，親吻她，呼喚她。

奧利維打開門喊著：

「救命！」

女門房爬樓梯上來了。看到這情況，她立刻去請附近的醫生。但醫生趕到時，葉南夫人已撒手長辭。

一開始，兩個孩子陷入絕望的深淵。但解救他們的正是這過度的絕望本身。由於過度絕望，奧利維引起痙攣的現象。安多雅內特因此忘了自己的痛苦，只想著弟弟的事。奧利維反覆說著：「兩個人一起死吧！立刻死吧！」安多雅內特也感覺到這悲慘的願望。但她掙扎著。她想活下去……

「活著有什麼用呢？」

「爲了媽媽呀！想想看吧，媽媽爲我們吃了多少苦，如果再看到我們慘死，她會多麼悲傷！我做不到，我不願那麼做，我要堅持到底，我要讓你得到幸福！」

「不會有幸福的！」

「會的，你一定會得到幸福。我們已經太過悲慘了，事情會轉變的，一定會好轉的。」

「我們怎麼生活呢？我們毫無辦法呀！」

「一定有辦法的。在你能獨立生活之前，我會承擔一切。你瞧吧，我一定做得到。」

「你打算做什麼呢？我不願你去做羞恥的事。」

「我有辦法的。靠工作維持生活絕不是什麼羞恥的事。你不用擔心。瞧吧，一切會好轉的。你將會得到幸福，我們都會得到幸福。哦，當我們都得到幸福，媽媽會多麼欣慰……」

只有兩個孩子護送著母親的靈柩。他們兩個都同意不通知多羅姆家。對他們而言，多羅姆家等於不存在。女門房問他們有沒有其他親戚時，他們回答：

「沒有，一個也沒有。」

安多雅內特終於接了母親在修道院教鋼琴的職位，另外她也找到幾個家教的工作。她只有一個念頭，就是栽培弟弟，讓他進師範學校。爲此她必須辛苦五、六年。但她要去實現這個計畫的意志是那麼堅定，於是心無旁騖地勇往直前了。

這個明朗的十七、八歲少女，由於這種英雄式的決心而變成另外一個人了。在她心中有一股獻身的熱情與奮鬥的自豪，那是誰也想不到的，其實連她自己都未察覺。

任何工作、任何屈辱，安多雅內特都忍下來了。她當了好幾家的家教，受到僕人般的待遇。當她疲累地回到家之後，還得立刻準備晚餐。奧利維老是缺乏食慾。可憐的安多雅內特又不是烹飪高手，她費力做成的晚餐，有時卻傷心地聽到弟弟說難以下嚥。

晚餐之後，她會像母親一般陪弟弟做功課。她一邊留意著不讓這位敏感的少年感到不愉快，一邊要他背書或檢查他的作業，甚至幫他預習。弟弟就寢後，她便替他收拾衣服，或讀書充實自己。

他們雖然生活艱難，但還是盡量節儉，決定把一點一點儲蓄的錢先用來還淸欠多羅姆家的債。想存下兩百法郎，對他們是一筆巨款。安多雅內特本來想獨自忍受一切困窘，但當弟弟知道姊姊的想法之後，便跟她採取同樣行動。一天能存幾個銅幣，他們就很高興了。

他們持續不斷地在節約中儲蓄，三年之內，終於累積了必要的金額，這對他們眞是莫大的喜悅……。有一天晚上，安多雅內特到多羅姆家去了。她並沒有受到親切的招待。她被認爲又來求助。他們還譴責她失去音訊，連母親過世也未通知，只在需要時才出現……她連忙打斷對方的話，表明自己是爲還錢而來。

安多雅內特因完成這件事而解除了心中的壓力，但依舊過著節儉的生活。不過現在完全是爲了弟弟。她省吃儉用，讓弟弟過得快樂些；爲了讓弟弟的生活有所調劑，她經常鼓勵他去欣賞音樂會或歌劇表演——這是奧利維最喜愛的。

他很希望姊姊也能一起去，但她總以太累等等爲藉口讓他一個人去。他明知姊姊說的是「謊言」，但還是敗給少年常有的私心。可是一到音樂廳或歌劇院，他立刻責備自己。在欣賞演出的時候，老爲內疚所苦，因此他的喜悅也往往減少一半。

有一個星期日，姊姊要他去參加夏德雷音樂會，但三十分鐘之後他又回來了。他告訴姊姊說，走到聖・米歇爾橋就沒力氣向前走。對安多雅內特而言，弟弟爲她而失去星期日的娛樂雖然有些遺憾，却也感到歡欣。但奧利維並不覺得遺憾。他回到家，看見姊姊臉上掩不住的喜悅表情，覺得比聽到任何美好的音樂還要幸福。

他們就面對面坐在窗邊度過星期日的午後時光。他手上拿著書，她拿著針線活，但他並沒有在閱讀，她也沒有在工作，兩個人閒聊著。他們從未有過如此愉快的星期日。

FM

不久，奧利維却讓姊姊爲他而操心。

他雖老實，但意志薄弱，並且具有自由而複雜的知性，因此凡事帶著有點懷疑和模稜兩可的態度。對於明知不正當的事，也難免過於寬容，被快樂所誘惑。純潔的安多雅內特，長久以來却不知道弟弟精神上所引起的變化，但，有一天她突然發覺了。

那一天，安多雅內特正要出門授課的時候，接到學生的來信，請她今天不用去。不用上課雖然將減少幾個法郎的收入，但疲憊的她能有一天的休息其實是很高興的。她於是躺在床上放鬆自己。

就在這個時候，奧利維從學校回來了，有個朋友陪著他一起回來。他們以爲安多雅內特不在家，便在隔壁房間無所顧忌地談話。安多雅內特一開始微笑著傾聽弟弟快活的談話，但一會兒之後，她收起了笑容，覺得血液循環似乎突然停止了。他們竟用不成熟的、放縱的話談著粗野而荒誕的事，劇烈的痛苦像利刃般刺進她的心坎。

他們津津有味地繼續談著。她則豎起耳朵注意聽著。最後他們終於出去了。留在屋裡的安多雅內特不禁潸然淚下。存在於她心中的某種東西破滅了。因爲她所塑造的有關弟弟的理想形象被汚染了。那眞是令她痛苦欲絕。但晚上見面的時候，她什麼也沒說。奧利維雖然發現姊姊哭過，却不明白其原因。

但他帶給安多雅內特最慘痛的打擊是有一次終夜未歸，她醒著等到天亮。他本來是想要宣佈自己的獨立的，早晨他帶著不自然的態度回家。他已經準備好，如果姊姊有怨言，他便不客氣地回答她。但他發現姊姊哭得眼睛紅腫、臉色蒼白，似乎徹夜未眠地等著他。而看到他回來，姊姊卻什麼也沒說，只是默默地去爲他準備早餐，照料他上學的事。

她雖然一言不發，但看來非常頹喪。對此奧利維完全無法抗衡了。他撲到姊姊膝上，把臉埋進她的衣服。兩個人都哭了。他爲自己的作爲感到羞愧，覺得自己簡直是墮落了。

他很想說話。但她用手摀住他的嘴巴，不讓他說話。他吻了她的手。兩個人什麼也沒說，但彼此了解。奧利維在心裡發誓，一定要成爲姊姊所期待的人物。

奧利維已經念到中學最後一年了。師範學校的入學考試已迫近。安多雅內特期盼著弟弟能考上。在中學裡，他被認爲是最優秀的投考生之一。他的學習態度和學力都受到全體老師的讚美。但隨著考期的逼近，奧利維的壓力越來越大，竟逐漸喪失平日的能力。極度的疲勞，失敗的恐懼，病態的膽怯，已經弄得他快要癱瘓了。

筆試那一天，奧利維對於平日很能激發他的哲學問題，六個小時之內竟寫不到兩頁。一開始他腦子裡一片空白，完全無法思考。他覺得好像碰到一面黑牆。到最後一個小時，那面牆才裂開，從裂縫有幾道光射進來。他終於完成相當出色的文章。但他還是落榜了。

奧利維十分沮喪。安多雅內特若無其事地依舊面帶笑容，但她的嘴唇卻顫抖著。她安慰弟弟，說這是運氣不好，明年一定能以好成績考上。至於自己的心力交瘁，弟弟今年實在應該考上之類的事，她卻隻字不提。無論如何，他們都必須再奮鬥一年了。

開學的時候，她的些許儲蓄已幾乎用光，而且又失去幾個收入較多的家教工作，因此不得不另闢新路。她接受了納丹夫婦幫忙尋找的在德國的家教工作。對她而言，要下這份決心是很難的，但除此之外已別無他途。

六年來，她和弟弟從未離開過一天。她無法想像以後看不到他的身影、聽不到他的聲音，是怎樣一種生活。奧利維也是一想到這樣的事情便心驚膽跳。可是他什麼也不敢說。因爲目前的窘境是他落榜造成的，他沒有反對的權利。

最後幾天，他們在沈默的憂傷中度過，彷彿兩個人之中有一個即將死去的樣子。安多雅內特在奧利維的目光中徵求意見。如果他說：

「不要走！」

她大概就不會動身吧。一直到最後，在帶著他們到火車站的馬車裡，她還想改變心意，但她却沒有付諸行動的力氣。只要弟弟說一句，只要一句……但奧利維却說不出口。他跟她一樣變得僵硬。安多雅內特要弟弟答應每天寫信，如果有什麼問題，便立刻叫她回來。

安多雅內特終於動身前往德國。她住到格羅納邦家教孩子們法文。他們冷淡而不客氣，對她一點也不表同情。他們實際上是把她當一個較高級的僕人看待。幾乎不給她任何自由。她唯一的幸福是在心中與弟弟談話。她雖然想利用短暫的閒暇，却連這一點時間也常受到干擾。

例如她才提筆寫信，就會有人進來，問她寫什麼；當她在看信的時候，就問她信中寫什麼。她如果把信放在房間裡，一定會被偷看的。

格羅納邦家的人認爲「對於一個與他們同住的、當孩子們家教的年輕女子，他們有必要知道她的內心生活，這是他們的義務，也是責任。」因此他們得出如下的結論：「安多雅內特若拒絕承認這種憑良心的義務，那麼她一定有什麼虧心事。一個正直的女孩子，應該什麼都無需隱藏的。」

安多雅內特就這樣不斷地受到監視。她經常提防著，無形中便表現出冷淡和疏離的態度。弟弟每天給她寫十二頁的長信。她也每天盡量利用一點時間給他寫信，即使只寫兩、三行，也照樣寄出。奧利維拚命裝大人的樣子，不過分流露心中的憂傷。但事實上他已經鬱悶得快受不了。他的生活一向跟姊姊的緊緊相連。如今姊姊離他而去，他覺得彷彿失去了自己的一半。他連動手腳都感到吃力，頭腦也無法思考，散步、彈琴、念書都做不到。

另外，在寂寞的巴黎，在討厭的學校裡，處於冷漠的人們之間，他更爲自己是否將孤零零地死去而害怕著。他老想著這類事情，以致生病了。……「是否寫封信要她回來呢？」……但他又爲自己的膽怯而感到羞愧。當他寫信的時候，則因爲覺得彷彿在跟出現眼前的姊姊談話而暫時忘記痛苦。他向姊姊傾訴著；以前在一起的時候，他倒從未如此親密而熱情地跟姊姊說話。他的信簡直就像情書一般。

這些信帶給安多雅內特滿滿的愛。在她每天的生活中，弟弟的信是唯一可呼吸的空氣。每天早上，如果書信未在預期的時間收到，她就會焦慮不安。有兩、三次，格羅納邦家的人不知是由於大意、或惡意捉弄，到晚上才把信交給她。有一次甚至到第二天早上才給她，那眞把她急壞了。

她在異國的土地上沒有任何熟人或朋友，因此感到非常鬱悶。後來認識了一位善心的教授夫人。這位夫人最近才搬到這小城來，跟安多雅內特一樣感受到在異鄉的寂寞。由於她的善良與慈愛，對分隔兩地的這一對姊弟深表同情。但夫人是個較注重外表與禮貌的人，跟安多雅內特那貴族式的靈魂並不太相合。安多雅內特因爲對誰都無法吐露心聲，便將所有的憂苦深藏心底。那對她是沈重的負擔，有時她會覺得自己快要承受不住了。但她還是咬緊牙關盡量忍耐。結果她的健康受損了，身體明顯瘦下去。

而弟弟的來信也越來越表現氣餒的樣子。有一次在極度的頹喪中，他寫道：

「請回來吧，回來吧！……」

但這封信一寄出，他立刻感到羞愧。於是又寫了一封信，希望姊姊不要把前一封信所寫的東西放在心上，並表示自己沒什麼問題。

這却瞞不了安多雅內特。弟弟的想法她太清楚了。但她不知如何是好。有一天，她眞的打算動身了，可是又覺得這不是理智的行爲，她是用在這裡所賺的錢來爲奧利維付住宿費的，兩個人只有盡量忍耐了。

這段時候，正好有個法國劇團到這個德國小城來表演。安多雅內特是難得上戲院的，但由於很想聽聽法國的語言，便忍不住向戲院走去。她到達時却已經客滿。她遇到了青年音樂家約翰・克利斯多夫。她被邀請到他的包廂。這件事在小城傳開。惡毒的謠言很快傳到格羅納邦家人耳中。他們殘酷地把安多雅內特解雇了。

她貞潔而容易害羞的心靈，得知自己爲何被譴責的時候，眞是羞愧萬分。但她對克利斯多夫却沒有絲毫的怨恨。她很清楚，他跟她一樣是無辜的，即使他帶給了她困擾，但那也是出於善意。因此，她對克利斯多夫是心懷感激的。

安多雅內特對他的身世一無所知，只曉得他是音樂家，正受到許多人的毀謗。但她天生具有靈敏的直覺，她認爲這位不拘小節、有些瘋狂的青年，其實是善良而爽快的人。只要一回想起來，她就會得到安慰。

她終於出發了。在離開小城一個小時之後，她所搭乘的火車與克利斯多夫所搭乘的反方向的火車正好錯車。在同時停了幾分鐘的車廂裡，他們在夜晚的寂靜中彼此發現了對方。但他們緘默著。即使開口說話，除了講幾句不恰當的話，又能說什麼呢？那反而褻瀆了在他們心中所產生的情感。兩個不太相識的人，在這相見的最後一瞬間，却有異乎尋常的交會。一切都會過去，無論言語、親吻或擁抱。但相遇後互相賞識的靈魂與靈魂的接觸，是永遠不會消失的。

2

安多雅內特又見到奧利維了。她回來得正是時候。他生病了，但因爲怕姊姊擔心，並未向她提起。但他却一直在心中呼喚著姊姊，好像在等待奇蹟出現一般，期盼著姊姊回來。

奇蹟眞的出現時，他因發燒而迷迷糊糊躺在學校的病房裡。他看到姊姊時並未喊她。他不知已經有多少次看到姊姊走進來的幻影了！他顫抖著以爲這又是幻影。但當她坐到床邊緊抱住他，而他依偎在姊姊懷裡，接觸到她因坐夜車回來而凍得冰冷的雙手時，他哭了。奧利維到現在還是跟小時候一樣「愛哭」呢！

其實兩個人在許多方面都變了，他們的神色多麼悲傷！……，不過，重要的是他們又相聚了！他倆互相擁抱，不願再分離。分離的生活對他們眞是太不幸了。就如他們的母親所說的，所有一切都勝過分離；即使窮困或死亡，只要能在一起……。

他們連忙租了房子。安多雅內特在德國的那一段苦日子，畢竟存了一些錢。另外，她翻譯的一本德文書已經被出版社接受，因此將會增加一筆收入。只要奧利維能考上學校，一切都可順利進行的。

考期又來臨。奧利維差點無法上考場。他生病了。他爲自己無論是否考上都得經驗的焦躁與痛苦而恐懼。不過，這次筆試却考得相當不錯。

接著將舉行口試。奧利維要求安多雅內特別到考場來。結果她在門外顫抖著等待，似乎比他還緊張。

放榜那一天，錄取名單貼在巴黎大學校園內。安多雅內特不讓奧利維單獨一個人去看榜。他們一路緘默著，可是心裡却暗暗想著，回程一切便揭曉了，那時候對於心懷憂懼却還存著希望的此刻或許會有所懷念吧……。當他們看到巴黎大學的時候，雙腿都發軟了。

「別走那麼快好嗎？」安多雅內特說。

「我們坐在這張椅子上休息一會兒吧！」奧利維回答。

其實他是不願走向目的地的。但過不了多久，她握著他的手說：

「走吧，放鬆一點！」

他們並不是一下就找到葉南這名字。當他們好不容易找到時，竟無法立刻相信。他們看了好幾遍，確定那是事實的時候，則一句話也說不出來。他倆簡直像亡命似地奔跑回家。姊姊抓著弟弟的胳膊，弟弟緊靠著姊姊，連奔帶跑地前進，幾乎看不到周圍的一切。他們反覆呼喚著：

「奧利維……」

「姊姊……」

他們邁大步爬上樓梯，進屋內之後，便互相擁抱。安多雅內特牽著弟弟的手，帶他到雙親遺像前。他們跪下來，泫然淚下。

安多雅內特叫人送來豐盛的晚餐，可是兩個人都沒有胃口。他們吃不下東西，也幾乎未交談。因爲筋疲力盡，連歡樂的力氣都沒有了。九點不到他們便上床，而且很快進入夢鄉。

安多雅內特因考慮到萬一生病時需要用錢，便繼續不斷的儲蓄，而累積了一筆存款。她爲了想給弟弟一個驚喜，一直到放榜的第二天才說出，他們可以一起到瑞士旅行一個月，做爲幾年來辛苦的獎勵。奧利維將以公費念三年的師範學校，畢業後便可擔任教職，因此，現在是可以好好利用一下這筆存款了。奧利維聽到這消息，高興得叫了起來。安多雅內特比他還高興——她爲弟弟的快活而欣喜，也爲能看到憧憬已久的鄉間而欣喜。

他們啓程的時候，已是八月底。他們都不太習慣旅行。奧利維前一天晚上就失眠，可是在夜車裡他仍然無法入睡。安多雅內特昏昏沈沈地，大部分時間也是醒著。藉著車頂慘淡的燈光，奧利維凝視著姊姊。他驚訝地發現她的容貌變了。眼眶凹陷，嘴巴疲乏地微微張開，皮膚變黃，臉頰處處出現小皺紋，看來像個生命力衰退的病人。

事實上，安多雅內特已極度疲乏。她本來很想把旅行延期，但因爲不願讓弟弟掃興，便盡量強迫自己相信她只是太累了，一到鄉間就會好起來的。但她還是擔心自己會在半路上病倒……。奧利維溫柔地問姊姊是否不舒服。她握住弟弟的手說她沒問題。弟弟充滿愛的一句話，使她又振作了起來。

第二天早晨，他們換了瑞士的火車，在丘恩站下車。本來準備隔天再換車到山裡去，可是那天晚上，安多雅內特却在旅社發高燒，而且嘔吐又頭痛。奧利維不知所措，一夜在焦慮不安中度過。第二天早上，他立刻去請醫生。醫生說安多雅內特是疲勞過度，破壞了身體的組織，因此吩咐她整天不可以起床，而且必須暫時在丘恩停留下來，切勿繼續旅行。

兩個人都頗爲沮喪。但值得告慰的是情況似乎沒有想像的嚴重。儘管如此，跑到遙遠的地方來，却必須關在溫室般的旅社房間裡，確實是很痛苦的。安多雅內特勸弟弟去散步。他走出旅社，看到阿爾河的綠波，以及空中遠遠浮現的白色山頂，心裡感到無比歡欣。

可是他無法獨享這份喜悅。他匆匆跑回姊姊的房間，感動地向她描繪剛剛見到的景色。姊姊想不到弟弟這麼快就回來，因此再度勸他去散步，但他就像以前從夏德雷音樂會回來時那樣說道：

「不，那太美了；把姊姊留在這裡，一個人去看是很難過的……」

她好好睡了一夜之後，雖然覺得立刻動身是不妥的，但她還是下定決心不通知醫生，一早便悄悄離開。由於清新的空氣，以及兩個人一起欣賞美景的喜悅，這次輕率的出發並未影響她的身體。兩個人終於順利到達目的地——那是山中的小村莊，在斯比茲附近的湖畔。

他們在一家小旅社度過三、四週的時間。安多雅內特不再發燒，但也沒有恢復健康。跟弟弟一起散步雖然愉快，但好幾次，走了二十分鐘之後，她便上氣不接下氣，胸部難過而不得不停下來，他只好一個人繼續向前走……。有時他獨自去遠足，但總感到後悔，並且爲了沒有多陪姊姊聊天而自責。

已是深秋的季節，陽光顯得黯淡。大自然爲十月的雲霧所籠罩，也褪了顏色。遊客陸續走了。看見朋友離開——即使是萍水相逢的朋友，都是令人傷心的。尤其眼看那有如生活中之綠洲的恬靜而美好的夏日時光流逝，更讓人有一種難言的惆悵。

在微陰而寒冷的秋日，他們在山麓的森林中做最後一次散步。兩個人都裹在領子豎起的外套中，彼此勾著手指，沈浸在充滿憂傷的幻想中。潮濕的森林很安靜。小鳥柔和而膽怯的叫聲消失在森林深處，牠似乎也感覺到冬天即將來臨了。羊群清脆的鈴聲在遠處雲霧中斷斷續續地響著，那聲音却又好像發自他們心中……。

他們又回到巴黎。兩個人都顯得落寞。安多雅內特的身體並沒有康復。

爲了購買奧利維帶到學校的用品，安多雅內特把存款用光，甚至悄悄賣了幾顆寶石。她認爲最重要的就是把東西準備妥當，因此把全部的愛灌注在這件事情上。她同時也預感到這可能是對弟弟的最後一次照料了。

安多雅內特送奧利維到校門口。回來後，她又變成孤零零一個人了。但因爲她對弟弟抱

著滿懷的愛，分離後，仍然想著弟弟的事，而很少想到自己。

第二天會客時間，她十五分鐘前便到達。奧利維對她非常溫柔，但他被新接觸到的事物所吸引，那一切讓他感到新鮮有趣。後來的幾次會面，她總是表現過分的操心，這反而帶給他困擾。兩個人心中的隔閡隨著每次的見面而變得越來越大。

對安多雅內特而言，見面的時間是她投注整個生命的時候。奧利維當然也溫柔地愛著姊姊，但除了姊姊，還有其他許多東西吸引著他。有一天她問弟弟對住校會不會覺得厭煩，他回答一點也不。這個回答刺傷了她的心——但她立刻又責備自己的自私。

她提起精神想致力於工作、音樂或看看喜歡的書，但弟弟不在，莎士比亞和貝多芬也變得多麼空虛！無需再為弟弟奉獻一切的此刻，她本來可以重新開創自己的人生，但她已筋疲力竭，意志消沈了。一年多前便有預兆的疾病，她曾以堅強的意志控制著，如今它卻可以自由發展了。

夜晚，她一個人鬱悶地坐在房間裡已熄了火的爐邊，既沒有力氣把爐火重新燃起，也沒有力氣上床就寢。她冷得發抖，迷迷糊糊地一直坐到半夜，想起過去的歲月，覺得又與死去的親人、消失的幻影同在。但當她一想到沒有愛情而虛度的青春，便產生一股難以忍受的孤寂感。

弟弟什麼都沒察覺到；他只顧著有趣的新生活，根本無暇觀察姊姊。他正進入思春期。安多雅內特並不了解弟弟心理上的變化，而只看到他跟自己日漸疏遠。但奧利維的疏遠並不完全是他的錯。有時他高高興興地回家想跟姊姊暢敍一番，可是一進門，他的心便立刻冷下來。

看到安多雅內特神經質地靠近他，傾聽他說話，對他表現過度的關切，他很快就沒有心情把心裡的話向她傾訴了。他甚至覺得姊姊失去常態，却未探究其原因。他失去了平日體貼和謙虛的態度。對於姊姊的詢問，他只是給予「是」或「不是」這類極冷淡的回答。她越想逗他說話，他越沈默，或者說出粗暴的話傷了她的感情。於是她也頹喪地緘默下來。

本來應該是快樂的一天，却如此虛度了。——剛跨出家門準備返校時，他就對自己的行爲感到後悔。晚上則想著那些令姊姊痛苦的事而責備自己。有時一回到學校，便立刻給姊姊寫充滿愛的信。——可是第二天早上重讀時，又把它撕毀了。安多雅內特對此一無所知。她以爲弟弟不再愛她了。

有一次她和弟弟一起到夏德雷劇院去聽音樂。那天有克利斯多夫・克拉夫特的演出。他們並不清楚這位德國音樂家是誰。當她看見這位音樂家出現舞台的時候，眞是嚇了一跳。她疲倦的雙眼雖然只能模糊地看到克利斯多夫的身影，但已經沒有懷疑的餘地了。

當她稍微鎭定下來之後，便借弟弟的望遠鏡看了一下克利斯多夫。從克利斯多夫站在指揮台的側影，她認出他那堅毅的表情。

安多雅內特緘默著，全身冰冷，痛心地眼看著克利斯多夫在這場音樂會受到聽眾公然的侮辱。她連動一下身體的力氣都沒有，整個人有如石頭般僵硬，只是默默地用痙攣的手指扯著手套。

她很想喊話，可是就像做惡夢的時候那樣，身體並不聽使喚。當她聽到身旁的弟弟說話時，心裡多少得到些安慰。弟弟雖然完全不知道姊姊內心的騷動，兩個人的悲憤却是一致的。

奧利維對音樂的了解非常深刻，而且具有難得的獨立見解。他在克利斯多夫的音樂中感受到某種以前從未遇見的東西。他低聲反覆說著：

「多美呀！多美呀！……」

姊姊於是不知不覺地向他靠過來，心裡充滿感激。當交響曲結束的時候，奧利維爲了對聽眾的譏諷與冷淡表示抗議，便瘋狂般熱烈鼓掌。隨之引起一片大騷亂時，他不顧一切地站起來，嚷著克利斯多夫是有道理的，對那些傢伙反唇相稽。奧利維的聲音在喧譁中被掩蓋了。毫不留情的嘲笑聲四起，有人罵著：「你這小子，見鬼去吧！」安多雅內特看出一切反抗皆徒然，便抓著弟弟的胳膊說：

「閉嘴吧，求求你，別再說了！」

他以爲姊姊不能理解這音樂的美，於是對她說：

「姊姊，難道你不認爲這是非常出色的音樂嗎？」

安多雅內特點點頭，但依舊愣在那兒，提不起精神。可是，當管弦樂團開始演奏其他曲子的時候，她突然站起來，帶著一種厭惡的情緒向弟弟耳語：

「我們走吧，我不願再看到這些人了！」

他倆匆匆離去。在街上，他們手牽著手，奧利維興奮地說話，安多雅內特則一言不發。

接下來好幾天，她獨自關在房間裡發呆，沈浸於某種情感。她雖避免正視這份情感，但它卻一直存在於她的思想中，就如同那一直存在的太陽穴的急劇跳動，使她極爲痛苦。

過了一段時間之後，奧利維帶回克利斯多夫的一本歌曲集，那是他在書店發現的。她隨便翻了一下，結果正好在她翻開的那一頁看到樂曲上端有德文的獻辭：

獻給爲我而犧牲的親愛的姑娘

下面還註明了日期。

那個日期她記得很淸楚。是的，那是她跟克利斯多夫一起看劇團演出的日子。——她因心慌意亂無法繼續看下去。她放下樂譜，要求弟弟爲她彈奏。她於是走到自己房間關上門。奧利維對此新作品感到無比歡欣，未發覺姊姊心裡的震撼便開始彈奏。

安多雅內特盡量壓抑心中的悸動。她躺在床上，閉起眼睛，紅著臉把雙手放在胸口聆聽可愛的音樂。她滿懷感激……啊，爲何頭痛得如此厲害？

因爲姊姊一直沒有出來，奧利維彈完之後便走進她房間。他看到她躺著，問她是否不舒服。她只回答有點累，便起來開始跟他聊天。可是她對弟弟的問話總未能立刻回答，每次好像都從遐思中突然驚醒。奧利維要走的時候，她要求他把歌曲集留下。

她獨自在鋼琴前坐到深夜，因爲怕吵到鄰居，便悄悄地按著幾個音符，與其說是在彈奏，不如說是在讀那歌曲。她懷著感激與愛傾心於那一顆眞摯的心靈——他竟以奇妙的直覺洞悉她的內心！她無法整理自己的思緒。她又欣喜又悲傷。——眞的好悲傷……啊！她頭痛欲裂！

她整夜沈浸在悲喜交集的幻想中。第二天，她因爲想讓自己淸醒一下，便上街去。可是她腦子裡依舊想著克利斯多夫。當她筋疲力盡，並滿懷悲愴地走在人潮中的時候，突然瞥見克利斯多夫的身影出現在對面的人行道上。

他也同時瞥見了她。她不假思索地即刻向他伸出雙手。克利斯多夫馬上停下腳步，淸楚地認出她來。他衝到馬路上想奔向安多雅內特。她也打算朝他走去。

可是，擁擠的人潮把她像稻草般衝走。這時候，公共馬車的一匹馬滑倒在泥濘的柏油路上，在克利斯多夫前面形成一道隄岸。儘管如此，他仍然不顧一切地想穿過去。但他被夾在來往的馬車中間，進退不得。後來，好不容易脫困來到剛才安多雅內特所在的地方，但她已被人潮衝遠了。她雖然盡量想掙脫出來，却白費力氣。

她回家之後，連脫下帽子和手套的精力都沒有，只是一動不動地一直坐在桌前。她因未能跟克利斯多夫說話而傷心，但心中却同時亮起一道光，眼前不再一片漆黑。她也不再擔心自己的病況了。她獨自在黑暗的房間裡，不由自主地再度向克利斯多夫伸出雙手。她覺得自己似乎快要消失了，本能地想依靠那從身旁經過，而對自己投以親切眼光的強而有力的生命。

她滿懷著愛與悲苦，在黑夜裡呼叫著：

「救救我吧！救救我吧！」

她內心裡燃燒著熱情，站起來點上燈火，並拿出紙和筆，開始給克利斯多夫寫信。她不知道自己在寫些什麼。她完全無法控制自己地呼喚著他的名字，說她愛他……寫到一半，突然因嚇了一跳而停筆。本來想重寫，但她已經沒有力氣。腦子裡空空的，却好像要燃燒起來似的。她覺得害羞了……這一切有什麼用呢？她明知這是在欺騙自己，她絕不會把信寄出去的……。

她繼續在桌前坐了很久的時間冥想著。當她提起精神站起來的時候，已經過了午夜。但她已經沒有精力把信收拾好，也沒有力氣把它撕毀，只是依機械式的習慣，把它夾在書架上的一本書裡。她因發燒而全身顫抖著，後來終於上床去。

她覺得自己完成了神的旨意，內心感到無比平靜。

星期日早上，奧利維從學校回來，發現安多雅內特躺在床上昏睡。醫生來後診斷爲急性肺結核，但連醫生都束手無策。病況已非常嚴重，安多雅內特因長期過勞，身體完全毀損了。

安多雅內特極爲鎭靜。自從知道自己沒有希望之後，她心裡反而沒有苦惱了。她想起自己所克服的種種困難，也想起深愛的奧利維已經得救，心裡感到一股無比的喜悅。她對自己說：

「完成這些事情的，是我呢！」

但她又責備自己的傲慢。

「只靠我一個人，一定什麼都完成不了。是神幫助我的。」
她於是感謝神讓她活到完成任務的時候。如果早在一年前死了，不知情況將如何？——她嘆了一口氣，然後謙虛地滿懷感激。

她雖然呼吸困難，却一點也沒有叫苦——只是在昏睡中，有時像小孩子一般發出哼聲。她浮現明朗的微笑，向四周張望著，看到奧利維時總是欣喜萬分。她動著嘴唇叫他名字，但未出聲音。她希望他的臉靠近自己枕邊，然後久久默默地凝視他的雙眼。最後，她稍稍抬起身子，雙手抱著他的頭喊著：

「哦，奧利維！……奧利維！……」

她取下脖子上所掛的那具有紀念性的聖牌，爲弟弟掛上。她有時好像沈醉在愛與信仰的一種神祕的興奮中，再也感覺不到痛苦。悲傷已轉變成喜悅——純淨的喜悅，就在她的嘴邊和眼睛裡輝耀著。她反覆地說：

「我是幸福的……」

她開始陷入昏迷狀態。在意志還存在的最後時刻，她的嘴唇顫動著，好像念念有詞。奧利維在枕邊向她彎下身去。她還認得弟弟，於是向他淡淡地微笑。她的嘴唇仍然抖動著，眼眶裡則滿含淚水。她未出聲音地念著……奧利維終於弄清楚那有如嘆氣一般的模糊歌詞，那是他們最喜歡的，她常爲他唱的一首古老歌曲：

我將再來，親愛的，

接著她便再度昏迷過去……然後，離開了世界。

奧利維孤獨地一心悼念著姊姊。他因無法把他們一起生活過的住處繼續租下來而難過。他沒有足夠的錢，於是向人借了一些，加上自己當家教的收入，租了一個頂樓的房間，把能留下來的所有家具，像姊姊的床、桌子和安樂椅等等堆起來。他把那兒當作追憶的聖殿，心情沮喪的時候，便逃到這兒來。

朋友們以爲他有什麼感情事件。他會在這兒好幾個小時用手蒙著臉想念姊姊。很遺憾地，除了他們小時候一起拍的一張小照片，並未留下姊姊的任何照片。他流著眼淚跟姊姊說話……多麼孤獨啊！……如今，愛他、勸告他、安慰他的姊姊已經不在，一個不懂事的孩子就要笨拙地投入現實社會了。

安多雅內特把她所寫的東西幾乎全部燒毀。奧利維只發現她的一本小備忘錄，記了一些別人看不太懂的東西——那是一些未加說明的生活紀錄。從那些日期看來，幾乎都跟奧利維的生活有關，因此，儘管沒有詳細記載，他也可以想起當時所發生的事。

另外，她把弟弟寫給她的書信全部保存著。而他，則把姊姊給他的信幾乎全部丟了。他本來想姊姊永遠都存在的，怎麼有保留那些信的必要呢？當時他確信愛之泉是永不乾涸的，因此膚淺地浪費了可以從那兒汲取的愛。如今則連一個水滴都想收集起來……當他翻著安多雅內特的一本詩集，而發現她用鉛筆寫著「奧利維，親愛的奧利維……」的紙片時，眞是感動不已。

從那一天起，他翻開姊姊的每一本書，一頁一頁細心尋找著是否還有其他心靈的告白。他於是找到姊姊寫給克利斯多夫的信稿。從這裡他才得知在她心中所產生的默默的戀情。他原來一無所知，而今首次窺見姊姊的感情生活。

姊姊從未向他透露以前見過克利斯多夫，不過從信上的幾行字，他得知他們曾在德國相遇。詳細的情形雖然不清楚，但他了解克利斯多夫曾親切對待姊姊，從那時候姊姊便對他產生思慕之情，却至死未曾表白。

由於克利斯多夫所表現的動人藝術，奧利維早已喜歡他，如今更有一種難言的親切感。他想盡辦法試圖接近克利斯多夫。但克利斯多夫從那次音樂會失敗之後，就在巴黎這個大城市銷聲匿跡，因此要探尋他的行蹤是不容易的。

過了幾個月之後，奧利維在街上偶然看到病癒未久、臉色蒼白憔悴的克利斯多夫。但奧利維却沒有勇氣招呼他。他遠遠地跟著克利斯多夫向他的住處走。他想寫信，却下不了決心，他不知道該寫些什麼。奧利維現在並不是單獨一個人，而是有安多雅內特同在。她的戀情和害羞都感染了他。

他爲了想見到克利斯多夫，曾做了種種的努力。克利斯多夫可能會去的地方，他都去了。他渴望跟克利斯多夫握手。但一見到他，他立刻躲起來，唯恐被他看到。

有一天晚上，當他們共同參加在朋友家舉行的音樂晚會時，克利斯多夫終於注意到奧利維。奧利維離他遠遠的，一言不發，但一直向他那邊看。那天晚上，安多雅內特一定跟奧利維同在，因爲克利斯多夫在奧利維眼中看見了她。克利斯多夫於是穿過客廳，向那位不相識的年輕使者走去。

七、戶內

參

1

加了盧桑家晚會的第二天早上，克利斯多夫醒來後首先想到的就是奧利維•葉南。他很想立刻見到他，於是八點以前便出門。

奧利維住在聖•日內維弗山崗下的植物園附近。房子坐落於小街上最狹窄的地方。樓梯在中庭裡邊的幽暗處，那兒發散著種種污濁的氣味。

克利斯多夫爬上奧利維住的頂樓，拉著門口的一條繩子，因爲拉得太用力，鈴聲一響，好幾戶的門都打開了，奧利維也來開門。克利斯多夫向他伸出手。奧利維感到驚惶失措，結結巴巴地說：

「你，你竟然到這種地方來！……」

克利斯多夫沒有回答，只是笑著把奧利維向前推而走進了屋裡。

「那麼，你，你是來看我的嗎？」

奧利維流露著眞情反覆地說。

「因爲我非來不可呀！你該不會去看我吧？」
「你這麼認爲嗎？你說得沒錯。但我並不是不想去。」
「那爲什麼沒來呢？」
「因爲太想見你了。」
「眞是個好理由！」
「那是眞的，我不是開玩笑。」
奧利維繼續說：
「昨天，我眞傻。我擔心自己可能把你弄得很不愉快。我的羞怯簡直是一種病態，有時會一句話都說不出來。」
「別在乎這種事。你的國家，愛說話的人多的是，偶爾碰到沈默寡言的人是很高興的。」
「那麼，你是因爲我的沈默才來看我的嗎？」
「是的，因爲你具有沈默的美德。雖然沈默也有很多種，但我喜歡你的這一種。」
「你怎麼會對我產生好感呢？你才見過我一次啊！」
「那是我的做法。我一旦碰到喜歡的人，就會立刻去追尋。」
「追尋之後，是否有錯看的時候？」
「有好幾次呢。」
「這次你也許又錯看了。」
「那立刻就會分曉。」

克利斯多夫環視四周，然後說道：

「這是多糟糕的一個住處，簡直令人喘不過氣！你怎麼可以在這種地方生活呢？」

「已經習慣了。」

「要是我，那絕不可能習慣的。你還是離開這裡吧。爲什麼不離開呢？」

奧利維聳聳肩，以冷靜的語氣回答：

「反正到哪裡都一樣。」

天花板上有老鼠奔跑的聲音，樓下有尖銳的爭吵聲，牆壁則因街上來往的公共馬車而不斷震動著。

「我知道你是厭惡這環境的，但你爲什麼要繼續在這裡掙扎？老是與惡劣的生活鬥爭而磨損那有助於創作的想像力，畢竟是很可惜的。」

克利斯多夫一邊說一邊在房間裡踱步。隨後在鋼琴前面停下來，打開琴蓋，翻開樂譜，撫摩琴鍵，說道：

「能彈個曲子給我聽嗎？」

奧利維嚇了一跳，回答：

「要我彈嗎？怎麼可能？」

「盧桑夫人說你是出色的音樂家呢。來，彈一首吧！」

「在你面前彈？我會無地自容的。」

奧利維繼續推辭，克利斯多夫卻非要他彈不可。

奧利維終於嘆了一口氣，坐到鋼琴前面，遲疑了一陣子之後，便開始彈莫札特那美麗的B小調行板樂章。起先他的手指顫抖著，連按鍵的力氣都沒有。但他慢慢提起精神，認爲自己只是重述著莫札特的話，於是不知不覺打開了自己的心靈。

克利斯多夫所發現的倒不是莫札特的，而是這位新朋友的無形的特質。他體驗到這位神經質的、純潔的、深情的、害羞的青年那帶著憂傷的穩靜態度、以及羞怯而溫柔的笑容。

可是，當奧利維彈到接近終曲，爲情所苦的樂句達到高潮而突然滑落的時候，他羞得無法繼續彈下去。

「我彈不下去了……」

站在後面的克利斯多夫，俯身把中斷的樂句繼續彈完，然後說道：

「現在我了解你心靈的音色了。」

他拉起奧利維的雙手，凝視了他一會兒之後說：

「眞奇妙！……我曾見過你的……很久以前我就認識你了！」

奧利維的嘴唇顫抖著，他很想說出來，但還是噤口不言。

克利斯多夫又注視著他，默默對他微笑，然後便告辭了。

克利斯多夫帶著愉快的心情走下樓梯，到了街上就邊走邊低聲歌唱。後來他走進盧森堡公園，在樹蔭底下的長椅上躺下來，並閉上眼睛。

由於周圍沈悶的空氣，克利斯多夫竟變得昏昏沈沈的，彷彿一隻曬著太陽的蜥蜴。

盧森堡的大鐘響了，他並未特別注意聽，但隨即警覺到那該是敲過十二點了。他一躍而起，發覺自己已經在這裡耗掉兩個小時，不禁笑了起來。接著便吹著口哨走回家。

進到自己的房間之後，他把所有事情都拋諸腦後。帽子、上衣、背心隨地扔下，便用一股好像要征服世界的勁兒開始工作。

彼此深有默契的克利斯多夫和奧利維終於決定住在一起。他們合租了房子，那是在蒙巴納斯區的丹費爾廣場附近一棟舊公寓的六樓，有三個房間加上廚房。從正面窗子可以看到修道院的大花園。寂靜的園子裡一個人影也沒有，茂密的老樹在陽光下擺動。白天有鳥鳴，晚上則有蛙鳴，在這裡會讓人忘記置身巴黎。

有一個房間比其他房間寬敞、美麗。兩個人互相推讓著，後來決定用抽籤來解決。提議抽籤的克利斯多夫以巧妙的方法使自己抽不到那房間。

他們從此展開了一段非常幸福的生活。那段時期幸福一刻也未離開他們。

過了兩、三個月之後，奧利維因受到風寒而躺在床上。克利斯多夫像慈母一般焦慮不安地看護他。醫生診斷時，發現奧利維的肺尖有點發炎，囑咐克利斯多夫在病人背後塗上碘酒。克利斯多夫認眞地盡他的責任。就在這時候，他發現奧利維脖子上掛著一塊聖牌。這段時間他對奧利維已經有相當的了解，他很清楚，奧利維比他自己更遠離了宗教信仰，因此掩不住他的驚訝。奧利維紅著臉說：

「這是紀念品，是可憐的姊姊安多雅內特臨終時爲我掛上的。」

克利斯多夫嚇了一跳。安多雅內特這個名字對他就像閃電的光一般。

「安多雅內特？……安多雅內特・葉南……她是你的姊姊？……」

奧利維點點頭。

「我認識你姊姊呀！」

「我知道。」

奧利維說著便撲到克利斯多夫脖子上。

「眞可憐！眞可憐！」克利斯多夫反覆地說。

兩個人一起哭泣。

克利斯多夫想起奧利維正在生病的事。爲了讓他平靜下來，克利斯多夫強迫他把手放進被窩裡，再重新把被子蓋好他的肩膀，並溫柔地爲他拭淚，然後坐在他枕邊注視著他說：

「所以我對你才那麼眼熟。頭一次見到你的那個晚上，我就覺得自己彷彿見過你。」

停了一會兒，克利斯多夫又說：

「可是，你既然知道，爲什麼不告訴我呢？」

安多雅內特借著奧利維的眼睛回答：

「我不能說。你應該會察覺到的。」

兩個人沈默了一下。隨後，在靜夜裡，奧利維一動不動地躺在床上，對握著他的手的克利斯多夫低聲敍述安多雅內特的生涯，可是有一件事，亦即深藏姊姊心中的祕密，他却始終沒有說出。——但，克利斯多夫或許已經知道了。

從此，他們兩個都被安多雅內特的靈魂裹起來了。

克利斯多夫本能地在奧利維身旁取代她所扮演的角色；以一個笨拙的德國人，竟不知不覺地像安多雅內特那樣給予親切的關懷與照料，那眞是令人感動的景象！他究竟是在安多雅內特身上愛著奧利維，還是在奧利維身上愛著安多雅內特，自己也弄不清楚了。

克利斯多夫由於心中滿懷著愛，便瞞著奧利維，獨自帶著鮮花上安多雅內特的墳去。奧利維有很長一段時間並不知情，直到有一天，他在墳上發現鮮花才覺察到，可是要得到克利斯多夫來過這裡的證據並不容易，他戰戰兢兢問起的時候，克利斯多夫卻帶著不悅的表情，唐突地把話岔開。他因爲不願讓奧利維知道而想隱瞞到底。但有一天，他們終於在墓地不期而遇。

奧利維則私下給克利斯多夫的母親寫信。他把克利斯多夫的狀況告訴露意莎，也告訴她自己是如何敬愛著克利斯多夫。露意莎也給奧利維寫了笨拙又謙虛的回信，信中充滿感謝之情。她提到兒子的時候，還是把他當小孩子看待。

他們彼此之間互相充實著。奧利維具有清明的心和病弱的身體，克利斯多夫則具有堅強的生命力和動盪不安的靈魂。一個是盲人，一個是癱子。如今兩個人在一起却覺得很圓滿了。奧利維受克利斯多夫的影響，而重新對「光」感到興趣。克利斯多夫即使在悲傷、難堪或憎惡的時候，仍能保持樂觀，他把這種充沛的活力灌輸了一部分給奧利維。但他從奧利維那兒却取得更多的東西。這是天才的法則；天才無論付出多少，他總是能從愛當中獲得更多的東西。

克利斯多夫以奧利維的思想來滋養自己；他吸收了奧利維那沈穩的智慧、超脫的精神和深遠的洞察力。

他們互相驚嘆對方的長處。他們各自貢獻出自己一向未覺察的巨大財寶，那是他們各自的民族所具有的精神瑰寶。奧利維具備法國人深厚的教養和洞察心理的能力，克利斯多夫則具備德國人的音樂天賦以及領會自然的直覺。

克利斯多夫一直無法理解奧利維是個法國人。奧利維和他所見過的法國人大不相同。他很想證明奧利維和他姊姊不是純粹的法國人。

「可憐的朋友！你對法國究竟了解多少呢？」奧利維說。

克利斯多夫說他曾費很大工夫去了解法國，例如去參加斯托文家和盧桑家的聚會。

「我指的是眞正的法國人，你一個也不曾見過呢！你所接觸的是一批浪子、政客、無賴，他們只是喧囂地飄浮在民眾之上。」奧利維回答。

「不，我也看過優秀的知識分子。」

「什麼？你是說二、三十個文人吧？那眞微不足道啊！科學與實踐占非常重要地位的今日，文學不過是民眾最浮面的思想。你跟大部分外國人一樣，太重視我們國家的小說、大街上的戲劇和政客的騙局了。如果你願意，我可以讓你看看那些從不看小說的婦人，或從不上戲院的巴黎女孩。你既未看過我們的學者、我們的詩人，也未看過默默耕耘的孤獨的藝術家，或燃燒著熱情的革命家。偉大的信徒，或偉大的自由思想者，你也一個都沒見過。因此，最好不要談民眾的問題吧。除了你生病的時候曾看護你的那位可憐的女子之外，你對民眾究竟知道多少？住在簡陋的屋子、或巴黎公寓的頂樓、或安靜鄉間的那些善良而誠實的人，你雖然不認識他們，但他們在平凡的一生當中，卻一直具有嚴肅的思想，每天繼續過著自我犧牲的生活。這些人雖不為世人所知，也不想浮出表面，但他們是法國眞正的力量呢！」

克利斯多夫與奧利維所住的是一棟六層樓的搖搖晃晃的老房子。

他們住在這棟公寓的頂樓。隔壁住著一位叫高爾內尤的牧師。他年約四十，具有自由思想，是個相當有教養的人。過去他曾在一所大神學院當講解聖經的教授，因為思想先進，受到羅馬教皇的懲戒。他心裡雖不服，却默默接受了譴責。克利斯多夫無法了解他這種做法，於是試著和他交談。但牧師却表現謙恭而冷漠的樣子，與自己最有關係的事隻字不提，他似乎已選擇了遁世的生活。

下面一層住著艾利・埃斯柏塞一家人——工程師和他的妻子，以及兩個七歲與十歲的女兒。他們富有同情心且氣質高貴，但因處境艱困而羞於見人，平日老是關在屋裡。他們是新教徒，夫妻兩個人在幾年前捲入德雷弗斯事件①的風暴。為了熱心投入這個事件，他們犧牲了舒適的生活、地位，以及與親友的交往。他倆雖然生性羞怯，還是積極參加示威遊行，或在集會中發表演說。他們因為在這一場戰鬥中把熱情耗盡，等到獲勝的時候，他們却連歡欣的力氣都沒有了。

① 德雷弗斯事件(Dreyfus Case)，一八九四年在法國所發生的政治事件。猶太裔的德雷弗斯因有間諜嫌疑而遭逮捕，並且被判無期徒刑。主張德雷弗斯無罪的共和派與王黨派軍部對立。後來經由擁護人權的作家左拉等人的積極行動，一九〇六年，犯人終於被證明無罪。

他們家非常安靜。只因爲他們不堪受鄰居的打擾，以致幾乎病態地怕打擾鄰居。克利斯多夫看到兩個小女孩愛歡鬧的衝動不斷被壓抑，覺得她們好可憐。他非常喜歡小孩，因此在樓梯遇見她們的時候，都對她們表現和藹可親的樣子。她們一開始雖然很害羞，但因爲克利斯多夫老是跟她們講些笑話，或給她們餅乾糖果之類的東西，後來就逐漸跟他熟了。她們也跟父母提起他。他們起先對這位鄰居的親切並不覺得很愉快，但慢慢地却被他坦率的態度打敗了。

他們曾詛咒過樓上的鋼琴聲、以及像籠中大熊的走路聲，因此雙方要交談並不是容易的事。而克利斯多夫有如鄉下人一般的粗魯態度也曾讓艾利・埃斯柏塞感到詫異。工程師打算築起一道牆迴避，但對於克利斯多夫始終帶著誠懇友善的目光看人的那種明朗的樣子，終於無法抗拒了。

同樣在五樓的小套房裡，則住著一位叫奧貝爾的電器工人。他是私生子，從未認識父親，只知道父親屬於中產階級。他由不受人尊敬的母親撫養，從幼年時代就見過許多悲慘和汚穢的事情。他幹過各種行業，在法國各地流浪。因爲有強烈的求知慾，他曾努力自學。

奧貝爾的夢想是要成爲大文學家。無論他如何自負，由於他具備健全的判斷力，所以知道自己是沒有那種機會的。對於布爾喬亞思想的世界，他不是只想遠遠地看著，而是希望能生活其中。但他努力想接近的中產階級却對他關閉門戶，他終究未見到任何人。因此，克利斯多夫要跟他交往是毫不費力的，倒不如說，必須立刻迴避他。奧貝爾因發現一個能談音樂和戲劇的藝術家而欣喜。但克利斯多夫碰到平民的時候，却更喜歡談平民的事。然而這是奧貝爾不願談的，而且他也不清楚這種事。

越是下面樓層的人，克利斯多夫跟他們的關係自然而然越疏遠。要進入四樓鄰居的世界，還得具備一點魔力呢。這一層的一側住著兩個婦人。三十五歲的塞爾曼夫人，自從丈夫與小女兒過世後，便一直陷在憂傷之中，她和年老而有虔誠信仰的婆婆住在一起，兩個人都深居簡出。

另一側住著一個謎樣的人物，看不出實際年齡，大概在五十歲到六十歲之間吧。有一個約十歲的小女孩跟他住在一起。他說話從容，舉止高雅，有一雙貴族的手。人家稱他巴特雷先生，說他是外國的革命家，但不知是俄國人還是比利時的人。其實他是法國北部的人，早已不是革命家了。

他因爲與一八七一年的革命政府有關連而被判死刑。後來却連他自己都感到不可思議地逃亡了。約十年間走遍歐洲各地。無論在亡命中或回國以後，他從往日的同志以及所有革命黨的內部，都目睹了許多卑劣的行爲，因此退出任何黨派，只保存沒有任何汚點却無益的信心。

關於他的生活，克利斯多夫一無所知。他在樓梯上遇見巴特雷以及老陪在其身邊的小女孩時，他只注意那孩子。她臉色蒼白，金髮碧眼。克利斯多夫跟大家一樣，以爲她是巴特雷的親生女兒。但實際上，她是工人的孤兒，四、五歲時，雙親因傳染病去世後，由巴特雷領養。巴特雷對貧苦的孩子總是懷著無邊的愛。

由於克利斯多夫疼愛著小孩，巴特雷對他多少具有好感。克利斯多夫每次看到巴特雷家的小女孩，都會感到一陣心酸；因爲這孩子讓他想起薩比娜的女兒，也讓他想起彷彿曇花一現的薩比娜溫柔的面貌。克利斯多夫關懷那小女孩，因爲他從未看過她蹦跳奔跑，也幾乎聽不到她的聲音。她沒有年紀相仿的朋友，老是帶著洋娃娃或木片孤獨地靜靜地玩著，有時嘴唇輕輕動著喃喃自語。

克利斯多夫很想把工程師的兩個女兒介紹給這位孤獨的少女，但埃斯柏塞和巴特雷雙方都禮貌地却斷然地拒絕了。這兩個人最後也許能互助，但雙方都怕被認爲是自己在向對方求助；他們都具有同樣的自尊心，因此要其中一方先伸出手是不可指望的。

三樓較大的房子幾乎都空著。屋主把房子留著自己用，却從不住這裡。他冬天住在科多·達朱爾的旅館，夏天則住在諾曼第海邊，靠存款利息過著自以爲奢華的生活。他是個吝嗇又虛榮的人。

租三樓較小房子的是沒有孩子的阿爾諾夫婦。丈夫大概是四十到四十五歲的年紀，在中學教書。爲了準備教材、寫講義、上課等等，忙得沒時間寫博士論文，最後終於放棄了。妻子約小他十歲，非常文靜、羞怯。兩個人都很聰明，有教養，彼此相愛；因爲沒有熟人，老關在屋裡。

他們最大的樂趣是音樂。丈夫不會彈奏樂器；妻子雖會彈琴，却不太敢彈；她在別人面前彈，會像小孩子一樣害羞，即使在丈夫面前也是如此。但他們常一起談論音樂家的生涯等等。

他們最感到遺憾的是沒有孩子，但雙方都不提此事；他們並且因而更加相愛。這對可憐的夫婦似乎在互相祈求對方的寬恕。阿爾諾夫人是個友善而眞摯的人，跟埃斯柏塞夫人應該可以成爲好朋友的，但對方若無表示，她也不敢主動去接近人家，至於跟克利斯多夫的結識，是這對夫婦所期盼的，他們早已被他遠遠傳來的琴音所迷惑。但他們絕不會先採取行動，因爲他們認爲那是冒昧的行爲。

二樓全部由費利克斯・貝爾夫婦租下來，他們是有錢的猶太人，沒有小孩。一年有一半時間在巴黎近郊生活。他們雖然在二十年前就住這裡，但總像路過的外國人；因爲從不跟鄰居交談，所以並不討人喜歡。

不過，他們是値得大家多去了解的人。夫婦倆都有過人的才智。丈夫年約六十，是研究亞述②的學者，因在中亞的發掘而聞名世界。他跟大部分猶太人一樣，富有好奇心並具有多方面的思想，不以專門的研究爲限，對美術、社會問題、現代思潮等等也都有興趣。

他的妻子是個具有善心與活動力的人，因爲很想對別人有所幫助而經常參與慈善事業。但由於外表給人冷淡的感覺，人們對她並沒有好的印象。又因爲他們自尊心太強，絕不宣揚自己的善行，一般人竟把他們的矜持視爲冷漠，把他們的孤獨視爲自私。

有個小中庭的一樓，住著退役的殖民地砲兵軍官——夏布朗少校。他看起來還年輕、健壯，以前曾在蘇丹和馬達加斯加立下戰功，但現在已拋下一切，定居於此；每天的生活就是爲他的花圃翻翻土，或練習一直沒什麼進步的長笛，或對他疼愛的女兒發發牢騷。

他的女兒約三十歲，雖不算美，但很可愛。她想終身陪在父親身邊，所以不結婚。她下

②　在亞洲西南方美索不達米亞地方的古代王國。

午會有一段時間陪著愛發牢騷的父親在庭院裡度過。她總是愉快地做著針線活兒，或幻想著，或整理庭院。不久，父親進屋之後，她仍然坐在長凳上，一邊縫東西一邊愣愣地微笑著。發悶的少校則在屋裡拚命吹著長笛，發出刺耳的聲音，而爲了變化心情，便彈起風琴，琴音卻無法連貫。克利斯多夫對此有時覺得好玩，有時又覺得厭煩。

這些人住在有個封閉庭院的同一棟公寓裡，不受外界的影響，甚至鄰居也互不相往來。只有克利斯多夫因朝氣蓬勃，而用他盲目的同情心把他們全部包裹了起來。克利斯多夫並不了解他們。他缺乏奧利維那種了解人類心理的能力。但克利斯多夫愛他們，本能地會爲他們設身處地。於是，對他們近的，甚至遠的生活，逐漸從模糊變得清晰。他們靈魂中無言的音樂，只有克利斯多夫能夠體會。他們都各自沈浸在自己的悲傷和憂思裡。

用一分鐘去愛一個人，比用幾個月去觀察他，會對他有更多的了解；同樣的，克利斯多夫在與奧利維一起生活一週之後，就比他用一年的時間在巴黎打轉、或出入各種沙龍，更了解了巴黎。對於在雜亂的巴黎迷失方向的克利斯多夫而言，奧利維的靈魂就像一個「法國島」——在汪洋大海中的一個理

性與沈靜的小島。

奧利維內心的平和打動了克利斯多夫的心。他的冷靜和淸明並非由堅強的意志得來的，那是來自他個人以及他的民族的最深處。克利斯多夫在奧利維周圍的許多人當中，也看到那種沈著的遙遠的光。而克利斯多夫很淸楚，即使用最大的意志力，仍然不足以平衡自己騷動的靈魂。因此對這種內心的和諧便讚嘆不已了。

克利斯多夫看到法國較深層的東西之後，就把他對法國人性格的觀點全面推翻了。他所看到的已經不是享樂的、愛社交的、漫不經心的、奢華的民眾，而是內省的、孤獨的心靈。當然，這些只是法國的菁英；但克利斯多夫却不懂他們的信念是從哪裡汲取的。奧利維給他如下的回答：

「從失敗中得來的。克利斯多夫，是你們德國人把我們鍛鍊出來的。啊，那並非沒有痛苦。我們是在怎樣暗澹的氣氛中長大，你們一定很難想像。你想想看吧，法國的孩子們誕生在失去親人的家庭，被戰敗的陰影所籠罩，受沮喪的思想所影響，他們的成長過程似乎就是在爲無益的報仇做準備。他們首先注意到的就是世界上沒有正義！這樣的發現，永遠傷害了兒童的心靈，但也可能助長了他們。許多人就這樣變得自暴自棄，對自己說：『既然如此，何必奮鬥？何必有所作爲？一切都微不足道的。什麼都不要想，只管享樂吧！』——但從痛苦中掙扎過來的人，却有如受到烈火的鍛鍊，任何幻滅都不會損傷他們的信念。因爲他們從一開始就知道自己的路並非幸福之路，但也別無選擇。這樣的信念並非一蹴即成。要獲得這種信念，必須先嘗受許多痛苦，流過許多眼淚。但這是好的。是應該如此的。……」

克利斯多夫默默地緊握著奧利維的手。

「克利斯多夫，你的德國使我們受了很大的苦呢！」奧利維說。

克利斯多夫差點要道歉了，好像那是他的過錯似的。奧利維却笑著說：

「啊，你沒什麼好憂心的。其實德國給我們的好處遠多於壞處，這可能連德國本身都未發覺。是你們使得我們的理想主義復甦了，是你們再度燃起我們對科學與信仰的熱情，是你們刺激了像巴斯德③那樣的創造力。只靠他一個人的發明，就把五十億法郎的戰爭賠款償還了。另外，使我們的詩、繪畫和音樂復活的也是你們。由於你們的緣故，我們的民族意識被喚醒了。我們跟大海一般的德國比起來，雖然只是一滴水，却是能把整個大海染上顏色的一滴水，我們爲此而自豪。」

病弱的奧利維眼睛閃耀著信念之光，克利斯多夫凝視著他說：

「弱小的可憐的法國人，你們比我們更強呢！」

「幸運的失敗啊！值得讚美的災難啊！」奧利維反覆地說。

2

克利斯多夫與奧利維的生活是艱困的。他們幾乎沒什麼收入。克利斯多夫只有赫希特托

③ 巴斯德（Louis Pasteur, 1822～95），十九世紀法國化學家和細菌學家。曾發明狂犬病疫苗，並從發酵現象的研究進展到微生物的研究，對生化與醫學的發展有很大貢獻。

他的編曲工作。奧利維則輕率地把教書工作辭掉了。

在他們生活艱困的時候，唯一幫助他們的是一個約四十歲的猶太人，名叫泰德•莫克。他一再爲他們帶來好消息——例如爲奧利維找到寫藝術論或編講義的差事，爲克利斯多夫找到教音樂的工作。

有一次奧利維病倒了，他們因缺錢而不知所措的時候，莫克便去向跟他們住在同一棟公寓的富裕的考古學家——費利克斯•貝爾求助。

貝爾從莫克那兒聽到有關克利斯多夫與奧利維的深厚友誼時，頗爲感動，從此便對他們表示善意。他知道他們性情高傲，於是托莫克向奧利維索取剛出版的詩集，暗地裡爲這本詩集爭取到一筆文藝學會的獎金，而這筆獎金正是他們在困境的時候所需要的。

克利斯多夫與奧利維雖然彼此相愛，但有時却無法互相了解，而把對方弄得很不愉快。

在克利斯多夫的性格中混雜著各種元素，這是奧利維不太能了解的，他並因而感到不安——克利斯多夫會突然改變想法，或突然發脾氣，有時候他不想說話，有時候又拚命惡作劇；他也會突然失蹤，整天不見蹤影；他還曾經兩天沒回來，沒有人知道他在做什麼，連他自己也不太清楚……事實上，克利斯多夫強而有力的性格，在那狹小的空間過侷促的生活，情緒常有快要爆發的感覺。他看到朋友那麼鎮定的樣子，更是氣得想要整他。克利斯多夫於是逃出去，把自己弄得疲憊不堪——這種時候，他總在巴黎的街道或郊外到處閒晃。

奧利維因健康情形不佳，體力衰弱，對這種事情是難以理解的，其實克利斯多夫本身也不很了解。事後克利斯多夫又會好像做了一場惡夢似的，從這種錯亂狀態中醒來，而對自己所做的一切感到羞愧和不安。可是，一場狂風吹過之後，他就會像風雨過後的晴空一樣變得非常明朗。他對奧利維會更加溫柔，並且爲了曾帶給他困擾而心痛不已。

如果兩個人的不和發生在夜晚而一直未和解，他們都無法入睡。奧利維明明知道克利斯多夫愛他，並沒有懷著惡意，但他還是期待著克利斯多夫的道歉。如果克利斯多夫道歉了，所有的不愉快便煙消雲散，他們的內心將變得多麼平和！他們於是可以安心地入睡了。

「啊，要互相了解是多麼困難的事！」奧利維嘆道。

「可是，一定要永遠互相了解嗎？我並不認爲有此必要。只要彼此相愛就好了。」克利斯多夫說。

像這種小小的爭執會讓他們變得更親密。彼此不和睦的時候，在奧利維眼中會出現安多雅內特的身影。兩位朋友於是互相表示女性的關懷。在奧利維的節日，克利斯多夫總不忘以獻給奧利維的作品、或鮮花、蛋糕等禮物來祝賀他。而奧利維則偷偷熬夜爲克利斯多夫抄寫樂譜。

兩個人之間的誤解如果沒有第三者闖入，是不會很嚴重的。——但第三者的闖入總是免不了。在世界上，有太多喜歡多管閒事和挑撥離間的人了。

奧利維也認識不久以前克利斯多夫常來往的斯托文一家人。他也被格蕾特所吸引。克利斯多夫不曾在這個沙龍遇到奧利維，是因爲那段時期他姊姊過世不久，他總守在家裡不見任何人。

格蕾特雖然喜歡奧利維，却不喜歡不幸的人。因此她等待著奧利維的悲傷過去。當她知道他的心情似乎好轉的時候，便設法邀請他。奧利維雖不愛交際，却又無法拒絕，於是立刻答應了。

他向克利斯多夫說出自己又打算到格蕾特家的時候，克利斯多夫因爲不想束縛朋友，所以一點也沒有反對，只是聳聳肩，用嘲弄的口吻說：

「如果有興趣，你就去吧！」

自從格蕾特知道奧利維與克利斯多夫的情誼之後，她更想見到奧利維。她對克利斯多夫的冷漠態度有點怨恨，雖然不到想報復的程度，但很想捉弄他。因爲格蕾特擅長用花言巧語哄騙人，奧利維天眞地相信了她。格蕾特對他和克利斯多夫的友情表現一副關切的樣子，奧利維無意中就把他們和睦相處的情形，以及有時發生衝突的經過都告訴她了。

格蕾特立刻以她自己的說法把這些話傳開。當然第一個聽到的是魯西安・雷比・庫爾。而魯西安更誇大其辭地把話四處散布。

最後那個傳言終於從盧桑夫人口中傳到克利斯多夫自己的耳朵。她在一次音樂會碰到他的時候，便問他是否眞的跟奧利維爭吵了。他問這是聽誰說的，她回答是從魯西安那兒聽來的，而魯西安則是聽奧利維自己說的。

克利斯多夫大爲震驚。脾氣暴躁的他並沒有好好去想事情的來龍去脈，而只看到一件事：

「我被朋友出賣了！」

他無法繼續待在音樂會裡。於是立刻離開會場。回家後便將自己鎖在房間裡。奧利維回來之後想打開克利斯多夫的房門却打不開，便從鑰匙孔向他道晚安。克利斯多夫則一動不動。他在黑暗中坐在床上抱著頭反覆地說：

「我被朋友出賣了……」

第二天早上，他看到奧利維時也沒有講話。他覺得要說出責備的話是很可怕的。他始終緘默不語，但憤怒却寫在臉上。奧利維雖然不知道原因，但大爲吃驚。他戰戰兢兢地想試探克利斯多夫爲什麼生氣，克利斯多夫却把臉轉過去，並不回答他。奧利維也被弄得很不愉快，默默忍受著心中的悲痛。那一天，他們整天未再碰面。

即使奧利維給克利斯多夫千倍於此的痛苦，他也絕不會報復的。對克利斯多夫而言，奧利維是神聖的。但他的憤懣却非找人發洩不可。他於是以魯西安爲目標。以前魯西安曾奪去格蕾特的友情，如今又來破壞他與奧利維之間的友情，想到這一點，他心中的嫉妒幾乎無法忍受。

正好那一天，魯西安在報紙上發表關於〈費黛里奧〉④上演的批評文章；文章裡，他用嘲弄的語氣描述貝多芬，因此令克利斯多夫怒不可遏。對於那部作品中可笑的部分，克利斯多夫看得很清楚，他甚至看出某些在音樂上的錯誤。但魯西安却想在批評中博得掌聲而毀謗偉人和諂媚大衆，克利斯多夫覺得這是不可原諒的。

④〈費黛里奧〉(*Fidelio*)，貝多芬所作二幕歌劇。

那天晚上兩個人偶然在盧桑家碰面了。克利斯多夫被請求彈琴，他勉強答應而正在彈奏的時候，忽然抬起眼睛，却發現魯西安帶著嘲諷的眼神在看他。克利斯多夫於是在那個小節的中途停下來，站起身子，背對著鋼琴。大家不知道發生了什麼事。盧桑夫人訝異地勉強帶著笑容，謹愼地說：

「不繼續彈了嗎，克拉夫特先生？」

「已經彈完了。」

他冷淡地回答，不過，話一說出口，他立刻察覺到自己的魯莽。但他並不因此更加謙虛，反而變得非常焦躁。他不在乎大家嘲諷的眼神，直接走過去坐在客廳的一個角落，在那兒他可以看清楚魯西安的動作。

魯西安像往常一樣，用做作的聲音在對婦女們解釋大藝術家的意圖和內在思想。周圍稍稍靜下來的時候，克利斯多夫聽到他用卑鄙的暗示的話提到華格納和路德維希二世（巴伐利亞國王）之間的友誼。

「夠了！」克利斯多夫一邊用拳頭敲著身邊的桌子一邊叫道。

大家都轉過頭來驚愕萬分。魯西安遇到克利斯多夫的目光，臉色有點發白地說：

「你在對我說嗎？」

「當然，是在對你說，無恥的東西！你是想把世上所有美好的東西都弄髒嗎？滾出去，混蛋，否則我要把你扔出窗外了！」

克利斯多夫向魯西安那邊走過去。婦女們尖叫著往後退。克利斯多夫立刻被人包圍了。

魯西安稍微抬起身子，但隨即又沈甸甸地坐到安樂椅上。然後他小聲叫住從旁邊走過的僕人，交給他一張名片。接著又若無其事地繼續他的談話，可是他的眼皮却神經質地顫動著。

盧桑先生站到克利斯多夫面前，抓住他的衣領，把他押到門口去。

「喂，你在幹什麼？到底怎麼回事？你把這裡當什麼地方了？你發瘋了嗎？」

「我再也不會踏進這個家了！」

克利斯多夫甩甩手便走出門外。

他走過時，大家都小心地讓路。在衣帽間，有個僕人向他端出一個盤子，盤中放著魯西安的名片。他覺得莫名其妙，便拿起名片高聲念著，隨即勃然大怒，喘著氣掏口袋，在掏出五、六樣東西之後，終於掏出兩、三張皺皺的名片。

「拿去吧！」

他把名片往盤子上一扔便出去了。

克利斯多夫和魯西安的決鬥在巴黎郊外的森林進行。雖然雙方各發射了一顆子彈，但沒有人受傷。證人都跑過來祝賀他們的平安無事。如此便能保住名譽了。——但克利斯多夫並不滿足。他無法相信事情已經結束，仍然握著手槍站在那兒。他很想繼續決鬥，一直到射中對方爲止。證人要他跟對方握手時，他對這一場鬧劇感到極爲憤怒，於是把手槍扔掉，推開證人，向魯西安撲過去。大家好不容易才把克利斯多夫想以拳頭跟對方互鬥的舉動阻止了。

奧利維完全不知道這件事。他只是爲克利斯多夫溫柔的態度感到訝異，他不了解爲什麼突然有這樣的轉變。第二天，他在報紙上看到決鬥的消息，想到克利斯多夫所冒的危險便驚駭不已。他渴望知道決鬥的原因，但克利斯多夫卻不願意說。後來在奧利維的逼問下，他才笑著說：

「是爲了你呢。」

除此之外，奧利維再也問不出其他的話來。隨後莫克把事情的緣由告訴他時，他眞是大爲吃驚，於是跟格蕾特絕交，要求克利斯多夫原諒自己的輕率。

兩個人的友誼又恢復了。

這時候，克利斯多夫有豐沛的生命力。音樂源源不絕地流出，他幾乎連自己都弄不清是在表現何種感情，他只是爲了能表現自己而欣喜。這份欣喜也感染了周圍的人。

首先受惠的當然是奧利維。力量是他最缺乏的。他因厭惡社會的愚蠢而從社會退隱。他雖具有足夠的智慧與非凡的藝術天分，却因爲神經太纖細而未能成爲大藝術家。與克利斯多夫相處，終於有陽光射進奧利維的靈魂深處。

工程師埃斯柏塞也受到克利斯多夫的樂天主義的感染。但他的習慣並沒有什麼變化。他的習慣太根深蒂固了。不過他已經從萎靡的狀態中掙脫出來，對於很久以前就放棄的研究、讀書、或科學上的工作，再度感到興趣了。

在這棟建築物中，克利斯多夫最先交往的是住在三樓的那一對夫婦。好幾次他從他們家門前經過時，都側耳傾聽著屋裡傳出的琴音。那是阿爾諾夫人獨處的時候在彈鋼琴。他於是把音樂會的票券送給他們。他們對此滿懷感謝。從此他常在晚上拜訪他們。但他再也聽不到這位年輕夫人的琴音了。因爲她非常害羞，無法在別人面前彈琴。克利斯多夫爲他們彈奏，並且和他們長時間談音樂。看到阿爾諾夫婦談話中表現的青春氣息，克利斯多夫欣喜萬分。

克利斯多夫也跟埃斯柏塞家的兩個女兒以及巴特雷先生的養女成爲好朋友。他不忍心看她們過著孤獨的生活，於是一再向她們提起不認識的小鄰居，使得她們彼此急於想見到對方。她們先從窗口互相示意，或在樓梯上匆匆交換幾句話。後來由於克利斯多夫的幫忙，她們獲准有時在盧森堡公園見面。克利斯多夫因自己的計畫成功而極爲高興。在她們首次相會的那一天，他發現她們很不好意思，對這份新的幸福不知如何是好。他想出種種遊戲解除了她們的窘境。他像十歲小孩一般忘形地跟她們打成一片。在公園散步的人都好玩地看著這位大人邊叫邊跑，或被三個小女孩追逐，而繞著樹木奔跑。

可是，女孩子們的家長却不大喜歡讓她們常到盧森堡公園去玩，因爲如此一來他們就無法就近監督孩子了。克利斯多夫於是請求住在一樓的夏布朗少校，讓孩子們到中庭去玩。

克利斯多夫是在偶然的情況下跟夏布朗少校交往的。

有一次，克利斯多夫擺在窗邊桌上的幾張樂譜被風吹到下面院子裡了。克利斯多夫和往常一樣，衣冠不整地跑下去撿。他本來以爲跟僕人打個招呼就行。沒想到來開門的是一位年輕姑娘。他有點慌張地說明來意。她微笑著讓他進去。他們一起走到院子撿樂譜。她送克利斯多夫出來的時候，少校正好從外面回來。少校用訝異的眼光看著這位奇怪的客人。年輕姑娘笑著介紹了他。

「啊，你就是那位音樂家嗎？太好了！我們是伙伴呢！」

他緊握著克利斯多夫的手。兩個人親熱地談起他們經常互相聆聽著對方的音樂——亦即克利斯多夫的琴聲和少校的笛聲。克利斯多夫要告別的時候，少校却留住他，繼續跟他海闊天空地談論音樂。

少校的女兒叫塞莉娜。她親切而活潑，但缺乏精神方面的好奇心。她幾乎不閱讀，不上戲院，也不旅行，甚至難得走出那像個大井似的庭院。儘管如此，她並不覺得無聊，她總會高高興興地找些事情做。

午後她常會坐在庭院的長凳上，有時把活計擺在膝上，却好幾個小時坐在那兒發呆。有一天，克利斯多夫看到這種情形，便問她究竟在做什麼。她紅著臉辯稱那並沒有好幾個小時，只不過偶爾有幾分鐘繼續編她的故事。

「那是什麼樣的故事？」

「是說給自己聽的故事。」

「你是在跟自己講話嗎？既然如此，也講給我聽吧！」

她說他太好奇了。她只表示那是些並非以自己爲主角的故事。他覺得很訝異，於是說道：

「既然是說給自己聽，那麼，我覺得美化自己，並想像一種比現實更幸福的生活，應該是較自然的事。」

「這我做不到。這麼做可能會使我陷入絕望中。」

她因爲又揭露了自己不爲人知的心靈的一部分，再度臉紅了起來，然後說：

「在院子裡吹吹風，我就會感到很舒暢。我覺得院子裡充滿生氣。而從遠處吹來的風對我訴說著種種事情呢！」

她雖以愼重的態度講話，但克利斯多夫發現在她快活的背後其實隱藏著深深的憂傷。她爲什麼不解放自己呢？克利斯多夫跟她說，像她父親那樣強壯的軍人是不需要她的，他也沒有權利把她犧牲了，但講這些話却徒然。她爲父親辯護著，她說並不是父親強留她，而是她無法離開父親……她編造一切出自孝心的謊言。

一件偶然的事情，使得克利斯多夫越來越同情塞莉娜，同時也使他看到法國人愛情的狹隘。

工程師艾利・埃斯柏塞有個小他十歲的弟弟，名叫安德烈，也是工程師。兩兄弟彼此相愛。他們個性相似，講話却不投機。兩個人都屬於德雷弗斯派，但安德烈受產業公會運動的吸引，成爲反軍國主義者。而艾利則是愛國主義者。

有時候安德烈只來拜訪克利斯多夫，而未跟哥哥見面，克利斯多夫覺得很奇怪。有一天，克利斯多夫察覺到安德烈靠在窗子上，並未好好聽他講話，而只留意著下面的院子。克利斯多夫問他怎麼回事，安德烈坦然承認自己到此拜訪，事實上有一部分是爲了想看到塞莉娜・夏布朗小姐。

埃斯柏塞家與少校家從前有過密切交往，但後來却因政治立場不同而分開。從此他們不再來往。克利斯多夫表示這樣做是愚蠢的。

「如果你愛她，而她也愛你，爲什麼不結婚呢？」克利斯多夫問道。

安德烈慨嘆塞莉娜是屬於僭權擴張論派。

「這對你有什麼妨礙？」

「我不希望自己的妻子另有所屬。」

「你連妻子的思想都要嫉妒嗎？」

「如果是你，難道你會跟一個不喜歡音樂的女子結婚嗎？」

「我曾經考慮過呢！」

「思想不同，怎麼能一起生活？」

「不用爲這種事傷腦筋了。你們的思想並沒有優劣之分。世界上只有一件事情是眞實的，那就是相愛。」

「那是詩人的說法。我看過許多因爲思想不同而痛苦的家庭。」

「那是因爲沒有足夠的愛。」

「只有意志是沒用的。即使想跟夏布朗小姐結婚，我也做不到。」

「爲什麼？」

安德烈表白了他的顧慮。他說自己還沒有穩固的地位，也沒有財產。在這種情況下是否能結婚呢？這是重大的責任問題……。一旦結婚，是否會爲所愛的人和自己——且不說未來的孩子們，帶來不幸呢？……等待——或者放棄，是否較妥當？

克利斯多夫聳聳肩說：

「多麼堂皇的戀愛方式啊！她如果心中有愛，她會爲所愛的人獻身而得到幸福的。至於孩子的問題，你們法國人眞可笑。你們眞要等到有足夠的財產，有信心讓孩子過養尊處優的生活，才把他們生下來嗎？其實，雙親只要給孩子生命，讓他們愛生命，讓他們有保護生命的勇氣就行。與其追求偶然的幸福，倒不如放棄生命呢。」

克利斯多夫所發散的強有力的信念雖然傳給了對方，但仍然無法讓他下決心。

費利克斯・貝爾、工程師艾利・埃斯柏塞和夏布朗少校三個人互相懷著一種無言的敵意。他們雖然各屬於不同黨派和種族，但都有同樣的願望。

克利斯多夫費了很大力氣想讓他們三個人和好相處，却無法順利進行。克利斯多夫頗感寂寞。奧利維對他說：

「別悶悶不樂了。想靠一個人來改變社會狀態是不可能的。那未免太樂觀了。」

奧利維說得沒錯。一個人想要影響別人，不是靠言語，而是靠他的生命。慢慢地，克利斯多夫的生命終於像春天的暖空氣般，滲透到那些冷冷的屋子的古老牆壁和緊閉的窗子裡邊，

帶給人們重生的力量。

有一天巴特雷先生突然去世，他的養女便由那位像行屍走肉一般的塞爾曼夫人領養。幾個星期之後，她帶著孩子到遠離巴黎的鄉間去。克利斯多夫和奧利維送他們啓程。年輕婦人流露他們從未看過的喜悅表情。臨走的時候，她向克利斯多夫伸出手說：

「因你的緣故我得救了。」

由於發生許多從表面看來並沒什麼意義的事件，使得法國與德國之間的關係突然惡化。在兩、三天內，原本是好鄰居的關係，却變成互相挑釁的狀態。

對於克利斯多夫和奧利維，這是可怕的打擊。他們已習慣彼此相愛，因此不了解兩個國家爲什麼不能像他們那樣相愛呢？克利斯多夫認爲對於一個被自己的民族打敗的民族，是完全沒有懷恨的理由的。他的同胞之中有些人所表現的傲慢使他甚感不愉快。對於法國人的憤慨，他有某種程度的同感，但他不了解法國爲什麼不肯成爲德國的盟友。

他和所有德國人一樣，認爲雙方的不和主要罪在法國。他雖承認戰敗的回憶長久無法磨滅對法國是很痛苦的，但他覺得那是自尊心的問題，在文明與法國本身的更高利益之前是應該拋棄的。

他從來沒想過有必要去思考阿爾薩斯・羅蘭納⑤的問題。學校老師早已教給他，在幾個世紀附屬他國之後，原本屬於德國的土地又歸還德國是正當的行爲。因此當他的朋友認爲那是一種罪行時，他眞是大爲驚訝。

在大家以爲是最後通牒的前一天，克利斯多夫發現所有的人已下了堅定的決心。本來站在相反立場的黨派，或本來互相憎恨的人，都本能地集中到代表法國的政權這邊來了。唯美主義者和頹廢的藝術大師們也都在其放蕩不羈的文章裡發表愛國的信念。猶太人則表示要保衛歷代祖先已住慣的神聖的土地。

安德烈・埃斯柏塞和產業公會運動的朋友們也跟其他的人一樣。而工人奧貝爾則徘徊在後天學來的人道主義和盲目的排外主義之間，幾乎要發狂了。經好幾個晚上徹夜思考之後，他終於找到解決一切的方式：他認爲法國是人類的化身。從此他不再跟克利斯多夫交談。公寓裡幾乎所有的人對克利斯多夫都閉門不見，連那一對友善的阿爾諾夫婦也不再招待他了。

反之，多少年未交談的人却突然互相接近了。有一天傍晚，奧利維叫克利斯多夫到窗邊，默默指給他看下面的庭院，埃斯柏塞兄弟正在跟夏布朗少校談話。

克利斯多夫心裡騷動不安。從德國逃出來而無法回國的他，輕蔑著軍國主義的新德意志

⑤ Alsace-Lorraine，萊茵河左岸德法國境地帶。盛產煤、鐵等。自古以來爲兩國爭佔之地。第二次大戰中爲德國占領，戰後又歸屬法國。

精神，却也感覺到自己心中吹起了一陣熱情的狂風。他也不知道這陣狂風將把他吹往何處。他每天在苦惱中度過。他悄悄結束工作，整理行裝。

奧利維察覺到朋友心中的爭鬥，以不安的心情注意他，但一直很難開口問他。他們都希望能比平日更親近，他們的確比以往更相愛了。

幸而暴風雨過去了。它來得快，也去得快。

克利斯多夫用比以往多了好幾倍的熱情重新埋頭創作。他把奧利維也拖進去了。他們由於對陰沈的思想產生反動，而一起創作帶有拉伯雷⑥作風的敍事詩。兩顆心靈終於互相融合，幾乎閃現同樣的思想。克利斯多夫寫著某個場景的音樂時，奧利維立刻便想出其歌詞。克利斯多夫將奧利維引進自己的航路，以他的精神影響奧利維，使他逐漸成熟。

在創作的喜悅之外，又加上勝利的歡欣。赫希特下決心把克利斯多夫的〈大衛〉出版之後，這部作品立刻在國外引起很大回響。赫希特的一位朋友——住在英國的華格納派的著名教堂樂長對這部作品頗爲感動，便常常在自己的音樂會裡演奏它，而獲得很大的成功。〈大衛〉也在德國演奏，同樣大受讚賞。以前曾受到嚴厲批評的〈伊芙琴尼亞〉⑦，在德國重新被發現，

⑥ 拉伯雷(Francois Rabelais, 1494?～1553?)，法國作家兼醫生。青年時代曾在修道院度過。文藝復興時期法國文學的代表作家。作品中帶有諷刺和幽默的作風。

⑦ 伊芙琴尼亞(Iphigenia)，希臘神話中邁錫尼王亞加門農的女兒。這裡是指克利斯多夫以伊芙琴尼亞爲主題的作品。

大家稱讚他是天才。克利斯多夫傳奇式的經歷更引起大家對他的注意。
這次的成功是克利斯多夫料想不到的。雖然他相信總有勝利的一天，但沒想到來得這麼快。他對此抱著警戒的態度。他聳聳肩說大家別來打擾他。如果當年寫〈大衛〉時受到讚賞，他倒能理解。但如今他比當時又進步好幾級了。他很想對評論這部舊作的那些人說：
「請別再去提這部微不足道的作品。我已經不喜歡它了。」
經過多年的辛勞，前途終於透出一線曙光的時候，他卻收到一封悲傷的信。
那天下午，他正一邊洗臉一邊跟隔壁房間的奧利維快活地談天時，門房把一封信從門下的縫塞進來。一看是母親的筆跡。……其實他也正想要寫信告訴母親自己的成功呢……。他拆開信，看到短短幾行字是用顫抖的手寫的……。

親愛的兒子：

我身體情況不太好。如果你能回來，我很想再見你一面。親吻你！

媽媽

克利斯多夫發出悲泣的聲音。奧利維嚇一跳趕緊跑過來。克利斯多夫說不出話，只是哭著指給他桌上的信。奧利維看完信後正想安慰他，他卻急忙穿起上衣便往外衝。
奧利維在樓梯追上他。——他到底打算怎麼樣？搭下班列車出發嗎？但晚上才有車呢。

與其到車站等，不如在家裡等。他身上帶著必要的路費嗎？——他倆搜遍口袋，把所有的錢合起來也不過三十法郎左右。這時正是九月，赫希特和阿爾諾夫婦等熟人都不在巴黎。

克利斯多夫焦急地說，車票能買到哪兒就坐到哪兒，剩下的路程就用走的吧。奧利維求他等一個小時。克利斯多夫因一籌莫展便聽從了。奧利維跑到當舖去；他第一次跑到這種地方。如果是他自己的事，再怎麼需要，他是寧可忍耐，也不願去當任何東西的。但現在是爲了克利斯多夫，而且刻不容緩，他把懷錶拿去當了。

當他回來的時候，發現克利斯多夫還站在原處發呆。克利斯多夫既沮喪又慌亂，已經沒有餘力去想奧利維究竟從哪裡弄來這些錢，自己走了之後朋友是否還有生活費等等問題。奧利維腦子裡也完全沒有這些念頭。他把自己所有的錢都交給克利斯多夫了。他現在必須像照顧小孩子一樣照顧克利斯多夫。他送他到火車站，一直到列車開動才離去。

火車在黑夜裡前進，克利斯多夫睜大眼睛看著前方想著：

「不知是否還來得及？」

克利斯多夫很清楚，母親來信要他回去，情況一定很危急了。他心焦如焚，儘管特快車疾馳著，他仍嫌太慢。

他抵達故鄉時，天剛亮。家家戶戶都未開門，街上靜悄悄。後來他發現一個小女傭正在拉開店舖的百葉窗，並一邊唱著古老的民謠。克利斯多夫感動得快喘不過氣來。哦，故鄉！親愛的人們！……他眞想親吻大地。看到家的時候，爲了不讓自己喊出聲音，他不得不停下腳步用手摀住嘴巴。隨後他喘了一口氣便向家門口奔跑。門半開著，他推開門走進去，但沒有人在……他爬上樓梯，因木頭已老舊，樓梯在他腳下嘎吱嘎吱響。家裡就像沒有人住的空屋。母親的房門關著。

克利斯多夫心裡撲通撲通地跳著伸手去開門。

露意莎一個人躺在床上，覺得自己已經不行了。她另外兩個兒子——經商的羅德夫住在漢堡，而艾倫斯特到美國之後就沒有音訊。照料露意莎的只有隔壁的婦人。但這位婦人一天只能來兩趟幫點忙，待一會兒之後又得回去做自己的事。

露意莎在孤寂的房間裡昏暗的一角構築一個回憶的「殿堂」——她把自己所懷念的三個兒子、丈夫、公公、哥哥高特弗烈德等人的照片全部集中在這裡。克利斯多夫最近寄給她的照片則用別針別在枕邊。她老是想到心愛的克利斯多夫。她多麼希望他此刻就在身邊！但即使他不在，她也看開了。她相信將來會在天國見到他的。只要閉起眼睛，他的身影便浮現眼前。她恍恍惚惚地在回憶中度過最後的時日。

她睜開了眼睛。克利斯多夫真的就在面前。

從剛才他就一直凝視著母親，發現母親改變了許多；她的臉憔悴又浮腫，不再存什麼希望的微笑顯得格外悲慘，也表現一種無言的苦惱；另外又加上周圍的孤寂……這一切都令他心如刀割……

母親看見了他，却沒有特別驚訝。她浮現一種難以形容的微笑。他抱住母親的脖子，親吻她。母親也親吻他。大顆的眼淚沿著她的臉頰流下來。她用微弱的聲音說：

「等一等……」

原來母親快喘不過氣來了。

兩個人一動不動。後來她用雙手撫摸他的頭，並潸然流淚。克利斯多夫把臉埋到被窩裡，一邊啜泣一邊吻著母親的手。

當她呼吸不那麼困難的時候，便試著說話。但她不知該說什麼。其實只要他們重聚了，言語已不那麼重要。——他憤慨地問母親爲什麼沒有人陪伴著她，她爲那位來幫忙的婦人辯護：

「她不可能一直待在這裡的，她有自己的工作呢……」

她用斷斷續續的微弱的聲音急切吩咐著有關自己墳墓的事，並要克利斯多夫向另外兩個把母親遺忘了的兒子傳達自己的愛。她同時祝福奧利維——她知道奧利維深愛著克利斯多夫。

她再度感到呼吸困難。他扶著母親在床上坐起來。她滿臉是汗，但微笑著。如今兒子握著她的手，她覺得在此世已經沒什麼遺憾了。

這時候，克利斯多夫突然感覺到母親的手在自己的手中抽搐起來。她以無限溫柔而慈祥的表情望著兒子。

——然後，她與世長辭了。

當天傍晚，奧利維也趕到。想到以前自己也經歷過的這種悲痛時刻，竟要讓克利斯多夫孤零零一個人去承受一切，奧利維再也按捺不住自己的情緒了。而且，他也擔心朋友在德國生命的安危，覺得自己必須去保護他。可是，他沒有旅費。他送朋友起程而從火車站回家之後，便決定將雙親留下的幾顆寶石拿去換錢。這時候當舖已關門，他打算到附近的古董店去。沒想到竟在樓梯上碰到莫克。莫克知道情況之後，傷心地表示爲什麼不早點告訴他，於是硬要奧利維接受必要的錢。

奧利維趕來，克利斯多夫眞是滿懷感激。克利斯多夫已陪伴著永眠的母親度過悲傷的一天。他也像死者一般動彈不得。他的眼睛直盯著母親，沒有哭泣，也沒有思考；他本身似乎也成爲死屍了。——奧利維所製造的友誼的奇蹟，再度讓他湧出淚水與生命。

他倆久久互相擁抱著。然後才坐在露意莎旁邊低聲談話……夜晚，克利斯多夫坐在床腳述說幼年時代的往事，其中不斷出現母親的影像。他緘默片刻又繼續講下去。後來終於疲憊不堪而用雙手蒙著臉，不再作聲。奧利維靠過去，發現他睡著了。奧利維於是一個人守夜。但隨後他也額頭靠著床睡著。露意莎慈祥地微笑著。她似乎因守護著兩個孩子而欣喜。

黎明，他們被一陣敲門聲弄醒。克利斯多夫跑去開門。那是鄰居的木匠來通知克利斯多夫，他回來的事有人去告密了。克利斯多夫並不想逃，但奧利維懇求他搭列車離開，答應一定會替他安葬母親。奧利維於是強迫他出門。爲了怕他半路上反悔，便送他到車站。

列車開走，奧利維便回來，結果已經有兩名憲兵在門口等克利斯多夫回來。他們把奧利維當成克利斯多夫。爲了想讓克利斯多夫順利逃走，奧利維並不急於解釋誤會。

第二天，奧利維辦完喪事之後才離開。

那天下午，他在約定的邊境火車站上與克利斯多夫會合。那是林木茂密的山間小村。他們並不等下一班往巴黎的列車，而決定徒步到下一個城鎮。他們很想兩個人單獨在一起，於是在寂靜的森林中散步。一路上只聽到遠處傳來沈重的伐木聲。雨滴打在被秋天染成赤銅色的山毛櫸葉片上。克利斯多夫和奧利維停下腳步，不想再動了。他們各自想著自己所愛的親人之死。奧利維想著：

「安多雅內特姊姊現在在哪裡呢？……」

而克利斯多夫則想著：

「如今母親已經不在，成功對我又有什麼意義呢？……」

但他們都聽到死去的親人安慰他們的話：

「親愛的，別爲我們嘆氣。別想著我們。多爲身邊的人著想吧！」

兩個人互相看了一眼。他們所感覺到的已經不是自己的痛苦，而是朋友的痛苦。他們手拉著手。一種清明的憂傷包裹著他們。雖然沒有一絲風，霧氣卻慢慢消散了。藍天重現。雨後的地面多麼清爽……大地浮現充滿愛的美麗微笑，用雙臂擁抱著他們，說道：

「休息吧，一切將會好轉……」

一道陽光滑進滴著雨水的樹林間。從底下的小牧場傳來孩童的聲音。三個少女繞著屋子一邊跳迴旋舞，一邊唱著德國純眞的古老歌曲。而西風則有如飄送玫瑰花香般送來法國的鐘聲……

「哦，和平，崇高的和諧，靈魂解放的音樂！在這樣的音樂裡，悲、喜、生、死、敵對的種族、友好的種族，全部融合在一起了。我愛著你，需要你，不久，你我便能彼此交融……」

夜幕低垂。克利斯多夫從夢幻中醒來，又看到身旁好友誠摯的面孔。他對朋友微笑並擁抱他。他倆默默地在森林中重新邁出腳步。

八、女友們

命運是很諷刺的。它雖會讓漫不經心的人漏網，但絕不放過多疑的、謹慎的、機警的人。投入巴黎羅網的並不是克利斯多夫，而是奧利維。

奧利維因克利斯多夫的成功而受惠了。他爲世人所知並非由於他六年來所寫的文章，而是因爲他發現了克利斯多夫。因此，當人家邀請克利斯多夫的時候，也會順便邀請他。而他陪著去，是有監視克利斯多夫的意圖。但他太專注於自己的任務，對自身反而未提高警覺。愛神從他身旁經過，把他擄走了。

那是一位瘦削可愛的金髮少女。天眞的面孔浮現既快樂又憂愁的神色，充滿春天剛甦醒時謎樣的氣氛。她名叫雅格麗娜・朗杰。

她還未滿二十歲。誕生在富裕的、優秀的、具有自由精神的天主教家庭。父親是有發明天才的工程師，很能接受新思想。他跟金融界一位美麗的巴黎女性結婚，這是愛情加金錢的婚姻。但後來金錢雖留下來，愛情却飛走了。

朗杰夫人並未錯過邀請這個冬天極受歡迎的音樂家克利斯多夫。克利斯多夫來了，但他跟往常一樣，並不特別在應酬上費心思。儘管如此，朗杰夫人仍然覺得他是一個有魅力的人。雅格麗娜對他並不太感興趣。克利斯多夫的粗暴和快活的樣子令她起反感。但她跟他談話時，他提起奧利維，而且對奧利維大爲讚美，以致雅格麗娜想像著一個與自己的思想完全相合的靈魂，並爲那個幻影而心情激動，於是很想把奧利維也請來。但奧利維並未立刻接受邀請。如此反而在克利斯多夫與雅格麗娜的談話中慢慢塑造成想像中的奧利維的形象。當奧利維終於下定決心應邀而來時，他的樣子跟那想像中的樣子完全相同。

奧利維雖然來了，但不大講話。他聰明的眼睛、他的微笑、高雅的舉止，都大大吸引了雅格麗娜。在克利斯多夫的對比之下，奧利維顯得更加出色。雅格麗娜因害怕那在心中萌芽的愛情，在態度上並無任何表現。她仍然跟克利斯多夫談話，但所談的却是有關奧利維的事。

雅格麗娜氣定神閒的樣子，對於沒有任何疑心的男子是危險的。克利斯多夫不知不覺被她迷住，高高興興地一再前往她家拜訪。他開始注意自己的服裝。奧利維也對她心懷戀慕之情，但他以爲自己被疏遠而暗中受苦。克利斯多夫愉快地把自己和雅格麗娜之間的談話告訴他時，更增加了他的痛苦。

有一天晚上，奧利維又受朗杰家的邀請，但他覺得要見到冷漠的雅格麗娜是很難堪的事，因此便以疲倦爲藉口，要克利斯多夫獨自前往。什麼都未察覺的克利斯多夫快活地出門了。以他率直的自私心理，只想著能與雅格麗娜單獨見面的快樂。但這份快樂並沒有維持多久。雅格麗娜一聽到奧利維不來的消息，立刻表現不高興、焦躁和失望的樣子。她不再注意聽克利斯多夫說話，只是含糊其辭地回答。而當克利斯多夫看到她無精打采地把哈欠嚥回去時，有一種屈辱的感覺。

她很想哭。突然間，她在晚會中途離去就不再出現。克利斯多夫錯愕地回去。在路上他繼續想著雅格麗娜爲何突然改變態度。他開始明白一部分眞相。回到家，奥利維正等著他，故作鎭靜地問起晚會的情況。克利斯多夫把不愉快的經驗講給他聽了，結果他發現奥利維的表情竟然逐漸開朗了起來。

「你不是很疲倦嗎？爲什麼沒有睡覺？」

「噢，已經沒事！現在一點也不累了。」

「是啊，你今晚幸虧沒去。」克利斯多夫以嘲弄的口吻說。

他用溫和而淘氣的眼神望著奥利維，然後回自己房間去。他獨自一個人的時候，輕聲地笑了，笑到眼淚都快流出來。

「那個輕佻的姑娘！她竟然捉弄我！連他也想騙我！兩個人都在耍把戲呢！」他想道。

從此，他把自己對雅格麗娜的戀情全部拋開，而在暗中幫助他們。

他爲了要評估奥利維和雅格麗娜在一起是否眞的能得到幸福，便認眞思考著，自己實在有義務去研究雅格麗娜的性格。但他的做法太笨拙，他向雅格麗娜提出許多關於興趣和道德觀方面的古怪問題，讓她感到厭煩。

「眞是個傻瓜！這關他什麼事？」她終於氣惱地轉過身，背對著他想道。

奥利維看到雅格麗娜不再把克利斯多夫放在心上，心情便開朗了起來。而克利斯多夫看到奧利維幸福的樣子，也覺得很開心。他的喜悅甚至表現得比奧利維的更赤裸。

儘管如此，他對未來還是無法完全放心。他覺得自己對他們的婚姻是負有很大責任的。他心裡苦惱著，因爲他對雅格麗娜的性格看得相當準確。

他很想讓奧利維知道其危險性。可是當他看到奧利維從雅格麗娜那兒回來，眼中充滿喜悅的神色時，就沒有勇氣開口了。他想道：

「可憐的孩子，他們很幸福呢！我就別去攪亂他們的幸福吧！」

他因爲愛著奧利維，慢慢地，奧利維的信念也感染了他。他終於放心了，於是熱心地促使奧利維成功。

在巴黎郊外，伊爾・亞當森林旁邊的一小塊土地上，有朗杰家的別墅。奧利維和雅格麗娜就在別墅的庭院中決定他們的終身。

克利斯多夫也陪著去。但他發現屋裡有一架風琴，於是讓那一對情侶出去散步，自己則留下來彈琴。——其實他們並不希望如此。他們害怕兩個人單獨相對。雅格麗娜緘默不語。她原來那麼渴望的愛情，此刻就在眼前了，但她突然感到害怕，不由得往後倒退，自己也弄不清到底怎麼回事。

兩個人走到庭院盡頭的一個菜園。小徑兩旁茂密的醋栗樹結滿了紅色果子，附近還有草莓田。空氣中瀰漫著香氣。這是六月天，天空陰沈沈，太陽被雲層遮住。一切籠罩在無邊的鬱悶中。這時候從屋裡傳來巴哈降E小調賦格曲的琴聲。他倆默默並坐井邊。奧利維發現雅格麗娜的淚水沿著臉頰流下來。

「你哭了！」他嘴唇顫抖著低聲說。

而他也潸然淚下。

他拉起雅格麗娜的手。她把頭靠在奧利維的肩膀上。他倆靜靜聆聽著音樂。過一會兒，雅格麗娜擦擦眼睛，凝視著奧利維。突然，兩個人互相擁抱了。啊，眞是無法形容的幸福！神聖的幸福！幾乎令人覺得痛苦的甜美而深邃的幸福！……

他們緊緊擁抱在一起，可以感覺到彼此的心跳。這時下起了濛濛細雨。雅格麗娜打了個寒噤。

「我們回去吧！」她說。

樹蔭底下已經暗下來，奧利維親吻著雅格麗娜濕潤的頭髮。她向他抬起頭。他首次在自己的嘴唇上感覺到這位少女因愛而燃燒的熱情的嘴唇。他們幾乎要發狂了。

此刻他們想起了克利斯多夫。音樂已經停止，他們走回屋子。克利斯多夫正把胳膊肘子靠在風琴上，雙手捧著頭，想著往事。當他聽到開門聲，忽然從夢幻中醒過來，對他們展露眞摯而燦爛的笑容。他從兩個人的眼中看到所發生的一切，於是握著他們的手說道：

「坐那邊吧，我來爲你們彈一首曲子！」

當他們坐下來。克利斯多夫便在琴上彈出對他們兩人的所有的愛。彈完之後，三個人都沈默不語。克利斯多夫隨即站起來，凝視著他們。他表現得好和藹、好穩健，看來似乎比他們年長許多。雅格麗娜這時才眞正了解他的爲人。他把他們兩個緊緊摟在懷中，然後對雅格麗娜說：

「你愛著奧利維的，是不是？相信你們是彼此相愛的，不是嗎？」

他們對他滿懷感激。但克利斯多夫立刻轉移話題，笑著走向窗邊，然後衝向庭院。

從那一天，克利斯多夫便勸奧利維去向雅格麗娜的雙親提婚事。奧利維却沒有這份勇氣，因爲他擔心被拒絕。克利斯多夫也催促他去找工作，他認爲即使朗杰夫婦答應了婚事，自己要是不能賺取生活費，也不能接受雅格麗娜的財產吧。奧利維雖然也有同樣的想法，但他不同意克利斯多夫對於跟有錢人結婚所存的荒謬而有些可笑的戒心。「財富將毀滅靈魂」是克利斯多夫根深蒂固的觀念。

「提防女人，尤其是有錢的女人！」他半開玩笑半正經地對奧利維說。

奧利維笑著回答：

「可是，我不能因爲雅格麗娜不貧窮就不愛她，也不能因爲她愛我而使她變貧窮啊！」

「那麼，如果不能救她，至少得救你自己！這也是救她的最好辦法。保持自己的純潔！努力工作吧！」

因爲奧利維的心靈比克利斯多夫的更敏感，他是無需克利斯多夫爲他操心這種事的。但他可無法接受克利斯多夫對財富的奇怪意見。奧利維本身曾經富裕過，他並不鄙視或忌諱財富。何況，他認爲雅格麗娜的美貌跟財富是很相稱的。但他無法忍受自己的愛情被認爲具有利害關係。

奧利維再度尋找教職。但目前也只能找到一所鄉下中學的職位。以此作爲送給雅格麗娜的結婚禮物，似乎顯得太寒酸。

他戰戰兢兢地跟雅格麗娜提起這件事。雅格麗娜一開始不太能了解他非得這麼做的理由，她以爲這是克利斯多夫灌輸給他的誇大的自尊心在作祟而覺得可笑。不過，她還是贊同奧利維的計畫。

由於克利斯多夫的極力幫忙，好不容易才使朗杰夫婦答應了奧利維和雅格麗娜的婚事。舉行婚禮的當天晚上，這對新婚夫婦便動身前往義大利。克利斯多夫和朗杰先生送他們到火車站。新婚夫婦並無依依不捨的樣子，他們掩不住心中的快樂和急於動身的情緒。奧利維有如少年一般，雅格麗娜則像個小姑娘似的……

列車在黑夜裡將他們載走。克利斯多夫和朗杰先生一起踏上歸途。克利斯多夫帶著戲謔的口吻說：

「我們終於變成孤家寡人了……」

朗杰先生笑了。兩個人互相道別後便各自回家。他們心裡都很難過，那是一種落寞的感覺吧。克利斯多夫獨自在房間裡想著：

「我的『另一半』獲得幸福了。」

克利斯多夫關起門來，幾乎過著與外界隔絕的生活。他只在家與幾位老朋友見面。阿爾諾夫人認爲奧利維走了之後，克利斯多夫一定很寂寞，因此邀請他一起吃晚飯。他欣然接受。後來幾乎每天晚上都去拜訪阿爾諾夫婦。——克利斯多夫的拜訪是有助於他們的，他會帶給他們光明。而克利斯多夫也頗爲欣慰，因爲他能夠接觸那樣美麗的心靈而溫暖了自己的心。

有另外一位女友來到他身邊了。其實倒不如說是他去找她的。那是一位二十五歲的音樂家，曾經在音樂學院獲得鋼琴首獎。她名叫塞西爾·弗洛里，和母親住在一起，整天教著鋼琴課。有時也舉行音樂會，但未受到矚目。

有一天晚上，克利斯多夫去聽她的演奏會，對她的演奏風格極爲讚賞。音樂會一結束，他便過去跟她握手。她心存感激。她從未考慮加入任何音樂派別，也從未企圖製造一些崇拜者；她不以誇張的姿勢演奏，也不任意用奇怪的方式去演奏已經被公認的名作來引人注意。她只要實實在在把自己的感覺彈出來就滿足了。——因此，沒有任何人注意她，批評家也未曾重視她。

克利斯多夫每次見到塞西爾，這位剛強而穩重的女子總像謎一般吸引他。塞西爾未受到批評家的重視令克利斯多夫極爲憤慨，他提議請幾位認識的音樂批評家在報章雜誌上介紹。

但她表示被讚美雖值得欣慰，却希望他別為此而奔走。她不喜歡競爭，或惹人嫉妒。如果有人問她為什麼不找個好對象結婚，她會回答：

「啊，一切就看機會吧，為什麼要強求呢？一個人也應該知足啊！好吃的麵包不會因為沒有蛋糕就變得難吃的，尤其長久以來都只吃硬麵包的人！」

她母親則插嘴說：

「而且，還有很多人，連那樣的麵包都不是每天吃得到呢！」

塞西爾只有夏天在巴黎近郊租個小房子，母親跟她一起住。那是搭二十分鐘火車就可以到達的地方。房子離火車站相當遠，在一片荒地之中。塞西爾經常深夜才回家，但她一點也不害怕，她不認為會有危險發生。

克利斯多夫去探訪她時，常要她彈琴。他很高興見到她對音樂的領悟力，尤其當他在旁稍加指點，她就能把感情表現得恰到好處的時候，更令他欣喜萬分。他也發現塞西爾有優美的聲音，她自己却一點也未察覺。他於是強迫她練習；教她唱德國的古老歌曲或他自己所作的曲子。她對歌唱逐漸感到興趣，而且有驚人的進步。她是一個極有天分的人。

他們就這樣一起度過夜晚的時光。兩個人單獨相對，以一種恬靜的愛情眞誠相愛。有一天晚上，吃過豐盛的晚餐，他們聊得比平常晚，外面突然下起大雨。當他想出門去趕最後一班列車時，風雨更大了。塞西爾對他說：

「別回去了！明天早上再走吧！」

他於是留下來，睡在小小客廳裡臨時搭起的床。客廳和塞西爾的臥室之間只有薄薄一層

隔板，門也未關上。他在床上可以聽到塞西爾在另一張床上呼吸的聲音。五分鐘之後她便睡著；不久他也入睡了。沒有一絲邪念掠過他們兩個人的心靈。

新婚的奧利維和雅格麗娜陶醉在只想互相吸收的境地。身心各部分皆互相接觸、互相玩味，他們生活在僅僅屬於兩個人的世界。

啊！多麼希望生命永遠像此刻一般！……雅格麗娜嘆一口氣說：

「爲什麼我如此愛你呢？……」

在義大利旅行了幾個星期之後，他們在法國西部的一個城鎮安頓下來，因爲奧利維要在那兒一所中學任教。他們幾乎不跟任何人見面。對任何事都不感興趣。當他們不得不到別人家拜訪的時候，因爲毫無顧忌地表現了冷漠的態度，以致傷了有些人的感情，有些人則苦笑著。他們一旦從社交的煩悶中逃脫，而又回到雙人的世界時，便歡呼著，像七、八歲的孩童般做出種種狂態。

儘管如此，她却想成爲他的一切，她希望自己對他而言，是集母親、姊妹、妻子、情人各種角色於一身的人。

她並不以只分享奧利維的快樂爲滿足。就像她以前曾考慮過的，她也要參與他的工作；這對她也是一種遊戲。她到圖書館抄寫東西，也開始翻譯無趣的書。她似乎在極無聊的工作中也發現了樂趣，因爲她打算經營一種全部奉獻給共同的高尚思想的、不辭辛勞的、極純粹而嚴肅的生活。當愛情之光照耀著他們的時候，這的確順利地進行著。

不久，她便對工作感到厭煩。她認爲工作阻礙了愛情。其實那是她的愛情已經不那麼熱烈的緣故。但表面上却一點也看不出來。他倆仍然形影不離。他們不接受任何邀請，關起門來，與外界斷絕來往。給克利斯多夫寫信的次數也減少了。

雅格麗娜不喜歡克利斯多夫。她把他當情敵，因爲他代表她所不知道的奧利維過去的一部分。她雖然沒有什麼特別的預謀，却暗中想使奧利維跟這位朋友疏遠。她嘲笑克利斯多夫的態度、相貌、寫信的方式、藝術上的抱負等等。

奧利維對雅格麗娜的批評只覺得好玩。他認爲自己仍然愛著克利斯多夫。但事實上，他已逐漸不了解克利斯多夫了，對於克利斯多夫的思想和強烈的理想主義色彩已逐漸失去興趣了，只是他本身並未察覺到。

一個晴朗的午後，奧利維與雅格麗娜在鄉間散步，一切似乎含著笑意。但過了沒多久，便忽然有一股倦意籠罩著他們，心中也隨之充滿了愁緒。兩個人甚至懶得開口，但還是勉強說話。每句話聽來却顯得空洞。他們苦悶地回家，這時太陽已下山。屋裡空虛、黑暗而寒冷。他們爲了避免看到彼此的臉，並未立刻點燈。雅格麗娜走進自己的房間，帽子和外套皆未脫下，便坐到窗邊去。

奧利維則在隔壁房間，呆立桌邊。房門開著，兩個人離得很近，甚至可以聽到彼此的呼吸。他們在昏暗中難過地默默落淚。奧利維終於痛苦地喊著：

「雅格麗娜……」

「什麼事？」

「你不想過來嗎？」

「我就過去。」

她脫下外出服，去洗洗淚眼。奧利維把燈點上。過一會兒，她便進來。他們不敢正視對方，但彼此知道哭泣過。

他們已經到了無法再把心中的苦悶向對方隱瞞的時候。他們都不願意承認眞正的原因，因此便另找原因。最後他們將一切歸咎於煩悶的鄉下生活，心情於是輕鬆了許多。朗杰先生接到女兒的來信，對於她開始出現倦怠的現象，並不覺得太驚訝。他利用政治上的人事關係，把女婿調回巴黎工作。

接到這個喜訊的時候，雅格麗娜高興得跳了起來。可是眞正要離開時，這塊煩悶的土地也變得令人懷念了。這裡畢竟留下了許多愛的回憶，因此，最後幾天，他們便再度去尋找那些足跡。在做這樣一種巡禮的時候，他們心中都湧上一股淡淡的哀愁。

2

接到奧利維回巴黎的訊息，克利斯多夫便欣喜若狂地跑去找他。奧利維與他重聚也同樣高興。但他們從相見的第一眼便感覺到一種意想不到的拘束。他們很想有所突破，却徒然。奧利維表現得很體貼，但他內在裡已經有某種變化。結了婚的朋友，無論如何已不再是往日的朋友了。

不久之後，朗杰夫人的一個姊妹過世。她是富裕的實業家的寡婦，沒有子女。她的遺產全部歸朗杰家。雅格麗娜的財產也因此增加了許多。多了這筆遺產的時候，奧利維想起克利斯多夫所說的關於財富的話，於是說道：

「我們沒有那筆遺產，不是也過得好好的嗎？有了它，說不定反而帶來災禍呢！」

雅格麗娜嘲笑他說：

「別說傻話了！哪會帶來什麼災禍呢？我們的生活不會因此而有任何改變的。」

他們的生活表面上確實沒什麼改變。不久，雅格麗娜又開始抱怨錢不夠用了。這也表示其中一定產生了某種變化。他們的收入增加三倍，竟然還是入不敷出。那麼以前收入少的時候他們是怎麼過的呢？如今錢是被許多新的支出吞沒了；那些支出立刻變成一種習慣性的，同時也變成一種不可或缺的需要。

自從這對年輕夫婦繼承那筆遺產之後，克利斯多夫要跟他們交往總覺得有些不便。後來因爲雅格麗娜跟他談話的時候，故意誇張她那些輕浮的觀念和喜好，而使得他忍無可忍。有時他也會加以反駁，甚至說出尖刻的話。

但兩位朋友之間並未因而產生不和的現象。無論發生什麼事，奧利維絕對不願犧牲克利斯多夫。但他並不能強迫雅格麗娜如此做。因愛情而變得軟弱的他，無法去做令她不愉快的事。克利斯多夫明白奧利維的內心，於是自動隱退，免得對方爲難。他找到離開的藉口。怯懦的奧利維竟然接受了那不成理由的理由。但他因領會了克利斯多夫爲他所做的犧牲，而難過地自責。

離開奧利維之後，克利斯多夫想重建自己的生活。可是，儘管他一再告訴自己分離是暫時的，却徒然；儘管他天性樂觀，有時還是很悲傷。他喪失了孤獨的習慣。當然，奧利維在外地的時候，他是孤獨的，但那時候他可以描繪幻影；朋友雖在遠方，但他認爲不久就會回來。然而，現在朋友雖回來了，却有咫尺天涯的感覺。

他還維持跟阿爾諾夫人以及塞西爾之間的友情。但現在，這些恬靜的女友却無法滿足他。但她們似乎察覺了克利斯多夫的煩惱，而暗中對他表示同情。

克利斯多夫爲了紓解自己的情緒，便再度到疏遠許久的劇場走動。

一位名叫法朗索雅茲·伍東的女演員引起克利斯多夫的注意。她從一、兩年前在巴黎紅起來。她雖演過各種角色，實際上都在表現自己。那是她的弱點，也是她的長處。當她未成爲觀眾矚目的對象時，在演技上並沒什麼成就。自從觀眾對她感到興趣之後，她所演的一切都顯得美妙了。看到她時，的確會讓人忘掉原本平凡的劇本；她會以自己的生命來點綴劇本。爲不可知的靈魂所支配的這個女人軀體之謎，對克利斯多夫而言，比她所演的劇本更動人。

有一天，克利斯多夫爲了見塞西爾而搭上往莫頓的火車時，發現這位女演員竟在車廂裡。她表現一副焦躁而痛苦的樣子。克利斯多夫的出現令她不高興，她轉過身去看窗外。克利斯多夫訝異地一直望著她。後來她用可怕的眼神瞪他。在下一站，她下了車，換到另一節車廂。

這時克利斯多夫才發覺她是因他而逃開的，心裡不禁感到難受。

過幾天之後，他在同一路線上的一個車站，坐在月台唯一的一張長椅上等待回巴黎的列車。突然法朗索雅茲出現了。她走過來坐到他身旁。他正要站起來，她卻說：

「請坐著吧！」

這時只有他們兩個人。他為前幾天的事道歉。她笑著說：

「你眞叫人受不了，因為你一刻不停地盯著我。」

「對不起。因為我不得不如此……當時你看起來好像很痛苦的樣子。」

「那又怎麼樣呢？」

「我不得不緊盯著你呀！看到一個溺水的人，你能不伸出援手嗎？」

「我嗎？我不會那麼做的。我會把他的頭按入水中，早早了事。」

她以又嚴厲又幽默的口吻說這些話，因為他錯愕地望著她，她便笑了出來。火車來了。除了最後一節車廂，幾乎都客滿。她先上了車。站務員催促著。克利斯多夫因為不願上次的事重演，便想找另一個車廂上。她卻說：

「上來吧，今天不會有事的。」

他們便一路聊著許多事。

一、兩個月之後，她來探訪克利斯多夫了。

「我來拜會你了。我想跟你談一下。從上次相遇之後，我便常常想到你。」

她坐下來繼續說：

「我只待一下，不會打擾你太久的。」

他正要開口，她連忙說：

「請等一等……」

兩個人緘默下來。過一會兒，她才微笑著說：

「剛剛我有點頹喪。不過，現在好些了。」

他想問怎麼回事，但她說：

「不，別問那些事了。」

她環視四周，發現了露意莎的照片。

「是母親吧？」

「是的。」

她拿起照片仔細端詳。

「慈祥的母親！你好幸福！」

「可是，已經過世了。」

「那沒有關係。無論如何，你曾有位好母親呢！」

「那麼，你呢？」

她皺皺眉頭，岔開話題說：

「不，跟我談談你的事吧。請告訴我……關於你的經歷……」

「那些事對你有什麼意義呢？」

「好了，你就講給我聽吧！」

他本來並不想說。但對她的詢問又不得不回答——她問話的方式非常巧妙。他終於說出目前心中的悲傷、自己與奧利維的故事等等。她臉上浮現同情與嘲諷的微笑傾聽著。……突然她問道：

「現在幾點？啊，已經待兩個小時了！對不起……但我心裡得到很大安慰呢！」

她附帶說：

「我希望能再來拜訪……不是常常，而是有時候……聽你講話對我很有幫助呢！可是，我不想打擾你。只待一下就好，偶爾……」

「我去拜訪你吧！」克利斯多夫說。

「不，請別到我家，我比較喜歡在你這兒……」

但後來她却隔很久都沒有來。

有一天晚上，他意外得知法朗索雅茲因病重，從幾個星期前就沒有在劇場演出。儘管她說過別到她家，克利斯多夫還是去探病了。他先是被拒絕會客，但門房爲他傳達姓名之後，又從樓梯上把他叫回來。法朗索雅茲躺在床上，已經在恢復中。她得了肺炎。她要克利斯多夫坐在床邊，然後用開玩笑的口氣無拘無束談著自己差點死掉的事。他責怪她爲什麼不通知他。

「通知你？要你來嗎？我絕對不會這麼做的！」

「你一定連想都沒想起我。」

「沒錯。病中的確沒想過。今天才想到呢。但請別難過！我生病的時候誰也不想。我只想一個人待著，希望像老鼠一樣孤獨地死去。」

「但獨自一個人受苦是很難過的。」

「我已經習慣了。長久以來我經歷過太多不幸的事，並沒有人來幫助我呢。但這樣反而好，有人來，也幫不上什麼忙。那只是在屋裡製造些噪音，說些煩人的注意事項，或發出虛僞的嘆息……」

「你好像想開了！」

「想開？這我可不懂。我只是咬緊牙關，憎恨著叫我受苦的疾病而已。」

她跟他聊了一會兒，問問他近況。後來她累了，便讓他回去。

他們約好下週他再來看她。但當他正要出門的時候，却接到她的電報，叫他別去，因爲她不舒服——可是，第三天，她通知希望見到他。當他去的時候，發現法朗索雅茲病已痊癒，半躺在窗邊。這時正值初春，春光明媚，草木吐露新芽。她表現他從未見過的溫柔和安詳。她說前天並不想見任何人；即使見到他，可能也跟別人一樣令她感到厭惡。

「那麼，今天呢？」

「今天覺得自己好像變得年輕有活力了。而且對周遭所有年輕有活力的人——就像你——都會喜歡的。」

「可是，我已經不年輕了。」

「不，你一直到死都會是年輕的。」

他倆談著上次見面後所發生的種種事情，並談論了一下戲劇。她說不久之後又要上台演出了。

有一天晚上，她本來預定出席一個晚會朗誦詩，但臨時卻覺得厭煩，半路上便改變主意到克利斯多夫家去。她只是想路過順便去打個招呼。可是，那天晚上，她卻忽然敞開胸懷，把自己從小的經歷全部告訴他了。

她的幼年時代過得非常悲慘。她母親在法國北部的一個市郊，開一家名聲不太好的飲食店。許多車夫來喝酒，便跟她上床，或凌虐她。其中有一個跟她結婚了，那是因爲她有一點儲蓄的緣故。他常毆打她，並常酗酒。法朗索雅茲有個姊姊，在店裡被迫像苦力般工作。店主就當著她母親的面佔有她，令她當自己的情婦。後來這位姊姊得肺病死了。

法朗索雅茲是在不斷遭毆打與羞辱的情況下長大的。但她是個頑強而沈默的孩子，有一顆狂野而熾熱的靈魂。她看著母親和姊姊哭泣、受苦、認命、墮落、死去。她對自己發誓：

「我一定要把大家狠狠整一頓！」

在如此慘澹的幼年時代，只有過一線光明——

有一天，常跟她在溪邊玩的玩伴中的一個，即戲院門房的兒子，悄悄帶她去看一次戲劇預演。他們躲在座位後面的黑暗角落。在黑暗中閃耀著的舞台上的神秘氣氛，以及女演員有如女王般的風采，都讓她感動得渾身顫抖，心裡怦怦跳。

「對了！對了！我就是要成爲這樣的人！啊，如果有一天我也能成爲這樣的角色多好！……」她想著。

法朗索雅茲定妥了計畫。她於是到供演員住宿休息的劇院附設旅館兼咖啡館當服務生。她幾乎沒有閱讀和書寫的能力，但她很願意學習。她從旅客房間把書偷出來，為了節省蠟燭，便在月光下或曙色朦朧中閱讀。她還把耳朵貼在門上，偷聽演員在房間裡背誦台詞。然後她一邊在走廊掃地一邊模仿他們所念的台詞，或做著手勢。

但有一次，她從演員房間偷出劇本的時候，被發現了。演員大怒，問她為何做這種事。當她回答因為想當女演員時，演員則大笑，又問她關於戲劇究竟知道些什麼。結果她把自己所記得的台詞全部背出來。

他驚訝地說：

「我來教你，如何？」

法朗索雅茲高興得吻了他的手。

「可是，你知道吧，任何事情都要付出代價的……」

她是純潔的。一向被男人追求時，她總是覺得難堪而加以拒絕。她從小就對沒有愛情的不潔行為深惡痛絕——是家中的種種悲慘景象帶給她這種厭惡感。但是，多麼不幸的女孩！她終於受到多麼殘酷的懲罰！……命運是作弄人的！……

「那麼，你答應了嗎？」克利斯多夫問道。

「我如果能逃出那魔掌，即使跳進火裡我都願意。可是，他威脅我要把我當竊賊送警察局，我已走投無路了。」

「多可惡的傢伙！」

「是的，當時我也恨透他。但後來見過各種各樣的人，就不再覺得他特別壞了。至少他實踐了諾言。他確實把自己所知道的關於演員的技藝教給我，並讓我加入劇團。一開始觀眾並不重視我的演技，同伴並取笑我。但我還是被留下來了，因爲我會幫大家的忙，薪水又低廉。不僅薪水低廉，我還得付代價。我往上爬的每一步都用自己的肉體付出代價的——同伴、導演、團長和他的朋友們……」

她緘默下來，臉色發青、嘴唇緊閉、眼睛裡沒有一滴淚水，但可以明顯感覺到她的靈魂流著血淚。

法朗索雅茲一直沈默著。克利斯多夫憤慨地在房間裡踱步。他眞想把汚辱她讓她受苦的那些男人全部殺掉。接著他滿懷同情凝視她。然後用雙手捧著她的臉，溫柔地說：

「好可憐！」

她想推開他。但他說：

「別害怕。我是眞心愛你的。」

於是兩行熱淚從法朗索雅茲蒼白的臉頰流下來。他跪在她身旁，吻著她美麗細長的手，兩顆淚珠正好滴在上面。

他隨即坐下來。她恢復了平靜，繼續談往事。

後來終於有個作家把她捧了起來。他在這個特殊的女性身上發現了天才。當然，他也在占有其他許多女性之後，占有了她。

法朗索雅茲又提到另一件受命運擺布的事。——她被一個自己也輕視的卑鄙男人迷住了。

那個文人利用她，硬是逼她說出最痛苦的秘密，寫成小說，後來却把她拋棄了。

「我好像對鞋底的汚泥一般藐視他。可是，只要他稍微向我招手，我一定立刻跑過去。想到這一點，我會氣得發抖呢。但一點辦法都沒有。」

法朗索雅茲緘默下來，無端地用火鉗撥弄暖爐裡的灰燼。

已經深夜三點。她站起來準備回去。克利斯多夫勸她天亮後再走，先在他的床上躺一躺。她表示坐在熄了火的爐邊，繼續在安靜的屋裡談話更好。

「明天你會很累的。」

「我已經習慣了。可是，你……明天的工作呢？」

「十一點左右，只要到學生那兒去看看就行……而且，我是強壯的。」

「也因而更加需要睡眠吧！」

「是的，我蠻會睡的。有時候因爲自己太愛睡而生氣。多少時間就這樣浪費了！……如果能有一個晚上徹夜不睡，向睡眠報復一下，我會覺得高興的。」

兩個人繼續用很小的聲音談話，但有時會有久久的沈默。後來，克利斯多夫睡著了。法朗索雅茲微笑著扶住他的頭，避免他從椅子上摔下來……她坐在窗邊，望著昏暗的庭院，呆呆地幻想著。七點左右，她輕輕喚醒克利斯多夫，向他道別。

在那一個月裡，她又在克利斯多夫不在的時候來過。門鎖著。克利斯多夫曾交給她一把公寓的鑰匙，讓她隨時可以進去。她的確在克利斯多夫不在的時候來過兩、三次。她就在桌上留下小小一束紫蘿蘭，或在紙片上寫幾句話、畫幾筆漫畫，表示她來過。

有一天晚上，法朗索雅茲很想再來一次愉快的談話，因此從劇場出來後便往克利斯多夫的寓所走去。克利斯多夫正在工作。兩個人開始交談，可是，才講兩、三句，他們都感覺到彼此並沒有像上次那麼融洽。她想回去，但已經太晚。這次倒不是克利斯多夫挽留她，而是她的意志叫自己留下來。他倆雖然一動不動，却都感覺到身體裡邊有慾念升上來。

從那一夜之後，法朗索雅茲有好幾週不見蹤影，克利斯多夫很想見她。因爲她曾表示謝絕到她家探訪，他便到劇場去。他躲在後面的座位上。她在自己所演角色上所投注的悲壯而熱烈的情緒，將他和她一起燒盡了。他終於寫信給她，信中寫道：

「你在恨我嗎？如果我讓你生氣了，請原諒我……」

接到這封謙卑的信，她立刻奔向他家，撲到他懷裡。

「兩個人只維持親密朋友的關係應該更好。但既然不可能，就順其自然吧！」

在不演戲的幾個月長假中，他們便在巴黎郊外的吉甫附近共同租一棟房子。雖然偶爾仍有淡淡的哀愁籠罩著，但整體來說，他們在這裡算是度過了幸福的日子。

他們的愛情並非自私的熱情，那是肉體也希望參與的深刻的友情。他們並不互相妨礙，各自努力充實自己。克利斯多夫的天才、溫情和精神力量，對法朗索雅茲而言是珍貴的東西。她自己的天才也因而受到鼓舞。

克利斯多夫作曲的時候，往往在對她的愛情當中投入自己的思想，把熱情具象化。跟脆弱的、善良的、冷酷的、有時又閃現天才之光芒的這樣一位女性的靈魂親近，眞是大大豐富了他。她教給他關於人生和人類的許多知識——還有關於女性的許多事情。

這種美好而自由的共同生活並未持久。兩個人雖然一起體會到豐盈的短暫時光，但他們的差異畢竟太大了。

法朗索雅茲常陷入絕望，這種現象再也瞞不了克利斯多夫。爲了愛情，她變得怯懦了。夜裡，當兩個人在同一張床上，她却默默忍受著痛苦時，他察覺到事態的嚴重，於是請求她讓自己分擔壓著她的重荷。

她忍不住在他懷中哭著傾吐心中的痛苦。他花了很多時間親切地、溫和地安慰她。但這種持續的不安終將擊倒她。法朗索雅茲擔心自己的焦慮是否將傳染給他。她因爲深愛著他，想到對方將爲她而受苦，簡直難以忍受。

有人請她到美國去演出。她爲了強迫自己動身，便接受邀請，訂下合同。她溫柔而悲哀地微笑著對克利斯多夫說：

「唉，我們眞是很愚蠢哪！這樣的幸福，這樣的友情是不會再度出現的。但沒有辦法，一點也沒有辦法。我們眞是太傻了！」

兩個人難爲情地、傷心地互相望著。他們強忍哭泣微笑著，並互相擁抱。隨後眼中含著淚水分離了。他們從未像這別離時刻相愛得如此深切。

她啓程之後，他又回到自己的老朋友——藝術中去。

不久之後，克利斯多夫收到雅格麗娜寄來的一封信。信中語氣跟往常不同，她說如果他不想讓兩個朋友傷心，便請來一趟，邀請的語氣非常溫和。

克利斯多夫於是到奧利維夫婦家去。他們高興地迎接他。雅格麗娜顯得非常親切。她避免天生愛諷刺的調調，小心地不說出可能會觸怒克利斯多夫的話。克利斯多夫以爲她變了，但那是他的誤解。雅格麗娜已聽說過克利斯多夫與當紅女演員之間的戀情——那已成爲傳遍巴黎的緋聞了。她對這樣的克利斯多夫抱著好奇心。重新見到他時，她覺得他給人的印象比以前好多，似乎連他的缺點都富有魅力了。

這一對年輕夫婦的情況並沒有改善，甚至更糟了。雅格麗娜感到煩悶、絕望。她有時感到的恐懼，竟有如利刃般直刺她的心坎。她想道：

「我的一生究竟怎麼了？誰奪去了我的一生？」

她開始痛恨奧利維。對這個讓她的生命窒息的男子，她很想報復。但事後她又會變得頹喪，並厭惡自己。

她一點也不愛克利斯多夫。她無法忍受他粗野的態度和過分的坦率，尤其對她的漠不關心。但至少她覺得克利斯多夫是個強者，她只想抓住這個把頭露在波浪之上的游泳好手，或者叫他和自己一起沈沒。

克利斯多夫陪著他們坐汽車出去做幾天的旅行。他就在朗杰家座落於布魯高紐的一棟別墅做客。

跟雅格麗娜一起生活了幾天之後，克利斯多夫逐漸被一種親密的柔情所擄獲。看到她美麗的身影，或聽到她的聲音，都有一種愉悅的感覺。但他對此一點也沒有不安之感。

有一天晚上，吃過晚飯，因夜色很美——是沒有月亮的星光燦爛的夜晚——他們都想到院子裡去散散步。奧利維和克利斯多夫先出去了。雅格麗娜却跑到自己房間去拿圍巾。她久久沒有出來。克利斯多夫一邊罵著女人動作的緩慢，一邊跑回去找她。

「來吧，慢吞吞的夫人！老照著鏡子，會把鏡子照扁了呢！」克利斯多夫快活地喊著。

她却沒有回答。

「你在哪兒呢？」

克利斯多夫在黑暗中摸索著走。突然，兩隻手抓住他的手，並使勁把他拉過去。兩個人的嘴唇隨之貼在一起了。——但他們立刻又分開。雅格麗娜走出房間，克利斯多夫也跟著出去。他因雙腿發抖，便靠著牆壁站了一會兒，等待血潮的奔騰平靜下來。他終於追上他們。

雅格麗娜若無其事地在跟奧利維談話。他心慌意亂地跟在他們後面，相隔約十步，好像一隻狗似的。他們停步，他也跟著停步；他們舉步，他也跟著舉步。他們就這樣在院子裡繞一圈之後，便回屋裡去了。

第二天一早，克利斯多夫便帶著行李不告而別。奧利維他們等了他一上午。後來則到處找他。雅格麗娜以若無其事的樣子隱藏心裡的憤怒。到第二天晚上，奧利維才接到克利斯多夫的信。信如此寫著：

親愛的朋友：請別恨我像瘋子一般地離開。是的，你也知道，我是個瘋子。非常高興與你誠摯的招待。但我並不是一個能跟別人一起生活的人。我愛大家——從遠處去愛應該較適合我。啊，我多麼希望能讓你們幸福！每個人都應當自救的。救你們自己吧！救你自己吧！我深愛著你！

克利斯多夫

請代我問候葉南夫人。

葉南夫人緊閉著嘴唇浮現輕蔑的微笑，一邊看信。然後冷冷地說：

「那麼，聽從那個人的忠告，救救你自己吧！」

可是當奧利維伸出手要取回那封信時，雅格麗娜却突然把它揉成一團，扔在地上。接著雙眼湧出大顆淚珠來。奧利維拉起她的手問道：

「你怎麼啦？」

「不要管我！你們這些任性的人！」她憤怒地嚷道。

那一陣子，克利斯多夫又受到樂評家的仇視。報紙上每週都會在專欄上登出藐視他的惡毒的文章。

但突然間，一切都改變了。攻擊忽然中止，不僅如此，兩、三週之後，報紙的音樂欄竟發表了讚揚他的文字。隨後，他接到一封蓋著奧國大使館印章的十分恭敬的信函，表示要在大使館舉行的大型晚會中演奏克利斯多夫的幾首作品。而克利斯多夫所提拔的塞西爾也被邀請在晚會中演唱。

後來塞西爾又接二連三被僑居巴黎的德、義兩國貴族邀請到沙龍去演唱。克利斯多夫本身也常受邀參加這些音樂會。有一次，他出席了，結果受到大使非常熱誠的款待。但只聊了幾句話，他就發現大使對音樂並不那麼有興趣，對他的作品其實一點也不懂。那麼，這突然的同情是從哪兒來的呢？是一雙看不見的手在庇護他，爲他掃除障礙，讓他走上平坦的道路。

在克利斯多夫的探問之下，大使透露有兩位朋友在幫助他，那是貝雷尼伯爵夫婦，對他表示極大的善意。克利斯多夫却連那名字都沒聽過。

自從他離開奧利維家之後，奧利維便毫無訊息。兩個人之間，好像一切都結束了。克利斯多夫並沒有想要去結交新朋友，他想像著貝雷尼伯爵夫婦大概也是像許多自稱爲他的朋友的那些俗人吧。因此他不僅沒有要見他們的意願，甚至迴避著他們。

其實他想逃避的是巴黎本身。他渴望安安靜靜地獨處幾個星期。他多麼想重新踏上故鄉的土地——只要五、六天就好！這個念頭逐漸變成一種病態的願望了。他想再見到那河川，那天空，以及死去的親人長眠的大地。但要實現這個願望，他却必須冒著被捕的危險。因爲他從德國逃亡時的緝捕令尙未解除。可是，意想不到的好運降臨了。

德國大使館的一位年輕外交官，在演奏克利斯多夫作品的晚會遇到他，跟他提及祖國以擁有像他這樣一位音樂家爲傲。克利斯多夫痛心地回答：

「祖國以我爲傲，所以就把我放逐，叫我死在國外嗎？」

年輕外交官聽克利斯多夫敍述了詳情。幾天之後他再去見克利斯多夫，對他說：

「上級很同情你。唯一有權使當初所下判決失效的一位高官，聽到你的境遇，很受感動。我不了解他爲什麼會喜歡你的音樂，因爲坦白說他並不是一個具有高尙趣味的人，不過他是一個聰明而心胸寬大的人。目前雖不能立即撤銷你的拘票，但他說，如果你爲了回去探親，只在故鄉待四十八個小時，便不加以追究。這是護照。你一切得當心，別引人注目。」

克利斯多夫終於又踏上故鄉的土地。他獲准的兩天時間，就在跟大地以及長眠於此的人們默默的敍談中度過。他先上母親的墳，草長得很高了，但有最近才供上的花。而旁邊就有父親與祖父的墳墓並列著。克利斯多夫坐在他們左右，太陽照著有如在睡夢中的大地。

克利斯多夫獨自陷入幻想中。他內心是平靜的。此刻他雙手抱膝蓋坐著，眼睛望著天空。隨後稍稍閉上眼睛。啊，一切多麼純樸！他覺得好像在自己家裡爲家人所圍繞。時間流逝。已到日落時分，小徑砂石上出現腳步聲。是守墓人經過，朝坐在那兒的克利斯多夫望著。克利斯多夫問他是誰供上鮮花的，他告知布伊農家的婦人每年會來一、兩次。

「是蘿涵吧？」克利斯多夫想著。

第二天，他沿著凱利希家的圍牆走去時，看到那塊做爲路標的大石頭了。小時候，他曾爬上石頭去偷看庭園。如今他詫異地發現，道路、圍牆和庭園都變得好小。他在正面鐵門前佇立了一會兒。而當他繼續向前走的時候，正好有一輛馬車經過。克利斯多夫不經意地抬起頭來，結果發現一位豐滿、快活的年輕婦人正盯著他看。她突然驚訝地喊著：

「嗨，克拉夫特先生！」

他停下腳步。

「我是明娜呀……」她笑著說。

他奔跑過去，心裡幾乎跟初次見到她時一樣地激動。她跟一位紳士在一起。她向克利斯多夫介紹，那是她的丈夫——高等法院顧問布羅姆巴赫先生。她希望克利斯多夫能順便到他們家。

克利斯多夫很高興能再見到明娜的母親凱利希夫人。離開凱利希家之後，他便走向萊茵河畔自己誕生的房子。他輕易地認出那房子來。窗戶緊閉著，好像屋裡人都在睡夢中。克利斯多夫站在道路中間，他覺得如果去敲門，那些熟面孔彷彿就會來開門似的。隨後他走進房子周圍的河邊草地，這是從前跟高特弗烈德舅舅談話的地方。他坐了下來。過去的日子重現了。跟他一起嘗過初戀之夢的可愛少女復活了。他又跟她再度體驗著年少的愛情、溫柔的眼淚，以及無邊的希望。然後，他浮現溫和的微笑對自己說：

「與我同在的明娜——不是跟別人，而是跟我在一起——明娜呀！你是永遠不會老去的！……」

雅格麗娜生下一個小嬰兒了。她體驗到世上最強烈的喜悅，光榮母性的喜悅。奧利維感動得顫抖。

但隨著日子的消逝，孩子也不再充實雅格麗娜的生活了。她產後身體雖然恢復得很慢，但終於恢復健康，身體比以前強壯、豐滿，看來更年輕。——但精神方面却比以前更不健全。

可憐的雅格麗娜竟迷上一個玩弄女性的巴黎作家。此人既不英俊，也不年輕。在雅格麗娜周圍，也有許多女性被他擄獲。最近，她的朋友之中一個新婚的年輕女性，輕易地被他誘惑，但不久就被拋棄了。這些女子成了旁人的笑柄，但她們本身倒沒有因此傷心欲絕。

然而，雅格麗娜是個瘋子。她的輕率完全沒有盤算和私心。她具有一種危險的長處，亦即對自己總是坦然的，對自己行爲的後果絕不退縮。她比社交界的女性優秀，但這反而成了致命傷。當她產生不義的戀情時，便毫無顧忌地拚命往前衝了。

阿爾諾夫人經常獨自一個人在家。在這一棟建築物裡，她已經沒有任何熟人。克利斯多夫搬家了，塞莉娜·夏布朗與安德烈·埃斯柏塞結婚了，艾利·埃斯柏塞則帶著家眷到西班牙去。只有克利斯多夫和他的女友塞西爾還繼續跟她保持聯繫。但他們兩個都住在遠處，而且工作繁忙，有時好幾個星期都沒有來看她。她只能依靠自己了。

有一天傍晚，阿爾諾夫人像往常一樣獨自在家時，門鈴響了。夫人把正在編織的東

西收拾好便跑去開門。進來的是克利斯多夫，他顯得非常激動。

「發生什麼事呢？」

「奧利維回來了。」

「噢，他回來了！」

「他今天早上回來。見到我便說：『克利斯多夫，救救我！我只有你了。她已經跑掉。』」

阿爾諾夫人大爲驚訝，不禁握著自己的手說：

「多麼不幸的一對呀！」

「她走了，跟情夫走了。」

「那麼，孩子呢？」

「她把孩子拋棄了。」

「哦，多麼不幸的人！」

「奧利維愛她。受到這一次的打擊，他很難重新站起來了。他反覆對我說：『克利斯多夫，她背叛了我……我最好的朋友背叛了我。』我說：『她既然背叛你，就不再是你的朋友了。她已經成爲你的敵人。忘掉她吧，不然就殺掉她！』」

「哦，克利斯多夫，你在說什麼呢？那太過分了。」
「是的，這我也知道。可是……」
「孩子怎麼辦呢？」
她從一開始所想的其實就是這件事。她關切被母親遺棄的孩子；她想著由自己來撫養那孩子，以及在那小小靈魂周圍編織自己的夢與愛的喜悅。接著却對自己說：
「不，不行，我不能因別人的不幸而去享受某種事情。」
克利斯多夫回答：
「是的，當然我們想過這個問題。可憐的孩子！我跟奧利維都無法撫養他。我們必須找一位女性來照料他。」
阿爾諾夫人幾乎喘不過氣來。
「我本來是打算跟你商量的。但剛才塞西爾正好來過。她得知情況，見到孩子，大爲心動，於是不顧一切地說……」
阿爾諾夫人覺得全身血液似乎停止流動了。克利斯多夫後來說的話不再進入她耳朵。她眼前的一切一片混亂。她很想喊出：
「不，不，請把孩子給我！」
克利斯多夫繼續說著，她依舊聽不見。但她盡量壓抑自己。後來終於想起，塞西爾曾向她吐露暗戀奧利維的心事，於是對自己說：
「塞西爾比我更需要那個孩子。我還有自己所珍惜的丈夫……我還有其他許許多多東西。

而且，我年紀比她大……」
她不禁微笑著說：
「那樣較妥當吧。」
但爐火已熄滅，臉上的紅光也消失了。在她疲倦却安詳的臉上，只有平日那副溫順達觀的表情。

「我所愛的妻子竟然背叛了我！」
這個念頭把奧利維擊垮了。他喪失元氣，完全處於受攻擊的狀態，各種疾病於是乘虛而入，例如流行性感冒、支氣管炎、肺炎等等。克利斯多夫得到阿爾諾夫人的協助，盡心盡力看護他。病情終於控制住。可是對於精神上的病苦，他們兩個人都完全無能爲力。
克利斯多夫去探望塞西爾以及託給她的孩子。塞西爾自從當了保母，整個人都變了；她顯得年輕而幸福。雅格麗娜的離家出走並未挑起她的希望。讓她意亂情迷的風暴早已過去。那是一時的危機。雅格麗娜的狂亂反而解除了這場危機。
她又回到平日的沈著。愛的渴望在對孩子的愛當中獲得滿足。她藉著女性特有的神奇力量，透過這小嬰兒發現了自己所愛的男人。現在這個託給她的柔弱小生命確實屬於她了。小嬰兒的心靈和他明亮澄澈的藍眼多純潔！同樣的，她對孩子的愛也多麼純潔！

3

克利斯多夫有時得去參加奧國大使館的晚會。塞西爾在晚會中唱舒伯特、伏爾夫和克利斯多夫等人的歌曲。她對於自己的成功，以及目前受到菁英分子歡迎的克利斯多夫的成功，都滿懷欣喜。他的作品在很多音樂會被演奏，有一部作品還被喜歌劇院採用。許多不相識的人都對他表示關切。

幾度爲他盡力的神秘朋友，仍繼續協助他達成願望。克利斯多夫經常感覺到有一雙善意的手在幫助他。他曾努力想找出那位守護著他、卻謹愼躲藏著的人，但仍然沒有線索。另外，克利斯多夫還掛念著奧利維和法朗索雅茲。

那天早上，他才在報紙上看到法朗索雅茲在舊金山病重的消息。他想像著她孤單地躺在異國城市的旅社房間，拒絕見任何人，也不願給朋友們寫信，咬緊牙關，獨自等待死亡的情景。

在晚會中，克利斯多夫也被這些念頭所纏繞，於是避開眾人躲到隔壁小房間去。他在昏暗的角落，靠著牆壁，聆聽塞西爾以感傷的動人的聲音唱著舒伯特的〈菩提樹〉；聽著這純粹的音樂，過去的種種回憶不禁湧上心頭。

掛在正面牆壁上的大鏡子照出隔壁客廳的燈火和熱鬧的光景，他卻未加注意，他只凝視著自己的內心。不知不覺眼眶裡已經滿含淚水。……突然間，像舒伯特顫抖的老菩提樹一般，他也無端顫抖起來。隨後，眼前不再朦朧一片時，他終於瞧見鏡子裡有一位「女友」正望著

他……「女友」？那到底是誰呢？他除了知道她是自己的朋友，是自己認識的人之外，什麼都不知道。她微笑著。他並未注意她的臉龐和身材、眼睛的顏色，或所穿的衣服，他只看到一樣東西，亦即那深表同情的微笑中所蘊含的尊貴的慈悲。

不久，門口被一群人擋住，克利斯多夫再也看不到隔壁客廳的情景。他躲到看不見鏡子的陰暗處，因為他不願別人看到自己慌張的樣子。但稍稍鎮靜下來之後，他又擔心她是否走了，於是走進客廳。

她跟鏡子裡所顯現的樣子雖然不完全一樣，但他立刻在眾人之中找到她。他從側面看到她正坐在一群典雅的貴婦人中間。她一隻肘子靠在安樂椅的扶手上，手支著頭，身體稍稍向前傾，浮現心不在焉的笑容，聽別人講話。

這時候，她抬起眼睛，看到他的身影了，卻沒有表現驚訝的樣子。他察覺到她是在對他微笑，於是感動地向她行禮，並走近她。

「你認不出我是誰嗎？」

就在這一剎那，他認出了她。

「葛拉齊雅！……」他喊道。

這時候，大使夫人正好從旁邊經過，為他們盼望已久的相遇終於實現而感到欣慰。她把克利斯多夫介紹給貝雷尼伯爵夫人。但克利斯多夫因為太感動，並沒有把她的話聽進去；他絲毫沒留意那陌生的姓氏。對克利斯多夫而言，她還是那個小葛拉齊雅。

葛拉齊雅已二十二歲。一年前與當時奧國大使的年輕隨員結婚。他是奧國首相的親戚，爲名門貴族。但這位紈袴子弟生活放蕩，顯得太早熟。她曾鍾情於他，因此，現在雖然批評他，但仍愛著他。她上了年紀的父親已經過世。她丈夫後來被任命爲駐巴黎大使館官員。

原來爲一點小事就會驚嚇的羞怯的小姑娘，由於貝雷尼伯爵的交際，以及自己的姿色與聰慧，竟變成巴黎社交界最受矚目的年輕婦人之一。難得的是她始終保持獨立不羈的性格，而且懂得把自己的優勢運用到藝術與慈善事業方面去。

她不曾忘記大朋友克利斯多夫。當然她已經不再是默默燃燒著天眞愛情的少女。現在的葛拉齊雅是極爲理性而非愛空想的女性了。儘管如此，對小時候戀慕之情的回憶，心裡還是很感動。她對克利斯多夫的回憶是跟她生涯中最純潔的一段歲月連結在一起的。她聽到他的名字都會很高興；而他每次的成功，好像都跟自己有關似的滿心歡喜。因爲她早已預感到他的成功。

她一到巴黎，就想跟他會面。她曾邀請過他，邀請函還附帶寫上自己少女時代的名字。但克利斯多夫却未加留意。他把邀請函丟進字紙簍，未給她任何回音。但她也沒有特別生氣。她繼續暗地裡關切他的工作，甚至探聽他的生活狀況。最近報紙上登出攻擊他的文章時，向他伸出援手的就是葛拉齊雅。

另外，想出要在大使館舉行克利斯多夫作品演奏會的，也是葛拉齊雅。得知塞西爾是克利斯多夫所關照的人，因而盡力讓這位年輕歌手出名的，也是葛拉齊雅。她還利用與德國外交界的關係，想慢慢喚起政府當局對被放逐的克利斯多夫之同情。她也努力想得到皇帝的詔書，爲已經成爲國家之榮耀的大藝術家開放門戶。要獲得這個特赦令可能還要等待很長一段時間，因此她便設法至少叫當局准許他回故鄉停留兩天。

克利斯多夫雖然一直感覺到有一位看不見的朋友在庇護他，但始終未發現那究竟是誰，此刻他才從在鏡子裡對他微笑的「女友」臉上找到答案。

兩個人談著往事，但到底談些什麼，克利斯多夫也弄不太清楚。葛拉齊雅話講到一半突然停頓下來。一個身材高大、裝束華麗的年輕美男子，帶著厭煩而輕蔑的態度，從單片眼鏡盯著克利斯多夫看。用傲慢的禮貌行禮。

「這是我的丈夫。」她說。

耳邊又響起客廳的喧鬧聲，心中的燈光却熄滅了。克利斯多夫打了個寒顫，緘默著答禮之後便立刻告退。

藝術家的靈魂裡存在著多麼滑稽和貪婪的要求！當那位女友從前愛著他的時候却被他忽略，而且，多年來他甚至從未想起她，可是現在一旦重逢，他却立刻覺得葛拉齊雅是屬於他的，是他的財產，如果有人佔有她，那是從他這裡偷去的；而她本身也沒有權利委身他人。克利斯多夫並不清楚自己心中發生了什麼事，但他的創作之魔却替他察覺到了。那段時間，他產生了數首描繪苦惱愛情的最美的歌曲。

從此有很長一段時間，克利斯多夫未跟她碰面。奧利維身心的疾病纏繞著他，使他沒有餘力去拜訪。但終於有一天，他找到她給的地址，便下決心去看她。

當他爬上階梯的時候，聽到工人用鐵錘敲釘子的聲音。會客室雜亂地擺滿行李箱。僕人說伯爵夫人不能見客。克利斯多夫失望地交給名片，走下階梯準備離去時，僕人却從後面追上來，向他道歉，並帶他進去。克利斯多夫被領到一間小客廳，這兒地氈已經被捲起。葛拉齊雅以開朗的笑容高興地伸出雙手，向他走過來。他也欣喜地握住她的手，並親吻著。

「你能來，眞是太高興了。我好擔心是否不能再見一次面就要動身了！」

「動身？你要走了嗎？」

陰影又從他頭上罩下來。

「像你所看到的，本週末我們就要離開巴黎了。」她指著室內雜亂的景象說。

「會離開很久嗎？」

她略微擺了一個姿態回答：

「我也不知道。」

克利斯多夫說不出話來，喉嚨似乎梗住了。過一會兒，他才問道：

「要到哪裡去呢？」

「到美國去。我丈夫被任命爲大使館的一等書記官。」

「那麼，就此……就此離別嗎？……」他嘴唇顫抖著。

她被他說話的語氣感動了，於是說：

「我的朋友！……不，並不是就此離別。」

「我好像爲了離別而跟你相遇似的。」他含淚說。

「我的朋友，我的朋友！……」她反覆說。

他用手遮住眼睛，不想讓對方看到自己的情感。

「請不要傷心。」她把自己的手放在他的手上說。

他們緘默著。過一會兒她終於問道：

「你爲什麼一直沒來找我呢？我多麼盼望與你見面，可是你始終沒給我回音。」

「我一點也不知道。告訴我，多少次在我不知道的情況下幫助我的，就是你吧？……我能回德國，也是你爲我想辦法的吧？」

「我很樂意爲你盡些力量，你曾給我許多恩惠呢！」

「你說什麼？我沒有爲你做過任何事情的。」

「你爲我做過的事，你自己並不知道啊！」

葛拉齊雅先提起少女時代，在姑丈斯托文家遇見他，由於他以及他的音樂，她才發覺了世界上的美麗事物。隨後，她逐漸顯得有些興奮，以明白却有所保留的簡短而具暗示性的話，敍述孩童時代的感動，曾經爲克利斯多夫的悲傷而悲傷、爲克利斯多夫在音樂會被聽衆喝倒采而哭泣，以及曾寫信給他却未能接到回音等等往事。

他倆以充滿愛的喜悅，無邪地談著。克利斯多夫一邊談話一邊拉著葛拉齊雅的手。突然，兩個人的談話中斷了。葛拉齊雅發覺克利斯多夫愛著她，而克利斯多夫自己也同樣感覺到了。

葛拉齊雅把手縮回去，克利斯多夫也未阻止它。兩個人愣在那兒好一陣子。

「那麼，就此……」葛拉齊雅終於開口說。

「那麼，就此告別嗎？」克利斯多夫嘆道。

「也許這樣比較好。」

「在你動身之前，我們不能再見面嗎？」
「是的。」
「我們何時能再相聚？」
她做了一個悵然而困惑的動作。
「那麼，我們這次的重逢又有什麼意義呢？」
可是，對著她責難的目光，他立刻說：
「不，對不起，都是我不好。」
「我以後還是會一直想念你的。」她說。
「啊，我連想念你都很難。我對你的生活一無所知。」
她冷靜地把自己的日常生活簡略告訴他了。她以溫柔美麗的笑容提到自己的丈夫。
「啊，你很愛他吧？」他帶著嫉妒的心情說。
「是的。」
「再見。」他站起來告辭。
她也站了起來。這時候，他才發覺她懷孕了。此刻他心中感受到一種交織著厭惡、愛情、嫉妒與極度憐憫的難以表達的印象。葛拉齊雅送他到小客廳的門口。到門口，他又轉過身來，彎下身，久久親吻著朋友的手。她半閉著眼睛，一動不動地站著。他終於抬起身子。然後再看她一眼便急忙離去。
諸聖節那一天，克利斯多夫在塞西爾家。塞西爾坐在孩子的搖籃邊。順路過來探望的阿爾諾夫人，俯身看著孩子。克利斯多夫陷入幻想中。他有錯過幸福的感覺，但他並不想抱怨；他知道幸福是存在的。

克利斯多夫望著塞西爾。有一對大眼睛的樸素的臉上，閃耀著母性的——比眞正的母親更像母親的——本能的光輝。他又望著阿爾諾夫人疲倦而慈祥的臉。他從她的表情看出隱藏在爲人妻的生活背後之苦樂。

隨後，克利斯多夫想著，無論已婚或未婚，女人的幸與不幸，並不在信仰的有無，同樣的，也不在子女的有無。

所謂幸福，是靈魂的芳香，是歌唱心靈的音階。而靈魂最美的音樂是柔情。

奧利維進來了。

他的舉動顯得很沈著。脫俗的明朗的光輝在他藍色的眼睛裡閃耀。他對孩子微笑，並握著塞西爾和阿爾諾夫人的手。然後靜靜地開始說話。他們都以充滿愛情的驚異的態度注視著他。

他不再是以前的樣子了。他曾經滿懷悲苦把自己禁錮在孤獨中，就像毛毛蟲躲在自己做的繭裡邊，但經過艱辛的努力之後，他終於有如脫殼一般，將自己的苦惱甩掉了。

九、燃燒的荊棘

內心安寧，風勢平息，空氣靜止……

克利斯多夫顯得沈穩、心平氣和。他因獲得這份平靜多少有些自豪。但內心仍然覺得有美中不足的地方。他的熱情沈睡了；他甚至覺得熱情是否不再甦醒。

奧利維一向都不太關心他人的疾苦。他是生活在自己內心世界的知識分子，那並非所謂的利己主義，而是沈溺於夢想的病態的習慣。另外，從氣質上來說，他是一個貴族。儘管從幼年時代他便有一顆溫柔的心，但由於肉體與靈魂天生都太纖細，因而遠離了大眾。大眾的氣息和思想都令他厭惡。

但自從最近他偶然目睹了一個並不罕見的事件之後，一切都改變了。

他在蒙魯喬的高崗上租了一間非常簡陋的套房，那兒離克利斯多夫和塞西爾的住處都不太遠。這是一個平民區，他所住的那棟建築物，住著靠微薄的定期收入過活的人，以及小職員或工人的家庭。

有一天，他正要外出的時候，門前聚集了許多人，女門房在對大家說話。奧利維對此並不抱什麼好奇心，打算直接走過去，但女門房因爲想講給更多的人聽，即使多一個人也好，便叫住了他，並問他是否已經知道可憐的魯塞爾一家人的遭遇。

奧利維連「可憐的魯塞爾一家人」是誰都不知道，他只是漫不經心地聽著。但當他得知這個工人家庭，包括父母與五個子女，就在這一棟房子裡因生活困苦而自殺時，他便側耳傾聽著女門房不厭其煩地反覆敍述那同一事件。她的話逐漸喚起他的種種回憶，他想起自己曾經見過這一家人。男主人在麵包店工作，臉色蒼白，因爐灶的熱氣而引起貧血，臉頰凹陷，滿是鬍鬚。初冬得過肺炎，未痊癒便又開始工作，疾病突然復發。從三星期前，他便失去工作，也喪失活下去的力氣。他的妻子不斷懷孕，雖然因風濕症而行動不便，但還是拚命做家事，而且還得每天到處奔波，希望從貧民救濟會領到一點點補助。但在等待的期間，孩子陸續出生。十一歲的、七歲的、三歲的——另外還有夭折的兩個——最後，在上個月又生了一對雙胞胎，他們來得眞不是時候。一個鄰居婦人說：

「雙胞胎出生那一天，十一歲的長女茱絲蒂娜哭著說，她要怎麼同時背兩個弟弟呢……」

奧利維立刻想起那個少女的模樣——大大的額頭，沒有光澤的頭髮往後梳，灰色的眼睛凸出。碰到她的時候，她總是提著東西，或背著小妹妹。在樓梯擦肩而過時，奧利維會輕輕跟她說一聲：

「對不起，小姐。」

她却面無表情一聲不響地走過去。但事實上，即使這樣淡淡的打招呼，她心裡也覺得高興的。前幾天傍晚六點左右下樓時，是他最後一次遇見她。

那時候她正提著一桶木炭上樓，好像很重的樣子。奧利維照常招呼了一聲，却未看她一眼。他走下幾級之後，無意中往上看，發現她靠在欄杆上，痙攣的小臉正俯視著他下樓去……

奧利維無法繼續散步，於是回到自己房間。但他感覺到那幾個死者就在自己附近……就在只隔幾道牆的地方……想想，自己就在他們的慘劇近旁生活著呢！

他去找克利斯多夫。聽到奧利維的敍述，克利斯多夫心裡也受到震撼。他覺得自己只是在玩兒戲的利己主義者，於是把剛寫好的樂譜撕掉……但他立刻又把那些碎片撿起來。他又本能地認爲，減少一件藝術作品並不能增加一個幸福的人。

這種貧困的悲劇對克利斯多夫並不陌生。他從幼年時代便已習慣走在那種深淵的邊緣，却一直沒有墮落。而現在，無論遇到多痛苦的事，他也絕不會放棄戰鬥的，因此他對自殺甚至抱著嚴厲的看法。

奧利維也經歷同樣的考驗。現在的他不但不逃避痛苦的狀況，反而自動去尋找它。其實他無需跑多遠就可以找到它，因爲世界到處都充滿痛苦。

得不到溫情的少女們、絕望的少女們、被誘惑又遭背叛的婦女、受友情、愛情和信仰等等欺騙的男子，許許多多在人生歷程傷痕累累的不幸人們啊！……最可怕的不是貧困與疾病，而是人類相互的殘酷性。被榨取的無產者、被迫害的民眾、全世界悲慘的人們……所有這些人的呼號全都向奧利維湧上來，使得他快喘不過氣來。他不斷地對克利斯多夫講這些事，克利斯多夫終於困惑地說：

「不要再說了！不要再妨礙我的工作了！」

奧利維爲自己辯白，克利斯多夫卻說：

「哦，你不能老是往深淵裡看。這樣會活不下去的。」

「我們必須向掉在深淵裡的人伸出援手啊！」

「那當然。可是，該怎麼做才好呢？自己也跳進去嗎？你想做的，不是這樣嗎？你有一種只看見人生悲慘面的傾向。這樣的悲觀主義的確帶著慈悲，但那是令人意氣消沈的。若想謀求人類的幸福，首先你自己必須是幸福的！」

「幸福？看到那麼多痛苦的狀況之後，怎麼會有心情去求自己的幸福呢？只有努力去減少世界的苦難，才可能有幸福。」

「的確如此。可是，我不願意只打混仗。多一個笨拙的士兵是無濟於事的。我要以自己的藝術安慰人。多少悲慘的人們因爲我的歌曲而獲得力量，你知道嗎？人各有自己的職業。我的首要義務是創造能帶給你們陽光的健全的音樂。」

要帶給別人陽光，自己的生命中必須先具備陽光。可是，奧利維卻缺少它。他並沒有強大到能獨自發揮力量。爲了發揮力量，他必須與他人結合。但應該跟誰結合呢？具有自由精神與無神論傾向的他，對所有政治和宗教的黨派都很起反感。那些黨派由於度量狹小、缺少容忍，而互相競爭。一旦擁有權力，便立刻濫用它。

奧利維見到幾位搞社會運動的人。最初見到的是皮埃爾・卡內，他雖來自保守的資產階級，却熱中於產業公會的組織。後來奧利維又認識卡內的朋友瑪奴斯・海曼，這位年輕的猶太裔醫生是俄國的亡命者。

奧利維把克利斯多夫帶到民眾的集會場所去，讓他與革命的各黨派領袖見面。克利斯多夫認識了對民眾最具影響力的卡齊米爾・朱歐和塞巴斯丁・科卡爾。

克利斯多夫對這些集會頗感興趣。他並不像奧利維那樣厭惡集會中的演說。他雖然沒有特別費力去了解其中的美麗辭句，但透過演說者與聽眾，他却感覺到它的音樂性。

奧利維回到他隱居的地方。不久克利斯多夫也回到他身旁。再怎麼想，他們的位置絕不在社會革命運動之中。奧利維無法加入那些鬥士的聯盟。而克利斯多夫則不願加入他們的聯盟。但儘管他們一個退到船頭，一個退到船尾，他們還是在那載著勞工與整個社會的船上。

自由而且確信自我意志的克利斯多夫，有趣地觀察著無產階級的同盟。他繼續與科卡爾交往，有時也會到參與運動的人聚集的「歐蕾麗」店用餐。一到這個店，他就幾乎無所顧忌。他會隨心所欲地發言，有時故意爲難談話的對手，把對方逼到荒謬結論的極限。

人家完全弄不清楚他說的話是否正經，因爲他會越講越激動，以致忘了一開始想嘲諷對方的意圖。藝術家的他，因別人的醉意而醉了。他曾經在歐蕾麗店裡即興做出革命歌曲，第二天這首歌便傳到勞工團體。他於是受到警察的監視。一位警政署的年輕軍官——也是克利斯多夫音樂的愛好者——告訴跟警察有聯繫的瑪奴斯說：

「你們的伙伴克利斯多夫要花招要得太過分了。他的背景我們是知道的。這個傻子如果不收斂一點，我們就不得不逮捕他了。這是很麻煩的，你警告他一下吧！」

瑪奴斯立刻轉告克利斯多夫，奧利維也勸他態度要謹愼些，但克利斯多夫對這樣的忠告却不太在乎。他說：

「眞是豈有此理！我不是危險人物誰都知道的。我也有取樂的權利呀！我喜歡那些人，他們跟我一樣努力工作，跟我一樣具有信念。說眞的，他們跟我並非屬於同一種宗教、或同一種黨派。但這有什麼關係呢？好吧，那就好好戰鬥一番吧，我並不討厭戰鬥的……因爲沒辦法呀，我無法像你一樣縮在自己的殼裡。事實上，我在小市民中，會有窒息的感覺。」

五一勞動節已迫近。

不安的謠言在巴黎傳開。勞工總會虛張聲勢的那幫人助長了謠言的散布。膽怯的巴黎人開始逃往鄉下，或好像準備面對敵人包圍似的囤積糧食。

克利斯多夫對社會上一般人的恐懼覺得好笑，他相信絕不會有什麼事發生。奧利維却不那麼放心，因爲他出身有產階級，他的心裡多少留著革命的回憶與預料帶給有產階級的那種

不斷的微微的戰慄。

「啊，你就安心睡覺吧！你所擔心的革命不會馬上發生的，你們都害怕著，都受恐懼心理的支配……四十年來，一切都在空談中度過。想想你們那有名的德雷弗斯事件吧！你們亂喊著『死亡！流血！殺戮！』……但你們究竟流了多少血呢？」克利斯多夫說。

「你不能這樣想的。對於流血的恐懼，是因爲一旦流血，人的獸性便會發作，文明人的假面具便會掉落，帶著獠牙的猛獸面孔便會出現，誰知道是否能給套上口罩呢？」奧利維說。

勞動節那一天，克利斯多夫來接奧利維到巴黎城裡散步。奧利維的流行性感冒初癒，因此顯得特別倦怠。他實在不想出門，不想混在群眾裡。心理上和精神上雖然堅定，肉體上却是無力的。他害怕人群的雜亂、喧嘩和一切粗暴的行動。這一天早上，奧利維覺得與人接觸是痛苦的事，他只想躲在家裡。

克利斯多夫責罵他、諷刺他，想盡辦法要把他從這種意興闌珊的狀態拖出去。可是奧利維完全一副充耳不聞的樣子。克利斯多夫於是說：

「好吧，那我就一個人去了，去看看那些人的勞動節。如果我今天晚上沒有回來，你就當作我被逮捕了。」

克利斯多夫說完就走出去。但下樓梯時，奧利維却追過來。他不想讓朋友獨自出門。

街上人並不太多。有幾個胸前別著鈴蘭的年輕女工，也有一些盛裝的工人在街上閒晃。這仍然是個有霧的暖暖的天，已經很久沒看到太陽了。克利斯多夫和奧利維挽臂而行，雖然不太交談，心裡却相親相愛。寥寥數語便會讓他們懷念起往事。

他倆來到塞西爾家附近。本來想進去抱一下孩子。

「不，等回程再進去吧。」奧利維終於這麼說。

到塞納河的另一邊，人逐漸多起來。有盛裝漫步的人，有帶著孩子的遊客、閒蕩的工人，也有在鈕眼插著紅玫瑰的人，他們氣定神閒，一邊慢慢走著，一邊看看樹上的新芽，或路過的小姑娘們的衣裳。他們驕傲地說：

「打扮得這麼漂亮的孩子，在巴黎以外的地方是看不到的……」

克利斯多夫取笑這個做了大規模預告的運動……他們眞是一些好人呢！……他既愛他們，又對他們有些許輕蔑。

他們慢慢前進的時候，群眾也越來越多。形跡可疑的蒼白面孔，以及講髒話的男子混在擁擠的人群中。互相呼應的聲音、吹口哨的聲音、無賴漢的叫嚷等等貫穿群眾的喧囂響徹四周，顯示了人群的多重。在街道盡頭的歐蕾麗飲食店附近一片譁然，有如洪水奔流的聲音。人潮碰到由警察和士兵築起的人牆，全部被推回去。在這個障礙物前面，群眾凝聚成一團，倒流之後以漩渦狀滾動著。大家吹著口哨，或歌唱，或大笑……

這些群眾並沒有懷著什麼敵意。他們互相推擠著，好玩地嘲笑警察或互相叫罵。但大家情緒慢慢激昂起來。後面的人因爲什麼都看不見而焦急，又因爲躲在許多人後面，危險性較小，挑戰性反而更大。前面的人在兩股力量之間進退不得，也難受得越來越憤慨。壓迫他們的人潮的力量，使他們產生了百倍的力量。

大家像家畜般互相推擠著，感覺到群眾的熱氣滲透到自己的胸部和腰部。他們覺得大家似乎形成了一團。每個人目光含著憎恨，叫聲帶著兇暴。躲在三、四排的一些人開始丟石頭。住在附近的人從住家窗口看這些情景，他們帶著看戲的心情煽動群眾。

克利斯多夫在密集的人群中，用他的膝蓋和手肘像楔子一般開路。奧利維跟在他後面。形成一團的人群稍稍打開縫隙讓他們通過之後，立刻又封起來。克利斯多夫顯得十分愉快，他完全忘了剛才還在否定群眾運動的可能性。他一踏入人潮中，立刻被吸引住；雖然他跟這些法國民眾並沒什麼關係，却立刻溶入其中。他也不管自己將往何處去，他只是呼吸著這股狂熱的氣息繼續往前衝……

奧利維好像被拽著跟在後面走。他並沒有喜悅之情，心境是沈穩的。對自己同胞的熱情，他遠比克利斯多夫冷漠。但他還是像個漂流物，跟著那股熱情漂流。他有趣地望著前面一位少女的金髮和蒼白纖細的頸部。擁擠的人群身上所發散的氣味令他作嘔。

「克利斯多夫！」他以請求的口吻說。

克利斯多夫沒聽見。

「克利斯多夫！」

「什麼？」
「我們回去吧！」
「你害怕嗎？」
克利斯多夫繼續向前走。奧利維浮現落寞的微笑跟在後面走。
在他們前面不遠處，奧利維看到最近他特別關照的一位叫埃瑪紐艾爾的駝背少年，爬到報紙零售亭的頂上。少年雙手抓住亭頂，以危險的姿勢蹲著，一邊笑一邊眺望士兵築起的人牆，然後又轉過頭來，得意地看著群眾。他發現了奧利維，並投以喜悅的眼神。接著他又開始朝廣場方向望過去，睜大充滿希望的眼睛，好像在等待什麼似的……奧利維喊著少年的名字，要他下來。埃瑪紐艾爾却表現一副沒聽見的樣子。
後來克利斯多夫和奧利維在群眾中遇到幾位熟人——留了金色鬍子的科卡爾也在其中，他只等著小衝突發生，以老練的目光留意潰堤的那一刻。再前方，朱薛的情婦——美麗的貝爾德正在跟旁邊一些奉承她的人講些不中聽的話。她竟然擠到第一線，嘶啞著嗓子痛罵警察。科卡爾走近克利斯多夫。克利斯多夫看到他便以嘲弄的口吻說：
「不是像我所說的嗎？什麼也不會發生的。」
「等一下你就知道的！還是別待在這裡吧。事情很快就會變得很嚴重。」
「別吹牛了！」
就在這個時候，騎兵隊因群眾不斷向他們丟石頭而忍無可忍，他們想開闢出通往廣場的道路，便開始前進。中央的憲兵隊快步跑過來。群眾開始潰散。可是，他們一邊亂竄，一邊狂暴地辱罵那些追兵，在未受任何攻擊之前就喊出「兇手！」。貝爾德在人潮中尖叫著像鰻魚似地溜走。她再度跟朋友們在一起，躲在科卡爾寬闊身軀的背後，才鬆了一口氣。

然後她貼近克利斯多夫，不知是因爲害怕或是其他原因，她抓住克利斯多夫的胳膊，並向奧利維使眼色。接著她又向敵人揮舞拳頭，並發出尖叫聲。科卡爾則抓著克利斯多夫的胳膊說：

「到歐蕾麗店去吧！」

那家店就在數步遠的地方。貝爾德和格萊尤已經先進去了。克利斯多夫想把奧利維也一起帶進去。奧利維走出人潮，終於能喘一口氣。他一想到飲食店汚濁的空氣和這些狂人的叫嚷，就感到噁心，於是對克利斯多夫說：

「我想回去。」

「那就回去吧。一個小時之後我會去找你。」

「不要再有危險的舉動了，克利斯多夫！」

「膽小鬼！」克利斯多夫笑著回答，然後走進飲食店。

奧利維想從飲食店的拐角彎過去。本來再走幾步就可以進入一條遠離騷動的小巷。可是，這時候，那位少年的影像突然浮現腦海中，於是又回過頭去尋找他。當奧利維看到少年的身影時，少年正好從他的瞭望台墜落，隨即被群眾撞倒在地上；奔跑的群眾從他身上踩過。警察也追上來了。

奧利維不假思索立刻跑過去救援。一個土木工人看到危險的情況了——奧利維扶起少年的時候，兩個人都被如怒濤般湧來的拔劍的警察隊撞倒——工人於是叫嚷著衝過去，同伴們也跟著他跑。兩邊的人像狗一般扭打起來。奧利維這個貴族的小市民，這個最不喜歡鬥爭的人，竟成了一場戰鬥的引爆點……

克利斯多夫也加入這場混戰中。他做夢也想不到奧利維會捲入其中。他完全搞不清楚鬥毆的狀況，大家亂打成一團。奧利維好似一艘正要下沉的小船，在漩渦中消失了蹤影……本來不是要刺他的刀鋒竟刺進他的左胸。他倒下去，被群眾踐踏。

克利斯多夫被一陣人潮的逆流擠出戰場的另一端。他心裡倒沒什麼憎恨的感覺，只是像參加村裡的市集似的，愉快地跟人推擠。他沒有想到事態的嚴重性，因此被一個肩膀寬闊的警察抓到時，他還抱住對方的腰部，戲謔地說：

「小姐，要不要跳個華爾茲？」

這時候，另一個警察跳到他背後。他像一頭野豬似的搖晃身體，然後用拳頭打兩個警察；後面那一個滾到地上，另外一個則憤怒地拔出劍來。克利斯多夫看到劍鋒已迫近自己的胸膛。他巧妙地閃開，用力把對方的手腕扭上去，想奪走他的劍。一切都弄不清楚了。兩個人繼續在那兒搏鬥。

克利斯多夫無暇思考。他看見對方眼中的殺機，自己不禁也產生了殺機。他知道對方的劍已快要刺進自己的喉嚨了，於是卯足力氣扭轉對方的手腕和劍，對準對方的胸膛刺進去。他感覺到自己正在殺人，而且眞的把他殺掉了。一切在他眼中突然改變。他狂醉又狂叫。

克利斯多夫的叫聲產生意想不到的效果。群眾聞到血腥味，立刻變成兇猛的暴徒。接著槍聲四起。家家戶戶的窗口掛上紅旗。大家臨時築起了路障。街上的舖路磚被敲起，路燈柱子被扭曲，樹木一棵棵倒下，一輛公共馬車被弄翻。幾個月來爲了地鐵工程而挖開的壕溝現在被大家利用著。樹木周圍的鐵欄已寸斷，被人拿來當彈丸用。不到一個小時就演變成暴動。街上都被包圍了。跟原先判若兩人的克利斯多夫，在路障上高唱自己做的革命歌曲，許多人也跟著唱起來。

奧利維被抬到歐蕾麗的店，已經失去知覺。他躺在店裡頭的一張床上。駝背少年不知所措地站在旁邊。貝爾德抱著奧利維，並扶住他的頭。歐蕾麗以慣有的從容態度爲他解開衣服，處理了傷口。瑪奴斯・海曼和他形影不離的卡內正好也來了。他們和克利斯多夫一樣是出於好奇心才跑來看這場群眾運動，因此目睹了混戰的現場，並看到奧利維倒下去。卡內嗚嗚哭了起來。

瑪奴斯診察了奧利維的傷口，立刻斷定已經沒救。他雖然對奧利維滿懷同情，但他並不是一個會對無可挽救的事耗時間的人，因此放棄了奧利維，想起克利斯多夫。他很清楚克利斯多夫對革命的看法；他正愚蠢地爲了跟自己的主張並不相干的事而冒險，瑪奴斯很想去把他救出來。喜歡克利斯多夫音樂的警察局職員，一半爲了職務上的責任，一半爲了有趣，而在群眾之間徘徊，他曾叫住瑪奴斯，並對他說：

「克利斯多夫眞是個傻子。他正在路障上面陶醉著呢！這一次我們不會置之不問的。你快想辦法叫他逃走吧！」

說是容易的，要實行却很難。如果克利斯多夫知道奧利維已瀕臨死亡，一定會狂怒地殺人，然後自己也被殺。瑪奴斯對卡內說：

「用你的車子把克利斯多夫帶走吧！」

「對不起，這我可辦不到。」卡內喘著氣回答。

「把他帶到拉羅舒去吧。應該還能趕上開往彭達烈的快車。然後叫他逃到瑞士去。」瑪奴斯繼續說。

「他不會答應的。」

「我會叫他答應。我會告訴他葉南將在瑞士跟他會合，說他已經出發了。」

瑪奴斯不顧卡內的反對，逕自跑到路障那兒去找克利斯多夫。克利斯多夫正騎在那輛被推翻的公共馬車的車輪上，拿著手槍有趣地向空中發射。瑪奴斯從背後叫他，他却聽不見。瑪奴斯爬上去拉他的袖子，竟被他推下去。瑪奴斯再接再厲，又爬上去，並喊道：

「葉南……」

在喧擾中，他並沒有聽到下面的句子。克利斯多夫立刻緘默下來，手槍也從手上掉落，然後從上面跳下來。瑪奴斯於是把他拖走。

「你非逃走不可了。」瑪奴斯說。

「奧利維在哪裡？」

「你非逃走不可了。」瑪奴斯反覆地說。

「爲什麼？」

「一小時之後，路障將被占領。傍晚，你會被逮捕的。」

「我做了什麼事？」

「瞧瞧你的手吧！……瞧瞧！……你的事件很淸楚的。大家都看到了。一刻也不容猶豫了。」

「奥利維到底在哪裡？」

「在他家。」

「那麼，到那兒去吧！」

「不行。警察就在門口等你。是奥利維要我來通知你的。快逃吧！」

「到哪裡去呢？」

「到瑞士去。卡內會用他的車子把你帶走。」

「那奥利維呢？」

「沒有時間談這種事了。」

「不見他一面我不會走的。」

「你可以在那邊見到他的。明天你們就可以在一起。他會搭第一班火車出發。來，趕快！我會慢慢爲你做詳細的說明。」

他抓住了克利斯多夫。克利斯多夫被附近的喧鬧聲和自己內在裡吹起的狂風弄得很茫然，因此也就任人牽引著。瑪奴斯一隻手抓著他的胳膊，另一隻手則抓著卡內。卡內對於因這事件而被迫接受的差事並不覺得高興。瑪奴斯把兩個人送上車。克利斯多夫如果被捕，善心的卡內一定會非常傷心，可是他寧可別人來救他。瑪奴斯對卡內這個人很了解。他因爲擔心起卡內的膽怯，便在汽車將發動的一刻，突然改變主意，自己也上了車。

奧利維並沒有恢復意識。待在房間裡的只剩歐蕾麗與駝背少年。那是一個通風不良的陰暗而鬱悶的房間。天幾乎全黑了……奧利維有一剎那的時間從深淵浮上來。他在自己手上感覺到埃瑪紐艾爾的嘴唇和眼淚。他無力地微笑著。然後好不容易才把自己的手放在少年的頭上。那隻手多麼沈重！……他再度陷入深淵……

歐蕾麗在臨終的奧利維枕邊放了一束五一勞動節的花——鈴蘭。在他的腦海深處，有幾個影像閃爍著，有如將熄滅的燈光……一戶農舍，牆上爬著藤蔓，庭院裡有個孩子在玩。孩子躺在草地上。噴泉灑落石盤上。一個少女笑著……

2

他們出了巴黎，穿過一些籠罩在霧裡的廣大平原。

開頭一個小時，克利斯多夫還沒有從那場混戰的興奮狀態醒過來，因此不停地大聲說話。瑪奴斯和卡內也爲了錯開他的情緒而說話。可是，他的熱情逐漸降溫，終於不再作聲。他想起從德國逃亡的往事。怎麼老是要逃亡……他笑了出來。這大概就是自己的命運了。離開巴黎他並不覺得難過。大地是廣闊的。只要跟朋友在一起，到哪裡都不是問題。克利斯多夫以爲第二天早上就能跟朋友見面了。

三個人一起到達拉羅舒。瑪奴斯和卡內一直等到克利斯多夫上了火車才離開他身邊。臨別的時候，他們也不禁表現一臉悲傷。克利斯多夫快活地緊握他們的手說：

「哦，別愁眉苦臉了。我們會再見面的。這不是什麼了不得的事。明天就會給你們去信。」

火車開了。他們目送他逐漸遠去。

「眞可憐！」瑪奴斯感慨地說。

當黑夜來臨，克利斯多夫的興奮狀態便完全平靜下來。他蜷縮在車廂的一角，從醉意中甦醒過來了。他渾身冰冷，沈思著。如今他也弄不清自己爲什麼做了那種事。他不知道爲什麼會跟那些與自己的信念並不相同的人一起吶喊、一起毆打。他驚訝萬分，也覺得非常羞愧……他雖然揮去心中的混亂，却又升起另一種憂慮。越接近目的地，他越想念奥利維。也不知爲什麼，他開始感到不安。

火車抵達後，他便到約定的旅社去，他產生了奥利維已經在那兒等他的錯覺。奥利維不可能先到的，但從此刻，他便開始嚐受等待的痛苦。

早晨，克利斯多夫用過早餐便到街上去閒逛，裝成一副無憂無慮的樣子。他望望湖水，或看看商店的櫥窗。但他對這一切都不覺得有趣。一整天過得又緩慢又沈重。傍晚七點左右，他因無所事事，雖然沒有胃口，還是提早吃了晚餐。然後交代旅社的人，當他所等待的朋友一到，便立刻把他帶到自己房間，於是上樓去。在房間裡他不知道要做什麼，就把剛才買的一份報紙打開，勉強看著，但注意力却轉向別處。他留意走廊的腳步聲。因一夜沒有睡覺，加上整天在等待中度過的疲倦，他所有的感覺變得過敏了。

突然，他聽到開門的聲音。由於一種無法形容的情感，他一開始並未轉過頭來。等他轉

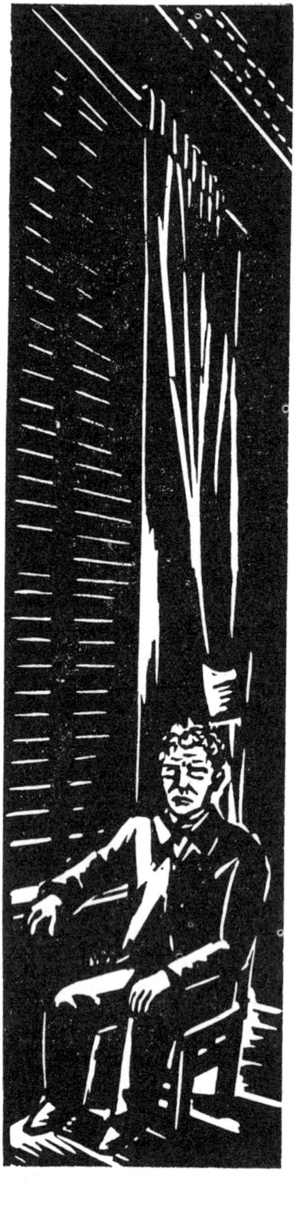

過頭，卻看見奧利維笑著站在那兒。他倒不怎麼詫異，只是說：

「啊，你終於來了！」

可是幻影立刻消失……

克利斯多夫憤怒地站起來，粗暴地推開桌椅，隨即臉色發白，牙齒顫動著，呆立在那兒。

從這一刻，克利斯多夫明白了一切。

他無法再待在房間裡，於是走到街上，閒晃了一個小時。當他回來的時候，在旅社正門，門房交給他一封信。他的手顫抖著把信接過來，並立即爬上樓去。走進房間後，連忙拆信，讀到奧利維的噩耗，他便失去了知覺。

信是瑪奴斯寄來的。他說前一天因爲要催他趕緊動身，才遵照奧利維的意思，把不幸的事隱瞞了。奧利維切盼朋友能得救。

當克利斯多夫恢復意識的時候，感到非常生氣。他很想將瑪奴斯殺掉。於是奔向車站，打算折返巴黎。夜快車已經在一小時之前開走。他必須等到第二天早上。可是他無法等待。他搭上了一班開往巴黎方向的火車。但這班火車却在進入法國國境後的第二站停下來，不再往前開了。克利斯多夫氣得發抖，下車後因爲想換另一班火車，便跑去問站務員，但半睡狀態的站務員却以冷漠的態度對待他。無論如何，一切似乎都太遲了，他甚至也來不及見到瑪奴斯了吧。如果在見到他之前被捕，怎麼辦？繼續向前嗎？還是回頭？他想去向過路的憲兵自首。可是，想活下去的一種無意識的本能阻止了他，勸他回瑞士去。

「奧利維！」

他躺在馬路中間啜泣。

黎明時，他走進離國境甚遠的一個法國村落。他進入一家旅店，飽餐一頓之後，再度出發。後來在一片牧場中間倒下，一覺睡到傍晚。醒來之後，他發現白天又要過去，他的怒氣已經消散，只剩下令他窒息的苦痛。他拖著沈重的步伐走到一家農舍，去要求一片麵包和一些睡覺用的乾草。農夫端詳了他一番，然後切了一片麵包給他，並將他帶到牛棚，讓他進去休息。

第二天早上，他聽到開門的聲音才醒來，但還是一動不動地躺著。他不想活下去了。農夫站在他前面盯視他。農夫手上拿著一張報紙，因此有時又把眼睛轉向報紙。最後他終於向前踏出一步，將報紙遞到克利斯多夫面前。第一頁印著克利斯多夫的肖像。

「那是我。去告發吧！」

克利斯多夫站了起來。

農夫做了一個手勢要他跟著走。兩個人從儲藏室後面，穿過崎嶇的小徑，走到十字路口。農夫指著一條道路對克利斯多夫說：

「那就是國境。」

克利斯多夫機械地踏上那條路。他身心俱疲，每走一步都想停下來，可是覺得一旦停下來，就無法再舉步了。他於是又走了一天。

克利斯多夫越過了國境，遠遠看到一個城市，細長的鐘樓和工廠的煙囪聳立著。他已經快要倒下去。這時候，他想起這個城市有位熟人，那是叫艾利希·布朗的同鄉的醫生，去年曾經來信。無論布朗跟自己如何疏遠，克利斯多夫出於像受傷的野獸般的本能，渴望著投奔到一個對自己並非完全陌生的人跟前。

在雨中，他走進那座灰色的城市；雖一邊問路，有時還是走錯路，又得回頭走。他已經筋疲力盡。但他必須做最後的努力，爬上陡峭的小路。到達高崗上時，發現那兒有一座陰暗的教堂，周圍住家密集。

他終於在一戶人家的門上看到他所尋找的名字，於是敲了門。

「我從巴黎來的，是逃出來的。」

「我知道，我知道。報上登著你被逮捕了。啊，好在你逃出來了！我們很為你擔心呢！」

布朗把克利斯多夫接到屋裡，指著一位沈默的婦人介紹著：

「這是我太太。」

她手上拿著一盞燈，站在房間的門口。看來沈默寡言的她，以僵硬的姿勢向克利斯多夫伸出手。他握了她的手，却未看她一眼。他已經快支撐不住了。

「我來是爲了……如果不打擾你們……希望你們能收留我一天……」

布朗未等他講完便說：

「一天……二十天、五十天，你想待多久都可以。你就待久一點吧。這對我們而言，是光榮也是福祉呢！」

這麼體貼的話，使得克利斯多夫大爲感動。他不禁撲到布朗的臂彎裡。

「克利斯多夫，克利斯多夫，你哭了……你怎麼啦？安娜！安娜！趕快！他昏過去了……」

克利斯多夫就在主人的臂彎裡失去了知覺。

當他再度睜開眼睛的時候，發現自己躺在一張大床上。布朗從上面俯視他。

「請原諒我！」克利斯多夫一邊嘟噥著一邊想起身。

「對了，肚子一定很餓了。」布朗叫道。

夫人走出房間，拿來一杯飲料，讓他喝下。布朗扶著他的頭。克利斯多夫終於清醒過來。但他的疲憊更甚於飢餓，因此布朗把他的頭放回枕頭後，他立刻又睡著了。

那是好像要持續好幾年的酣睡。終於夜盡天明。等待他的是個烏雲密佈的灰色的黎明。他醒來了，却覺得醒來是可怕的事。

「爲什麼要再度睜開眼睛？爲什麼要醒來？我希望像長眠地下的可憐的朋友一樣別再醒來。」

微弱的光射進屋裡。雨滴打在玻璃窗上。一隻小鳥在院子裡悲啼著。哦！活著是多麼悽慘的事！

時光流逝，在幾天的孤獨和痛苦的掙扎之後，他再度試著活下去。他的神經鬆弛了。他又睡著。他對睡眠的飢渴好像永遠無法滿足似的。

有一夜，他終於睡得非常深沈，到第二天下午才醒過來。屋裡靜悄悄的。布朗夫婦都外出了。窗戶敞開著，空氣非常清爽。克利斯多夫走到院子裡，坐在花棚下。當他的頭向後仰的時候，從葡萄藤和薔薇藤交錯的空隙，他看到明淨的天空。他覺得自己彷彿從一場惡夢中醒過來。頭頂上一根薔薇藤無精打采地往下垂。突然，其中最美麗的一朵花掉落，雪白的花瓣在空中飄蕩。那有如一個美麗純潔的生命之消逝。多麼單純！……在克利斯多夫心目中，這是又悽愴又溫柔的事。他感極而泣，用雙手蒙住臉……

鐘塔上的鐘聲響起。從一個教堂到另一個教堂，鐘聲相應……克利斯多夫未意識到時間的流逝。當他抬起頭來的時候，鐘聲已消失，夕陽已西下。流過眼淚之後，克利斯多夫心理上獲得紓解，精神好像被洗滌了一番。他傾聽著從自己內在裡湧出的音樂的細流，並眺望著如鉤的新月在天空滑行。

因爲聽到有人回來的腳步聲，他突然醒過來，於是回到自己房間，把門鎖上，讓自己的音樂之泉繼續湧出。隨後布朗來喊他吃飯。他敲敲門，想把門打開，但克利斯多夫却沒有回答。布朗因擔心著，便從鑰匙孔往裡邊看，結果發現克利斯多夫正在桌邊埋首作曲，四周滿是紙張，他才放了心。

幾個小時之後，克利斯多夫筋疲力竭地下樓。醫生正在客廳看書，並耐心地等待他。克利斯多夫擁抱了醫生，請他原諒自己的行爲。然後，未等對方問起，他就把自己這幾個星期來戲劇化的故事敍述了一番。

從此克利斯多夫的生活又恢復正常。但想活下去，就得考慮維持生計的方法。他無法離開這個城市，瑞士是最安全的避難所。但他的自尊心却不願自己一直受到朋友的照顧。布朗雖然不準備接受任何東西，但克利斯多夫在未找到教音樂的工作，能按時付膳宿費之前，他總無法安心。但這可不是容易的事。他以輕率的舉動參加革命的傳言已散布開來，因此中產階級的家庭並不願接納這個被當作危險人物的音樂家。不過，由於他在音樂上的聲譽以及布朗的奔走，他終於能接近四、五個家庭。

布朗家的生活非常規律。上午每個人各做自己的事。醫生出診去，克利斯多夫出去教音樂，布朗夫人則去買東西或做些教會的工作。克利斯多夫在一點左右回來，大部分比布朗回來得早。午餐時間布朗不願被等，因此克利斯多夫往往與夫人先用餐。這對他並不是愉快的事。克利斯多夫對她沒什麼好感，跟她也沒什麼話可談。他看著安娜的時候，總會不禁想著：

「她多醜啊！」

但這是錯誤的。不久他就注意到安娜的頭髮、手、嘴巴和眼睛的美。但他的評斷並不因此而改變。

下午克利斯多夫幾乎都沒有課。醫生出門後，家裡就只剩他和安娜了。兩個人並不碰面，他們各做自己的事。一開始，布朗曾請求克利斯多夫教安娜彈鋼琴；據他的說法，安娜是相當有音樂天賦的。克利斯多夫請安娜彈些東西給他聽。她雖不太願意，却也沒有推辭。她冷淡地以機械性的、沒什麼感覺的方式彈著。克利斯多夫極爲憤怒，差點罵出難聽的話。

一個星期之後，克利斯多夫試彈著自己剛寫成的歌曲。布朗由於做爲一個丈夫的自尊心，以及喜歡調侃的心理，總要妻子唱歌或彈琴來捉弄她，而這一天晚上，他特別執拗。平日安娜往往不客氣地只用一句話加以拒絕，接著再怎麼被要求，她都置之不理。但這一晚讓布朗和克利斯多夫驚訝的是，她把手上正在做的針線活收拾好之後，便站起來走到鋼琴旁邊，隨即唱起她從未讀過的曲子，這眞是一種奇蹟。

那具有深邃音色的聲音，跟平日講話時有點沙啞和含糊不清的聲音完全不同。從第一個音便準確地唱出；她不慌不忙地、毫不費力地把動人而純粹的崇高性注入樂句。克利斯多夫不禁渾身顫抖，因爲他覺得安娜的聲音彷彿就是他自己的心聲。她唱歌的時候，他出神地凝視她。這是他首次好好看她——他看到那閃耀著野性光芒的幽暗的眼睛、輪廓淸楚的嘴唇、熱情的大嘴、健康而潔白的牙齒、性感的微笑、擱在譜架上的美麗的手，還有，雖因過著簡樸生活而顯得消瘦的、却散發年輕活力的苗條而均勻的體態……

她唱完之後便回座位去，把雙手放在膝蓋上。布朗稱讚了妻子。克利斯多夫則一言不發，只凝視著安娜。她知道他在看她，略略面泛微笑。她明白自己表現了超乎實力的成績，或者恐怕是有生以來首次發揮了眞正的自己。

克利斯多夫並未試圖再聽一次安娜的歌唱。他害怕幻滅……安娜也有同樣的恐懼。他一開始彈鋼琴，她就避免留在客廳。

十一月的一個夜晚，他在爐邊看書的時候，發現安娜把針線活擱在膝上，却又陷入沈思中。她凝視著空間，克利斯多夫覺得自己又看到她的目光中閃耀著與那天晚上相同的奇異的熱情之光。他把書閣上。她感覺到自己被觀察著，於是又拿起針線來。他站起來說：

「來吧！」

她抬起眼睛，露出有些不安的神色注視他。她領會了他的意思，便跟著他走。

「你們要到哪兒去？」布朗問道。

「到鋼琴那邊去。」克利斯多夫回答。

他彈著。她唱著。克利斯多夫立即看見與上次相同的她。安娜輕而易舉地進入曲子的悲壯世界，彷彿那就是自己的世界。他繼續試驗，又彈了一個曲子，接著則彈一首調子激昂的曲子，把封鎖在她內在裡的熱情解放出來，讓她進入興奮狀態，而他自己也跟著興奮起來。不久，到達興奮的頂點，他便突然停下來，凝視著她說：

「你到底是怎樣一個人呢？」

「我自己也弄不清楚。」

「能有那樣的唱法，在你身上一定存在著某種東西吧？」

「是你讓我有那種唱法的。」

「是嗎？無論如何，你眞是唱得恰到好處。我幾乎弄不清楚作曲者究竟是我，還是你了。你也有過那些想法嗎？」

「我不知道。歌唱的時候，我覺得那已經不是我自己了。」

「可是，我覺得只有在歌唱時候的你，才是眞正的你。」

他們不再作聲。她的雙頰微微流著汗，心中則波濤起伏。第二天，他倆幾乎沒有交談，只是懷著一種恐懼的心理偷偷相視。不過，到夜晚，他們已經養成一起投入音樂的習慣。不久連下午也一起彈唱；後來，他們對音樂一天比一天更熱心了。

布朗雖然對安娜突然熱中音樂感到訝異，但也沒有想要去探索他認爲的女人的反覆無常。他經常出席這樣的小小音樂會，用腦袋瓜打拍子、發表自己的意見，沈醉在幸福中，雖然他似乎更喜歡較溫柔的音樂……

克利斯多夫在空氣中感覺到一種危險。可是，有一天下午，她正以充滿狂熱的情緒歌唱的時候，却在中途忽然停下來，沒有做任何解釋便走出房間。克利斯多夫等待著。但她未再出現。半個鐘頭之後，他走過安娜房間外的走廊時，從半開的門看到在房間裡頭的安娜，以凍僵的表情進行沈鬱的禱告。

幾個星期以來，安娜好像都處在痛苦中。她避免和克利斯多夫或布朗同席。他們跟她說話她也不回答。布朗照例對女人的這種反覆無常並不太介意。但後來他開始擔心起安娜的健康，於是鼓勵她去散步。

經過一再的勸說，布朗終於使她下定決心做一天的郊外遠足。其實她是因爲不想再聽絮叨才答應的。郊遊安排在星期日，可是，正要出發的時候，像小孩子一般歡天喜地的醫生，却被一個急症患者留住了，於是只有克利斯多夫陪著安娜出發。

那是沒有下雪的晴朗的冬日。天空明淨、陽光燦爛，却吹著冰冷的北風。他倆搭上鄉間的小火車。車廂裡非常擁擠，他們分開坐著，始終未交談。安娜一副愁眉苦臉的樣子。前一天她曾說第二天不去做禮拜，使得布朗大爲驚訝，因爲她從未在做禮拜時缺席……她心中究竟有多大的掙扎，沒有人知道。她目不轉睛地盯視著面前的椅子，臉色蒼白……

他們下了火車。兩個人之間的冷漠氣氛在散步剛開始的時候一點也沒有消散。他們雖然並肩走著，她却對什麼都未加留意，只是以堅實的步伐前進。後來她的臉上慢慢有了光彩。由於快步走，蒼白的臉頰有點泛紅了；爲了吸入清爽的空氣，嘴巴微微張開。爬到一條蜿蜒而上的小徑拐角時，她開始像羚羊似地直直攀登。克利斯多夫在後面追。她即使滑倒，雙手抓著野草攀爬，仍然走在他前面。克利斯多夫大聲呼喚她，叫她等一等，她却不回答，只顧匍匐著繼續往上爬。

到達山頂時，她轉過身來，容光煥發地張著嘴深呼吸。她以嘲諷的目光望著正在上坡的克利斯多夫，並脫下外套向他臉上扔過去，不等他喘一口氣便又開始奔跑。克利斯多夫追逐著。兩個人逐漸對這個遊戲感到有趣。他們陶醉在空氣中。她向一個陡坡跑過去，腳下的石頭往下滾，却沒有絆倒。她不時回頭看看克利斯多夫究竟還落後多遠。

他終於追上了她。她則衝進森林中。枯葉在他倆腳下沙沙作響。她用手撥開的樹枝打到克利斯多夫的臉。她因爲被樹根絆倒，克利斯多夫便抓住了她。安娜扭動身體，拳打腳踢，想叫他倒地；接著她邊叫邊笑；隨後則靠在他身上喘氣。兩個人的臉頰互相碰觸；他沾到安娜鬢角的汗珠，聞到她潮濕的頭髮發散的味道。她突然用力推他，從他身上掙脫。然後泰然地用輕蔑的目光盯視他。她的潛在力量讓他嚇一跳。

他倆一邊快活地踩著腳下枯乾的麥稈，一邊往鄰近的一個村子走去。雖然陽光燦爛，卻吹著刺骨的北風。克利斯多夫挽著安娜的胳膊。他感覺到她衣服底下汗濕的暖暖的身體。克利斯多夫要她穿上外套，她卻拒絕了，並且虛張聲勢地把領子上的釦子也解開了。

他們走進一家招牌上畫著「野人」像的飲食店用餐。安娜食慾旺盛，克利斯多夫從未看過她有那麼好的胃口。兩個人暢飲著葡萄酒。吃過飯，他們又像好朋友一般向田野中走去，心中毫無邪念；他們只想著走路的樂趣、沸騰的熱血，以及舒服的空氣。

他們走了好幾公里路，却一點也不覺得累。突然間，她停下腳步，躺在麥稈上，不再說話。她曲肱而枕，仰望著天空。

天色漸暗，已是薄暮時分。克利斯多夫站起來走近安娜，並凝視著她。她的眼睛浮現謎樣的笑意，也注視著他。克利斯多夫爲了避開她的視線，而把眼睛閉了一下。當他再度睜開眼睛的時候，發現她仍然盯著他看。他覺得他們如此的互相注視彷彿已經有好幾天了。他們彼此窺探著對方的心靈，但也沒有想要知道究竟看見什麼。

他伸出手來，她一聲不響地握住他的手。兩個人又走回原來的村落。

村裡的廣場很多人在跳舞。四個樂師坐在桌上演奏。安娜和克利斯多夫坐在飲食店門前看那些舞者。他們互相碰撞、互相叫罵。女孩子們爲了好玩而呼叫。喝酒的人用拳頭敲桌打拍子。如果是在其他的時間，這種愚蠢的遊戲，安娜一定會覺得厭惡，可是這一天，她對此却覺得有趣。

克利斯多夫從口袋裡掏出鉛筆，在飲食店帳單的背面畫起音符來。他是在寫舞曲，不久就把紙寫滿了。他又去要了幾張紙，急忙寫著並不精緻的樂譜。安娜把自己的臉頰靠近他的臉頰，從他肩膀上讀著樂譜，並低聲唱了起來。樂譜完成之後，克利斯多夫就把它拿去交給樂師。樂師們看了之後，立刻開始演奏。

那曲調帶著感傷和滑稽的味道，有一種好像因爆笑而被切斷的失去連貫性的不圓滑的節奏。那強烈的滑稽調子具有不可抗拒的力量，讓人很自然地舞動起來。安娜投入輪旋舞之中，發狂似地旋轉著。髮夾從頭上掉落，密厚的頭髮鬆開，垂到臉頰上。她呼喚著克利斯多夫。他跑過去抓住她的手，兩個人一起跳著，不停地旋轉，甚至碰到牆壁了。後來他們因頭暈目眩而停下來。

夜幕已經低垂。他們稍微休息了一下才跟大家告別。平日不知由於侷促或輕蔑而對下層階級採取矜持態度的安娜，如今却溫柔地向飲食店老闆和那些一起跳舞的村中年輕人伸出手。

他們又上了火車。車上跟來時一樣擁擠。兩個人無法交談。克利斯多夫坐在安娜前面，定睛注視她。安娜則低垂著眼睛。她雖稍稍抬起眼睛看他，却很快又把目光移開。他再也無法使她的目光轉向自己了。她凝視著窗外的黑夜。嘴角露出幾分疲倦，却浮現淡淡的微笑。後來，連那抹微笑也消失了。表情黯淡下來。隨著城市的接近，安娜臉色逐漸凝重，活力逐漸喪失，帶有野性美的身體再度為石頭般的外殼所包裹了。下火車的時候，她也未握住克利斯多夫伸出來的手。兩個人一言不發地回到家。

過了幾天之後，下午四點左右，他倆單獨在客廳，却都緘默不語。克利斯多夫在看書，安娜做著針線活。隨後他站起來走向窗邊。從濛濛的天空射到鉛色大地的黯淡的光，使他心中感到迷惘。他思緒紛亂。安娜沒有看他，只顧做自己的事。可是輕微的戰慄流過她全身。她好幾次把針扎進自己的手指了。他倆都爲將臨的危險而感到迷惑。

克利斯多夫從茫然的狀態回過神來，在房間裡走了五、六步。鋼琴吸引住他，同時又讓他覺得害怕。他刻意不看它，可是從它旁邊走過時，他禁不住伸出手，並按了一個鍵。安娜嚇一跳，以致手中的東西掉落地上。克利斯多夫已經坐下來開始彈奏。他可以感覺到安娜站起來，向自己身邊走過來了。他不知不覺彈起安娜首次顯露自己眞面目時所唱的那首具有宗教性的熱情的歌曲。她未等他說話便唱了起來。他們忘掉周遭的一切，音樂的神聖的狂熱把他們緊緊抓住了……

旋律結束。沈默……。她歌唱的時候，把一隻手放在克利斯多夫肩膀上。兩個人已經動彈不得；他們顫抖著……突然——那是一刹那間的事——她把身子彎下去，他則挺起身子來，兩個人嘴唇相接了，她的氣息進入他嘴裡……

後來，安娜把他推開，急忙逃走。克利斯多夫在黑暗中一動也不動。布朗回來了。三個人一起用餐。克利斯多夫腦子裡一片空白。安娜也心不在焉。吃過飯，她立刻回自己房間。克利斯多夫無法跟布朗單獨在一起，因此也告退回自己房間去。

十二點左右，已經入睡的醫生，又被急病患者請去出診。克利斯多夫聽到布朗下樓出門的聲音。從傍晚便開始下雪，住家和街道都爲白雪所覆蓋。戶外旣沒有腳步聲，也沒有馬車聲。街上死寂。克利斯多夫無法入睡。他感覺到某種恐懼，而且越來越厲害。他無法動彈，睜著眼睛呆呆仰臥床上。

突然出現的微弱的聲音，讓他嚇得發抖。他聽到從走廊傳來輕輕磨擦地板的聲音。克利斯多夫從床上坐起。那聲音逐漸接近，然後停止。地板又咯吱響了一下，有人在門外等著……數秒間，不，或許有幾分鐘，完全靜止不動……克利斯多夫已經喘不過氣來。他汗流浹背，戶外則雪花如羽毛般輕觸著玻璃窗。

有一隻手在門上摸索著，然後門打開了。門口出現一個白影，悄悄走進來，在離床數步遠的地方站住。克利斯多夫什麼也看不清楚，但他聽到對方的呼吸，也聽見自己的心跳……她走到床邊，再度停步。他們的臉已經非常貼近，因此兩個人的氣息都融合在一起了。他們的眼睛在黑暗中互相尋找著對方……她倒在他身上。兩個人在沈默中緊緊互相擁抱了……

……安娜從擁抱中掙脫出來，回自己房間去。她躺在床上，整夜屏息，未闔眼。她已經這樣度過好幾個晚上了！

克利斯多夫也無法入睡。他陷入絕望中。他對屬於別人的女性抱著虔誠的敬意，但同時也感覺到一種肉體上的厭惡。歐洲某些上流社會的人那種雜亂的男女關係令他作嘔。可是現在他却用同樣的行爲汚損自己了！當時他是以病弱之身和悲慘的狀態投奔這個家的。他受到朋友的迎接、幫助和安慰。而他的回報竟是奪取了朋友的名譽和幸福！他竟卑劣地背叛了朋友！

而且，那是跟一個自己並不十分了解，也不愛的女人同謀的……眞的不愛嗎？不，他全身血潮奔騰地反抗著。他一想到安娜，便爲火焰般的激流所燃燒。要形容它，「戀愛」這兩個字顯得太薄弱了。那天晚上他在暴風雨中度過。

當他心碎地起床時，想到了安娜一定比自己更加因羞愧而感受到無比的壓力。用完午餐，他本來想對她說：

「安娜！安娜！我們做了什麼事啊？」

可是安娜一直注視著他，目光裡有一道熾熱的火焰射向他。克利斯多夫因受到衝擊而不由得搖晃了一下。想說的話全部消失了。兩個人同時向對方走去，再度互相擁抱……

第二天早上，他一起床便尋找著安娜。他只要遇到她的視線，要說的話就會從腦海裡消失。儘管如此，他還是開始提起他們行為的卑劣。她聽到這樣的話，便粗暴地用手摀住他的嘴巴。他卻繼續說著。她把手上的活計扔到地上，開門準備走出去。他抓住她的手，說她能忘記所犯的罪過眞是幸福。她一聽便發狂似地扭動身體，憤怒地叫道：

「別再說了，懦夫！你居然不知道我是如何的受苦！……放開我吧！」

她臉色憔悴，眼睛裡含著怨恨和恐懼，像一隻受虐動物的目光。

克利斯多夫出門去。布朗和安娜一起用餐，吃到一半，安娜昏過去了。

克利斯多夫以旅行為藉口，有兩個星期從城裡消失了蹤影。安娜有兩個星期，除了用餐時間全都關在自己房間裡。下一個週日，她拒絕上教堂，可是再下一個週日，她又去了，從此便不再缺席。她並非服從，而是被打敗了。

她一想起克利斯多夫，便滿懷憎恨。她無法原諒他一度把她從心靈的牢獄中釋放出來，卻眼看著她再度墜落其中，受獄卒任意擺佈。她失眠了。因不斷受心病折磨，她日漸消瘦。布朗憂慮而體貼地探問病情；想為她聽診，卻被她粗暴地推開。她越是感覺到良心的苛責，越對他表現冷漠的態度。

克利斯多夫曾下決心不再回來。他打算用疲勞來折磨自己，於是到各處行走、做困難的運動、划船、登山等等，可是這一切都無法熄滅他的熱情之火。

爲了想逃避而白白努力兩週之後，克利斯多夫又回到安娜家。他已經無法離開她而生活了。

可是他又繼續戰鬥著。他回來的那個晚上，兩個人都找藉口避不見面。夜裡，各自戰戰兢兢地把自己鎖在房間裡——但怎麼也按捺不住。到了半夜，安娜打赤腳跑過來敲克利斯多夫的門。他開了門。她爬到他床上，全身冰冷地躺在他身旁，嘴唇貼著他的脖子哭了起來。他心裡爲她的痛苦所撼動，以致忘了自己的痛苦。他用溫柔的話試圖安撫她。她呻吟著說：

「我是可悲的，倒不如死了的好……」

她的悲嘆刺痛他的心。

「我已經沒什麼指望了。這是神的旨意。我被神拋棄了。」

有一天晚上，他倆帶著絕望的心情圖謀自殺，但最後卻未實現。

安娜陷入虛脫狀態，整天一動不動地躺

著，也未睜開眼睛。她脈搏微弱，有時甚至停止跳動。布朗懷疑起自己的醫術，因此跑到另一位醫師那兒，請他來看診。兩位醫師診察了安娜，但不能確定她究竟是患了熱病還是歇斯底里這種精神病。

第二天早上，她睜開了眼睛，但不久又陷入昏迷狀態。

第三天早上九點左右，她又甦醒過來，然後一言不發地從床上伸出腿，想下床。布朗跑過來，要她躺下來，她却未聽從。他問她究竟想幹什麼，她回答：

「想去做禮拜。」

布朗向她解釋，今天不是禮拜天，教堂關著。她緘默不語，坐到床邊的椅子上，用顫抖的手披上衣服。這時候，布朗的那位醫生朋友進來了。他也跟布朗一起勸阻她，但他發現安娜完全不聽勸告，最後終於允許她外出。他把布朗帶到一旁，說安娜的病似乎完全屬於精神方面的，因此暫時避免拂逆她的意思較妥；只要布朗陪著，外出應該也不會有危險。

布朗於是告訴妻子自己要陪著去。她先是拒絕，表示要獨自前往。可是，在房間裡只走了兩、三步，她便搖搖晃晃，幾乎要倒下。她於是一言不發地抓住布朗的胳膊。最後兩個人終於一起出門。她因非常虛弱，途中停下好幾次。抵達教堂時，如他所說的，大門緊閉著。安娜坐在門口旁邊的長凳上，渾身顫抖著，一直待到中午的鐘聲響起。然後，她又挽著布朗的胳膊，沈默地回家。可是到傍晚，她又想上教堂。布朗怎麼阻止都無效，因此只好再陪她出門。

克利斯多夫關在自己房間裡。他把一切都歸罪於自己而不斷自責。他對自己已厭惡到極點，好幾次站起來，想衝出去把一切向布朗告白。但他立刻又會覺得這樣做只不過多製造一個不幸的人而打消念頭。

布朗和安娜傍晚出門的時候，他躲在窗帘後面偷看他們。一向挺直身子，顯得非常高傲的安娜，現在却彎腰駝背，低著頭，老了許多。丈夫為她穿上的外套和披肩似乎要把她壓垮了，那樣子顯得很難看。但克利斯多夫却不去注意她的醜態，而只看到她的悲慘。他於是滿懷憐憫與疼惜。心裡想著：

「那是我做出來的……是我把她弄成這個樣子的……」

可是，他的視線與自己在鏡子裡的面貌相遇了。他也在自己的表情中看到同樣的落魄，他看到自己身上也隱藏著死亡的陰影了，於是想道：

「是我做的嗎？不，那是叫人瘋狂的、殺害人的殘酷的神所為的。」

家裡空蕩蕩。時間流逝。五點的鐘聲敲響。他想安娜大概快回來了；腦海裡浮現剛才她從窗下經過的那張悲慘的臉。他不禁對自己說：

「我應該把她救出的！」

他的意志力突然甦醒。他抓起桌上零亂的一堆紙張，用繩子綁好，接著拿了帽子和外套，便出門去。他像盜賊般逃走。冰冷的霧像針一般刺著皮膚。他走向車站，搭上往魯澤倫的火車。

他在下一個火車站給布朗寫信。說他有急事，必須離開城裡幾天，但在這種時候丟下他，心裡甚感歉疚。他並給布朗一個地址，請他來信。隨後他又從魯澤倫搭上往高達爾德的火車。

夜裡在阿爾特夫和格舒奈間的一個小火車站下車。他沒聽過那個車站的名稱。他在車站附近找到一家小旅社便進去歇腳。

這一夜和第二天，他不斷爲一種固執的念頭所苦。他無法忘掉安娜。隨後，他不知不覺站了起來，走出房間，付了住宿費，便趕著去搭開往安娜所住城市的第一班火車。他在半夜抵達之後即直奔安娜家。他潛入庭院。整棟房子在一片黑暗中。只有窗子反射出路燈的一道微弱的光——那是安娜房間的窗子。安娜就在裡頭，在那兒受苦。其實他再跨一步就可以進入屋裡。他的手伸向門把。然後看著自己的手，也看看門和庭院。突然間，他意識到自己的行動，於是從這七、八個小時來的幻覺中醒過來；他打了個寒噤，將雙腳彷彿被釘在地面的自己拔出，並奔向圍牆，再跳過去逃走。

那天晚上，他再度離開城市。第二天到一個山中小村，隱身於暴風雪中……埋葬自己的心，讓思想沈睡，忘記一切，忘記一切！……

克利斯多夫逃向瑞士朱拉山中一戶孤立的農家。屋子背向森林，隱藏在高低不平的高地凹處。隆起的地面擋住了北風，前面有草地和草木茂密的斜坡一直延伸過去，遠處則是一個谿谷。天空陰沈，四周感覺不到一點生命氣息，一切都在白雪下面沈睡。只有狐狸夜間會在森林中吼叫。這應該是冬去春來的時候，但這個冬日却遲遲不去，好像是個無盡的冬日。

克利斯多夫直直掉入深淵。但他並不是一個不戰鬥而任自己沈溺的人。他即使下沈，仍然會將雙手左右擺動，尋找可以依靠的支柱。他認爲自己好像找到了。他想起奧利維的孩子。

他緊緊抓住這件事。是的，應該去尋找那個孩子，把他帶到身邊，養育他、愛他，讓奧利維在那孩子身上重生。在自私的痛苦中，怎麼從未想過這件事呢？他給照顧著孩子的塞西爾寫信。然後急切等待回音。

他終於接到回信。塞西爾信上說，奧利維過世三個月之後，有位穿喪服的婦人來找她，並且說：「請把我的孩子還給我！」

那是雅格麗娜。但因爲變得太多，塞西爾幾乎認不出她來。她那瘋狂的戀情並沒有維持多久。在情人未嫌棄她之前，她已先嫌棄對方。她心力交瘁地回來，樣子老了許多。因爲她的醜聞太有名，許多親友都不歡迎她。連她的母親也對她表示侮辱的態度，因此娘家她也待不下去。

雅格麗娜看盡人世的僞善。奧利維的死把她完全擊垮了。她因爲表現一副非常悽慘的樣子，塞西爾簡直無法拒絕她。要把視如己出的孩子交還是多麼難過的事，但面對一個比自己更有權利、而且比自己更不幸的人，又如何能冷酷無情呢？她本來想寫信給克利斯多夫商談此事的，但她不知道他的地址，連他是否還活在世界上都不知道。

這封信在傍晚收到。遲遲不去的冬天又帶著冰雪回來。一整夜大雪紛飛。在已經冒出新芽的森林裡，樹木又因積雪的重量而發出折斷聲。克利斯多夫獨自在未點燈的屋裡，傾聽森林悲痛的聲音。那聲音每在耳邊響起，他都會不寒而慄。而他自己也像在重荷之下彎曲著發出聲響的樹木一樣。他對自己說：

「一切都完了。」

夜盡天明。他這一棵樹並未折斷。這新的一天，新的一夜，還有接著的幾個晝夜，這一棵樹依然彎曲著發出聲響，但從未折斷。他已經沒有活下去的任何理由，但他依舊活著。他已經沒有非戰鬥不可的動機，但他依舊與想挫傷其脊梁的無形敵人搏鬥。他對這樣的搏鬥並不抱存任何期待，但他還是繼續戰鬥下去，並且叫道：

「來，將我擊倒吧！爲什麼不擊倒我呢？」

有一天晚上，當他正打盹的時候，遠處好像掀起波浪翻騰的聲音，接著吹來一陣旋風——春風正用熱烘烘的氣息溫暖著沈睡而哆嗦的大地。它就在山谷那邊的森林中如雷聲般轟響。它逐漸迫近，已經吹上斜坡來。整座山吼了起來。家畜小屋裡的牛馬也開始鳴叫了。

克利斯多夫從床上坐起來，因這些恐怖的現象而豎起頭髮傾聽著。狂風呼嘯，測風器嘎吱嘎吱響，屋瓦被吹走，屋子震動著，一只花瓶摔破了。克利斯多夫那關不緊的窗戶砰一聲被吹開了。熱風吹進來，克利斯多夫以臉部和裸露的胸部迎向它。

他從床上跳下來，張著嘴巴，喘不過氣來。彷彿活神躍入他空洞的靈魂中。是復活啊！……空氣流進他的喉嚨，新生命的波浪甚至滲入他的臟腑。他覺得自己的身體似乎要爆裂了。他想高喊，想喊出痛苦與歡樂的聲音，但嘴裡只發出一些模糊的聲息。他在隨風飛舞的紙片中搖搖晃晃地走來走去，用雙手敲擊牆壁。然後倒在房間中央叫道：

「哦，是你！你終於回來了！」

克利斯多夫伸出手繼續喊著：

「主啊，我多麼痛苦！」

「你不認爲我也是痛苦的嗎？幾世紀以來，死亡追逐我，虛無包圍我。我只是靠著勝利開闢自己的道路。」

「戰鬥嗎？永遠要戰鬥嗎？」

「必須永遠戰鬥。即使神，也在戰鬥。虛無雖然把神包圍，神却把它擊倒了。而這種戰鬥的節奏就是最高的音階。這音階並不是生命有限的你所能聽見的。你最好安安靜靜去盡自己的義務，其他的便交給神吧！」

「我已經沒有力氣了。」

「爲強者而歌唱！」

「我的聲音已經嘶啞了。」

「那麼，祈禱吧！」

「我的心受汚染了。」

「拋棄它，拿我的去。」

「主啊，拋棄自己的死靈魂是沒有意義的。可是，我如何能忘記我所愛的人們呢？」

「把死去的他們和你的死靈魂一起拋棄吧！如此，你就能再度找到與我的活靈魂一起活著的他們了。」

「哦，曾經把我拋棄的你，以後是否也會拋棄我呢？」

「我或許還會拋棄你，可是，你再也不會拋棄我了。」

「但如果我的生命消失了呢？」

「點燃其他的生命吧！」

「如果死亡棲居在我裡邊呢？」

「生命在別處。向它打開你的門窗。將自己關閉在廢墟的人是傻瓜！從自己這兒走出去。其他還有許多佳處呢！」

「哦，生命啊！哦，生命啊！我看見了……我在自己裡邊，在自己空虛而緊閉的靈魂中尋找你。我的靈魂破裂了。從我的傷口，空氣流進來。我再度呼吸了。我再度看見你了。哦，生命啊！……」

「我也再度找到你了。……閉上嘴，用耳朵傾聽吧！」

克利斯多夫於是聽到從自己裡邊湧現的生命之歌，有如泉水般的喃喃細語。他從窗戶探出身子，看見昨天還是孤寂的森林，如今却在陽光與風中，像海洋般澎湃洶湧。風的波濤歡

樂地顫抖著飄過樹木的脊骨。彎曲的樹枝出神地將手臂伸向燦爛的天空。急流的聲音彷彿歡笑的鐘聲般傳來。昨天還在墓場中的景色，如今復活了。當愛回到克利斯多夫心中，生命也在這片景色中甦醒了。靈魂重生，於是它周圍的一切也跟著重生。心臟再度跳動。枯竭的泉水再度奔流著。

十、夜盡天明

1

克利斯多夫勝利了。他成爲名人。如今雖已白髮蒼蒼，他對自己的步入老年並不在意。他一點也沒有失去自己的力量與信念。他重新獲得了平靜。

夏天的一個傍晚。

他在村子上頭的山中散步。在一條曲折山路的一個拐彎處，她突然出現了。一襲黑衣的她，以明亮的天空爲背景，輪廓分明地浮現了。她後面跟著六歲到八歲之間的兩個孩子，姊弟倆邊玩邊採著花朵。兩個大人彼此認出對方來了。他們於是停下腳步低聲地說：

「葛拉齊雅！」

「你也在這裡！」

兩個人握了手，默默相對。孩子們跑過來了，她把孩子介紹給他。他對孩子們竟感覺到一種敵意。他以不友善的眼光看他們，一句話也沒說。他心中只有葛拉齊雅一個人，只留意著她受折磨而衰老的美麗的臉。他這樣的視線讓她受窘，於是說：

「今晚能來嗎？」

她把旅社的名字告訴他了。

克利斯多夫問她的丈夫在哪裡？她把身上的喪服指給他看。他心裡受到強烈的衝擊，無法繼續說話。他以笨拙的舉動告別。但走了兩步，便又回到正在摘草莓的孩子們那兒，突然抓著他們親吻，然後逃命似地跑回家。

那天晚上，他到旅社時，她在玻璃陽台上。那兒只有兩、三個年紀大的旅客。克利斯多夫因爲周圍還有人在而內心焦躁。葛拉齊雅凝視著他。他也注視她，並低聲反覆呼喚她的名字。

「我變得很多吧？」她說。

「你一定吃過很多苦。」他難過地說。

「你也是吧。」她望著他因痛苦與熱情而憔悴的臉，憐憫地說。

他倆再也找不到話題。過了一會兒，他才說：

「我們到別處去吧！我們不能兩人單獨談話嗎？」

「不，我們就在這裡。這裡很好呢，沒有人會注意我們的。」

「我不能自由說話。」

「這樣倒比較好。」

他們斷斷續續低聲敍述了自己生活的大略情形。貝雷尼伯爵幾個月前在一場決鬥中喪命。克利斯多夫得知她跟伯爵的生活並不太幸福。她也失去了第一個孩子。她並沒有一點怨言。

她轉換話題，詢問克利斯多夫的經歷。聽了他苦難的遭遇之後，她滿懷著愛深表同情。

教堂的鐘聲響起，這是星期日的傍晚。

葛拉齊雅請他後天再來。她這種沒有急著再見面的表示，讓他覺得難過。在他心中摻雜著幸福與痛苦。

第二天，她找到一個藉口寫信請他來。那平凡的詞句也讓他心蕩神馳。這次她在私人客廳接待他。兩個孩子也在那兒。他們談著當地風土、天氣，以及擺在桌上的書籍——但他們的眼睛却訴說著其他的事。他很想跟她有更親密的談話。但後來有一位她在旅社認識的婦人進來了。葛拉齊雅和藹可親地接待她，對待兩位客人似乎沒什麼差別，這令他感到悲傷。因此，他這一天也虛度了。

他下一次見到葛拉齊雅是在兩天之後。那等待的兩天他只爲即將跟她共度的時光而活著。——可是，這次見面，他依舊無法跟她毫無隔閡地談話。她雖然親切，却未拋棄矜持的態度。而且由於克利斯多夫過分表現了日耳曼式的傷感性，她在困惑中便本能地採取了相反的態度。

克利斯多夫於是給她寫了一封信。這封信令她十分感動。他說人生多麼短暫，時光不斷飛逝，相見的時間恐怕也不多。見了面而不能暢談是多麼悲哀的事。

她以親切的言詞回信。信中先提到自從在人生路途上受傷之後，便不知不覺容易產生戒心，她爲此向他道歉。接著說，即使眞正的感情，如果對方表現得太強烈，她也會感到害怕，但她清楚感受到重新找回的友情之價値，而且跟他一樣爲此而高興。最後她附帶邀請他晚上過來一起用餐。

克利斯多夫心裡充滿感激。他在自己所住的旅社房間裡，趴到床上，把頭埋進枕頭啜泣。十年間的孤獨得救了。自從奧利維過世，他一直是孤獨的。這封信爲他渴望愛情的心帶來復活的話。

那是個愉快而純淨的夜晚……他倆原來都打算毫無隱藏地吐露衷曲，結果他却只能講些無關緊要的事。但受到她目光的催促，克利斯多夫藉著鋼琴說出了許多動人的話。她一向認爲他是個高傲而性情暴躁的人，因此他目前所表現的謙虛，讓她大受感動。他告別時，兩個人默默握在一起的手似乎訴說著他們再也不會跟對方失散了。

她在此地只能再停留幾天。他沒有勇氣要求她把出發的時間延後。最後一天，他倆帶著孩子們去散步。他一時心裡充滿愛與幸福，並且想把這種感覺告訴她，但她微笑著以非常溫柔的姿勢阻斷了他想說的話：

「噓！你想說的話，我全都知道的。」

她終於出發了。他無法在此地繼續待下去，於是往跟她相反的方向出發。他盡量藉著旅行與工作來獲得充實感。他給葛拉齊雅寫了一封信。兩、三個星期後，接到她短短的回信。字裡行間表現一種沒有煩躁與不安的恬靜友情。他對此既感痛苦又感欣喜。

他倆約定秋末在羅馬再相會。如果沒有與她重逢的期待，這趟旅行對克利斯多夫便幾乎不具任何魅力了。因爲長期過著孤獨的生活，他已變得懶於出門。而且，義大利並不吸引他。他以慣有的極端看法，認爲義大利人是沒有音樂的民族。但葛拉齊雅是屬於這個民族。只要能跟她重逢，無論到哪兒，無論經過什麼道路，他都會前往的。在跟她相會之前，他只要閉上眼睛就行。

一抵達羅馬，他立刻去找葛拉齊雅。她問道：

「你從哪條路來的？順便到米蘭或翡冷翠了嗎？」

「不，到那些地方做什麼呢？」

她笑著說：

「喔，眞是有趣的回答！那麼，你對羅馬的看法如何？」

「沒什麼看法。因爲我什麼都還沒看。」

「還沒看？……」

「沒有。連一棟紀念性的建築物也還沒看。我是從旅社直奔你這兒的。」

「只要走幾步路就可以看到羅馬了……請看看對面那片牆……只要看看照在上面的光就好。」

「我只看到你一個人。」

「眞是個不講理的人哪！你只看見自己的念頭呢！那麼，請問你什麼時候從瑞士出發的？」

「一週前。」

「一星期以來你都做些什麼？」

「不知道。偶爾停留在濱海地區。我睡了一個星期，是睜著眼睛睡的。究竟看到什麼，自己也搞不淸楚。我好像只夢見你。我記得那是很美的夢，但最美的部分却都忘記了。」

「謝謝你！」

克利斯多夫沒有聽見她的話，繼續說：

「……所有一切，當時的事或之前的事，全都忘光。我重生了，彷彿變成一個新人了。」

她眼中含著笑意望著他說：

「的確如此。你跟我們上次見面時已判若兩人了。」

他也凝視著她，覺得她也跟回憶中的樣子不相同了。但並非兩個月她就有那麼大的改變，而是他用全新的眼光去看她了。

葛拉齊雅對很多訪客都和藹可親地接待。克利斯多夫由於愛情的自私，很想獨佔這份恩典。他無法忍受她對所有的人都以同等的溫柔對待。

她看出他的心事，因此，有一天便以慣有的可親的坦率對他說：

「你厭惡我這個樣子吧？但你可不能把我理想化呀。我是個女人，並不比一般人優秀。我雖然不特別追求社交，但坦白說，那還是讓我覺得愉快。這就跟有時候去看不怎麼好的戲劇，或看不太有意義的書而覺得好玩是一樣的。那些東西雖然爲你所輕視，我却從中得到安息與慰藉。」

「你怎麼能忍受那些無聊的人呢？」

「人生教給我要和悅待人。你厭惡這樣的，對不對？請原諒我是一個不足取的人。不過，至少我可以分辨自己裡邊最好的和不太好的部分。而我跟你在一起的是我最好的部分。」

「我想要全部。」他以不滿的語氣說。

遲疑了幾個星期之後，他終於對她說：

「你不願意嗎？……」

「什麼事？」

「成爲我的。」

接著他改口說：

「……我成爲你的。」

她微笑著說：

「但我是你的呀。」

「你明明知道我的意思。」

她有點慌亂，但隨即拉起他的手溫柔地說：

「不，不可以的。」

他說不出話來。她了解他的痛苦。

「對不起，讓你覺得難過。我早知道你會對我說這種話的。我們彼此應該講眞話，以好朋友的立場。」

「以朋友的立場？只是這樣子嗎？」

「哦，你好任性啊！你還希求什麼呢？跟我結婚嗎？……以前你把注意力都放在我美麗的表姊身上，這件事你還記得吧？那時候，我因爲無法讓你明白我的情意，眞是傷心極了。

如果你能明白，我們的人生也許會完全不同。可是現在，我覺得這樣反而比較好；我們的友情沒有因共同生活的苦難而被摧殘，是值得慶幸的；在共同的日常生活中，即使最純粹的東西最後也要被汚染的……」

「你說這種話，是因爲你已經不像以前那麼愛我了。」

「不，我還是跟以前一樣地愛你。」

「啊！你是第一次對我這麼說。」

「我們之間不應該再有任何隱瞞。老實說，我已經不太相信婚姻了。我覺得幸福的婚姻是很少的。把兩個人的意志束縛在一起，即使不是雙方的意志都受到摧殘，至少其中之一必定受到傷害。」

「啊！我的看法正相反。我覺得婚姻是很美的事。那是兩個人獻身的結合，是兩個靈魂的合而爲一。」

「在你的幻想中也許是美的。可是，在現實中，你會比任何人都痛苦。」

「你不用操心我。請告訴我眞話。你是否覺得跟我在一起會變得不幸？」

「哦！變得不幸？不會有這種事的。因爲我尊敬你、佩服你，跟你在一起，絕不會變成不幸的人。但坦白說，我很淸楚自己的缺點，過了幾個月之後，即使跟你在一起，我或許也會有不太幸福的感覺。而這是我不願意的。因爲我對你懷著無比聖潔的愛，我無論如何是不願意汚損這份愛情的。」

「你如此說，是爲了想減輕我的痛苦吧？我有很多地方會讓你厭惡的。」

「不，沒這回事。因爲我知道你比我傑出許多，如果以自己小小的個性來妨礙你，我會覺得難過的。如此一來，我將壓抑自己的個性，一個人默默承受痛苦。」

克利斯多夫含淚說道：

「哦！如果你因我的過失而爲我受苦，我寧可忍受一切不幸。」

「請別激動……嗨！我說這樣的話，說不定我是有些自得了……也許我還不是一個能爲你而犧牲自己的善良女性呢。」

「那也沒關係。」

「但如此一來，你將會因我而犧牲。然後我又會因此而痛苦。總之這是個難以解決的事，不是嗎？我們就維持現狀吧！」

「你畢竟是不那麼愛我的。」

「可憐的克利斯多夫！我無論說什麼都只會叫你傷心。因此，我不再說話了。」

「不，說吧……請你說話吧！」

「說什麼呢？」

「說些美好的事。」

她笑了。

「請不要笑。」

「也請你不要那麼傷心。」

「怎麼能不傷心呢？」

「你沒有傷心的理由。」
「爲什麼？」
「因爲你有一個深愛你的女友啊！」
「眞的嗎？」
「我已經這麼說了，你還不相信嗎？」
「請再說一遍。」
「那樣你就不再傷心嗎？就無所求了嗎？就會因我們珍貴的友情而滿足嗎？」
「不得不如此！」
「你眞是個任性的人哪！你還說愛我呢！坦白說，我覺得自己對你的愛比你對我的愛更深。」
「啊，如果這是眞的……」
由於他說話的語調帶著愛情的自私，她忍不住笑了。他也跟著笑了。但他仍然執拗地說：
「請說吧……」
剎那間，她緘默著凝視他，然後突然把自己的臉挨近克利斯多夫的臉，並親吻他。那眞是出乎意料的事！他感動得神魂顚倒。他想擁抱她，但她却溜走，站在客廳的門口看他，並將一根手指放在嘴巴上說了一聲「噓！」，就消失了蹤影。
從那一天起，克利斯多夫不再對她提自己的愛情，而跟她之間的關係也不像以前那麼拘束了。過去雖然處於不自然的沈默與按捺不住的激情交互產生的狀態，如今却變成一種單純的深切的親密關係。當他在葛拉齊雅家中，聽到她跟客人交換一些不著邊際的談話，而開始覺得焦躁的時候，她會立刻察覺到，並望著他微笑。這就足夠了。他知道他們是在一起的，心裡於是重獲平靜。

兩個人的靈魂互相融合了。葛拉齊雅本來因享受著生命的喜悅而處於悠悠忽忽的狀態，可是一旦碰到克利斯多夫的精神力量，便立刻覺醒了。她對精神方面的事有了比以前更直接更主動的興趣。一向不太看書的她，如今對種種思想產生了好奇心，不久就被它們的魅力所吸引。

克利斯多夫早已因奧利維的精神而豐富了自己，但現在跟葛拉齊雅在精神上的一種新的神秘的結合，更帶來豐收。因爲葛拉齊雅帶給他的稀有珍寶和喜悅，是奧利維未曾具備的。這拉丁天空的微笑，將極卑賤事物的醜陋也包容了，使古老的石牆上也開花了，甚至使悲傷也映現安穩平靜的光輝。

自從他重新認識義大利之後，不禁對自己的音樂感到慚愧。無益的焦躁、誇大的熱情、不愼重的抱怨、任意誇示自己的無節制的做法，都使他覺得既可悲又可恥。

四月裡，他接到巴黎方面的邀請，要他去指揮一系列的音樂會。他未好好斟酌就想謝絕。但他認爲還是必須先跟葛拉齊雅商談。他很高興能把有關個人的事和她商量。這麼做他就有跟她共同生活的感覺。但這一次她却讓他失望了。她勸他接受邀請。克利斯多夫彷彿看到她的冷漠而感到傷心。

葛拉齊雅給予這樣的建議，心裡並非沒有不捨。但她希望他到巴黎是有原因的。她比他更清楚，義大利的氣息就像暖暖的東南風的毒氣，潛入人的血管中，具有催眠意志的力量。她幾度被這種可憎的魅力所吸引，連抗拒的力量都沒有。她社交界的朋友們多多少少都患了這種靈魂的瘧疾。與其生活在羅馬，不如從羅馬經過較爲健康。待在羅馬，很容易與時代脫節。對於具有遠大前程的精力充沛的生命，這是一種危險的嗜好。葛拉齊雅很清楚，自己周圍的世界，並不是能帶給藝術家活力的一種環境。

2

他到達巴黎的時候，心裡很難過。自從奧利維過世之後，這是他首次回巴黎。他從未想過會再度看到這個城市。在從車站到旅社的馬車裡，他也幾乎沒有勇氣看窗外。開頭幾天，他下不了決心出門，因此都關在房間裡。在門外等著他的往事令他感到不安。

時光流逝，已經七月初了。克利斯多夫回顧幾個月來滯留在巴黎的種種經驗時，覺得自己雖然獲得許多新觀念，却沒交到什麼朋友；自己所得到的成功看來似乎光彩，其實是微不足道的。有幾個人他雖然很想得到他們的了解，却也無法引起他們的共鳴。他是孤立的。長久以來他已習慣孤立，因此並不特別吃驚。但最近他很想回瑞士鄉間去實現已經逐漸確定的一項新計畫。

他把自己到巴黎來的失策，以快活的語調寫信給葛拉齊雅，並告訴她打算回瑞士。他半開玩笑地要求她允許自己離開巴黎，告知下週出發。不過在最後他又附加一句：

「我改變主意了，將延期出發。」

那天早上，他正在給葛拉齊雅寫信的時候，聽到有人敲門的聲音。他一邊因被打擾而生氣地咕噥著，一邊跑過去開門。結果發現一個十四、五歲的少年站在門口。克利斯多夫勉強讓他進來。少年藍眼金髮，面貌清秀，個子不很高，但有一股帥氣。他怯怯地默默站在克利斯多夫面前。但他隨即改變心情，抬起明亮的眼睛，好奇地注視著克利斯多夫。克利斯多夫看著那可愛的臉微笑。少年也微笑了。

「你，有什麼事嗎？」克利斯多夫問道。

「我……」

少年又緘默下來。他的眼睛好奇地環視四周時，發現擺在壁爐架上的奧利維的照片，克利斯多夫機械式地跟著他視線的方向望去。

少年說：

「我是他的孩子。」

克利斯多夫大吃一驚，從椅子上站了起來，抓住少年的雙手，把他拉到身邊，緊緊擁抱他，然後凝視著少年反覆說：

「你……你……好可憐……」

突然，克利斯多夫雙手捧著少年的頭，吻他的前額、臉頰和頭髮。這種激情的表現讓少年感到驚愕，同時感到不快，於是想要掙脫。克利斯多夫便任他掙脫。隨後雙手摀著臉，額頭靠在牆壁上呆立著。少年則逃到房間的一個角落去。過一會兒，克利斯多夫抬起頭來，臉色已恢復平靜。他以親切的笑容望著少年說：

「把你嚇壞了吧。對不起……這是因爲我深愛奧利維的緣故啊！」

少年緘默著，還在驚嚇中。

「你多麼像他呀！……我還看不出你們不同之處呢。」

接著他問道：

「你叫什麼名字？」

「喬治。」

「對了，我還記得。克利斯多夫・奧利維・喬治……你幾歲？」

「十四歲。」

「十四歲？已經是那麼久以前的事了？……我覺得那彷彿昨天才發生的事呢……你眞的很像他！同樣的相貌，但你們畢竟是兩個不同的人。眼睛的顏色雖相同，目光却不同。同樣的笑容，同樣的嘴形，聲音却不同。你看起來較強壯，身體較挺。你的臉較豐滿，但跟他一樣容易臉紅。來，坐在這裡，我們講講話吧。是誰叫你到我這裡來的？」

「沒有人叫我來。」

「你自己想來的嗎？你怎麼知道我呢？」

「我聽人說起你。」

「聽誰說的？」

「我母親。」

「啊！她知道你到我這裡來嗎？」
「不知道。」
克利斯多夫緘默了一會兒，然後問道：
「你們住在哪裡？」
「住在蒙梭公園附近。」
「走路來的嗎？路途相當遠，你應該累了吧？」
「我從來不覺得累。」
「那太好了！讓我瞧瞧你的胳膊。」
他摸摸少年的胳膊說：
「你是個結實的孩子……那，你爲什麼會想來看我呢？」
「因爲你是父親最喜歡的人。」
「是你母親這麼說的嗎？」
「是的。」
「爲什麼不早一點來看我呢？」
「我也想早一點來的。但我以爲你不願意見我！」
「我？」
「好幾個星期前，在舒比雅音樂廳，我曾經看到你。我跟母親坐在離你不遠的位置。我對你行禮了，可是你却皺著眉頭，只用斜眼看我，並沒有理會我。」

「我看了你？……可憐的孩子，你竟然這麼認爲，我並沒有看到你呀！我是因爲眼睛疲倦才皺皺眉頭……你一定以爲我是個兇惡的人吧？」

「我覺得如果你想要那樣，你也可以做到。」

「是嗎？既然這樣，你爲什麼還毅然決然地來找我？」

「因爲我很想見你。」

「如果我拒絕見你呢？」

「我不是沒有遭到拒絕嗎？」

他講話的態度具有一種挑戰性。

克利斯多夫忍不住笑了出來。喬治也笑了。

「你是個強者呢！……的確，你並不像父親。」

表情豐富的少年臉色突然暗淡下來，並說道：

「你說我不像父親嗎？但你剛才不是說我像他？你認爲父親並不愛我吧？那麼，你也不愛我吧？」

「我愛你，對你有什麼意義呢？」

「那對我意義重大。」

「爲什麼？」

「因爲我愛你。」

克利斯多夫看他的臉和聽他的聲音都有一種喜悅的感覺。過去的種種憂苦似乎因而被洗去了。

他倆交談著。幾個月前，喬治對克利斯多夫的音樂還一無所知。可是，自從克利斯多夫到巴黎來之後，演奏他作品的每場音樂會，他從未缺席。他提起這件事的時候，一臉燦爛，眼睛發亮，但幾乎含著眼淚了……他坦白告訴克利斯多夫，自己喜歡音樂，也想作曲。可是當克利斯多夫問他兩、三個問題之後，發現這孩子並沒有音樂方面的素養。

「我想成爲音樂家。」喬治說。

「那麼，你現在開始學習也不算早了。我來教你如何？」

「哦，如果你能教我，那是多麼高興的事！」

「明天來吧！我要先試試你的才能。如果完全沒有天分，以後可要禁止你去碰鋼琴喔！如果有天分，那我會盡力讓你成功……但先講好，我會叫你努力用功的。」

「我一定會用功。」喬治興高采烈地回答。

兩個人決定第二天見面。但喬治準備回去的時候，卻想起第二天和第三天都有事。他必須等到週末才有空，於是重新訂了日期和時間。

可是，當約定的時間來到，克利斯多夫卻空等了一場。他很失望。本來對於能再見到喬治，他像小孩一樣充滿期待。喬治的突然來訪照亮了他的生命。那天晚上他曾高興得難以入眠。想到這位小朋友代替奧利維來找他，眞是滿懷感激。每次想起那可愛的臉，他便不禁微笑。孩子自然的個性、動人的魅力、無邪的坦率，都讓他感到欣喜。

他繼續等待喬治。可是第二天、第三天他都沒有來，而且連一封道歉的信都沒有。克利斯多夫顯得相當落寞。他想寫信，却不知道對方的地址。

接下來的日子仍然沒有任何音訊。克利斯多夫雖然痛苦，還是盡量忍耐著，也未主動去尋找葉南母子。他繼續等待那未再出現的人。他的瑞士之行中止了，整個夏天都待在巴黎。雖然覺得自己很愚蠢，但他已經沒有旅行的興致了。

十月底，喬治再度來訪。對於爽約，他毫不惶恐地、鎮靜地辯解：

「我沒辦法來。後來我們出去旅行，到布魯塔尼去了……」

「至少要給我寫封信啊。」

「嗯，我本來想寫的，但沒有一點空閒，後來就忘了。我把一切都忘了。」他笑著說。

「什麼時候回來的？」

「十月初。」

「那麼，你是三個星期後才決定來找我的？坦白告訴我吧，是不是母親阻止你來？……她不高興你來看我吧？」

「不，正好相反。今天是母親叫我來的。」

「這是怎麼一回事？」

「放假前來找你那一次，我回家之後把一切告訴母親了。她說我做得好。因爲她很想知道你的情況，便問了許多事。三個星期前從布魯塔尼回來時，母親勸我再來找你。一週前她又提過。今天早上，她知道我還沒來，便生氣地要我吃過飯之後立刻來。」

「你對我說這些不覺得慚愧嗎？你是被迫來找我的嗎？」

「不，不，請別這麼想！……啊，你生氣了！對不起……我眞是一個粗心的人。責罵我吧。但請別討厭我。我眞的很喜歡你。如果不喜歡，我絕對不會來，我並不是被迫來的。因爲只有我願意做的事，別人才可能強迫我。」

克利斯多夫忍不住笑著說：

「眞拿你沒辦法。對了，你的音樂計畫怎麼啦？」

「啊，我隨時都在想它呢！」

「光想是沒有用的。」

「我想就從現在開始吧。這幾個月我實在沒辦法。因爲非做不可的事堆積如山。但現在，我會用功給你看的。如果你還願意教我的話……」

「你眞像個小丑啊！」

「你不把我的話當眞嗎？」

「沒錯。」

「眞糟糕！沒有一個人把我的話當眞。好失望啊！」

「如果看到你用功，我就會當眞了。」

「那麼，立刻開始吧！」

「今天我沒空，明天吧。」

「不，明天，太久了。我無法忍受一整天受你的輕視。」

「你眞難辦。」

「我請求你……」

克利斯多夫一邊爲自己的心軟苦笑，一邊讓他坐到鋼琴前面，開始向他說明音樂方面的事。喬治並不太懂音樂。不過，他音樂方面的本能補足了他的無知。他不會毫無爭辯地接受克利斯多夫的指導。他所提出的聰明的問題，顯示了自己無法把藝術當作嘴巴上倡導的教條式的東西來接受，也表現出希望藝術能爲他自己而存在的一種眞摯的精神。

第二天，還有接下來好幾天，喬治都沒有缺席。他對克利斯多夫產生一股年輕的美麗的熱情，於是狂熱地努力學習……但後來，熱情減弱，訪問也變得斷斷續續……最後終於不來了。又是好幾週不見他的蹤影。

冬天過去了。葛拉齊雅已不常來信。她對克利斯多夫仍然保持忠實的友情。但因爲她並不是一個多愁善感的人，而是適應現實的眞正的義大利女子，所以她需要會見許多人。那即使不是爲了想念他們，至少是爲了跟他們談話而得到快樂。她的來信於是逐漸變短而且變少了。她信任克利斯多夫，就如同克利斯多夫信任她一樣。可是這種信賴所發散的與其說是熱，不如說是光。

克利斯多夫對這一次的失望並未陷入太大的苦惱中。音樂活動讓他獲得極大滿足。強而有力的藝術家，到一定年齡，很多時候並非活在自己的生活中，而是活在自己的藝術中。克利斯多夫的創造力因接觸到巴黎而甦醒了。沒有比這個勤勞都市的景象更能帶給人強大刺激的了。

他跟當時巴黎的藝術界一樣追求著秩序。但他所謂的秩序，並非沒有創造性的徒具形式的秩序，而是存在於自由的熱情與意志的和諧中的秩序……克利斯多夫想辦法要在自己的藝術中維持生命的各種力量的平衡。他想要創造明快的交響樂，就像建造有穹頂的義大利式大教堂那樣遼闊明亮的建築物。

他整個冬天都埋首於精神的這種活動與戰鬥。有時候，傍晚完成了一天的工作而回顧過去工作的成績時，會完全弄不清楚所經歷的時間到底是長還是短，也不知道自己究竟還年輕或已經年老。儘管如此，這個冬天却一轉眼就過去了……

從人間的太陽射出的一道新的光芒穿透夢幻的面紗，又帶來了春天。克利斯多夫接到葛拉齊雅的來信了。她說將帶著兩個孩子到巴黎來。其實她早有這個計畫。表姊格蕾特曾再三邀請她。但由於她提不起勁打破過悠閒生活的習慣，再度捲進巴黎的漩渦中，因此把旅行一年又一年地延緩。她給克利斯多夫寫信之後沒幾天就動身了。

克利斯多夫知道她已經到達格蕾特家時，便立刻去看她。但她似乎還被其他事情牽引住，而顯得心不在焉。他雖然覺得難受，却沒有表現出來。他抑制自己的私心，因而獲得一份洞察力。他看出她帶著悲傷，却想隱藏它，他也就不願去追問了。

他向她敍述自己的工作和計畫，或不著痕跡地以愛情環抱她，盡力爲她遣悲懷。他那種留意著不帶一點強迫態度的大愛，讓她大受感動。而當她直覺到克利斯多夫已洞察她的悲悽時，也同樣感動不已。他也對她講跟他們兩人無關的事，她愁苦的心便在這樣一位朋友的心中得到安歇。他於是發現憂鬱的陰影逐漸從她的眼中消失，兩個人的目光越來越接近了……

後來，有一天，他正在講話的時候，突然停下來，默默凝視著她。

「你怎麼啦？」她問道。

「今天你完全變回原來的你了。」

她微笑著，用微弱的聲音回答：

「是的。」

葛拉齊雅帶著女性的興致問了許多有關克利斯多夫的家居情況。她對於這個不太懂現實生活的大孩子寄予母性的同情。

「嗨……如果可以……是否能讓我到你那兒去拜訪一次？」

他嚇了一跳。

「到我家！你要到我家？」

「不願意嗎？」

「哦，沒這回事！」

「那麼，星期二下午四點鐘去，可以嗎？」

「你眞親切，你眞的好親切！」

「等一等，那是有條件的呀！」

「條件？無論什麼條件，都照你的意思吧！」

「你還不知道是什麼條件呢！」

「那沒關係。反正我答應你，一切都照你的意思。」

「啊，你先聽我說吧。固執的人！」
「那麼，告訴我吧！」
「那是，你一點都不能改變你室內的模樣，一點也不能，可以嗎？」
克利斯多夫愣了一下，然後慌張地說：
「啊，這太過分了。」
她笑了出來。
「你看，這是答應得太快的後果呢！可是你已經答應了呀！」
「但你爲什麼會要求這種事呢？」
「因爲想看看你平常的生活。」
「可是，請你饒了我吧……」
「不，不行。我不會饒你的。」
「至少……」
「不，不，我什麼都不想聽。如果你不希望我去，那我就不去了……」
「你明明知道，只要你肯來，一切我都會答應的。」
「那麼，你答應了吧？」
「是的。」
「確定吧？」
「是的。你是一位暴君呢！」

「是個好暴君吧！」

在約定的日子，她來了。克利斯多夫忠實遵守條件，零亂的屋裡連一張紙都未收拾。但他覺得很慚愧，於是帶著不安的心情等待她。她很守時，只比約定的時間晚四、五分鐘。她的服飾樸素高雅。透過面紗，可以看到她安詳的目光。兩個人握手並低聲互道「午安」。她比平日沈默。他又笨拙又感動，不作聲地掩飾心中的慌亂。她帶著和藹的笑容慢慢環視四周，室內孤寂和悲涼的景象撼動她的心。對於這位已經完成那麼多工作、也成了名人，但物質上却仍匱乏的老朋友，她滿懷憐惜。同時，她也有趣地發現他對舒適生活的漠不關心，因爲室內完全看不到地氈、圖畫、藝術品、安樂椅之類的東西。除了一張桌子、三張硬椅、一台鋼琴之外，沒有其他家具。

過了一會兒，她問道：

「在這裡嗎？——（她指著自己所坐的位置）——你工作的地方？」

「不，在那邊。」

他指著房間裡最幽暗一個角落的矮椅說。她默默走到那邊安詳地坐下。兩個人暫時緘默著，因爲他們不知道說什麼好。隨後，他站起來走向鋼琴，彈了約半個鐘頭的即興曲。他覺得自己被所愛的人溫柔地守護著，心裡充滿了喜悅。他閉著眼睛彈出崇高美妙的曲子。這時候，她懂得了被神聖氣氛所籠罩的室內之美。她的耳朵似乎聽到這顆愛與苦惱交織的心在她自己心中顫動。

當和聲靜止之後，他仍然一動不動地坐在鋼琴前面；隨後，因聽到她啜泣的聲音，才轉過頭來。她向他那兒走去，拉起他的手低聲說：

「謝謝你。」

她的嘴唇顫抖著。接著她閉上眼睛，他也同樣閉上眼睛。兩個人彼此默默地拉著手。時間似乎也靜止了……

後來她終於睜開眼睛，爲了避免陷在困惑中，便問道：

「其他房間也讓我看看好嗎？」

他也很高興能迴避激情，便打開另一個房間的門。但他立刻覺得很慚愧。那兒有一張又窄又堅硬的鐵床。

房間裡還有一個土氣的五斗櫃。牆上掛著貝多芬的塑像。床邊擺著母親和奧利維的照片。五斗櫃上面還有另一張照片，那是十五歲時的葛拉齊雅；是他在羅馬時，在她家的相簿裡發現而偷來的。他坦承這件事，並求她原諒。她凝視著照片，然後說：

「你認得出這是我嗎？」

「認得出。我記得很清楚。」

「你比較喜歡那時候的我，還是現在的我？」

「你始終是一樣的。不管什麼時候的你，我都同樣喜歡。你一定不知道，我從你這個年少時候的身影中，已經感覺到你的靈魂，而且是多麼的感動。」

愛情使得她心慌意亂，一時無法回答。回書房後，她才開口說：

「接下來你知道我們要做什麼嗎？我們來吃點心吧。我帶來茶和糕餅，因爲我猜想你這裡大概不會有這些東西。另外，我還帶了其他的東西來了。請把你的外套借我一下。」
「我的外套？」
「是的，請借我一下。」
她從袋子裡拿出針線來。
「你要做什麼呢？」
「上次我發現有兩顆危險的扣子，現在怎麼樣了？」
「對了，我還沒想到去把它縫好呢，因爲那是多麻煩的事！」
「好可憐！來，給我吧！」
克利斯多夫一刻也不想浪費跟她在一起的時間，於是把水壺和酒精燈都拿到房間裡來。她一邊縫扣子一邊狡黠地用斜眼看著他笨拙的動作。
她要告辭的時候，他問道：
「讓你覺得很不舒服吧？」
「爲什麼？」
「因爲這麼零亂……」
「我會來幫你整理的。」
她走到門口想要開門的時候，他突然跪到葛拉齊雅前面，吻她的腳。
「你在幹什麼呢？瘋子，可愛的瘋子！再見！」
葛拉齊雅講好每週在固定的一天來。她要他答應不再做出古怪的動作。克利斯多夫爲她所散發的溫柔而恬靜的氣息所籠罩，即使在他情緒激動的日子。當他獨處的時候雖然滿懷熱情地想著她，可是兩個人在一起的時候，他們總是像好朋友一般。他從未說出一句讓她覺得不安的話，也從未有過那樣的舉動。

葛拉齊雅的兩個孩子之中，女兒奧蘿拉十一歲，長得像母親。她雖然不如母親漂亮，但更富於鄉下人的活力；她是個極善良的女孩，但較缺少天賦才能。克利斯多夫非常疼這個女孩。他把她跟葛拉齊雅並列，體味著同時看見一個人的兩個時代之樂趣。

男孩子里奧內羅九歲，比姊姊漂亮許多，長得像父親。他聰明伶俐，很會撒嬌，却不太流露感情。他有一雙大大的藍眼，一頭像少女般的金髮，臉色蒼白，胸部纖細，他的神經質已經到達病態的地步。他是個天生的演員，能非常巧妙地發現人的弱點。葛拉齊雅偏愛這個孩子，那是母親對一個身體較弱孩子的自然的偏愛。

葛拉齊雅雖然留意著要給兩個孩子同等的愛，但奧蘿拉仍然感覺到其中的差別而苦惱著。克利斯多夫察覺到她的心情，而她也察覺到克利斯多夫的心情，兩個人於是本能地互相接近。而克利斯多夫與里奧內羅之間則彼此產生一種反感。克利斯多夫盡量壓抑自己，努力著去疼愛這個孩子。

不久，數年來潛伏在這孩子身上的疾病爆發了。是肺結核。葛拉齊雅決定帶兒子到阿爾卑斯山中的療養院去。克利斯多夫要求讓自己陪著去，但葛拉齊雅因顧慮到世人的批評而拒絕了。她的過於顧面子，讓他心裡很難過。

她出發了。女兒託在格蕾特家。葛拉齊雅租了一棟小山莊，與生病的孩子一起住。高原上不但沒有讓里奧內羅的病情好轉，反而惡化了。他的熱度增高。葛拉齊雅有好幾個夜晚都在憂慮中度過。克利斯多夫並未接到她的任何訊息，但憑著他敏銳的直覺，他遠遠地感覺到了。於是毅然決然地動身。

「我跑來了……對不起。」

「謝謝你。」

她坦白告訴他自己是如何地期盼他來。

克利斯多夫幫助她看護病情惡化的孩子。他倆在孩子枕邊度過許多痛苦的日子。有一夜情勢特別危急，但黎明時，本來似乎已經沒有希望的里奧內羅却得救了。他們感到無比欣慰。她突然站起來，拿著連帽的大衣，邀克利斯多夫一起到戶外去。在冷冷的星空下，雪地裡的一片寂靜中，她依偎在他胸前，陶醉地呼吸著這冰凍世界的平和氣息。他們幾乎未交談，也未透露他們的愛情。只有回來時，在門口的台階上，她的眼睛裡閃耀著孩子得救的幸福光芒，對他說：

「你是我生命中一個重要的人！……」

除此雖然沒有更多的表示，但他們都感覺到彼此的關係是神聖的。

經過里奧內羅漫長的恢復期之後，他們回到巴黎，在帕希區租了個小房子。住在這裡之後，她就不再擔心世人的批評了。從此他倆的生活非常親密地融合在一起，因此她覺得如果爲了怕別人毀謗而隱藏彼此的友情，那是一種怯懦的行爲。她隨時歡迎克利斯多夫來。他們一起去散步，也一起上劇院。這時大家都相信他們是一對情侶了。當有人說出含有諷刺意味的言語時，葛拉齊雅也只以微笑來阻止對方了。

後來，不知不覺地，克利斯多夫便在家中行使一種家庭的主權。葛拉齊雅聆聽他講的話，聽從他的意見。自從在療養院過了一個冬季之後，她似乎判若兩人。不安與疲勞嚴重損害她的健康；心靈也受到影響。克利斯多夫的愛情和無私而純潔的心地，讓她深爲感動。她考慮著有一天將給與他那早已不再夢想的幸福，就決定成爲他的妻子吧。

克利斯多夫自從被她拒絕之後，關於結婚的事便隻字不提。但他仍然珍視這個似乎不可能實現的希望。他仍然相信以深刻而虔誠的愛情相愛的兩個人之結合，是人類幸福的最高峰。

有一天晚上，當她獨自待在臥房的時候，曾陷入冥想中，心中於是充滿了愛。熄燈上床之後，她想道：

「是的，錯過這種幸福的機會是愚蠢的，而且也是一種罪過。世界上還有何種喜悅能超過讓自己所愛的人幸福的喜悅呢？……哎呀，我到底愛不愛他？」

她心臟撲通撲通地跳著，靜聽內心的回答：

「我愛他！」

就在這個時候，從孩子房間傳來嘶啞而急促的咳嗽聲。里奧內羅具有一種猜透母親心思的奇特能力。從初次見面他就對克利斯多夫懷著敵意。當葛拉齊雅正考慮著要跟克利斯多夫結婚的那一刹那，他似乎直覺到了。從那個時候，他就不斷地監視他們。

葛拉齊雅的健康逐漸衰退。她必須常常躺在床上，或連續幾天躺在沙發上。克利斯多夫每天來陪她聊天，或一起閱讀，或把新創作的曲子給她看。她看到新作品便會從沙發上站起來，拖著浮腫的腳，一拐一拐地走到鋼琴前面彈奏。這是她所能帶給克利斯多夫的最大的喜悅。

經由她的演奏，他將對自己所表現的朦朧的熱情了解得更淸楚。他閉著眼睛聆聽她的演奏，在自己思想的迷宮中跟著她前進。

他與葛拉齊雅的心靈結合了；他擁有了她的心靈。從這種神秘的結合，產生了他們的生命交融之後的果實——音樂作品。有一天，他把一冊用自己的生命與她的生命所織成的樂曲集獻給她，並說道：

「這是我們的孩子呢！」

無論相聚或分離，他們已經成爲一個生命共同體了。在安靜的老房子裡共度的每個夜晚是多麼的愉快！沈默而親切的僕人們對女主人都是盡心盡力的，他們也以對待她的敬愛對待克利斯多夫。這一對情侶一起聆聽著時間之歌，一起看著生命之波濤。

葛拉齊雅身體的虛弱在這樣的幸福上面投下一抹不安的陰影。但由於她的開朗，隱藏的痛苦反而更增加了她的魅力。克利斯多夫從她家回來，滿懷的愛等不及第二天才跟她說的夜晚，便提筆給她寫信：

「我深愛的、深愛的、深愛的、深愛的葛拉齊雅……」

這種平安的日子持續了好幾個月。他們以爲這會永遠持續下去。但里奧內羅却不斷央求母親一起到遠處旅行。葛拉齊雅連抗拒他的力氣都沒有。而且，醫生們也勸她到埃及去。他們說她應該避免在北方的氣候中度過這個冬天。

過去她受到太多事情的打擊，例如這幾年來精神上的衝擊、對兒子健康方面的不斷擔憂、讓克利斯多夫傷心而引起的內心的痛苦等等。克利斯多夫察覺到她的痛苦。但他爲了不再增加她的痛苦而隱藏了自己的憂傷。兩個人都裝出一副平靜的樣子。

那個日子終於來臨。是九月裡的一個早晨。其實他們七月中旬便離開巴黎，在安加狄奴一起度過僅存的最後幾個星期。那就在他們六年前重逢的地方附近。

五天前他們就無法外出。因爲雨連續不斷地下著。留在旅社的幾乎只剩下他們幾個人。最後一天早上，雨終於停了。可是山仍藏在雲中。孩子們已經跟僕人們坐第一輛馬車起程了。接著她也該出發了。他送她到通往義大利平原的一個將拐入曲折坡道的地方。在馬車的車篷下，濕氣滲透他們的身體。兩個人默默地緊靠在一起，幾乎沒有互望一下。四周只見異樣的微光。葛拉齊雅的面紗因吐氣而潮濕了。他緊握著她戴著手套的小手。兩個人的臉緊貼在一

起了，他隔著潮濕的面紗吻著心愛的人的嘴唇。

已經來到馬路的拐角處。他下了馬車，馬車走進煙霧中。她的身影消失了，他仍然聽得到車輪聲和馬蹄聲。一片白霧飄向牧場上。冰凍的樹林裡，枝子上不斷有水滴滴落。此刻一點風也沒有。克利斯多夫在濃霧中快要喘不過氣來，因而停下腳步……一切都歸零了。一切都過去了……。

3

克利斯多夫回到巴黎。他本來暗中發誓不再回這個城市，但這樣的發誓有什麼意義呢？他知道將在這裡再度見到葛拉齊雅的。但後來爲了一件事情，他不得不在巴黎盡他的新義務。在社交界消息靈通的格蕾特告訴克利斯多夫，喬治頻頻做出愚蠢的事。喬治並不像他的父親奧利維那樣以終生追求眞理爲滿足。

喬治年輕而急躁的衝勁需要消耗。無論是否有動機，他只渴望下決心。他希望以行動耗掉自己的精力。像旅行、藝術的鑑賞等等，其中，尤其是他所擅長的音樂，一開始雖是間歇性的，却是他滿懷熱情的消遣。容易受誘惑的這個早熟的美少年，早已發現外貌迷人的戀愛世界，而帶著詩情的貪婪的喜悅投身進去。隨後，這個率直而不知足的天使，對女人也感到厭倦了。

他需要有所行動，於是突然熱中運動。他嘗試各種各樣的運動。他跟一些有錢而魯莽的年輕運動狂們一起冒死玩愚蠢而瘋狂的賽車遊戲。最後又爲新玩具賭上一切；他捲入民眾對飛機的狂熱中。

喬治說出自己想加入征服天空的行列而把母親嚇壞了。雅格麗娜求他放棄這種危險的野心，甚至命令他。但他並未屈服。

雅格麗娜無法默默看著兒子從身邊逃開。

對年輕的喬治多少具有影響力的只有克利斯多夫。他是屬於喬治及其同伴們激烈反抗的舊時代的人。他們懷疑那一代人的藝術和思想並帶著敵意，克利斯多夫是其中主要的代表人物。

儘管如此，喬治却從心底尊敬克利斯多夫。他透過不成熟的經驗以及母親傳給他的敏銳直覺，淸楚看出了克利斯多夫的優秀。他再怎麼醉心於運動或其他活動，還是無法拋開父親的遺傳；他對於自己混沌的行動想要尋求一個確定目標的需求，就是得自奧利維的遺傳。

他有時會去找克利斯多夫。坦率而多嘴的他喜歡吐露心聲。他不顧克利斯多夫是否有時間聽他傾訴。克利斯多夫多半會耐心地聽。只是，如果在工作中喬治突然來訪，他也曾顯得心不在焉。但那只是幾分鐘的事，他的精神很快又會回到喬治這邊來。喬治並未察覺他短暫的出神。不過有一、兩次他注意到了，於是憤慨地說：

「你並沒有在聽我說話吧！」

克利斯多夫會覺得很慚愧，於是向他道歉，開始以加倍的注意力柔順地聽他講話。他的談話內容有不少可笑的成分；克利斯多夫聽到他那些意氣用事的莽撞行爲便會忍不住笑了出來。

但克利斯多夫並不只是笑，喬治的品行常令他痛心。他最感到不愉快和不能原諒的並不是喬治的戀愛行爲或對財產的揮霍，而是他批評自己過失的時候那種輕浮的觀念。關於道德，他和克利斯多夫持不同的看法。他只把兩性關係當作漠視道德的一種自由的遊戲。克利斯多夫爲此感到憤怒。他雖然盡量不強迫別人接受自己的想法，但還是無法以寬大態度對待。

喬治並不太留心聽克利斯多夫所講的話，說不定還沒下完樓梯就把一切忘光。不過，他還是會留下美好的印象。他崇拜著克利斯多夫。雖然他一點也不相信克利斯多夫所相信的東西，但如果有人毀謗這位老朋友，他或許會將對方打得頭破血流。

克利斯多夫預料不久將吹起新的風暴。法國年輕音樂家的新理想不同於他的理想。但也正由於如此，他對年輕人的音樂却抱著同情，可是他的音樂一點也無法引起年輕人的共鳴。他受世人的歡迎也不能消除年輕人和他之間的隔閡。他們的肚子裡並沒有多少東西，因此他們的牙齒又長又銳利。克利斯多夫並未被他們的兇惡嚇倒。

他的一部作品被歌劇院採用了。接著便開始排練。有一天，克利斯多夫從報紙上得知，爲了採用他的作品，而把已經決定上演的一位年輕作曲家的作品無限期延緩了。記者對這種權力的濫用表示憤慨，並說其責任應由克利斯多夫負責。

克利斯多夫連忙跑去見戲院經理，對他說：

「我完全未聽你提起，這是絕對不行的。希望你先上演在我之前已經採用的那部歌劇吧！」

經理發出驚叫聲，笑了出來，並加以拒絕。他貶低那一位作曲家的作品，斷言那是一文不值的。

「那麼，你爲什麼採用它呢？」

「不可能萬事如意的。有時也得滿足一般人的意見。那群年輕人煽動國家主義的報紙來攻擊我們。如果我們不採納他們年輕的流派，報紙便斥責我們是叛徒，是有害的法國人。如果我愚蠢地將那些被迫採用的作品全部上演，劇院會垮台的。我會採用它，但除此之外他們不能再要求我什麼了——我們還是來談重要的事吧。你的作品一定叫座的……」

克利斯多夫直截地打斷他的話，憤然說道：

「我不會受騙的。你們是利用我來打壓年輕人。請上演那位年輕人的作品吧，否則我便收回自己的作品。」

經理舉起雙臂說：

「如果照你的意思去做，我們不就好像屈服於報紙的攻擊了嗎？」

「那是無所謂的！」

「那麼，隨你吧！但你會成爲第一個犧牲品的。」

經理並沒有讓克利斯多夫作品的排練中斷。另一方面也開始準備年輕音樂家的作品。克利斯多夫的作品是三幕，年輕人的作品則是二幕。它們將在同一個晚上演出。

公演的那天晚上，新進作曲家的作品完全失敗。克利斯多夫的作品則大受好評。有幾家報紙登了毀謗克利斯多夫的文章，說那是企圖打壓一位法國年輕大藝術家的陰謀；又說爲了討好德國大師而把年輕人的作品糟蹋了，而這位德國大師就是嫉妒新人的代表人物。

克利斯多夫對這些報導只是聳聳肩。而難得看報紙的喬治偶然看到這個激烈抨擊克利斯多夫的消息了。他認識那位記者，於是跑到一家有把握見到他的咖啡館去。喬治找到此人之後，便跟他決鬥。

第二天，克利斯多夫得知這個事件時，大爲憤怒。他立即跑到喬治那兒，抓住他的胳膊痛罵：

「你這個浪子！你竟然爲我去跟人決鬥！誰允許你這麼做的？」

喬治不禁捧腹大笑，笑得眼淚都快流出來了。他說：

「啊，你眞是個古怪的人！我爲你辯護，你還責罵我呢！那下次我將攻擊你，這麼做，你就會親吻我吧。」

克利斯多夫沈默下來，他把喬治緊緊摟住，並吻他的雙頰。然後說道：

「喬治……對不起。我是個老糊塗……但聽到那件事的時候，我的確勃然大怒。你現在就答應我，以後絕不再做那種事！」

「我什麼也不答應，我做我喜歡做的事。」

「你聽著，我禁止你做那種事。如果你再來一次，我就不再見你了。我將跟你……」

「你要說斷絕關係吧？我知道了。」

「哦，喬治，我求你……你做那種事有什麼用呢？」

「你雖然知道很多事情，但關於那些人，我却知道得比你淸楚。你放心吧。那種事也會有用處的。」

「那些蠢貨能對我怎樣呢？我會一笑置之的。」

「我却無法一笑置之。」

從這一天起，克利斯多夫一直擔心報紙上是否還會出現令喬治發火的報導。

過了一週之後，克利斯多夫才放了心。

果然如喬治所說的，他的行動促使那一批狂吠的狗自我反省了一番。——而克利斯多夫雖然抱怨這個瘋狂的少年使他有一週的時間無法工作，但他認爲自己畢竟沒有責罵他的權利。他想起自己也曾經爲奧利維而跟人決鬥的往事，他彷彿又聽到奧利維在對他說：

「別管我，克利斯多夫。我是在償還欠你的債呢！」

克利斯多夫撫慰喬治的精神這種感化力量是來自葛拉齊雅的愛。他由於這份愛才感覺到自己好像與所有年輕的生命連結在一起，才能對生命的一切新的形式產生永不疲倦的共鳴。

葛拉齊雅曉得自己的愛對克利斯多夫有所幫助。她因意識到自己的力量而把自己提昇了。她的書信對他有一定程度的支配力量。她終於把自己愛他的事無所顧忌地向他表白了。因爲彼此遠離，她說話比以前更自由了。

她的健康已經受損，精神嚴重失去平衡。兒子的病情也毫無起色。里奧內羅的不懷好意依舊沒有緩和下來。嫉妒是他唯一的熱情。他並不以順利隔離了母親與克利斯多夫爲滿足。他還想強迫他們切斷兩人間繼續維持的友情。他要求母親不要再給克利斯多夫寫信。她無法答應這種事，而且以嚴厲的話責備他。但事後她又彷彿犯了罪似地責備自己。由於里奧內羅爲此大發脾氣，終於眞正病倒了。而母親的半信半疑又導致他病情的逐漸加重。他於是一時氣憤地祈求以死來洩恨。他完全沒想到這個願望眞會實現。

看到孩子永眠的時候，葛拉齊雅既沒有哭泣也沒有嘆息。她的沈默令人驚訝。她連痛苦的力量都沒有了。她只剩下一個願望，就是自己的永眠！但表面上她仍然以平靜的態度盡自己每日該盡的本分。幾個星期之後，比以前沈默的她，嘴上再度浮現微笑。沒有人察覺葛拉齊雅內心的痛苦，克利斯多夫更是未曾發覺。她只把孩子的死通知他，自己的事則隻字未提。對於克利斯多夫寄來的幾封燃燒著不安之愛的信函，她也沒有回覆。他想趕來，她卻求他別這麼做。經過兩、三個月之後，她寄給他的信又恢復跟以前一樣開朗的語調。她認爲由自己的軟弱而產生的內心的重擔是不該讓克利斯多夫來背負的。

她對人生感到疲倦之後，只有兩件事情支持她活下去：那就是對克利斯多夫的愛，以及她的宿命觀。這種宿命觀，無論快樂或痛苦的時候，都一樣形成了她那義大利人天性的根基。那完全不是屬於理性的，而是一種動物性的本能；是使疲憊的動物目不轉睛地、不顧一切地往前走、直到倒下的那種動物性的本能。宿命觀支持著她的身體，而愛情則支持著她的心靈。如今自己的生命已經完全磨損，她便只有活在克利斯多夫的生命中了。儘管如此，她卻比以前更加留意地不在信中表現自己對他的愛，無疑那是因爲這份愛比以前更加深刻的緣故。另外，因爲死去的孩子那份強烈的反對帶給她沈重的壓力，她甚至覺得自己的愛情是一種罪惡。這種時候，她會沈默下來，暫時不給他寫信。

克利斯多夫不明白她這種沈默的原因。有時他從她信上平淡的語調中却捕捉到意想不到的強烈語調，發現她壓抑的熱情在顫抖。他心情爲之激動，却什麼也不敢說。而正如他所預料的，那些強烈的語調大部分在下一封信刻意用冷淡的口氣抵銷了……

葛拉齊雅來不及向任何人告別便與世長辭。從幾個月前，她的生命已幾乎被連根拔起。只要一陣微風就足以把她吹倒。她是因流行性感冒而過世的。發病前一天，她曾收到克利斯多夫寄來的一封動人的書信。她深受感動，很想呼喚他到身邊來。她覺得將他們隔離的一切事物都是虛僞而不當的。

她因爲極度疲乏，於是把回信延到第二天。可是第二天她仍然無法下床。雖然開始動筆寫信，卻沒有完成。因爲寫到一半她便頭暈目眩，而且也猶豫著是否要把自己的病況告訴他。她唯恐攪亂他的心。這段時間，克利斯多夫正在練習帶有合唱曲的交響樂。第一場演出訂在下星期……她不願讓他掛心。她在信中只寫著自己大概有點感冒。後來她覺得這樣似乎也講得太過分，於是把信撕掉。可是她已經沒有力氣重寫一封。雖然打算晚上再寫，但晚上已經太遲了。

死亡總來得多麼迅速！幾世紀才能完成的東西，幾小時就可以將它毀滅……葛拉齊雅好不容易才把自己所戴的戒指託女兒交給克利斯多夫。她一向跟奧蘿拉並不太親密。在自己即將離開世界的此刻，她誠懇地凝視著女兒的臉，並緊緊握住她的手，這一雙手將能代替自己跟朋友握手的。她高興地想著：

「我不會完全離開此世的。」

克利斯多夫得知葛拉齊雅的噩耗之後，久久一動不動地呆坐著。到了夜晚，他沒有任何痛苦，也沒有任何念頭，腦子裡也未浮現任何淸楚的影像。他有如一個疲憊的人，聽著模糊的音樂，卻也沒有特別想去了解它。當他力氣耗盡而站起來的時候已是深夜。他臥倒床上，陷入沈睡中。交響樂繼續響著。

這時候，他看見了葛拉齊雅。那個心愛的人……她向他伸出雙手，微笑著說：

「你已走過烈火燃燒的國度了。」

於是他心裡變得舒暢。星空一片安寧，天上的音樂平穩而深刻地傳遍各地。

克利斯多夫如同孕婦懷著她的寶貝似的，將葛拉齊雅懷在自己的靈魂之中，不受任何人干擾地跟她做多日無言的對話。那是任何語言都無法表現的深切的對話；那是音樂也幾乎無法表現的。後來他便閉起眼睛，傾聽心靈之歌。或者，在鋼琴前面坐好幾個小時，讓自己的手指說話。在這段期間，他所做的即興曲比此生其他時期全部加起來的還多。可是，他並沒有把它們寫成樂譜。寫了又有什麼用呢？

經過幾個星期之後，他又外出去會見許多人。除了喬治之外，其他較親近的人都未察覺他發生了什麼事。那時候「即興」這個妖魔鬼怪還逗留不去，它總在意想不到的時候來訪。有一天晚上，在格蕾特家，克利斯多夫坐在鋼琴前面彈了將近一個小時。他彈得著迷，完全忘了客廳裡還有其他許多人在。沒有人會想要嘲笑他，大家都被那驚人的即興曲所震撼。連不懂意義的人都感到傷心。格蕾特的眼中已閃著淚光……

他這段時間所作的交響樂，比自己過去任何作品都更實現了當時音樂上所有美的力量之結合——亦即帶著陰沈和穩重氣息的德國學者型的思想、熱情的義大利旋律、富有細膩節奏與柔美和聲的法國活潑的精神等等之結合。

這種「在痛失親友的悲傷時，從絕望中產生的心靈的飛揚」持續了一、兩個月。後來，克利斯多夫又以健全的心理和堅實的步伐回到人生。厭世觀所殘留的煙霧、禁慾的靈魂那一層灰暗色彩、神秘的半明半暗的幻覺，全部被死亡的狂風吹散了。逐漸消散的雲霧上面出現了彩虹。彷彿被淚水洗過的更加明淨的天空對著大地微笑。這是山上寧靜的黃昏。

在歐洲森林中悶燒的火開始吐出火舌來了。一處熄滅，另一處又燒起。漩渦狀的濃煙和雨點般的火花，四處飛散起火，燃燒著枯乾的灌木叢。在東方，前哨戰已經奏起國與國之間大戰的序曲。整個歐洲昨日還抱著懷疑的態度；像枯木般麻痺的歐洲，如今却成了火焰的犧牲品。戰爭的慾望占據人們的心靈。

克利斯多夫想起曾經有一次面臨同樣危機的情景。當時有奧利維惶恐不安的臉在自己身旁。可是那一次戰爭的威脅只不過像一陣疾馳而過的烏雲。但這一次，烏雲的影子却籠罩整個歐洲。而克利斯多夫的心情已經改變。國與國之間的仇恨，他已無法加入了。

他的精神狀態正如同一八一三年的歌德。如果沒有仇恨，又如何能作戰？他早已越過仇恨的年齡與境界了。在互相敵對的國民之中，有哪一個人是他最不愛的呢？他很清楚每一個國民的價值。人一旦到達心靈成熟的階段，「他將不再那麼看重國家，將會覺得他國人民的幸與不幸就如同本國人民的幸與不幸一樣。」

但有時候，周圍的敵意仍然會使克利斯多夫感到苦惱。在巴黎，別人會讓他強烈感覺到自己是屬於敵對的民族。連親密的喬治，也曾經半開玩笑地在他面前表白自己對德國的感情。克利斯多夫對此感到傷心，於是遠離巴黎。他以探望葛拉齊雅的女兒為藉口，去了一趟羅馬。

但國家主義的自尊心却好像傳染病似的已經蔓延到這裡來，以致改變了義大利人的性格。

他有時候也會到德國做短暫的停留。然而，儘管德法兩國的衝突已迫在眉睫，經常吸引他的畢竟還是巴黎。那兒有他的義子喬治。但感情不是吸引他的唯一理由。另外理性方面的理由也同樣強烈。對已經習慣過充實精神生活的藝術家而言，要再度習慣德國的生活是困難的。

當然德國並非沒有藝術家。但對藝術家而言，那兒却顯得空氣不足。他們爲一般人民所孤立；人民對他們漠不關心。社會的或實際的事務占據大眾的精神。詩人們懷著惱怒的藐視態度幽閉在自己的藝術之中。

相反的，在萊茵河的彼岸，集體的熱情的強風，或社會一般的風暴，定期在藝術上吹過。而且，就像聳立在巴黎的埃菲爾鐵塔那樣，古典的傳統閃耀著永不熄滅的燈火。這個傳統是由幾世紀的辛勞與榮耀贏得的，它指示了各時代所追尋的道路，全民在它的光輝之中成爲一體。而德國的精神——就像在暗夜裡迷失的鳥兒——直接飛向這遠方的照明燈。

可是，法國方面，是否有人留意到將鄰國人民的寬大精神引到法國來的那股同情的力量呢？許多對政治上的罪行沒有責任的公正的人已經伸出手來了！……而德國人又有誰留意到說著如下一段話的法國人呢？

「來，讓我們握手吧！即使有許多謊言與仇恨，我們是不可分割的。若想讓我們彼此都成爲偉大的民族，我們需要你們，而你們也需要我們。我們是西歐的雙翼，一邊的翅膀毀壞時，另一邊也就無法飛行。即使發生戰爭，也無法拆開我們握著的雙手，也無法截斷我們友愛精神的飛躍。」

克利斯多夫很清楚地感覺到德法兩國的民眾是如何地需要互補；當他們的精神、藝術與行動缺少相互的援助時，將會失去平衡而成爲殘廢。出生在兩國文明匯合的萊茵河畔的他，從幼年時代便本能地感受到兩國文明協力的必要。

而他這一生，其天才的無意識的努力，事實上都在於維持強而有力的雙翼之均衡。他越是富於日耳曼式的夢想，越需要拉丁式的明快的精神與秩序。因此，法國對他而言是很珍貴的。他在此才更認識了自己，也體會了掌控自己的喜悅。只有在法國，他才成爲一個完整的自己。

克利斯多夫的生活無法只限於藝術的世界。像他這樣的人，無法不去愛人。

克利斯多夫的血液並未乾涸。有一種愛讓他沈浸其中，那就是對葛拉齊雅女兒與奧利維兒子的雙重的愛。他在心中將這兩個孩子互相結合了，他還想在現實裡讓他們眞正結合。

喬治和奧蘿拉經常在格蕾特家相遇。奧蘿拉住在格蕾特家。她一年裡有一部分時間在羅馬，其餘都住在巴黎。她十八歲，比喬治小五歲。

克利斯多夫對她懷著像父親一般的愛。沒有人知道他的愛有多深，只有奧蘿拉稍能了解。她從小常常看到克利斯多夫在身邊。她早已把他當成家中的一份子。從前，因母親較疼弟弟而感到痛苦的時候，她便不知不覺地接近克利斯多夫。她察覺到克利斯多夫心中有類似的苦惱。克利斯多夫也看出她的悲傷。

他們對此並未互相表白，卻把它當成兩個人共同的東西。後來奧蘿拉發覺了將母親與克利斯多夫連結在一起的愛情。母親臨終時託付她的事，以及戴在克利斯多夫手上的戒指，她完全了解其中的意義。他是她摯愛的人。不過，她還沒有下工夫去彈奏或閱讀他的作品。她喜歡到他家跟他親密地談話——當她知道可以在這裡遇到喬治・葉南之後，來的次數就比以前多了。而喬治方面，也以從未有過的興致出入克利斯多夫的家。

儘管如此，兩個年輕人卻尚未留意到彼此眞正的感情。一開始他們用帶點嘲弄的目光看對方。喬治嘲笑奧蘿拉的裝束、義大利味、欠缺微妙的神韻、喜歡鮮艷色彩等等。奧蘿拉則有趣地模仿喬治那急性子的、有點裝腔作勢的談話方式。他們都隱藏不了心中的氣憤，因此經常引起小衝突。但雙方都只不過受到些輕微的傷害，因爲他們其實都怕嚴重打擊對方。而打過來的手是那麼可愛，以致接受攻擊反而比攻擊對方有趣了。

他倆好奇地彼此觀察，一邊尋找對方的缺點，一邊又感覺到它的魅力。儘管他們各自跟克利斯多夫單獨在一起的時候，都硬說對方是令人受不了的人，但他們仍然不願錯過克利斯多夫讓他們見面的任何機會。

有一天，奧蘿拉在克利斯多夫家，說她下星期日上午將會再來。——這時候喬治跟往常一樣，像一陣風似的衝進來，告訴克利斯多夫下星期日下午再來。可是到下星期日，奧蘿拉卻讓克利斯多夫空等了一上午，而在喬治約定的時間她才出現。她道歉說因爲有事無法早到。克利斯多夫對她無邪的策略覺得好玩，於是對她說：

「眞是遺憾。你如果早到就可以見到喬治了，他來跟我一起吃午飯，但沒有時間留到下午。」

奧蘿拉覺得很失望，克利斯多夫的話她再也聽不進去。克利斯多夫興高采烈地說著，她却心不在焉地回答。後來鈴聲響了，是喬治。奧蘿拉嚇一跳，克利斯多夫笑著看她。她知道自己受騙，便紅著臉笑了。克利斯多夫調皮地用指尖嚇她。突然，她滿懷欣喜地跑過去擁抱他，他在她耳邊用義大利語低聲說：

「你這個輕佻的、耍滑頭的淘氣姑娘……」

她用手摀住他的嘴，要他緘默下來。

喬治對他們的動作感到莫名其妙，甚至有點焦躁。他們看到他那個樣子，覺得更樂了。克利斯多夫就像這樣，讓兩個年輕人互相接近。而當他成功的時候，却幾乎要責備自己了。他同樣愛著他們兩個，但他對喬治的批評却較嚴厲，他很清楚喬治的缺點，而把奧蘿拉理想化了。他認爲自己對奧蘿拉的幸福比對喬治的幸福負有更大的責任。因爲他有點把喬治當成自己的兒子，或當成他自己。他覺得將一個不算純潔的人給純潔的奧蘿拉當伴侶，會不會是自己的過錯。

兩個年輕人雖然彼此相愛，但未必有永遠結爲一體的想法。關於戀愛與結婚的問題，他們抱著自由的精神。這種精神固然有它的美，但與昔日那種至死把自己獻給對方的想法是很不一樣的。克利斯多夫於是帶著惆悵的心情看他們……他們離他已經多麼遠！把我們的孩子載走的船隻航行得多快！……但耐心等待吧！將來有一天，大家會在同一個港口相會的。

這段時間，克利斯多夫的朋友們察覺到他的模樣有某種變化。他常常精神恍惚、心不在焉、不太用心聽別人說話；有時獨自出神地微笑著。如果有人提醒他這種恍惚的現象，他會鄭重道歉。有時候他會用第三人稱來講自己，例如：

「克利斯多夫會幫你做的……」，或者「克利斯多夫會大笑的……」。

跟他不太熟的人會說：

「多麼自負啊！」

但事實正好相反。他是像他人一般從外面看著自己。他已經到達連爲美而奮鬥的興趣都喪失的時期。當一個人完成了他的任務之後，往往就會相信別人也都會各自完成其任務。惡意與偏頗都不會令他生氣了。——他會笑著說那是不自然的，或者說生命正逐漸消失。而實際上，他已經不像從前那樣強壯了。

由於一種秘密的預感，他有再度見到故鄉的願望。那是一年又一年拖延下來的計畫。這次他不再拖延了。

他沒有通知任何人便悄悄出發。那是一次短暫的旅行。克利斯多夫已找不到任何他來探尋的東西。小城變成大工業都市了。薩比娜的田地，如今工廠的煙囪高聳。在一些骯髒建築物之間的一條街道(那是多麼糟糕的街道！)，竟然取他的名字。過去的一切都不存在了。那也罷！在以他的名字來裝飾的這條街道的破屋中，或許有很多小克利斯多夫正在夢想未來，或正在受苦，或在奮鬥。——在大音樂廳裡舉行的音樂會，他聽到人家演奏著他的一部作品，却把他的思想做反面的詮釋。他幾乎聽不出那是他自己的作品……那也罷！那部作品即使被誤解，或許也能刺激新的力量吧。我們已經播了種，接下來的事就看你們了。

日暮時分，克利斯多夫一邊在開始飄著濃霧的原野散步，一邊想著將籠罩自己生涯的大霧，也想著從世上消逝而躲進他心中的所愛的人們，而這些人也將跟他一起爲黑夜所掩蔽吧！……那也罷！哦，黑夜，孵出太陽的黑夜，我不再有恐懼！即使一顆星殞落，也還會有其他無數的星星亮起。

德國之旅的回程，克利斯多夫想順便到昔日與安娜相識的那個小城。自從跟她分離之後，他完全不知道她的訊息，也沒有勇氣去打聽。曾經有很長一段時間，只要聽到她的名字，他就會顫抖……如今，他已平靜下來，不再有所恐懼了。可是，那天傍晚，在面臨萊茵河的旅社房間裡，聽到那奉告第二天祭典的熟悉的鐘聲時，過去的影像復活了。刹那間，他閃現了去拜訪布朗家的念頭。可是到第二天，他又喪失了勇氣，於是決定回去……

正要出發的時候，他被一股不可抗拒的力量帶到往日安娜常去的教堂。他坐在柱子後面的位置，從這裡可以看到從前她來禱告的凳子。他想如果安娜還活著，一定會到這個位置上來的，於是等待著。

果然，有一位婦人來了。他認不出她。肥胖的身體，圓圓的臉、冷漠而僵硬的表情，一襲黑衣。她坐到自己的位置上，靜止不動。看起來既不像在禱告，也不像在聽禱告。她只是注視著前方。在這個女人身上，沒有任何克利斯多夫所期待的那個人的影子。只有一、兩次，她習慣性地去拉直膝上衣服的皺摺，這是她從前常有的一個動作……

她走出去的時候，捧著聖經的雙手交叉放在腹部，挺著胸膛慢慢從他身旁走過。她陰暗而倦怠的目光在克利斯多夫的眼睛停留了片刻，但他們都沒有認出對方來。她頭也不回地走過去。轉瞬間，他在突然閃現的記憶中，從她嘴唇皺紋的特徵，認出了自己曾經吻過的那張嘴巴……他喘不過氣來，而且雙腿發軟，心裡卻想著：

「主啊，我曾經愛過的人就在那個身體裡邊嗎？她在哪裡呀？而我本身又在哪裡？讓我們受到百般折磨的殘酷的愛究竟留下什麼？——只不過一堆灰燼。火在哪裡呢？」

他的神回答：

「在你裡邊。」

他於是又抬起眼睛，最後一次看著她在人群裡從教堂走到陽光下。

喬治與奧蘿拉的婚禮決定在初春舉行。克利斯多夫的健康急速衰退。他察覺到孩子們用不安的目光看著他，有一次，他偶然聽到他們低聲的談話。喬治說：

「他臉色實在很不好！說不定會病倒呢。」

奧蘿拉回答：

「但願不要因此而延誤我們的婚禮！」

他心想這是不用說的。可憐的孩子們！無論發生什麼事，他都不會去妨害他們的幸福的！但運氣不好的是，在婚禮的前兩天，他的老毛病肺炎復發了。他發誓婚禮結束前絕不倒下去。他想起病危的葛拉齊雅在他舉行音樂會的前一天，爲了避免妨礙他的工作和攪亂他喜悅的心情，便隱瞞了自己的病情。如今，他也想以葛拉齊雅對待他的方式來對待她的女兒。

想到這一點，他滿懷欣喜，於是隱瞞了自己的疾病。

需要花相當長時間的宗教儀式，想撐到最後對他而言是很辛苦的事。但因爲看到兩個孩子幸福的樣子，他眞的堅持到底了。可是一回到格蕾特家，他的力氣已耗盡，隨即暈了過去。這情景被一個僕人發現了。當克利斯多夫恢復意識的時候，便囑咐大家千萬別向當晚就要去度蜜月的新婚夫婦提起這件事。兩個孩子因爲只顧著自己的事，對其他的事便完全未加留意。

他們歡歡喜喜地跟他道別，答應第二天……第三天……都會給他寫信。

他們一出發，他立刻躺到床上。他又發燒，而且一直不退。如今他又變成孤零零一個人。他不認爲自己的病情很嚴重，因此並未看醫生。而且他也沒有僕人可以幫他去請醫生。

他每天早晨會起來拿放在門口的牛奶，也會看看門房有沒有把兩個孩子的來信從門下塞進。他一直沒接到來信。他們陶醉在幸福中，而把克利斯多夫忘了。但克利斯多夫並沒有埋怨他們；他想自己如果處在他們的狀況，大概也會這麼做吧。

當他病況稍微好轉，便開始起床。這時候，他終於接到奧蘿拉的來信。而喬治則只在信尾簽上自己的名字。奧蘿拉並沒有問起克利斯多夫的身體情況，關於他們的消息也沒有報告太多；但信中却託他辦一件事——她要克利斯多夫把她忘在格蕾特家的圍巾寄去。克利斯多夫很高興還能爲他們做點事，於是立刻出門去。

那是下驟雨的天氣。冬天走了又回來。雪正融化，寒風刺骨，克利斯多夫找不到馬車，便在站上等待。寄東西時，辦事人員的不親切和故意拖延時間的態度，讓克利斯多夫感到焦躁。這份焦躁也影響了他的身體。他凍著身子回到家。女門房遞給他一篇從雜誌上剪下來的文章。他瞥了一眼，那是惡意攻擊他的文章。

作者用侮辱的口氣敍述著，並預告半個月後的下一期將繼續發表攻擊的文章。克利斯多夫笑了出來。他躺在床上自言自語：

「他會落空的！因爲到時候我大概不在這兒了。」

人家勸他請個看護來照料，他却固執地拒絕了。他說自己一向是單獨一個人生活，因此在這種時候，還是孤獨比較自在。

克利斯多夫並不覺得煩悶。這幾年間，他總是不斷地跟自己對話，好像有兩個靈魂似的。而這幾個月來，他內心裡的人數更是明顯增加。已經不只兩個靈魂，而是有十幾個靈魂存在於他心中。他們彼此交談，或者應該說，他們唱著歌。他有時會參與他們的談話，有時則默默傾聽他們的歌唱。床上、桌上，在他伸手可及的地方，總放著一些有五線譜的紙張，他會笑著把自己和他們之間有趣的對答記下來。

在他回顧自己的一生之後，至愛的人顯現了其身影。她握著他的手。死亡摧毀他肉體的藩籬，讓她的靈魂流進他的靈魂之中。他們相偕走出日月的陰影之外，到達幸福的山頂。在那兒，過去、現在與未來，有如三個美麗的女神般手牽手跳著優雅的輪旋舞。在那兒，平靜的心看著悲哀與喜悅同時產生、開花與消失。在那兒，一切是和諧的……

他太性急了，以爲自己已經到達終點。但他想起來，夾住他氣吁吁的胸膛的老虎鉗，還有擠在他焚燒般的腦子裡的許多雜亂的影像，在最艱難的最後路程仍然存在著……繼續前進吧……

他似乎被釘在床上，全身動彈不得。樓上有個傻女孩連續幾個小時彈著鋼琴。她只知道一個曲子；不斷重複彈著同一個樂句。她似乎彈得很愉快。她賦與這些樂句各種色彩的喜悅與感動。克利斯多夫也明白了她的幸福。可是，他被打擾得幾乎想哭，他想至少別敲得那麼響就好了！對克利斯多夫而言，噪音是與不良行爲一樣可憎的……但他終於忍下來了。想充耳不聞雖然不容易，但也沒有想像的困難。他逐漸脫離自己的肉體。他一邊看著肉體的毀壞，一邊想著：

「已經不會太久了。」

他爲了探索自己做爲一個人的私心，便自問：

「你究竟選擇哪一種呢？是讓克利斯多夫這個人及其名字永遠留在人們的記憶中，而讓作品消失呢？還是作品長久留存下來，而你這個人及其名字都不留痕跡地消失？」

他毫不遲疑地回答：

「讓我消失，而讓我的作品繼續存在吧！因爲如此留下的是我裡邊最眞實的東西，克利斯多夫這個人死了也無妨！」

可是，過一會兒，他感覺到他對自己的作品也如同對他自己一樣的漠不關心了。相信自己的藝術會長存是多麼幼稚的幻想！他淸楚看到自己的作品是微不足道的。音樂的語言將比其他任何語言消失得更快。經過一、兩個世紀之後，便只有幾個專家才能了解它了。

「我已不像從前那麼愛生命了嗎？」他驚訝地問自己。

可是，他立刻明白自己比以前更深愛生命……要爲藝術的廢墟落淚嗎？不，廢墟是沒什麼價値的。藝術是投在自然上面的人類的影子。讓藝術和人類一起爲太陽所呑沒而消失吧！它們阻礙人看見太陽……大自然無盡的寶藏從我們的指縫間灑落。人類的才智想捕捉的水却從網中流失。我們的音樂是幻影。我們的音階是虛構的。那跟任何活的聲音是不一致的。那是精神對現實的聲音所做的妥協。人的精神因爲想去了解不可解的東西，才需要那種僞造物。而且，因爲想要相信那僞造物，最後終於相信了。但那畢竟不是眞實的東西，也不是活的東西。

可是，在他對自己說了這段美妙的話之後不久，他又從被子上摸索到一張紙，想寫下幾個音符。而當他察覺到自己的矛盾時，不禁笑著說：

「哦，我的老朋友，我的音樂，你是比我善良的。我忘恩負義地想把你趕走。可是，你絕不離開我，也不會對我的反覆無常失望。請原諒我！你也知道的，那是戲言。我未曾背叛你，你也從未背叛我。我們是互相信任的。朋友，我們一起上路吧。請陪我到最後！」

他因發燒而久久陷於昏迷狀態中。當他醒來時，腦子裡還留著奇異的夢境。如今，他看看自己，摸摸自己的身體，並尋找自己，但已經找不到自己了。他覺得自己好像變成「另一個人」——比自己更可貴的一個人……那到底是誰呢？……那個人似乎在夢中進入自己裡邊。是奧利維？或者葛拉齊雅？……他的心靈和頭腦都非常衰弱。他已經無法分辨自己所愛的人。分辨了又有什麼用？他是同樣愛著他們大家的。

他被困在滿滿的幸福感之中。頭頂上的琴聲停止了。寂靜……沈默……克利斯多夫長嘆了一聲。

「在人生的終站能對自己說『無論何時自己都不是孤獨的，即使在孤零零一個人的時候，其實都不是孤獨的』，是多麼幸福的事！我在人生旅途上遇到的靈魂，曾經向我伸出援手的同胞，從我的思想孕育出來的神秘的精神，無論死者或生者——他們都活著——喔，我所愛的一切！我所創造的一切！你們以溫暖的擁抱圍繞我、守護我。我聽到你們聲音中的音樂了。祝福那將你們賜與我的命運！我是富有的，眞的很富有……我的心裝得滿滿的！……」

他望著窗子……以有點發熱的眼睛望著伸到窗前的樹枝。枝頭上已冒出新芽，同時開著小白花。從那些小白花、那些嫩葉、那些復蘇的生命，顯然可以看出它們是將自己託付給復活的力量了。

克利斯多夫再也感覺不到自己的喘氣，以及臨終悲慘的身體。樹木所發散的溫柔的生命之光照耀著他。他想著，即使在這一瞬間，也有無數的人相愛著；即使對他而言是處於臨終之苦的時刻，對別人却是銷魂的時刻。他喘著氣，用一種自己已經無法掌握的聲音——唱出生命的讚歌。

無形的管弦樂隊響應了他的歌唱。

他的意志力完全消失了。克利斯多夫靜靜地閉上眼睛。幸福的眼淚從緊閉的眼瞼內流出。看護他的女孩誠懇地爲他拭淚，他却沒有察覺。人世所發生的一切，他完全感覺不到了。樂隊把他留在令人目眩的和諧音調上，緘默了下來。

接著他聽到人的聲音，是一種熱情的聲音。他也看到安娜悲痛的眼神……但剎那間，那已不是安娜，而是充滿體貼的眼神……

「葛拉齊雅，是你嗎？……是誰？是誰？我看不清你們了……太陽爲什麼還不出來？」三座鐘靜靜地鳴響著。麻雀在窗邊聒噪，提醒他給牠們麵包屑當早餐的時刻到了……克利斯多夫夢見自己童年的小臥房……鐘聲響起，黎明了！美麗的聲浪在輕爽的空氣中流盪。那是從遙遠的好幾個村莊傳來的……河流在屋後奔騰……克利斯多夫想起將手肘靠在樓梯旁窗檯上的自己。他的一生有如萊茵河般在他眼前流過。這一生，種種的生活，露意莎、高特弗烈德、奧利維、薩比娜……

「母親、情人、朋友……他們叫什麼名字呢？愛啊，你在哪裡？我的許多靈魂，你們在哪裡？我知道你們在那邊，但我却抓不到你們。」

「我們是跟你在一起的。我們至愛的人，安息吧！」

「我不想再失去你們了。我找你們找了好久啊！」

「別擔心。我們再也不會離開你了。」

「啊！河流將把我沖走。」

「把你帶走的河流，也會把我們一塊帶走的。」

「我們將往何處去？」

「到我們大家相聚的地方。」

「馬上就到嗎？」

「你瞧吧！」

克利斯多夫於是用他全部的力氣抬起頭來——（啊，多麼沈重的腦袋！）——他看見水流豐沛的大河。氾濫的河水淹沒了原野。大河似乎靜止不動地緩緩而莊嚴地流著。水平線那兒出現鋼鐵般的光，彷彿有一道在陽光下顫動的銀波向他衝來。大海的澎湃……他垂死的心還在問：

「那是祂嗎？」

他所愛的人們回答：

「是祂。」

另一方面，垂死的頭腦想著：

「門開了……這裡有我所尋找的和音……但這不是終點吧？又是一個多麼新奇的空間！

……我們明天也將繼續存在呢。」

哦，喜悅，眼見自己消逝於此生曾經盡力效勞的神的和平境界，是何等的喜悅！……

「主啊，你對你的僕人不會過於不滿吧？我所做的事情實在太少了！但我已經盡力……我奮鬥、受苦、徬徨、創作。讓我在你溫暖的懷中安穩地喘一口氣吧！有一天，我將爲新的戰鬥而重生。」

於是，奔騰的河流與海洋跟他一起歌唱。

「你將復活。休息吧！所有一切只不過是一顆心。夜晚的微笑與白晝的微笑交融著。那是和諧，是愛與恨莊嚴結合的和諧！讚美具有強大雙翼的神吧！讚頌生命！讚頌死亡！」

克利斯多夫渡過了河流，他整夜逆流前進。他強壯的身體像岩石般浮出水面，他的左肩上扛著一個嬌弱而沈重的小孩。他倚靠在向自己漂過來的松樹上。松樹彎曲，他的脊骨也彎曲。看著他出發的人都說他是到不了彼岸的，他們久久對著他的背影嘲笑。不久黑夜降臨，他們終於厭倦了。

克利斯多夫已走到遠處，幾乎聽不到留在岸上那些人的叫聲了。在急流的奔騰中，只聽到小孩恬靜的聲音。小孩用他的小手抓著巨人克利斯多夫額頭上的鬈髮反覆喊著：「前進！前進！」——他駝著背，眼睛注視著前面微暗的對岸，繼續前進。對岸的絕壁開始泛白了。

突然奏告早禱的鐘聲響起。接著許許多多的鐘聲同時鳴唱。新的一天即將來臨！從黑暗的斷崖彼方，看不見的太陽已升上金色的天空。克利斯多夫跌跌撞撞地終於到達彼岸。隨即對小孩說：

「我們終於到了，你眞是夠重啊。孩子，你究竟是誰？」

小孩回答：

「我是即將誕生的一天。」

羅曼・羅蘭年譜

一八六六年　出　生　一月二十九日，出生於法國中部尼埃維爾縣的小鎮克拉姆西。父親愛彌兒・羅蘭爲克拉姆西的公證人，母親安朵華妮・瑪麗是公證人克洛家的女兒。

一八六八年　二　歲　妹妹瑪德琳誕生。

一八七一年　五　歲　三歲的妹妹瑪德琳夭折，給予羅曼・羅蘭對死亡的觀念重大的影響。

一八七二年　六　歲　妹妹誕生，也同樣命名爲瑪德琳。

一八七三年　七　歲　進入克拉姆西現在改稱羅曼・羅蘭學校的學校就讀。雖然求學成績優秀，但却無法融入學校生活，終日耽讀凡爾納、莎士比亞、高乃依的作品。

一八八〇年　一四歲　爲了羅曼・羅蘭的教育，全家遷居巴黎，進入聖・路易中學攻讀修辭學與哲學。父親在巴黎的銀行就職。

一八八二年　一六歲　轉學到路易大帝高中就讀，以準備參加師範大學的考試。夏天，與母親和妹妹前往瑞士勒曼湖畔旅遊，偶然與在飯店中投宿的雨果邂逅，留下深刻印象。

一八八三年　一七歲　由於沉迷莎士比亞、雨果和音樂，一連兩次都沒有通過師範大學的入學考試。

一八八五年　一九歲　耽讀托爾斯泰、杜思妥也夫斯基的作品，以及魯南的戲劇《涅米的神父》。師範大學的入學考試再度落榜。沉迷《哈姆雷特》，寫下研究、思索這部作品的筆記。

一八八六年　二〇歲　以第十名的成績通過師範大學考試，進入歷史科就讀。在學期間，對加百列・莫諾教授探究眞理的誠摯態度深懷敬意。與安德雷・修亞雷斯結爲知己，飽讀托爾斯泰、杜思妥也夫斯基的作品。

一八八七年　二一歲　寫了兩封信給托爾斯泰，獲得托爾斯泰長達三十六頁的回函。與修亞雷斯沉迷在音樂中。

一八八九年　二三歲　以優秀的成績從師範大學畢業，成爲官派留學生，赴羅馬在法國政府設立的研究機構羅馬考古學院留學，一直研究到一八九一年，在那裡與瑪爾維達・梅森堡女士相識。從羅馬返回巴黎途中，與梅森堡女士在拜洛伊特觀賞華格納的歌劇，深受《帕吉法爾》感動。

一八九〇年　二四歲　完成以義大利文藝復興爲主題的戲劇《歐西諾》（*Orsino*）。這個時期已經開始構思要寫「一部音樂小說」，也就是《約翰・克利斯多夫》。

一八九一年　二五歲　完成戲劇《恩培德克雷斯》（*Empédocle*）、《巴里約尼家的人們》（*Les Baglioni*）。

一八九二年　二六歲　十月，與法蘭西大學古典文獻學教授密歇爾・布雷亞的女兒克蘿蒂結婚。十一月，前往羅馬調查學位論文的資料，一直停留到一八九三年。完成戲劇《卡利鳩拉》（*Caligura*）、《尼歐貝》（*Niobe*）。

一八九三年　二七歲　完成戲劇《曼托佛的包圍》（*Le Siège de Mantoue*）。

一八九五年　二九歲　以主論文《近代抒情劇的起源》和副論文《十六世紀的義大利繪畫爲何頽廢》獲得文學博士學位，擔任母校師範大學講師，講授藝術史和音樂史。完成戲劇《聖路易》（*Saint Louis*）。

一八九六年　三〇歲　完成戲劇《薩沃納洛拉》（*Savonaroie*）、《珍娜·德·皮恩納》（*Jeanne de Piennes*）。

一八九七年　三一歲　於〈巴黎評論〉雜誌發表《聖路易》。完成戲劇《艾爾特》（*Aërt*），同年首次公演。

一八九八年　三二歲　以兩星期的時間，完成以德雷費斯事件爲背景的戲劇《群狼》（*Les Loups*），爲避免受反德雷費斯派的陷害，以《聖·朱斯特著瀕死的人們》（*Saint. Just, Morituri*）的題名，在「製作劇院」上演。這是羅曼·羅蘭〈法國革命劇〉系列劇作的第一部。

一八九九年　三三歲　完成戲劇《理性的勝利》（*Triomphe de la Raison*）。

一九〇〇年　三四歲　完成戲劇《丹頓》（*Danton*）。

一九〇一年　三五歲　二月，與克蘿蒂離婚，兩人早從數年前起就已經失和。與雙親同住一段時間，隨後一個人單獨住進蒙帕納斯街的公寓。

一九〇二年　三六歲　出版戲劇《七月十四日》（*Le 14 Juillet*），於「文藝復興劇院」上演。於倫敦出版英文本的傳記《米勒》（*Millet*）。

一九〇三年　三七歲　出版《貝多芬傳》（*La Vie de Beethoven*）。發表戲劇《時機成熟》（*Le Temps Viendra*），出版《民眾戲劇論》（*Le Théâtre du Peuple*）。

一九〇四年　三八歲　二月，出版長篇小說《約翰・克利斯多夫》（*Jean-Christophe*）第一卷〈黎明〉（*L'Aube*）、第二卷〈清晨〉（*Le Matin*）。

一九〇五年　三九歲　一月，出版《約翰・克利斯多夫》第三卷〈青春〉（*Adolescent*）。《約翰・克利斯多夫》以最初的三卷榮獲費密納獎。結識史懷哲、里克丹貝傑、普魯尼艾爾等人。

一九〇六年　四〇歲　十二月，出版《約翰・克利斯多夫》第四卷〈反抗〉（*La Révolte*）。出版《米開朗基羅傳》（*La Vie de Michel-Ange*）。

一九〇七年　四一歲　執筆《約翰・克利斯多夫》第五卷〈街頭市集〉（*La Foire sur la Place*）。

一九〇八年　四二歲　三月，出版〈街頭市集〉和第六卷〈安多雅內特〉。出版評論《昔日的音樂家》（*Musiciens d'Autrefois*）、《今日的音樂家》（*Musiciens d'Aujourd'hui*）。

一九〇九年　四三歲　二月，出版《約翰・克利斯多夫》第七卷〈戶內〉（*Dans la Maison*）。出版《革命戲劇集》（*Le Théâtre de la Révolution*）。

一九一〇年　四四歲　十月，於巴黎遭汽車撞傷，在病床上躺了三個月。出版評論《韓德爾》（*Hændel*）。十一月，托爾斯泰辭世。

一九一一年　四五歲　十月，出版《約翰・克利斯多夫》第八卷〈女友們〉（*Les Amies*），十一月出版第九卷〈燃燒的荊棘〉（*Le Buisson ardent*）。出版《托爾斯泰傳》（*La Vie de*

Tolstoy）。協助拉維涅克編《音樂百科辭典》。

一九一二年　四六歲　辭去巴黎大學教職。十月，出版《約翰・克利斯多夫》第十卷〈夜盡天明〉（*La Nouvelle Journée*）。〈斯湯達爾全集序文〉投稿給〈瑞士評論〉雜誌。

一九一三年　四七歲　四月到九月，赴瑞士旅遊，執筆小說《柯拉・布爾農》（*Colas Breugnon*）。六月，法蘭西學士院頒給《約翰・克利斯多夫》文學獎。與褚威格、里爾克交往。出版戲劇集《信仰的悲劇》（*Les Tragédie de la Foi*）。

一九一四年　四八歲　第一次世界大戰爆發，於旅遊途中的瑞士得知消息，在當地停留，專心從事和平運動。獲得褚威格協助，計畫在瑞士召開國際知識分子會議，未能成功。志願在日內瓦萬國紅十字會俘虜情報局服務到翌年爲止。發表評論〈超越戰爭〉（*Au-dessus de la Mêlée*）。

一九一五年　四九歲　與卡爾・史庇茲拉、赫塞開始交往。前述評論連同其他評論，以《超越戰爭》爲題，於巴黎出版單行本。

一九一六年　五〇歲　榮獲一九一五年諾貝爾文學獎，獎金全都捐給紅十字會和社會公益團體。與紀德、柯波合作拯救里爾克留在巴黎的財產。開始與高爾基交往。

一九一七年　五一歲　俄國大革命。列寧請求陪同一起返回俄國。

一九一八年　五二歲　發表給威爾遜總統質問和平諸問題的公開信。執筆評論《亞格里根的恩培德克雷斯》（*Empédocle d'Agrigente*）、戲劇《里魯里》（*Liluli*）、小說《克雷朗波》（*Clerambault*）。

一九一九年　五三歲　出版《亞格里根的恩培德克雷斯》、《里魯里》、《柯拉・布爾農》。五月十九日，母親逝世於巴黎，享年七十四歲。發表〈精神的獨立宣言〉，有全世界一千名知識分子、作家簽名響應。出版音樂評論集《前往過去國度的音樂之旅》（*Voyage musical au pays du pasosé*）、政治評論集《先驅者》（*Les Précurseurs*）。寫信給印度詩人泰戈爾，推崇印度、亞洲，表示唯有東方與西方攜手合作，世界才有眞正的和平。

一九二〇年　五四歲　出版小說《彼埃爾與魯斯》（*Pierre et Luce*）、《克雷朗波》。

一九二一年　五五歲　針對社會革命的暴力問題，與以巴爾布斯爲首的「克拉爾泰」集團發生論戰。四月，前往瑞士。

一九二二年　五六歲　與父親、妹妹移居瑞士勒曼湖東北端的維納伏。開始與泰戈爾交往。出版小說《困惑的靈魂》（*L'Ame Enchantée*）第一卷〈安涅特與席爾維〉（*Annette et Sylvie*）、戲劇《失敗的人們》（*Les Vaincus*）。

一九二三年　五七歲　參加在倫敦召開的第一屆國際筆會。與瑪麗・庫達契夫（後來的羅曼・羅蘭夫人）開始往返書信。〈歐洲〉雜誌創刊。出版《困惑的靈魂》第二卷〈夏天〉（*L'Eté*）、《甘地傳》（*Mahatma Gandhi*）。

一九二四年　五八歲　開始與甘地交往。從這一年起到一九二六年執筆可以說是精神遺囑的《心路歷程》（*Le Voyage Intérieur*）、《門檻》（*Le Seuil*）、《巡航》（*Le Périple*）、革命戲劇《愛與死的嬉戲》（*Le Jeu del'amour et de la mort*）。

一九二五年　五九歲　執筆戲劇《花的復活節》（*Pâques Fleuries*），出版《愛與死的嬉戲》。

一九二六年　六〇歲　〈歐洲〉雜誌爲慶祝羅曼‧羅蘭六十歲生日，推出紀念專輯，投稿的有甘地、愛因斯坦、史懷哲等人。出版高爾基、褚威格、杜亞梅爾編《羅曼‧羅蘭友人書簡集》（*Liber Amicorum*）。出版《花的復活節》。五月，泰戈爾與尼赫魯來訪。

一九二七年　六一歲　出席在維也納舉行的貝多芬百年誕辰紀念大會，發表演講。出版《困惑的靈魂》第三卷〈母與子〉（*Mère et Fils*）。反戰反法西斯委員會成立，愛因斯坦爲會長，羅曼‧羅蘭爲第一屆大會的主席之一。

一九二八年　六二歲　出版《貝多芬研究》第一卷〈從艾洛伊卡到亞帕蕭納塔〉（*De l'Héroïque à l'Appassionta*）、戲劇《獅子座的流星群》（*Les Léonides*）。

一九二九年　六三歲　與從一九二三年起開始往返書信的俄國年輕女性瑪麗‧庫達契夫見面。瑪麗爲俄國公爵遺孀，父親是俄國人，母親是法國人。瑪麗成爲羅曼‧羅蘭秘書。出版《印度生活的神秘與行動芻議》（*Essai sur la Mystique et l'Action de l'Inde Vivante*）第一卷〈拉瑪克里修納的生涯〉（*La Vie de Ramakrishna*）。

一九三〇年　六四歲　出版《貝多芬研究》第二卷〈歌德與貝多芬〉（*Goethe et Beethoven*）、印度研究第二卷〈維沃卡南達的生涯與普遍的福音〉（*La Vie de Vivekananda et l'Evangile Universel*）。

一九三一年　六五歲　六月十六日，父親愛彌兒過世，享年九十四歲。十二月，甘地來訪，住在羅曼‧羅蘭家中，交談甚歡。出版《魯里與史卡拉迪以前歐洲歌劇的歷史》。

一九三二年　六六歲　擔任在阿姆斯特丹召開的世界反戰會議主席。出版《困惑的靈魂》第四卷「預告者」中的〈一個世界之死〉(*La mort d'un monde*)、德語版《與瑪爾維達的書簡集》。

一九三三年 六七歲 四月,拒絕受領希特勒政府頒發的歌德獎。六月,出任國際反法西斯主義委員會名譽主席。

一九三四年 六八歲 在反法西斯行動委員會第一屆宣言上簽名。與秘書瑪麗·庫達契夫結婚。

一九三五年 六九歲 六月,應高爾基之邀,訪問蘇聯一個月。出版政治論文集《鬥爭十五年》(*Quinze Ans de Combat*)、《以革命創造和平》(*Par la Révolution, la Paix*)。

一九三六年 七〇歲 一月,在亞拉龔、馬爾羅、布洛克等人的主辦下,舉行羅曼·羅蘭七十華誕慶祝大會。經由人民戰線內閣援助,上演革命劇《丹頓》《七月十四日》。出版評論集《相偕同行的人們》(*Compagnons de Route*)。

一九三七年 七一歲 出版《貝多芬研究》第三卷〈復活之歌〉(*Le Chant de la Résurrection*)。在故鄉克拉姆西附近的維茲雷購買住宅。

一九三八年 七二歲 五月三十一日,從瑞士的維納伏遷往維茲雷定居。出版《盧騷傳》、兒童文學《佛爾密》。執筆最後的革命劇《羅貝斯彼埃爾》(*Robespierre*)。

一九三九年 七三歲 七月,紀念法國革命一百五十週年,於法國國家劇院上演《愛與死的嬉戲》。九月一日,第二次世界大戰爆發。九月三日,發表給達拉第耶總統的公開信,批判對德國的姑息政策。出版《羅貝斯彼埃爾》。

一九四〇年　七四歲　六月十四日，巴黎淪陷，於蒙帕納斯街自宅專心著述最後的作品。

一九四一年　七五歲　與老朋友保羅・克洛戴爾握手言和，重新交往。

一九四二年　七六歲　經由克洛戴爾的斡旋，也與路易・吉勒恢復從前的友誼。出版《心路歷程》。

一九四三年　七七歲　出版《貝多芬研究》第四卷〈第九交響曲〉（*La Neuvième Symphonie*）、第五卷〈最後的四重奏〉（*Les Derniers Quatuors*）。

一九四四年　七八歲　八月，法國從德軍佔領下獲得解放。十一月，出席蘇聯大使館革命紀念酒會。十二月三十日，逝世於維茲雷，最後的著作——《貝奇傳》（*Péguy*）出版。先是葬於克拉姆西，隨後遵從本人的遺志，遷到位在克拉姆西和維茲雷中間，布雷伏村的小墓地。

新潮文庫

◉新潮文庫

5 卡拉馬助夫兄弟們（小說） 杜思妥也夫斯基著
6 廿世紀智慧人物的信念（哲學） 愛因斯坦等著
7 讀書的藝術（重排大字本） 叔本華等著
8 出了象牙之塔（雜文） 廚川白村著
11 讀書的情趣（讀書系列） 培根等著
12 馬克吐溫名作選（小說） 馬克吐溫著
13 詩人朱湘懷念集（散文） 秦賢次等編
14 上帝之死（反基督）（重排大字本） 尼　采著
18 佛洛伊德傳（傳記）（大字本） 佛洛伊德著
20 蛻　變（小說）（修訂大字本） 卡夫卡著
22 鄭愁予詩選集（詩）（大字本） 鄭愁予著
23 美麗的新世界（小說）（修訂大字本） 赫胥黎著
24 瞧！這個人（尼采自傳）（大字本） 尼　采著
25 愛的藝術（心理學）（重排大字本） 佛洛姆著
26 羅生門・河童（修訂大字本） 芥川龍之介著
27 地獄變（新譯大字本） 芥川龍之介著
28 叔本華論文集（哲學） 叔本華著
29 審　判（小說）（修訂大字本） 卡夫卡著

30 白　牙（小說）（新譯大字本） 傑克・倫敦著
33 廿世紀代表性人物（傳記） 林衡哲編譯
34 黑暗的心（海洋文學）（小說） 康拉德著
35 徬徨少年時（小說）（重排大字本） 赫　塞著
36 中國現代文學側影（史料） 陳子善著
37 逃避自由（心理學）（新譯大字本） 佛洛姆著
38 自我的追尋（心理學）（重排本） 佛洛姆著
39 日常生活的心理分析（重排本） 佛洛伊德著
40 教育的藝術（重排大字本） 柏拉圖等著
41 懷海德對話錄（哲學） 懷海德著
45 悲劇的誕生（哲學）（重排大字本） 尼　采著
46 鄉　愁（小說）（重排大字本） 赫　塞著
48 性學三論・愛情心理學（大字本） 佛洛伊德著
50 杜思妥也夫斯基（傳記） 紀　德著
52 心靈的歸宿（小說）（新譯大字本） 赫　塞著
55 自卑與超越（心理學）（重排大字本） 阿德勒著
56 生命之歌（小說）（新譯大字本） 赫　塞著
57 少女杜拉的故事（心理學） 佛洛伊德著
58 誘惑者的日記（小說）（大字本） 齊克果著
60 聖潔的靈魂（小說） 杜思妥也夫斯基著

新潮文庫

66 白　夜（小說選集）　杜思妥也夫斯基著
67 叔本華選集（哲學）　叔本華著
71 人生的智慧（哲學）　叔本華著
72 泰戈爾論文集（人類的宗教）（哲學）　泰戈爾著
73 馬爾泰手記（小說）　里爾克著
76 我思故我在（哲學）（重排大字本）　笛卡兒著
79 夢的解析（改變歷史的書）（重排大字本）　佛洛伊德著
83 蘇格拉底傳（傳記）　泰　勒著
85 巴黎的憂鬱（散文詩）　波特萊爾著
90 小說面面觀（重排修訂本）　佛斯特著
95 法國文學巡禮（文學評論）　黎烈文著
96 法國短篇小說選（小說）　左拉等著
97 愛與生的苦惱（哲學）　叔本華著
98 名曲的故事（音樂）　趙震編譯
99 屋頂間的哲學家（小說）（重排本）　梭維斯特著
100 文明的故事（世界文化史）　威爾斯著
101 冰島漁夫（小說）（重排大字本）　畢爾·羅逖著
103 先知的花園（散文詩）　紀伯倫著
105 自卑與生活（心理學）　阿德勒著

106 少女與吉卜賽人（小說）　勞倫斯著
108 荒野之狼（小說）（新譯大字本）　赫　塞著
112 意志與表象的世界（哲學）　叔本華著
113 健全的社會（新譯大字本）　佛洛姆著
114 圖騰與禁忌（心理學）（重排本）　佛洛伊德著
115 哲學與生活（哲學）　奧德嘉·賈塞特著
117 居禮夫人傳（重排大字本）　伊芙·居禮著
120 少年維特的煩惱（小說）（重排大字本）　歌　德著
121 可愛的女人（小說選集）　契訶夫著
122 契訶夫傳（傳記）　辛格雷著
123 西洋文學欣賞（文學評論）　鍾肇政編著
124 德國文學入門（文學評論）　李映萩編譯
125 焦慮的現代人（心理學）　荷　妮著
127 莎士比亞故事集（散文故事）　蘭　姆著
128 西洋近代文藝思潮（文學評論）　廚川白村著
129 歌德自傳（詩與眞實）（傳記）　歌　德著
130 戇第德（小說）　伏爾泰著
131 兩兄弟（小說）（重排大字本）　莫泊桑著
132 雙重誤會（小說）　梅里美著
134 傻　子（契訶夫選集）（小說）　契訶夫著

新潮文庫

新潮文庫

205 塞瓦斯托堡故事（小說） 托爾斯泰著
206 泰戈爾短篇小說集（小說） 泰戈爾著
210 文學與鑑賞（文學評論及介紹） 洪順隆編譯
211 名片的故事（電影） 趙震編譯
212 世界名片百選（電影） 羅新桂編譯
213 苦悶的象徵（雜文） 廚川白村著
216 文藝復興的奇葩（傳記） 瓦沙利著
218 魔鬼奏鳴曲（戲劇） 史特林堡著
219 如果麥子不死（傳記） 紀　德著
220 名著的故事（文學評論及介紹） 鍾肇政編著
222 法國十九世紀詩選（詩） 莫渝編譯
224 走向十字街頭（雜文） 廚川白村著
229 夢幻劇（戲劇） 史特林堡著
230 西洋哲學故事（重排大字本） 威爾・杜蘭著
233 電影生活（電影） 劉森堯著
234 轉動中的電影世界（電影） 黃建業著
237 魔　沼（田園小說）（小說） 喬治桑著
238 二重奏（小說） 葛蕾德著
239 颱　風（四個中短篇小說）（小說） 康拉德著
243 莫里哀故事集（散文故事） 莫里哀著

246 名曲與巨匠（音樂） 林道生編譯
247 世界電影新潮（電影） 羅維明等著
249 威尼斯、坎城影展（電影） 李幼新著
252 三個故事及十一月（小說） 福樓貝著
253 馬克吐溫短篇精選（小說） 馬克吐溫著
254 磨坊文札（散文） 都　德著
255 地糧・新糧（散文詩） 紀　德著
257 密西西比河上的生活（小說） 馬克吐溫著
264 枯葉的故事（小說） 愛羅先珂著
267 伊爾的美神（小說） 梅里美著
268 新編死的況味（死亡學）（大字本） 曹永洋編著
269 莫泊桑短篇精選（之一）（新譯本） 莫泊桑著
271 論戰與譯述（雜文） 徐復觀教授著
272 餓（小說） 克努特・哈姆孫著
273 拉曼邱的戀愛（小說） 畢爾・羅遜著
276 莫泊桑短篇全集（之二）（新譯本） 莫泊桑著
278 歡悅的智慧（哲學） 尼　采著
279 電影與批評（電影） 劉森堯著
283 荷馬史詩的故事（小說） 荷馬原著
294 莫泊桑短篇全集（之三）（新譯本） 莫泊桑著

新潮文庫

376 愛的教育（小說） 亞米契斯著
377 基度山恩仇記（小說）（濃縮本） 大仲馬著
379 海　狼（小說） 傑克・倫敦著
380 世界名著導讀100本（上下册） 約翰・坎尼編
381 史懷哲愛的脚踪（選集） 陳五福等著
382 神曲的故事／地獄篇（宗教文學） 但　丁著
383 神曲的故事／淨界篇（宗教文學） 但　丁著
384 神曲的故事／天堂篇（宗教文學） 但　丁著
386 烏托邦（哲學） 托瑪斯・摩爾著
387 反烏托邦與自由（預言小說） 薩米爾欽著
388 金色夜叉（小說） 尾崎紅葉著
389 聽聽屍體怎麼說（法醫學） 上野正彥著
390 伊凡・伊里奇之死（小說） 托爾斯泰著
391 克洛采奏鳴曲（小說） 托爾斯泰著
392 人生論（論述） 托爾斯泰著
393 家有貓狗趣事多（隨筆） 恰佩克著
394 貝洛民間故事集（故事） 貝　洛著
395 人類面臨的挑戰（心理學） 阿德勒著
396 巨人的故事（小說） 拉伯雷著
398 莫泊桑短篇全集（之六） 莫泊桑著

399 面對問題兒童的挑戰（心理學） 阿德勒著
400 死的藝術（死亡學） 威諾森博士著
401 山椒魚戰爭（預言小說） 卡雷爾・恰佩克著
402 克雷洛夫寓言全集 伊凡・克雷洛夫著
403 格林民間故事全集（之一） 格林兄弟著
404 阿夏家的沒落（小說） 愛倫坡著
405 天路歷程（宗教文學） 約翰・班揚著
406 一位陌生女子的來信（小說） 褚威格著
407 湖濱散記（重排大字本） 梭　羅著
408 托爾斯泰一日一善（春） 托爾斯泰著
409 托爾斯泰一日一善（夏） 托爾斯泰著
410 托爾斯泰一日一善（秋） 托爾斯泰著
411 托爾斯泰一日一善（冬） 托爾斯泰著
412 卡夫卡傳 馬克斯・布勞德著
413 高爾基短篇傑作選（小說） 高爾基著
414 小灰驢與我（散文） 希梅內茲著
415 先　知（散文詩） 紀伯倫著
416 一個女人的24小時（小說） 褚威格著
417 非洲叢林醫生史懷哲（傳記） 喬・曼頓等著
418 神祕的陌生人（小說） 馬克・吐溫著

國家圖書館出版品預行編目資料

約翰・克利斯多夫 / 羅曼・羅蘭著；F・馬塞瑞爾插圖；
梁祥美譯. -- 初版. -- 臺北市：志文，2004 [民 93]
面；　公分. --(新潮文庫；465)
譯自：Jean-Christophe
ISBN 957-545-751-x（平裝）

876.57　　92019350

新潮文庫465
約翰・克利斯多夫
原著者　羅曼・羅蘭
譯　者　梁祥美
初　版　2004年元月

定價300元

發 行 人　張清吉
出 版 者　志文出版社
地　　址　台北市中山北路7段82巷10弄2號
郵政劃撥　0006163-8號
電　　話　28719141・28730622　傳眞　28719151
行政院新聞局登記證局版臺業字第0950號
印 刷 所　大誠印刷廠
法律顧問　蕭雄淋律師